O giro da hélice

Santiago Pajares

O giro da hélice

TRADUÇÃO
Joana Angélica d'Avila Melo

Copyright © 2014 by Santiago Pajares

Grafia atualizada segundo o Acordo Ortográfico da Língua Portuguesa de 1990, que entrou em vigor no Brasil em 2009.

Título original
El paso de la hélice

Capa
Estúdio Insólito

Preparação
Brena O'Dwyer

Revisão
Adriana Bairrada
Luciane Gomide

Dados Internacionais de Catalogação na Publicação (CIP)
(Câmara Brasileira do Livro, SP, Brasil)

Pajares, Santiago, 1979-
O giro da hélice / Santiago Pajares; tradução Joana Angélica d'Ávila Melo. — 1ª ed. — Rio de Janeiro: Alfaguara, 2018.

Título original: El paso de la hélice
ISBN: 978-85-5652-060-9

1. Ficção espanhola I. Título.

17-11982 CDD-863

Índice para catálogo sistemático:
1. Ficção : Literatura espanhola 863

[2018]
Todos os direitos desta edição reservados à
EDITORA SCHWARCZ S.A.
Praça Floriano, 19, sala 3001 — Cinelândia
20031-050 — Rio de Janeiro — RJ
Telefone: (21) 3993-7510
www.companhiadasletras.com.br
www.blogdacompanhia.com.br
facebook.com/alfaguara.br
instagram.com/editora_alfaguara
twitter.com/alfaguara_br

*Aos meus pais,
por tudo o que resta*

1. Lisboa

David esperava sozinho à mesa do restaurante havia tanto tempo que estava começando a ficar irritado. Rodeado de casais que protagonizavam cenas românticas, dedicava-se a mexer no celular e a beber em pequenos goles um vinho branco. Tinha ligado para Leo Baela três vezes, sem sucesso, e as contínuas visitas do maître perguntando por seu acompanhante estavam lhe dando nos nervos.

— Ainda não chegou — respondia David, como se isso não fosse óbvio.

— Esperamos um pouco mais?

O maître falava um castelhano perfeito, com leve sotaque.

— Sim, esperamos um pouco mais.

David sabia que havia clientes cobiçando aquela mesa e que o maître adoraria que ele fosse embora, mas não podia fazer nada além de esperar.

Tinha vindo de Madri até Lisboa só para jantar com um de seus autores, e ele não aparecia nem atendia ao telefone. Leo Baela podia não ser o escritor mais formal do mundo, mas isso já era demais. David resolveu esperar mais quinze minutos. Olhou o caderno verde no qual havia feito anotações sobre o romance de Leo. Deixou o telefone ali e tomou outro gole de vinho branco. O restaurante era especializado em frutos do mar e ele havia feito a reserva na véspera. A editora pagava a conta.

Dez minutos depois, o telefone tocou e muitos dos clientes se voltaram para olhá-lo em sinal de recriminação.

— David!

— Leo, onde você está? Estou esperando há mais de quarenta minutos! — Havia prometido a si mesmo que não deixaria transparecer a raiva, mas não estava conseguindo.

— Estou em uma festa!
— Como assim, em uma festa? Onde?
— No apartamento do amigo de um amigo.
— Um amigo de um amigo? Ou seja, você não sabe onde está?
— Claro que sei. Vou mandar o endereço para você agora mesmo.
— Para quê?
— Para você vir pra cá, e enquanto isso eu resolvo uma coisa. Depois vamos jantar, eu e você, tranquilos.
— Jantar? Onde?
— David, estamos em Lisboa! Tem milhares de restaurantes! Vou ficar esperando você para sairmos, o.k.?

David não sabia o que dizer. Tentou pensar depressa, imaginar um jeito de fazê-lo mudar de ideia.

— Tínhamos uma mesa reservada. Já estou sentado.
— David, eu te mando o endereço e nos vemos daqui a pouco, pode ser? Venha! Até mais!

E desligou. David ficou falando sozinho. Leo não tinha dado nenhuma chance. Nem sequer tinha se desculpado. David colocou de novo o telefone sobre o caderno verde, que por enquanto continuaria fechado. Segundos depois, o aparelho vibrou com a chegada de uma mensagem. O endereço da festa.

David respirou fundo e levantou o braço. O maître se aproximou.

— A conta, por favor.
— Seu companheiro não vem?

David estranhou que ele não usasse a palavra acompanhante e pensou se sua discussão telefônica com Leo teria soado como uma briguinha de namorados.

— Não, não vem.
— Ah...

Isso era demais.

— Nada de ahhhh, e traga a conta, por favor.

Colocou o paletó e foi embora.

Na porta do restaurante, começou a procurar um táxi. Foi até a esquina para ver se passava algum. Poderia entrar novamente no restaurante e pedir ao maître que chamasse um, mas não queria fazer isso. Havia saído sem deixar gorjeta.

Vislumbrou um táxi preto com teto verde-jade e levantou o braço. O motorista não compreendia espanhol, e o único português que David sabia era o que tinha lido nas caixinhas de cereal. O sujeito fez uma cara esquisita quando David leu o endereço. Por fim, David mostrou o celular ao motorista, que digitou o endereço no GPS. David não pôde deixar de se perguntar onde Leo estava, se nem os taxistas conheciam o lugar.

— Eh... pode me devolver o celular...? Obrigado.

O motorista sinalizou que o carro estava ocupado e arrancou. David escolhera um restaurante no bairro de Belém justamente porque ficava perto da casa de Leo. Enquanto o táxi entrava pela via do porto, ele repassou o motivo de sua viagem.

Leo Baela era um dos autores da editora Khoan. David lhe dedicava atenção especial porque com ele estreara como editor, há sete anos. Tinha passado dois meses com Leo, lado a lado, editando seu manuscrito, corrigindo os pontos fracos e explorando os fortes. *Deus de outono* foi um romance de bastante sucesso. Embora tivessem começado com uma tiragem de cinco mil exemplares, as recomendações dos leitores e a campanha de marketing funcionaram a tal ponto que, dois meses depois, tiveram de fazer uma segunda tiragem, e no mês seguinte uma terceira. Quando chegou a feira de Frankfurt, o agente literário vendeu os direitos de tradução para onze países em três continentes. Isso permitiu que Leo abandonasse seu emprego como contador em uma fábrica de sapatos para se dedicar apenas à escrita. Quis a tal ponto romper com sua vida anterior que resolveu mudar para Lisboa a fim de escrever seu segundo romance; e o que parecia ser um período de poucos meses na capital portuguesa acabou se transformando, depois que ele conheceu sua agora companheira Inês, em residência permanente. Leo alugou uma casa de dois andares com vigas aparentes e um jardim descuidado. Se você se debruçasse em uma das janelas, podia ver ao longe aquele castelo em miniatura que era a Torre de Belém. Ali, longe de David e de seus conselhos, dedicou-se a escrever *Nunca chove no norte*, seu segundo romance. As duas primeiras tiragens venderam com alguma rapidez, mas o livro estacionou. O boca a boca não funcionou como antes, e as críticas foram mornas, em comparação com as recebidas pelo romance de estreia. O agente vendeu o romance para três países, todos da Europa. David, pela experiência no mercado editorial, sabia que essas coisas eram comuns, às vezes um livro, mesmo sendo bom, não funcionava, não se conectava com os leitores. Sabia que *Nunca chove no norte* não tinha a magia de *Deus de outono*, aquele frescor dos autores estreantes que compensam a inexperiência com muito ímpeto e artifícios. Mas às vezes os escritores colocavam tanto de si mesmos e de sua própria vida no primeiro romance que, quando se dispunham a escrever o segundo, sentiam-se vazios. Era então que as dúvidas, os medos e a insegurança podiam atormentar um escritor que, em seu terceiro livro, se via obrigado a avançar em uma carreira que podia não ter muito futuro. David não era escritor, mas desde os vinte e oito anos trabalhava na editora e tinha tido contato com dezenas de autores. Se havia aprendido algo, era que escritores podiam se mostrar muito frágeis em certas ocasiões, e o trabalho do editor era ajudá-los sem pressionar demais. Ao fim e ao cabo, o que importava não era o número de leitores. Eram os livros. Eram os escritores. E muitos deles, no início, não tinham consciência de como a carreira literária podia ser sinuosa e cheia de ciladas.

Os leitores são exigentes e melindrosos. Se um autor novo os deslumbra, serão fiéis a ele em um próximo romance, mas, se o segundo não for bom, é muito provável que essa fidelidade desapareça com o terceiro. Então o autor pode afundar num mar de dúvidas, e é tarefa do editor lançar-lhe uma boia salva-vidas em meio à tempestade.

Há quatro meses David esperava o quinto capítulo. Leo demorava a responder às mensagens e nem sempre atendia ao telefone, de modo que ele se viu obrigado a visitá-lo para investigar o que estava acontecendo. Preferia ter ficado em casa com sua esposa, Silvia, saindo para jantar ou assistindo a um filme. Em vez disso, estava sozinho em Lisboa, percorrendo a zona portuária. Avistou do outro lado da baía a estátua do Cristo Rei de Almada, em meio à bruma criada na confluência entre o rio Tejo e o oceano Atlântico, e sentiu que, naquela noite, precisaria de um pouco da ajuda dele.

David passava a mão no assento de couro sintético quando o táxi abandonou a via do porto e entrou por ruelas estreitas. Não entendia o que o motorista dizia, mas, pelos gestos compreendeu que aquele não era um bairro bom. Na praça Martim Moniz, o homem parou e deu a entender que a corrida havia terminado. David não sabia se aquele era o lugar ou se o taxista não estava disposto a adentrar mais naquele bairro. Pagou e desceu. Atravessou a praça, procurando alguém com quem se informar. Encontrou um casal jovem e mostrou o endereço. Embora não falassem o mesmo idioma, indicaram-lhe a direção com sinais e assim, saltando de casal em casal, dez minutos depois ele acabou diante da porta de uma casa de três andares revestida de azulejos descascados. Ouvia-se música vinda do terceiro andar. David ligou mais uma vez para Leo, que não atendeu. Chateado ao perceber o rumo que a noite estava tomando, uma noite que havia previsto como tranquila, David tocou o interfone. Sem dizer uma palavra, alguém abriu. Ele subiu uma escada estreita até o último andar. A porta estava entreaberta. Ele entrou em meio a um estrondo de música eletrônica e uma maré de gente que lotava os quartos e corredores do que parecia um duplex. Uma mulher de cabelo volumoso e muitos colares se atirou em cima dele.

— Olá!

Deu-lhe um beijo no rosto, disse algo que David não compreendeu e avançou pelo corredor. David achou que ela o tinha confundido com outra pessoa. Sem dúvida, ele estava confuso.

Tentou distinguir a cabeça de Leo ou a da namorada dele, Inês. Ligou de novo para o celular, mas Leo continuava sem atender. Algumas pessoas lhe ofereceram uma lata de cerveja, que David recusou com um movimento de cabeça. Um homem baixo, com uma camiseta sem mangas, tocou-lhe o ombro e perguntou, em perfeito castelhano:

— Uma chupada, bonitão?

David ficou sem palavras. Por fim, respondeu:

— Agora não. Depois a gente vê...

O homem sorriu, deu de ombros e também desapareceu pelo corredor.

David se plantou em um canto e continuou a procurar Leo entre os presentes. Muitos o encaravam, perguntando-se o que fazia ali. David começava a se sentir como nas festas da faculdade. Por fim, viu Leo sair de um quarto. Discutia com uma mulher. Os dois gesticulavam muito e falavam mais alto que a música. Embora chateado,

David esperou que a discussão terminasse. Precisava admitir que aquela era uma mulher que qualquer um gostaria de ter por perto, mesmo que fosse para discutir. Ao lado dela, Leo, com camisa escura e cabelo revolto, parecia um triste candidato ao posto de companhia. Uma música famosa do Depeche Mode, que David lembrava de já ter dançado quando era mais jovem, começou a tocar. Certas coisas não mudavam nunca.

David não entendia o que os dois diziam, mas a mulher gritava na cara de Leo e tentou dar um soco no rosto dele, e o escritor só conseguiu desviar parcialmente do golpe. Pareceu que ela ia tentar de novo, mas se limitou a gritar mais e a voltar para o quarto. Leo começou a segui-la, mas se deteve, pensativo, sacudiu a fúria com um gesto e afastou-se caminhando pelo corredor, esquivando-se dos outros convidados. David foi ao seu encontro. Quando o alcançou, alguém tinha oferecido a Leo uma cerveja que ele havia aberto e que bebia com avidez.

David tocou o ombro de Leo e ele se virou. Arregalou os olhos, surpreso, como se não esperasse encontrá-lo ali.

— David! Quando chegou? Eu estava te esperando!

Leo passou a mão pelo rosto, no ponto atingido pelo soco da mulher. David ficou confuso, como se de alguma forma Leo desse a entender que a culpa pelo atraso fosse dele.

— Faz um tempinho. Liguei duas vezes para você.

— Bom, não dá para ouvir nada com essa música.

— Terminou? — perguntou David.

— O quê?

David demorou a responder.

— Sua coisa.

— Que coisa?

— Quando eu estava no restaurante, você me telefonou e disse que precisava resolver uma coisa...

Leo ficou olhando para ele um instante, em silêncio. Tomou um longo gole da cerveja. David percebeu que ele suava profusamente e tinha as pupilas dilatadas.

— Sim, bom... sei lá. Sim, acho que sim.

— E então? Vamos para um lugar mais tranquilo?

— Vamos, claro! Aqui não dá para conversar.

Leo o pegou pelo braço e o conduziu até a porta. No caminho, acenou para um sujeito que parecia ser o dono da casa indicando que estava de saída.

— Você não trouxe nenhum casaco? Lá fora está meio frio.

— Ih, não, não trouxe nada.

Desceram a escada e enveredaram pela rua de pedras, caminhando sem rumo.

— A poucas ruas daqui tem um bar que talvez continue aberto — disse Leo.

— A gente não ia jantar?

— Ia?

— Você já jantou, Leo?

— Bem, mais ou menos.

David se deteve e o enfrentou.

— Você tomou alguma coisa na festa?

— Tomou alguma coisa... Era uma festa!

— Quer que eu chame Inês para vir buscar você, e deixamos nosso encontro para amanhã?

Enquanto dizia isso, David se lembrou de que sua passagem de volta a Madri estava marcada para o dia seguinte.

— Não, ela não vai gostar nem um pouco disso.

E Leo riu baixinho. Não era um riso saudável, parecia que um som áspero saia zumbindo de sua garganta.

— Ela sabe que você veio para essa festa?

— David, Inês não quer saber mais de mim.

Leo continuou caminhando pelas ruas. Ali, pela primeira vez, David tomou consciência de como estava difícil, para Leo, continuar de pé.

Então passou um braço pela cintura do escritor e o ajudou a caminhar. Batia uma brisa suave e, embora um tanto fria, David confiava que isso ajudaria a despertá-lo um pouco. Caminharam um tempinho, procurando em vão um táxi, e acabaram na praça Martim Moniz, onde o outro motorista havia deixado o editor. David ajudou Leo a se sentar na borda de uma fonte e se aproximou da rua para esperar algum táxi. Não era possível que não passasse nenhum em uma praça tão grande.

Vislumbrou um carro ao longe, mas, quando levantou o braço, viu Leo vomitando na água da fonte. David segurou a cabeça do escritor enquanto o ruído do chapinhar se estendia pela praça. Quando terminou, Leo parecia melhor. Estava pálido e com o rosto molhado de suor. David olhou o conteúdo diluído na água e não encontrou quase nada sólido. Leo olhou para ele e sorriu como uma criança que fez os deveres de casa.

— Desculpe, David.
— Não tem problema.
— Tem, sim, desculpe.

Quando Leo se recuperou, foram juntos procurar um táxi. Poucos minutos depois apareceu um, desta vez de cor bege. Leo informou ao motorista, em português perfeito, o endereço da sua casa. O motorista deve ter perguntado se ele tinha dinheiro, porque Leo lhe mostrou o conteúdo de sua carteira.

Depois de circularem alguns minutos pelas ruelas, voltaram à rua do porto, desta vez na direção contrária, e com Leo de acompanhante. Isso era tudo que David tinha conseguido até aquele momento.

Leo havia baixado um pouco o vidro e deixava que o ar lhe batesse no rosto e desarrumasse o cabelo emplastrado de suor. David temia que ele se resfriasse e o cobriu com seu paletó.

— Não mandei o quinto capítulo para você — disse Leo, por fim.
— Não, não mandou.
— Ainda não escrevi.
— É por causa daquela mulher? A da festa?

Leo assentiu com a cabeça.

— Quem é?
— Carolina. Era o que eu precisava resolver.
— E resolveu?

Leo negou com a cabeça, lacônico. Passaram por baixo da ponte 25 de Abril e não falaram mais nada até chegarem à casa do escritor. Leo desceu do táxi, pegou a chave e tentou acertar a fechadura. David teve que pagar a corrida, embora não tivesse sido ele a mostrar a carteira ao taxista. Quando entraram, tudo estava sujo e desarrumado. David ajudou Leo a se despir e o meteu entre os lençóis revoltos da cama.

— Obrigado, David. E me desculpe.

— Não tem problema — repetiu David.
Leo adormeceu quase imediatamente. David procurou o quarto de hóspedes. O dormitório que ele recordava tão impecável era agora uma bagunça total. Acabou pegando uma manta e desabando no sofá. Seu estômago rugia. Não tinha jantado. Pensou em se levantar e assaltar a geladeira, mas, tendo visto o estado do apartamento, o da geladeira não seria melhor. Antes de fechar os olhos, perguntou-se por que não era o agente de Leo que aguentava essas situações. Afinal, ganhava comissão sobre as vendas.

David acordou com as costas estalando e doloridas. Levantou-se do sofá e procurou Leo pela casa. Outra vez, o escritor havia desaparecido. Ligou para ele e o celular tocou no criado-mudo. Sentou-se e pensou no que fazer. Havia duas chamadas perdidas de Silvia. Lembrou então que seu voo havia saído aquela manhã sem ele. Tinha se esquecido de telefonar a ela para dizer que não tinha pego o avião, de modo que sua mulher deve ter esperado em vão no desembarque. Praguejou baixinho. Era melhor voltar com um bom presente, que pudesse amortecer a discussão que sem dúvida teriam. Inclinou-se até tocar os pés e sentiu um rangido escapar de suas vértebras.
Nesse momento, Leo entrou. A fisionomia dele parecia melhor. Não tinha feito a barba, mas tinha tomado um banho e a cor voltara ao seu rosto. A manchinha roxa na bochecha era uma lembrança da conversa com Carolina. Aproximou-se de David e não soube o que dizer. Produziu-se um momento incômodo entre os dois. David não sabia se ficava feliz por ele estar melhor ou se dava uma bronca pela noite passada. Por fim, foi Leo quem quebrou o silêncio.
— Vamos tomar café?
Os dois caminharam pelas ruas residenciais do bairro e chegaram às velhas vias sulcadas pelos trilhos do bonde. Era uma manhã ensolarada, e muitos casais, em seu trajeto até as padarias, aproveitavam para curtir os raios do sol. Passaram pela porta do restaurante onde deveriam ter jantado na noite anterior. David o apontou a Leo.
— Ah! — disse o escritor. — Ouvi falar muito bem desse lugar. É bom?

— O vinho branco é excelente — respondeu David.

Leo indicou uma cafeteria e os dois escolherem uma mesinha na calçada. Um garçom amável, que parecia conhecer Leo, trouxe dois cafés duplos e uma bandeja com pastéis de Belém.

— Foram feitos agora mesmo — explicou Leo. — Inês me trazia aqui todos os domingos.

Tomou um gole de café e ficou pensativo.

— O que aconteceu com vocês? — perguntou David.

— O problema fui eu, que sou um babaca. Passei dois meses enchendo o saco, até que ela foi embora. Fiquei insuportável. Ela me largou, mas não dei outra opção.

— Por causa do livro?

— Por causa do livro. A porcaria do livro. Primeiro disse a mim mesmo que não podia escrever porque ela não me deixava sossegado, e quando foi embora não conseguia escrever porque passava o dia pensando nela. Só mesmo sendo muito idiota, não?

— Você estava com bloqueio, só isso. Às vezes acontece.

— Comigo acontece.

— Com todos. Todos os escritores sofrem um bloqueio em algum momento. É muito comum.

— Quantos escritores você vai buscar em festas, David?

David não respondeu. Tomou um gole de café e mordiscou um pastel de Belém.

— Não consigo, David.

O editor puxou seu caderno verde e o colocou em cima da mesa com um sorriso. Abriu-o e pegou uma caneta.

— Estou ouvindo.

Conversaram longa e detalhadamente. Leo explicou a trama, aonde queria levar os personagens e as dificuldades que havia encontrado. Muitas coisas David já sabia, mas outras eram novas, resultado do bloqueio. Os escritores experientes sabiam que esses bloqueios duravam poucos dias, então eles relaxavam e estudavam o problema sob outro ângulo. Era necessário se dar um tempo, mas não muito, para não perder o ímpeto. Leo havia insistido muito em desatar um nó da trama, mas só conseguiu aumentar ainda mais o impasse. E, quando não conseguiu sair, jogou a culpa em sua companheira, em sua editora, nas amizades, tudo aquilo em que deveria ter se apoiado para sair do atoleiro.

— Quando Inês foi embora, passei um mês péssimo. Já não conseguia escrever. Tentei de todas as formas: em casa, fora de casa, no computador, com caneta... inclusive me deram uma velha máquina de escrever, mas não teve jeito. Um amigo me disse que eu devia sair e arejar um pouco as ideias. Sabe como é, acabamos falando de mulheres. Então me convenci de que precisava estar com outra, para virar a página. Carolina e eu tínhamos flertado assim que cheguei a Lisboa, já faz tempo. Então tudo parecia mais simples, mas, você sabe, às vezes as coisas se complicam.

David sabia. Às vezes você se esquecia de avisar à sua mulher que não era preciso buscá-lo no aeroporto.

David leu para ele as anotações que havia feito no caderno e juntos traçaram novos caminhos para resolver os problemas. David pôde vislumbrar nos olhos de Leo aquele frenesi de quando a literatura o invadia e as ideias se atropelavam em sua cabeça, com pressa de sair dali. O garçom trouxe mais café e pastéis de Belém.

Por fim, Leo lhe fez a pergunta fatídica, aquela à qual David preferiria não ter que responder.

— O que acha, David? Acha que este romance é melhor do que *Deus de outono*?

David avaliou a resposta. Um bom editor não deve se limitar a dizer a verdade, mas também deve saber o que o autor precisa escutar.

— Acredito que, se você se esforçar, vai ter material para que este seja seu melhor romance. Mas as páginas não se preenchem sozinhas.

Leo ficou um momento em silêncio e sorriu.

— Obrigado. Eu precisava ouvir algo assim, é verdade.

David vislumbrou um brilho nos olhos dele.

— No final, tudo se reduz a isso, não? A escrever — disse Leo.

— É a única coisa com a qual você deve se preocupar. Não pense na publicação, nem nas traduções, nem nas vendas internacionais. Esses são problemas de outros. Quem se preocupa com isso somos eu e seu agente. Se concentre em encontrar o tempo e a calma para sentar e escrever. Para você, já é o bastante ter que lidar com isso.

— Cacete, quem dera que Inês estivesse aqui.

Tomaram outro gole de café e deram por encerrada a reunião. O garçom embrulhou os pastéis que sobraram e os entregou a David. Leo foi até o calçadão do porto e, com um movimento majestoso, como se fosse um atleta grego, lançou ao rio o caderno verde. Encarou um David surpreso e disse:

— Não vamos precisar mais dele. Está tudo aqui.

E tocou a têmpora com o dedo. Seu sorriso contagiou David, que soube então que sua missão estava cumprida.

Caminharam até a casa de Leo e, dali, pediram um táxi para levar David ao hotel. Despediram-se na porta com um abraço efusivo. David perguntou:

— Por que Lisboa, Leo? Por que não ficou na Espanha?

Leo pareceu buscar a resposta em seu íntimo, e, quando a encontrou, deixou-a sair como um suspiro.

— Passei umas férias com meus pais aqui, quando era pequeno, antes de eles se divorciarem. Na minha memória, foram os dias em que me senti mais feliz.

— Puxa... — conseguiu dizer David.

— É uma cidade mágica. Sabia que é quatrocentos anos mais antiga do que Roma?

— Não, não sabia.

O taxista buzinou. David entrou no carro, outra vez preto e verde-jade. Despediu-se com um aceno. Foi até o hotel onde não havia chegado a dormir. Antes de sair, deu uma olhada no espelho do banheiro e acendeu a luz para se ver melhor. Parecia cansado, com a barba por fazer e o cabelo sujo e oleoso. Muito mais velho do que os seus trinta e cinco anos. Guardou no bolso do paletó um pente ainda envolto em plástico para se ajeitar a caminho do aeroporto da Portela. Pegou a mala, que mal havia aberto, e pagou a conta do hotel.

O painel do aeroporto mostrava que um voo partiria dentro de quinze minutos, mas não havia mais lugares. O seguinte sairia dali a três horas. David xingou baixinho. Devia ter feito a reserva antes de sair do hotel. Comprou a passagem e se sentou para esperar em uma das desconfortáveis poltronas sob as esculturas de tubos futuristas. Se soubesse, poderia ter ficado para almoçar com Leo e continuar falando sobre o livro. Mas uma pequena parte dele dizia que tudo daria certo. Quem sabe talvez, dali a um ano e meio, *O clavicórdio* ocupasse alguma estante em uma livraria desse mesmo aeroporto? Pensou em uma maneira de aproveitar o tempo.

Pegou o celular e procurou na agenda. Esperou alguns segundos. Uma voz feminina atendeu.

— Alô?

— Olá, Inês, aqui é David Peralta, o editor do Leo.

2. Ácido fólico

Quando o avião decolou, com a luz da tarde ainda arrancando centelhas de prata das águas do Tejo, David se deu conta de que não tinha comprado um presente para Silvia. A conversa com Inês o tinha feito pensar em outras coisas e ele esqueceu a ideia. Xingou baixinho. Tentou cochilar durante o voo, mas a aeromoça não parava de despertá-lo oferecendo bebidas. Quando finalmente conseguiu, já estavam aterrissando em Barajas. Não teve tempo nem para abrir o invólucro do pente.

Ninguém estava à sua espera. Ele viu como todos, menos ele, tinham alguém a quem abraçar no desembarque. Claro que cada um, em algum momento de sua viagem, havia ligado para essa pessoa, que agora o esperava com um sorriso, e informado a hora de chegada do voo.

Depois de trinta minutos um táxi, desta vez branco com uma faixa vermelha, levou-o até sua casa, no bairro de Las Tablas. Sessenta e sete metros quadrados de drywall e piso em tábua corrida, com duzentos mil euros de hipoteca em vinte e cinco anos. Tirou os sapatos com os calcanhares e atacou a geladeira. Mal havia comido desde o café da manhã, e estava faminto. Silvia havia feito compras e a geladeira estava abastecida. Ainda mastigando restos de frango, dirigiu-se ao quarto deixando peças de roupa pelo corredor, como migalhas de pão.

Silvia tinha se encarregado de organizar o ambiente com a ajuda de sua irmã Helena, decoradora profissional. Haviam conseguido mitigar a falta de espaço com a escolha de móveis e complementos adequados. David, encantado, dedicava-se a desfrutar desse apartamento pintado em cores claras. Sabia que a mulher e a cunhada usavam a arrumação da casa como desculpa para tomar café e escutar música folheando catálogos de decoração e falando de suas coisas, aquelas nas quais David não podia intervir por estar frequentemente viajando.

As mesmas coisas sobre as quais, antes, David e Silvia conversavam, nus embaixo dos lençóis, antes que a vida profissional e o estresse lhes roubassem a energia e o desejo.

Ligou para a editora e disse que iria trabalhar no dia seguinte. Elsa, a secretária pessoal de Khoan, disse que o chefe queria falar com ele logo pela manhã. David se perguntou se isso significaria algum problema: poucas vezes os superiores chamam um subordinado à sua sala para lhe dar uma palmadinha no ombro, a qual supostamente está incluída no salário. Também telefonou a Silvia para dizer que estava de volta, mas ela desligou o celular ao segundo toque. David franziu a testa. Pensou se teria tempo de dormir um pouco antes que ela chegasse, mas concluiu que não conseguiria pegar no sono. Não depois de ter esquecido dela. Entrou no chuveiro e ficou embaixo da água quente por tanto tempo quanto pôde, até que o espelho e seus pensamentos ficaram embaçados. Ensaboou-se duas vezes com capricho, tentando se livrar do cansaço e da culpa, e conseguindo somente uma pele avermelhada. Ainda de roupão, começou a desfazer a mala e guardar as coisas no armário. Colocou a roupa amassada, que não havia usado, na pilha das peças para passar. Desfeita a mala, só lhe restou o pacote da cafeteria com os pastéis de Belém que haviam sobrado. Segurou-o e se sentou na cama.

— Vai molhar os lençóis.

David não a tinha visto entrar. Ela vestia um tailleur sóbrio e uma camisa branca com a gola por cima das lapelas. O cabelo, recolhido em um coque, tinha se soltado um pouco no trajeto para casa. Os olhos castanhos, rodeados de minúsculas sardas, fitavam-no com curiosidade. David levantou a cabeça e sustentou o olhar, até que ela sorriu e ele relaxou as feições contraídas. Em um instante, mediram--se sem dizer nada. As palavras fluíram de um olhar a outro e os dois tiveram uma conversa silenciosa, de uma intimidade impossível de manter de outro modo. O tipo de intimidade que sabe ler um gesto, um meio sorriso, uma palavra que não saiu dos lábios. Uns olhos que souberam dizer sinto muito e outros que sem necessidade de sons souberam dizer eu sei. Como dois marinheiros que contornam juntos o temporal, sabendo que um não sobrevive sem o outro, que se o barco for a pique os dois se afogam. E juntos tiram a água do barco para tentar mantê-lo flutuando, embora saibam que acabarão afundando em algum momento. Porque enquanto sentirem as fisgadas nos braços saberão que continuam vivos. Que, por enquanto, estar junto da outra pessoa é suficiente.

— Trouxe pastéis para você — disse David, estendendo a ela o pacote.

Foi um jantar agradável. Na mesa, uma tábua de patês que Silvia gostava de comer com geleia de morango, um mexido de champignons e uma salada de endívias os acompanharam em uma noitada que os dois não tinham havia tempo. Nas temporadas em que David estava em casa, jantavam na cozinha. Não costumavam fazer refeições especiais durante a semana, limitavam-se a comer e a dividir as peripécias do dia. Silvia relatava o que acontecia em seu escritório e David comentava como andavam os romances de seus escritores. Nas sextas e sábados, saíam com amigos para jantar, tomar um vinho ou sentar-se em uma varanda para contar casos.

A conversa girava em torno da viagem de David e dos problemas de Leo com o romance, mas ambos sabiam que havia cartas escondidas que eles precisariam revelar em algum momento.

— Acho que o Leo vai conseguir — dizia David. — Quando me despedi, notei uma calma que não via nele há muito tempo. Era como se um momento de confiança tivesse se estabelecido entre nós dois. E isso é muito importante entre um editor e um escritor. Poder contar os problemas.

Silvia aguardou um instante, esperando que David se desse conta da simbologia de suas palavras. David não pareceu notar, de modo que ela esperou e, quando ele acabou de falar, colocou em cima da mesa uma caixa de remédio.

— O que é? — perguntou David.
— Ácido fólico — respondeu Silvia.
— E serve para quê?
— Para ajudar o embrião a se fixar no útero.

David ficou petrificado e buscou algo para dizer, mas sua língua estava travada. Silvia respondeu à pergunta não formulada.

— Não, David.
— Não?
— Não. Você está feliz com essa resposta?

David sabia que essa era uma pergunta da qual não era possível se sair bem.

— Eu não estava preparado, só isso.
— É sempre assim, David. Você não está preparado.
— Para ter um filho?
— Entre outras coisas, sim. — A fala de Silvia não era ácida. Não o culpava por nada.
— Ter um filho muda muitas coisas, Silvia.
— Eu sei. Mas então, vamos mudar. O que precisamos fazer?
— Como assim, o que precisamos fazer? Este apartamento, para começar. É muito pequeno.
— Concordo. Vamos nos mudar daqui.

David notava o tom decidido de Silvia e sabia que iriam ter problemas. As rachaduras começavam a aparecer na represa, e pequenos filetes de água corriam pelas paredes.

— O carro — continuou David. — Não é prático.
— Certo. O carro. Vamos trocar.
— Não é tão fácil, Silvia. É preciso ir planejando aos poucos, com tempo. Não podemos vender tudo e comprar outras coisas da noite para o dia.
— Não temos tempo — respondeu ela.
— Quem disse?
— Eu digo. Eu e meus trinta e quatro anos dizemos. Nós dois já não somos garotos, David. Não importa o que você ache.
— É normal ter filhos perto dos quarenta. Muitas mulheres fazem isso.
— David, eu quero poder curtir os filhos ainda jovem. Acho que chegou a hora de decidirmos.
— Você tem medo de engravidar muito mais velha? Porque se for isso...
— Não quero que sejamos uns avós velhinhos. Você não quer poder brincar com seus netos?

— Agora são netos? Silvia, não acha que estamos indo um pouco rápido demais? Olha, não estou dizendo que não quero ter filhos, de jeito nenhum, você sabe que estamos falando disso faz tempo, mas...

— Se estamos falando faz tempo, o que estamos fazendo aqui, falando de novo?

David se calou. Sabia que devia dizer algo que resolvesse a situação. Alguma frase que lhe indicasse a saída desse labirinto no qual ele só conseguia dar voltas, mas não sabia qual era. Devia dizer algo, mas Silvia se adiantou.

— É sempre assim, David. Falamos de ter filhos, mas no futuro. Sempre no futuro. Pois bem, o futuro já chegou.

— Certo. Mas, Silvia, você não pode chegar uma noite, colocar uma caixa de comprimidos em cima da mesa e esperar que isso me dê todas as respostas. Nessas coisas, é preciso ir devagar. Por exemplo, ter filhos vai atrasar sua carreira.

— Meu trabalho não tem licença-maternidade, David.

— Como assim? Nenhuma mulher tem filhos?

— Claro que elas têm, mas as que engravidam acabam deixando a empresa. Sempre há motivos para demitir alguém.

— Mas é ilegal demitir por conta da gravidez. Não se pode incluir uma cláusula assim num contrato.

— Não existe cláusula. Simplesmente, quando entrevistam você e fazem todas as perguntas, soltam de passagem: "Bom, de maternidade nem falamos, claro, porque esse assunto está proibido nesta empresa".

— E então? — perguntou David.

Silvia o encarou por um momento, como se esperasse que ele descobrisse a resposta, mas David não estava para adivinhações.

— Eu mudo de emprego.

— Muda? Para onde?

Silvia estava decidida, e a simples oposição de David não era suficiente para detê-la.

— Para onde não fizerem objeções à gravidez. De qualquer maneira, depois da licença-maternidade eu pediria uma licença não remunerada por algum tempo.

— E no meu trabalho eu faço o quê? O que você vai fazer enquanto eu estiver viajando?

— David, não podemos mudar tudo menos você. Ter um filho envolve mudanças para os dois.

— O que você quer? Que eu me demita?

— Não, mas vai precisar passar a um cargo que não envolva tantas viagens.

— Não é assim tão fácil. Esse cargo seria o de diretor editorial, e só se consegue isso com uma promoção.

— E se você mudar para um posto de menos responsabilidade?

— Isso significaria menos dinheiro. E, se você parar de trabalhar e eu ganhar menos, estaremos bem-arranjados.

— Mas alguma coisa tem que ser feita.

Silvia o encarava enquanto falava, e muitas vezes David desviava o olhar. Era muita pressão.

— Não sei. Me deixe pensar.

— David, não estou disposta a adiar isto mais uma vez. Você é suficientemente sagaz e me conhece o bastante para saber o que está pondo em jogo esta noite. Eu quero fazer isso com você. Quero ter um filho. Você deveria me apoiar, e não ficar procurando desculpas.

— Veja bem, Silvia, não tenho todas as respostas. Você não pode esperar que eu assimile em um segundo o que aparentemente você vem pensando há meses. Me dê alguns dias para pensar no que fazer, para ver que oportunidades tenho na editora. Vou precisar me reunir com meu chefe e falar com ele. — Parou um momento, fitou-a nos olhos e repetiu: — Não tenho todas as respostas, amor.

— Isso de você me dizer que vai tentar já me satisfaz. Sei que não é fácil e que será preciso mudar muitas coisas na nossa vida, mas é uma mudança que eu quero fazer com você. E espero que você também queira. Fale com ele o que tiver que falar, e daqui a uma semana a gente conversa de novo. Mas para tomar uma decisão. Não é um adiamento. É um plano.

— Certo — respondeu David. — Amanhã eu falo com meu chefe. Aliás, ele também quer falar comigo.

Silvia sorriu, com um sorriso doce que fazia David lembrar por que havia decidido se declarar e por que ter filhos com ela nunca tinha lhe parecido um problema. Sempre havia imaginado crianças parecidas com Silvia, e ficava feliz com isso. Só que o momento nunca estava certo. Agora, não importava o momento, teriam que começar a tomar decisões.

— Quer ir dormir, amor?

— Pois é, quero sim, porque eu mal... Ah...

David compreendeu a mensagem de Silvia. Parou de falar e sorriu.

— Você vai parar de tomar pílula hoje, não é?

— Sim, essa noite — disse Silvia. — Mas agora é só um aquecimento.

3. Thomas Maud

Estendida no solo, com o sangue manchando suas mãos, a mulher não me pareceu capaz de dar a volta ao mundo para conseguir o que queria. Os olhos abertos, uns olhos verdes como a esperança, salpicados de pontos amarelos velados pelas lágrimas que se acumulavam em suas retinas, pareciam suplicar em silêncio por um destino que já não lhe importava, simplesmente por fazer bem as coisas. Antes de ir-se para sempre de seu lado...

David lia em seu escritório na editora, situada em um edifício histórico da calle Serrano em Madri. Enquanto ele passava as páginas do manuscrito encadernado em espiral, a luz da manhã entrava pela janela e batia em sua nuca produzindo uma sensação agradável de cócegas. Era um dos milhares de romances que a editora recebia todo ano, enviados por aspirantes a escritores que derramavam neles suas esperanças para o futuro. Talvez encanadores que pensavam os diálogos de seus personagens enquanto apertavam com uma chave inglesa a tubulação do banheiro. Ou estudantes de filologia que, fartos de ler livros que não os satisfaziam, pensavam: *Não parece tão difícil. Eu posso escrever melhor do que muitos deles.*

E se lançavam àquilo, às vezes a esmo, às vezes com um minucioso estudo antes de molhar a pena no tinteiro. E não parecia algo tão sem pé nem cabeça: Stephen King foi professor de inglês antes de escrever seu primeiro livro, Conan Doyle era médico, Patricia Highsmith fazia roteiros para histórias em quadrinhos, Nabokov era entomologista, Kafka era funcionário em uma empresa de seguros, Thomas Pynchon escrevia manuais técnicos para a Boeing, Leo Baela era contador em uma fábrica de sapatos. Se até Chuck Palahniuk foi mecânico em uma fábrica de caminhões!

A história da literatura estava cheia de escritores que mudaram seu destino graças a um livro. Os jovens aspirantes sabiam disso e se esforçavam para que sua história se tornasse realidade. Sempre dando o melhor de si em cada parágrafo, reescrevendo dezenas de vezes alguns dos capítulos que agora David lia na confortável poltrona de sua sala. Os livros nos quais os aspirantes depositavam suas esperanças eram guardados em um quartinho junto com o material de escritório.

Todas as pessoas que trabalhavam na editora, por mais alto que fosse o cargo, deviam apresentar mensalmente uma resenha de algum livro. Foi uma ideia do próprio Khoan. Ele dizia que aqueles originais que chegavam acolchoados em plástico-bolha e que eram depositados no cubículo, sem respeito algum, eram o ganha-pão deles. Eram a matéria-prima de seu trabalho. Embora existisse um comitê de leitura, formado por profissionais capazes de descobrir nas primeiras páginas se um romance valia a pena — David havia sido um desses, antes de ascender a editor —, todos os funcionários da editora Khoan tinham que apresentar pontualmente suas resenhas. Qualquer um era bom para ler, qualquer um podia desfrutar de um bom livro.

Em sua maioria, os originais não eram bons. Muitos eram ruins. Alguns, terríveis. Mas se um deles, um só entre milhares, fosse publicável, todo o esforço valia a pena. Porque em algum lugar do mundo, encerrado em um quartinho imundo, diante de um computador, uma máquina de escrever ou um simples caderno, haveria sempre um escritor criando um grande livro. E a editora Khoan buscava esse escritor. Esperava ansiosa que ele mandasse o texto. Mas, se não fossem lidos todos e cada um dos que chegavam, não podia saber se isso já tinha acontecido.

Porque um deles poderia ser o próximo Thomas Maud.

Quando havia começado a trabalhar na empresa, sete anos antes, sempre que abria um manuscrito David abrigava a esperança de que fosse um grande romance. Mas, depois de sete anos, só havia encontrado seis que valessem a pena. Desses seis, publicaram quatro, entre os quais o primeiro de Leo Baela, *Deus de outono*. Desses quatro, dois venderam muito bem, os outros nem tanto. Agora, passados todos esses anos e após tantas resenhas escritas sobre tantos romances ruins, ele lia os manuscritos com desânimo, como alguém que lê várias vezes o mesmo livro com diferentes personagens que se comportam de maneira idêntica.

Em seus primeiros meses, acreditava firmemente que seria ele a encontrar o próximo sucesso da editora. E sonhava fechar a porta de sua sala e ler com tranquilidade, sabendo que nesse momento, nesse lugar, estaria desfrutando de um livro que ninguém tinha lido ainda, mas que estava destinado a preencher as horas de milhões de pessoas. Só que esse momento não havia chegado, e ele não sabia se um dia chegaria.

— David...

— Sim?

Levantou os olhos do manuscrito. Diante dele estava um dos funcionários administrativos da editora.

— O senhor Khoan está chamando você, David.

— Obrigado. Vou em um minuto.

Não queria parecer um cão submisso que corre para atender ao chamado do dono. Obrigou-se a esperar alguns minutos antes de cruzar a porta.

Antes de entrar no hall do escritório de Khoan, ajeitou o paletó. Perto da porta, em uma mesa lotada de papéis, encontrava-se a secretária do chefe, Elsa Carrero, uma mulher na casa dos quarenta que se maquiava demais e cujo cabelo parecia viver sob uma espessa camada de laquê. Mesmo assim, seu rosto não tinha perdido o resto dos atrativos que ela devia ter tido em uma juventude não muito distante. Prestando-se atenção, era possível notar um nariz pequeno e arrebitado e belos olhos castanhos, com cílios cheios de bolotas de rímel.

David só a conhecia de vista. Elsa estava ali havia três semanas, ocupando o lugar da antiga secretária de Khoan, recém-aposentada.

Cumprimentou-a com um leve movimento de cabeça.

— O senhor Khoan o receberá dentro de poucos minutos, senhor Peralta.

— Obrigado — respondeu David. Sorriu ante a excessiva formalidade de chamá-lo de senhor. Disse a si mesmo que ela estava trabalhando havia pouco tempo. Não demoraria a se descontrair.

Começou a caminhar para lá e para cá no hall, enquanto imaginava as razões que Khoan teria para chamá-lo. Desde que entrara para a editora, tinham conversado somente umas seis vezes, duas das quais incluíram pouco mais do que frases protocolares: "Como vai? E sua esposa? Muito trabalho, não é mesmo?". Esta convocação poderia ser por causa do atraso no novo romance de Leo? Parecia pouco provável. Embora fosse verdade que estavam com prazos meio apertados, não era preocupante. No pior dos casos, sempre poderiam modificar o cronograma para levá-lo à feira de Londres, e não à de Frankfurt. Durante um momento, fantasiou com a ideia de ter sido chamado para uma promoção. Isso resolveria tudo: seus problemas com Silvia, as dificuldades econômicas, se afinal tivessem um filho, e a satisfação pessoal de saber que seu trabalho era apreciado. Poderia ser? Era possível. David sorriu internamente, pensando nisso. Sentia-se como na faculdade de filologia, quando ele e seus colegas esperavam que a lista de notas fosse pendurada no quadro de avisos do corredor.

Em seu caminhar nervoso, passou várias vezes por uns pôsteres com os primeiros parágrafos impressos de *A hélice*, a famosa saga de Thomas Maud, o escritor mais conhecido da editora. Viu as primeiras frases e as leu em voz alta quase sem se dar conta.

— Como disse?

David se virou. Era Elsa quem havia falado.

— Desculpe, eu estava lendo em voz alta.

— *A hélice*, não?

— Isso mesmo.

— Não ache que o senhor é o único. Pelo que já vi, isso acontece com muitas das pessoas que ficam aqui esperando.

— É um grande romance.

Elsa se mexeu no assento, encabulada, e desviou o olhar, pegando uns papéis na mesa. David a encarou, desconfiado.

— A senhora já leu? — perguntou.

— Não — admitiu Elsa. — Ainda não tive tempo.

David custava a acreditar. Mais de noventa milhões de pessoas em todo o mundo haviam desfrutado da saga de *A hélice*, mas não Elsa, a nova secretária do editor do próprio Thomas Maud. Era estranho que alguém que gostasse de literatura não o tivesse lido. *A hélice* era

O senhor dos anéis do século XXI. Thomas Maud era para a literatura de ficção científica o mesmo que Agatha Christie para os romances policiais; até mais, pois Thomas Maud era lido por gente que jamais tinha sido atraída pelo gênero. David conhecera pessoas que haviam sido conquistadas pela saga sem sequer serem aficionadas à leitura. Não existia muita gente capaz de escrever obras-primas. Thomas Maud era uma das exceções.

— Não consigo acreditar — disse David à secretária.

— Pois é, muita gente me recomendou, mas, desde que comecei aqui, não tive muito tempo. O senhor Khoan é muito ocupado, e me dá tanto trabalho que, quando chego em casa, não tenho vontade de ler.

— Entendo. E eu gostaria de não ter lido esse livro...

— Mas não disse que era bom?

— A senhora não me deixou terminar. Eu gostaria de não ter lido porque assim poderia descobri-lo outra vez.

— Gostou tanto assim?

— Sabe aqueles livros que, como dizem, podem mudar sua vida? Para mim, *A hélice* foi um deles. Sabe quantos exemplares da saga foram vendidos?

— Uns noventa milhões.

— Mas sabe de quanto foi a primeira tiragem?

— Não, isso eu não sei.

— Menos de cinco mil. Menos de cinco mil — repetiu David, marcando as sílabas para frisar a importância. — Começou a vender aos poucos. Todos os que liam o romance o recomendavam aos seus conhecidos. Que liam, adoravam e o recomendavam de novo. E assim sucessivamente, até as mais de cem tiragens que foram impressas. Foi traduzido para mais de setenta idiomas.

— O senhor já trabalhava aqui nessa época? — perguntou a secretária.

— Acho que naquela época ninguém trabalhava aqui, exceto Khoan.

— Então, como sabe disso?

— Há centenas de lendas sobre *A hélice*. Eu fiquei sabendo de mais algumas quando comecei a trabalhar aqui na editora.

— Ah, é? Quais?

O rosto de Elsa começava a se animar com a conversa de David, como se ele tivesse vindo entretê-la em vez de comparecer a uma reunião com seu chefe. David se sentou diante da mesa dela e se aproximou, baixando a voz.

— Sabe por que Khoan insiste tanto em que todos nós leiamos os originais que recebemos?

— Não. Creio que é porque o pessoal do departamento de leitura está saturado.

— É porque, quando *A hélice* chegou pelo correio, a editora estava à beira da falência. Era o próprio Khoan quem lia todos os romances que chegavam. Dizem que ele leu *A hélice* e correu para comprar os direitos, antes de qualquer outra editora. Sabe que precisou dar a casa como garantia, para ter crédito para fazer a primeira edição?

— Nem imaginava. Mas é muito arriscado. Como isso foi acontecer?

— Se tivesse lido *A hélice*, a senhora entenderia. Essa saga é uma fábrica de dinheiro. Mas isso não é o melhor.

— O que é o melhor? — Elsa havia se aproximado de David e os dois falavam a um palmo de distância.

— Imagino que a senhora saiba sobre Thomas Maud.

— Saber o quê?

— Que, exceto Khoan, ninguém o conhece.

— Ouvi alguma coisa. Que ele não dá entrevistas nem nada.

— Não é só que não dê entrevistas — corrigiu David. — É que ninguém sabe quem ele é. Nem onde vive. Só Khoan. Por acaso a senhora já viu Thomas Maud por aqui?

— Só Khoan? Por que isso?

— Não sei. Os escritores são muito esquisitos. Ao que parece, Thomas Maud quer preservar seu anonimato. E deve ter feito algum acordo com Khoan para que ele não revelasse a identidade dele. Isso é o mais provável, mas já se imaginou muita coisa. Desde que tudo é uma montagem, para criar uma aura de mistério, até que mandaram à editora a saga completa e depois o autor morreu.

— Mas é muito estranho, não?

— Bom, nem tanto. Já houve casos de autores que se retiraram da vida pública. Desde J. D. Salinger, o autor de *O apanhador no campo de centeio*, até Thomas Pynchon.

— Por que eles fazem isso?

— Para não serem importunados. Por exemplo, as pessoas telefonavam a Tolkien de todas as partes do mundo, a qualquer hora do dia ou da noite, para dizer que haviam adorado *O senhor dos anéis*. Muitas, inclusive, entravam em sua sala na Universidade de Oxford para pegar alguma lembrança. Mas eu tenho a impressão de que, com Thomas Maud, o motivo não é esse.

— E qual seria, em sua opinião?

David não sabia bem o que pensar dessa mulher. Não entendia como Khoan podia ter contratado uma secretária que conhecesse tão pouco o maior sucesso da editora. Em sua função, era ela quem tinha mais condições para esclarecer todas as sombras daquele mistério. Pensou que talvez fosse isso o que Khoan buscava. Uma mulher simples, sem um interesse desmedido.

— Alguns escritores precisam se proteger da multidão. Às vezes o ato de escrever se transforma em algo muito frágil, que pode se interromper se você o aproximar demais das pessoas.

— Puxa... É uma boa história. Não é de estranhar que o autor desperte interesse.

— Sem dúvida. E também é preciso considerar que os cinco livros da saga são extraordinários.

— Mas ele ainda não a concluiu...

— Estamos no quinto dos sete livros previstos, mas creio que a única pessoa que sabe com segurança quando acabará é Khoan.

— Puxa, agora acho que preciso ler.

— Faça isso. Se não fosse por esse livro, Khoan provavelmente teria falido, e hoje nenhum de nós estaria trabalhando aqui.

— Como um simples livro pode mudar as coisas!

— Não é um simples livro. Guiou milhões de pessoas, e, se chegar a ler, é possível que também a guie.

— Acho que está exagerando um pouco, senhor Peralta.

— Nem um tiquinho. Nunca leu um livro que parecia falar com você?

— Nunca — admitiu Elsa.

— Comigo também nunca tinha acontecido, até que li *A hélice*. Por isso disse que gostaria de estar no seu lugar.

A secretária riu disfarçadamente.

— Deveria trabalhar em publicidade, senhor Peralta. Sabe vender muito bem.

A porta do escritório se abriu e metade do corpo de Khoan apareceu no vão. David e Elsa se separaram instantaneamente, como dois alunos que foram flagrados colando. Kohan pareceu não perceber.

— Pode entrar, David. Desculpe a demora.

— Não se preocupe, senhor Khoan.

David se levantou e, antes de entrar, pegou um livro na estante. Estendeu-o a Elsa. Ambos sabiam qual era.

— Tome — disse David. — E divirta-se.

— Obrigada — respondeu Elsa, com o romance nas mãos.

Mas o senhor Peralta já tinha desaparecido.

O escritório de Khoan devia ter, pelos cálculos de David, pouco mais de sessenta metros quadrados, quase tanto quanto sua casa com Silvia. No chão, em pequenas pilhas, acumulavam-se livros e manuscritos de todo tipo. Na escrivaninha, montes de papéis espalhados sem ordem. O fio do telefone assomava por baixo com cautela, como um rato que não se atreve a sair da toca. No entanto, o que mais impressionou David não foi a desordem do escritório, nem o rosto prematuramente envelhecido do presidente, que David recordava em geral bastante viçoso, mas a presença de um homem que carregava nas costas um enorme equipamento eletrônico, cujo uso ele não soube decifrar, e segurava uma espécie de pá de minerador. Movia-se cuidadosamente ao longo das paredes, tateando à procura de algo. Com um aceno de mão, Khoan pediu a David que esperasse um instante até que o desconhecido concluísse seu trabalho.

— Senhor Khoan, está limpo. Não há nada com que se preocupar. Instalei um *scrambler* para impedir escutas — disse o sujeito, quando acabou.

— Excelente. Muito obrigado. Minha secretária lhe mandará um cheque.

Quando o homem saiu, Khoan fechou a porta e se dirigiu à escrivaninha, pensativo. David, embora procurasse exibir uma fisionomia impassível, estava ansioso para saber o que acontecia ali, e que tipo de preparativo era tão necessário antes da reunião. Finalmente Khoan pareceu começar, enquanto arrumava os papéis de sua mesa em uma pequena coluna.

— Bom, David, esta vai ser uma reunião um pouco atípica. Quero contar umas coisas e preciso que, antes disso, você acate algumas regras.

— Pode falar com tranquilidade.

David não sabia se também devia tratá-lo por você.

— Devo lembrar você de certos aspectos do seu contrato com a editora. Lembra da cláusula de confidencialidade?

— Claro. Nunca esqueci essa parte, desde que comecei a trabalhar aqui.

Khoan sorriu um instante, antes de prosseguir.

— Essa cláusula estabelece que você não pode contar a ninguém nada do que acontece nesta empresa, nem mesmo à sua esposa ou aos escritores com quem trabalha.

David assentiu.

— Pois bem — continuou o presidente —, essa cláusula nunca foi tão importante para você e para mim como neste instante. É possível que, ao entrar, você tenha se perguntado quem era aquele homem.

— Não é da minha conta.

— Pare com essas bobagens! Não estou aqui para ouvir frases protocolares! Você ficou pensando nisso ou não?

— Sim, pensei.

David nunca vira Khoan se alterar. No escritório, ele tinha fama de ser imperturbável. Dizia-se que, se sofresse um acidente aéreo, enquanto o avião caía ele continuaria suas palavras cruzadas. Com caneta, claro.

— Pois bem, aquele homem estava fazendo uma varredura eletrônica em busca de grampos. Espero que, com isso, fique clara para você a importância de que, aconteça o que acontecer, pense você o que pensar e decida o que decidir, tudo o que eu falar permaneça aqui.

— Não se preocupe. Sou um túmulo.

— É isso que eu queria ouvir. Saiba, David, que enquanto você ainda estava no voo de volta, recebi um telefonema de Leo Baela.

David ficou nervoso. O que Leo teria dito? Por que ligou para a editora?

— Ele me contou que teve uma pequena crise e que você o ajudou. Tanto do ponto de vista profissional quanto do pessoal. Contou que você não só o ajudou a sair de uma festa que estava se tornando comprometedora como também conseguiu que a namorada reatasse com ele. É verdade?

David imaginou Leo exagerando a situação para fazer com que tudo ficasse a seu favor, acrescentando detalhes escabrosos nos quais um tímido David, que o havia metido bêbado em um táxi e o coberto com seu paletó, lutava contra gigantes e moinhos para tirá-lo dali. Gostou de saber que Inês e Leo tinham reatado.

— Bom — admitiu —, é verdade que tivemos um pequeno contratempo.

— Gosto de contar com gente capaz de tomar a iniciativa quando surgem problemas. Gente prática. A pessoa se sente mais segura quando tem alguém assim por perto. E estou convencido de que os escritores pensam o mesmo, entende? Precisamos ter respostas para tudo. Eles são muito inseguros e, se virem que fraquejamos, podem desabar. Sentem-se melhor tendo alguém que possa solucionar todos os seus problemas.

— Todo mundo quer que as coisas acabem bem, e qualquer ajuda é pouca.

— Exato! — exclamou Khoan. — Sobre o assunto que quero falar, o motivo pelo qual o chamei aqui... de novo, lembro a você a cláusula de confidencialidade.

— Estou ciente dela, senhor Khoan, não precisa se preocupar.

— Fico feliz em ouvir isso.

Khoan fez uma pausa que a David pareceu eterna.

— David, chamei você aqui para falar sobre Thomas Maud.

David não conseguia entender essa mudança no rumo da conversa. O que Thomas Maud tinha a ver com ele? Só queria que Khoan dissesse que ia promovê-lo, e seus problemas se resolveriam. Que ele poderia ter um filho com Silvia, sem mais complicações.

— Como você deve saber — continuou o presidente —, Thomas Maud é um escritor um pouco recluso e prefere que o público desconheça sua identidade. Não vou dizer que a publicação da saga dele não fez desta editora o que ela é hoje, pois estaria mentindo. É verdade que agora temos muitos autores de renome e de indiscutível qualidade, mas o astro deste circo, a atração pela qual as pessoas compram a entrada, é Thomas Maud.

— Eu sei — disse David.

— Existem muitas lendas sobre Thomas e esta editora. Algumas inventadas pelo público e outras por colegas invejosos. Vou contar uma história que vai facilitar tudo para você.

Finalmente o presidente sugeriu que David se sentasse em uma cadeira diante da escrivaninha e ele mesmo se refestelou em uma imensa poltrona de rangente couro preto.

— Esta que agora chamamos Editora Khoan nasceu há pouco mais de dezenove anos da reunião do capital de três sócios. Com algum dinheiro próprio e o que conseguimos com empréstimos, montamos esta casa, que no início se chamava Nautilus. Sim, sei que é um nome pavoroso, não precisa comentar.

David não tinha pensado em dizer uma só palavra.

— Publicamos seis livros, com os quais quase não obtivemos lucro. Éramos uma editora pequena, e os novos escritores preferiam as consagradas. Foram tempos de distribuir o dinheiro a conta-gotas, de fome e de penúria. Os autores que contratávamos não recebiam adiantamentos, mas sim uma alta porcentagem das vendas, em compensação. Em poucos meses nos demos conta da crua realidade: se você não fizer um forte investimento em promoção ou se os autores não ganharem algum prêmio de renome, é difícil que fiquem conhecidos.

"Foram anos de difícil aprendizagem. Aprendemos muito, mas ficamos com muitas cicatrizes. Com o passar do tempo, esses autores ou foram caindo no esquecimento ou sendo contratados por outras editoras que podiam pagar o que eles mereciam. Não os culpo, entenda. Foi uma época dura para todos. Depois de três primaveras de fracassos, meus dois sócios se foram e eu comprei a participação deles a um baixo preço, porque naquele momento não valia muito. Não que eu fosse bom negociador, pelo menos não naquela época.

"Eu ainda tinha alguma ilusão e pensava que o próximo livro que publicasse seria um grande sucesso. Trabalhei em um romance com um novo autor durante mais de três meses, em minha casa, já que foi preciso alugar o escritório para continuar comendo. E o lugar também não era mais necessário: afinal, só eu havia restado. As duas secretárias que mantínhamos foram para outras empresas. Não vou mentir que fiquei feliz quando soube. Trabalhamos durante três meses e, quando acabamos, tínhamos nas mãos um romance muito bom.

— E foi um sucesso? — perguntou David. Khoan tinha se calado por um momento, olhando pela janela, pensando naqueles meses de trabalho com o autor.

— Sem dúvida — respondeu Khoan. — É possível que você conheça. O nome é *O tempo dos jasmins*, de José Manuel Elis.

David ficou um tanto perplexo. Pensou que Khoan estava falando de *A hélice*. Ele tinha lido *O tempo dos jasmins* fazia uns oito anos. Um grande livro, claro.

— Não sabia que o senhor o havia lançado. É um livro muito bonito.

— Pois é, fui eu — retrucou Khoan. Sorria para si mesmo, orgulhoso. — Foi um grande sucesso. Mas não meu. Eu o publiquei três anos antes de ele ficar famoso. Não tinha dinheiro para a divulgação, então confiei no boca a boca e nas críticas favoráveis dos jornais. E estas foram muito boas, mas as vendas, não. Menos de dois mil exemplares, e um ano e meio depois o autor quis recuperar os direitos.

Durante um momento, ele não pareceu o mesmo do início da reunião, quinze minutos antes. Seu rosto havia relaxado, e as rugas, antes profundas como fendas, tinham se transformado em pequenas linhas. Khoan lembrava com nostalgia e carinho esses tempos.

— José Manuel Elis. Um grande autor, sim, senhor. De vez em quando ainda nos falamos. Depois que ele recuperou os direitos, a editora Aranda publicou o romance com muita publicidade. E então foi um grande sucesso.

"Quando isso aconteceu", continuou Khoan, "eu já tinha me acostumado à ideia de que meu sonho como editor tinha escoado pelo ralo. Sinceramente, foi um fracasso total. Perdi uns quinze milhões de pesetas na empresa. Estava muito deprimido, havia investido tempo, dinheiro e sobretudo ilusões. E isso não existe de sobra, acredite.

"Hoje há muitas editoras que publicam livros de autores conhecidos, mesmo sendo ruins. Parece que hoje o dinheiro importa mais do que tudo. Só se importam com números: quanto vendeu, em quanto tempo, em quantos países, que prêmios ganhou... Perdeu-se algo do espírito que tínhamos quando criamos a editora Nautilus. Mas mercado é competição, e, se você não vender, afunda. Talvez nosso próprio nome fosse uma premonição, e eu, um sonhador capitão Nemo. E afundei completamente.

"Em uma manhã de sexta-feira, eu estava em casa, procurando emprego no jornal, com uma camisa suja e um café coado de um pó reaproveitado, quando um mensageiro chegou na minha porta com um envelope enorme, que devia pesar um quilo e meio. O pacote havia chegado ao endereço onde funcionava a editora, e os atuais inquilinos tinham me mandado pelo correio com porte a cobrar. Juro para você que, naquele momento, quase me recusei a receber. Faltou muito pouco. Por sorte, abri a carteira e peguei as últimas notas que me restavam. Coloquei o envelope em cima da mesa e o abri. Encontrei isto."

Khoan abriu um cofre atrás da escrivaninha e pôs em cima um maço de papéis já amarelados, dentro de um saco plástico transparente. David leu o título e inconscientemente passou os dedos sobre as letras como se estivesse passando a mão sobre a inscrição da lápide de um ente querido.

— Era um romance de pouco mais de seiscentas páginas. Chamava-se *A hélice* e era assinado por um tal de Thomas Maud, claramente um pseudônimo. Deixei em cima da mesa e continuei procurando emprego. Naquela sexta à noite, não tinha nada para fazer e não queria telefonar para ninguém. Preferia ficar sozinho com a minha desgraça, sem ter que compartilhá-la. E comecei a ler o romance. Só li para fazer alguma coisa, realmente não pensei que o livro fosse bom. Comecei o primeiro capítulo. E depois o segundo. E o terceiro, o quarto, o quinto. Naquela noite, li mais de quatrocentas páginas. Quando amanheceu, continuei lendo, até terminar.

"Não preciso explicar o que senti, David. Experimentei as mesmas sensações de todos que leram, mas ainda mais intensamente, porque o romance havia sido enviado para mim. Eu era editor. Um editor arruinado, mas editor, afinal. E aquele romance era melhor do que dinheiro na mão, era a possibilidade de publicar um grande livro. Eu tinha certeza de que ele seria um sucesso. Não conseguia imaginar ninguém que o lesse e não sentisse pelo menos um pouco do que eu tinha sentido.

"Tive que pedir outro empréstimo para publicá-lo. Meu irmão deu a casa como garantia. Sabe como o convenci? Foi fácil: entreguei a ele o romance. E ele não teve dúvidas. Agora vive em um chalé imenso e faz churrascos nos sábados. A tiragem da primeira edição foi de quatro mil exemplares. Eu gastei toda a minha energia conversando com todos os meus contatos e entregando exemplares do livro. Acho que não deixei nenhuma pessoa de fora, desde jornais e revistas até críticos e outros editores. Chegou uma hora em que não precisei mais ligar. Pessoas que eu não conhecia, de grandes jornais, de programas de rádio, de gazetas do interior, me ligavam pedindo o romance. A notícia se espalhou de um jeito que, quando os exemplares que eu tinha em casa acabaram (e foi bem rápido), eu passei a dizer a todos que continuavam ligando: 'Isso aqui não é uma biblioteca. Comprem o livro'. E eles fizeram isso. E, junto com os críticos, o público.

"Em menos de dois meses, fizemos uma segunda tiragem. Era a primeira vez que a Nautilus, àquela altura já Editora Khoan, reimprimia um livro. Fomos imprimindo cada vez mais e vendemos mais de dois milhões de exemplares. Com esses números, fomos à feira de Frankfurt e encontramos editoras do mundo inteiro interessadas em comprar os direitos de tradução. Eu, além de editor, também era agente de Thomas Maud, ou seja, ganhava uma porcentagem nas vendas de seus livros no mundo todo. Com todo o dinheiro que entrou, tentei pagar meu irmão, mas ele não quis. Juntos havíamos criado a Editora Khoan. Sim, eu o coloquei como sócio. Afinal, ele tinha apostado tudo comigo. Não precisei sequer mudar o nome.

Pudemos nos mudar para um lugar maior e, poucos anos depois, para este edifício na calle Serrano.

"Enquanto isso, fomos recrutando pessoal: secretárias, editores, um comitê de leitura... Tudo que uma editora precisa para contratar novos escritores e publicar seus livros. Investimos o dinheiro que ganhamos com o primeiro volume da saga promovendo novos talentos. Além disso, as outras editoras e os críticos já nos viam de um jeito diferente. Estávamos conquistando nosso espaço no mercado e éramos uma editora importante no meio literário do país.

"Dois anos depois da publicação do primeiro volume, chegou o segundo. E, com ele, o sucesso continuou. Os leitores queriam mais, não se via algo assim desde que Gladstone se ausentou de uma reunião no Parlamento britânico para ler o novo capítulo de *A mulher de branco*, de Wilkie Collins. Teve muito merchandising, desde camisetas e xícaras até um futuro filme. E recebíamos uma porcentagem de tudo isso, imagine Thomas Maud. Hoje em dia, ele é um dos escritores mais ricos do mundo. Passamos do pé ao topo da montanha com um só autor.

"E, sobretudo, havíamos publicado um livro que combinava um grande sucesso de vendas com uma grande qualidade literária, como os grandes livros de todos os tempos. Uma saga não vendia tanto desde *Os três mosqueteiros* ou *O senhor dos anéis*. Comparei os números. Dois anos depois, publicamos o segundo, e em seguida o terceiro, o quarto e o quinto. E as pessoas querem mais."

David não sabia o que Khoan queria dizer com esse discurso. Embora fosse muito interessante, não tinha nada a ver com ele. Khoan percebeu seu desconcerto.

— Não seja impaciente, David. Estou procurando situá-lo nos acontecimentos. Quando eu terminar, você verá por que fiz isso.

— Claro, sr. Khoan — respondeu David, decidido a se armar de paciência e a conter o nervosismo o quanto fosse necessário.

— Bom, então, como eu estava dizendo, fomos publicando um livro a cada dois anos. Foram cinco volumes, mas a saga não está acabada. Faz quatro anos que não publicamos uma continuação, e todo mundo está esperando. Produtoras cinematográficas, revistas literárias, emissoras de rádio e, o que é mais importante, os leitores pressionam para lançarmos o sexto volume. Devido a essas pressões, anunciei que o livro estará nas livrarias dentro de seis meses, como você já sabe. E é aqui que você entra na história. O livro não está pronto.

— Como assim? Faltam retoques? Uma revisão? — perguntou, transbordando de curiosidade.

— Não exatamente, David.

— Então o que é? Thomas Maud não está motivado, e o senhor quer que eu vá falar com ele?

— Não, David. O que eu quero dizer é que não tenho o livro. Não tenho. Temos seis meses para publicar um livro que ainda não existe. Entende a tensão que isso tem provocado? Sabe o que pode acontecer se não recebermos o livro a tempo? Vendemos os direitos estrangeiros a meio mundo. Todos estão esperando o manuscrito para começar a traduzi-lo. Se não conseguirmos, estamos acabados.

Seu rosto, momentaneamente relaxado durante o relato, havia voltado ao estado normal, com olheiras evidentes e rugas de cansaço. O cabelo estava bagunçado sobre a testa. David não entendia muito bem aonde Khoan queria chegar, mas via que ele estava em uma situação comprometedora e parecia precisar de sua ajuda.

— Bom — atreveu-se a dizer David —, me diga em que posso ajudá-lo. Posso falar com Thomas Maud e ver o que está acontecendo. Não é a primeira vez que me encontro com um escritor deprimido, que acredita que sua obra não é digna.

— Não é assim tão fácil. Na verdade, é muito mais complicado do que você pode imaginar. O que eu contei agora quase ninguém sabe, e o que vou contar só duas pessoas no mundo sabem.

"Então, Thomas Maud é um escritor um pouco excêntrico. Mantém sua privacidade, não dá entrevistas nem autógrafos. Nada, absolutamente nada.

"Uns dizem que ele mora em uma grande cidade, que circula de metrô para todos os lados para ver como se comportam as pessoas; outros, que está recluso em algum lugar, por causa de algum tipo de fobia. Muitos chegaram a afirmar que Maud não se relaciona com os outros escritores porque acredita que sejam inferiores. Outros dizem ainda receber cartas suas, mas elas nunca aparecem. Algumas editoras rivais espalharam o boato de que eu tenho um ghost-writer redigindo o romance e que o fiz assinar um contrato que o proíbe revelar sua identidade. Acreditam que o mantenho acorrentado a uma mesa com um computador e que o obrigo a escrever segundo minha vontade soberana.

"Vou poupar você de dúvidas: é tudo mentira. Se fosse verdade, eu não estaria neste imbróglio agora, e poderia dormir à noite. No início, isso me caiu muito bem, porque todo mundo inventou sua própria mentira sobre Thomas Maud e acreditou nela de pés juntos. Ninguém se incomodou em tentar descobrir a verdade, exceto uns jornais vagabundos que não chegaram a lugar nenhum. A verdade é que Thomas Maud é... Desculpe, é que estou há muitos anos sem falar isso e agora me parece estranho, e sobretudo perigoso. O que você vai conhecer agora é algo que poderia arruinar a Editora Khoan.

"Com o tempo, recebi muitos prêmios em nome de Thomas", Khoan apontou com um gesto vago para as estantes, onde os troféus se acumulavam nas prateleiras, alguns sem muita importância.

"Todo mundo acha que eu sou o editor dele, como você é de Leo Baela, e que não deixo ninguém conhecê-lo. Pouco a pouco se estabeleceu a crença de que eu sou a única pessoa que sabe quem ele é. Pois bem: a verdade é que ninguém sabe quem é Thomas Maud, nem eu."

David não conseguia acreditar no que ouvia. As ideias golpeavam suas doloridas têmporas. Ninguém sabia quem era Thomas Maud, como assim? Como era possível? Era uma brincadeira ou o quê? Então, Khoan o tinha chamado para quê? Ou achava que ele tinha algum tipo de informação que ninguém conhecia?

— Ninguém? — David falava de forma quase acusadora, como se desconhecer a identidade de Thomas fosse culpa de Khoan. Então se deu conta de que estava falando com seu chefe e se conteve.

— Sei que você está achando isso estranho. Entendo isso melhor do que ninguém, porque há cerca de catorze anos venho tentando achar uma explicação lógica e ainda não encontrei. Mas agora não quero uma explicação, e sim uma solução para meu problema. No dia em que recebi o romance pelo correio, achei algo a mais no pacote. Achei isto aqui.

Khoan abriu de novo o cofre e mostrou a David uma carta guardada em outro envelope plástico. Colocou-a sobre a escrivaninha, junto ao manuscrito. Aquilo lembrou David das provas de um julgamento. Ele olhou atentamente a carta e descobriu que no envelope só estava escrito "Ao editor", com uma letra clara e de traço delicado.

— Você não pode abrir este envelope, sinto muito. Pelo menos por enquanto. Vou fazer um resumo do que tem nele. É uma carta destinada ao editor que a recebesse, no caso eu. Nela, pedia-se ao destinatário que por favor lesse o romance e, se aceitasse publicá-lo, que depositasse a parte correspondente ao autor na conta indicada. E também que não tentasse encontrá-lo. Não havia mais nada. Somente uma assinatura no pé da página — prosseguiu Khoan.

"Às vezes penso que, se tivesse lido a carta antes do romance, não teria ido até o fim. É prepotente isso de dar logo o número da conta, como se tivesse certeza de que o livro será publicado. Tempos depois, refleti, e a coisa não me pareceu mais assim. Agora tenho a impressão de que Thomas Maud sabia perfeitamente o que tinha nas mãos. Agora, vendo como os acontecimentos se desenrolaram, acho que aquele prepotente na verdade é um gênio.

"Mesmo assim, eu publiquei. Mesmo sem saber quem era o autor, sem ter trocado uma só palavra com ele, publiquei o romance. Fiz isso porque sabia que valeria a pena. Quando o livro começou a dar lucro, depositei o dinheiro na conta indicada. Não tentei entrar em contato com ele, principalmente porque não sabia como. A carta não trazia remetente, nem endereço ou telefone de contato. Nada. Se eu fosse um pouco desonesto, poderia tê-lo publicado sob outro nome e feito com que Thomas Maud não recebesse nenhum dinheiro.

"O tempo me deu razão. Como você sabe, o primeiro romance era parte de uma saga. Quando fez aquele sucesso que nenhum de nós esperava — eu sonhei com isso, mas não achei que fosse ser tão unânime —, as pessoas começaram a perguntar pela continuação. E um dia, dois anos depois, eu recebi outro envelope, semelhante ao primeiro. Eu mal pude acreditar. Era o original do segundo volume. Pedia a mesma coisa. A mesma carta, a mesma proposta, a mesma conta. E eu o publiquei e continuei depositando o dinheiro. A cada dois anos recebia um envelope em meu escritório, dirigido a mim. E continuei publicando, para alegria de cada vez mais leitores no mundo todo.

"Estava exultante pelo que havia conseguido, pelo êxito da saga e por ter conseguido manter a farsa de Thomas Maud durante dez anos. Sempre que se aproximava a data de receber a remessa seguinte era difícil dormir. Eu sabia que meu relativo sucesso estava pendente por um fio que a cada dia arcava com mais peso. E que, se em algum momento ele se partisse, eu fatalmente cairia.

"E, há quatro anos, aconteceu.

"Thomas Maud quebrou o ritmo e deixou de me enviar a continuação da saga. Faltam dois livros para concluí-la, e agora eu me vejo de mãos atadas; não dependendo de mim mesmo, que é o que mais me deixou nervoso nestes anos, e sem poder entrar em contato com o autor para pedir algum tipo de explicação. É possível que ele tenha parado de escrever ou não tenha conseguido terminar o sexto volume. Pode ter se aborrecido com algo e decidido não publicar mais, e seus romances podem estar juntando poeira em alguma gaveta. É possível até que tenha morrido e que não voltemos a saber dele. Com alguém como Thomas Maud, qualquer coisa é concebível. E é agora, David, que você tem de me ajudar."

— Como? — perguntou o jovem editor.

— Dois meses atrás, decidi que precisava saber o que aconteceu com Thomas Maud. Não só pelo que a publicação do livro significa para a editora, mas pela minha própria saúde mental. Contratei um detetive especializado em buscar pessoas desaparecidas para me ajudar. Sem contar toda a história, claro. Ele descobriu que o pacote não provinha do lugar que constava no carimbo, e sim havia sido recebido ali de outro ponto. Sim, embora pareça inacreditável, há serviços que se dedicam a receber correspondências e a reenviá-las para ocultar sua procedência. Como nos filmes. Com métodos que nem quero imaginar, ele conseguiu descobrir o lugar de origem: Bredagós, uma aldeia no meio dos Pireneus, no vale de Arán. Não tem mais que quatrocentos habitantes e obviamente não existe nenhum Thomas Maud entre eles.

David tinha dificuldade para assimilar tanta informação. Começava pouco a pouco a vislumbrar as intenções do presidente, e temia e desejava ao mesmo tempo que ele lhe atribuísse aquela tarefa. Khoan fez uma pausa e o observou, procurando discernir no rosto do jovem editor se ele havia assimilado tudo o que havia lhe contado.

— David, eu preciso que você vá a essa aldeia e encontre Thomas Maud.

Era como estar em um dos livros de espionagem que David lia desde a adolescência. Chacal, queremos que assassine o general De Gaulle. Comandante Vandam, deve encontrar e deter Alex Wolff. John Preston, descubra e prenda todos os que tentarem introduzir material nuclear em nossas fronteiras. David Peralta, quero que vá a Bredagós e encontre Thomas Maud.

— Mas por que eu? — perguntou. — Seu detetive não seria mais adequado?

— A questão não é apenas encontrá-lo. Devemos localizá-lo e depois devemos, isto é, você deve, falar com ele e conseguir o restante da saga. Você pode oferecer qualquer coisa. Qualquer coisa. Se ele quiser mais dinheiro, daremos. Se quiser continuar na clandestinidade, continuará. Se precisar de ajuda de qualquer tipo, nós o ajudaremos. Mas é absolutamente indispensável que nos mande os romances. Você deve ser cordial com ele, demonstrar que estamos do seu lado e que compreendemos sua atitude. Um detetive não tem tato, é agressivo demais. Precisamos de alguém que tenha experiência com escritores, que saiba entendê-los e ajudá-los quando as coisas ficam ruins. Além disso, não estou disposto a contar a um detetive o que estou contando a você.

— Por quê?

— Porque você assinou um contrato comigo e sabe que, se disser algo a alguém, será demitido e denunciado, mas o detetive pode aceitar uma oferta melhor.

— Entendo — disse David. Então, era por isso que, no início da conversa, Khoan havia mencionado o telefonema de Leo Baela. Aparentemente, queria alguém como a pessoa que Leo havia descrito, e não seria David que iria dizer o contrário.

— Se ele não quiser entregar os romances, você vai ter que pressioná-lo. Alguém tão introvertido quanto ele deve ter pavor de que descubram sua identidade ou seu endereço. Com certeza tem pânico dos fãs.

— O senhor não pode fazer isso! — gritou David.

— E quem disse que vamos fazer? Como eu vou entregar o escritor mais rico do mundo? Se ele contar a história, será uma grande vergonha para a editora. Não, não pode ser assim. Estou falando de ser sutil, David.

— E como eu vou descobri-lo? Não posso chegar lá, perguntar por Thomas Maud a cada habitante e esperar que um deles me responda: "Sim, sou eu".

— Claro que não pode, não fale besteira. O que você tem que fazer é ir incógnito, investigar e, quando já tiver adquirido um pouco de confiança, reunir-se com ele e expor a situação. Mas sem violência.

— Sem violência? — Por acaso Khoan achava que David era um matador de aluguel?

— Quer dizer: sem que seja uma situação violenta para ele. Você sabe como são os escritores. Só como último recurso. Quando todo o restante, ofertas, pedidos e súplicas, tiver falhado.

— Mas eu não sei quem é nem que aparência tem. Sei que vive em uma pequena aldeia, mas não sabemos mais nada sobre ele.

— É aí que você se engana. Sabemos uma coisa sobre ele. Ele tem uma peculiaridade muito rara.

— Sempre que parece ter terminado, o senhor vem com mais alguma informação — comentou David.

— Ah, é? Minha mulher diz que eu tenho alma de escritor. Pode me acompanhar, David?

Não era uma pergunta.

4. Indícios

No laboratório subterrâneo do edifício da Polícia Civil, pequenas lufadas de ar asséptico eram filtradas pelas frestas das portas e dos respiradouros do teto. Era um compartimento esterilizado, com paredes de azulejos brancos e mesinhas metálicas cobertas por higiênicos panos verdes que protegiam uma dúzia de pequenos utensílios também de metal.

Manuel Alfaro, doutor em química analítica, policial civil especializado na solução de crimes por meio de análises laboratoriais e amigo de Khoan desde a universidade, era um homem de baixa estatura, com uma calvície crescente e olhos vivos, escondidos atrás de óculos sem aro. Falava depressa e baixo, e folheava o manuscrito do primeiro volume de *A hélice* com a eficácia e a desenvoltura dos que adquiriram grande habilidade depois de anos manejando importantes provas.

— Naturalmente — dizia o doutor —, não realizamos testes em todas as páginas do documento. Uma impressão digital perdida nos dá muito mais perguntas do que respostas, e nós queremos encontrar a pessoa que manipulou estas folhas. O que nos interessa são impressões digitais repetidas nas mesmas partes do fólio. Procuramos um padrão. Nesse caso, poderia ser o de alguém que, sentado diante de uma máquina de escrever, vai pegando folhas de uma pilha para colocá-las na máquina. Isso nos daria as mesmas impressões digitais em cada folha.

— Então está resolvido, certo?

— Claro que não. Estaria se esse fosse o original do romance — disse o doutor Alfaro.

— E não é?

— Claro que não! Você mandaria o original? Isto aqui é uma xerox. E infelizmente as impressões digitais não saem em xerox.

— Infelizmente mesmo — disse David. Khoan lhe dirigiu um olhar de reprovação, como se aquele fosse um comentário inadequado.

— Mas tivemos sorte. A cópia foi feita de um livro já encadernado, isso quer dizer que as folhas tiveram de ser copiadas uma a uma. E isso nos dá um padrão, porque o mesmo movimento se repete várias vezes, a cada cópia.

— Ou seja, há impressões digitais em todas as folhas.

— Pelo menos, nas noventa que examinamos. Em um total de seiscentas, é uma amostra mais do que aceitável.

— Mas como você sabe que são as impressões do escritor? Talvez sejam as do garoto da papelaria onde as cópias foram feitas.

— Bem pensado. Mas alguém que quisesse manter um segredo tão oculto dificilmente deixaria o garoto fazer as cópias.

— Como vamos saber com certeza? — perguntou David, que estava levando muito a sério a tarefa que tinha recebido.

— Porque as impressões digitais da cópia e da carta que o escritor mandou coincidem — respondeu o doutor Alfaro, como se isso encerrasse a questão.

— Ah — disse David. — E podemos encontrá-lo somente a partir das impressões digitais?

— Elas só poderão confirmar a identidade do escritor depois que você o encontrar.

— Mas eu não posso tirar as impressões digitais dos quatrocentos habitantes da aldeia!

— Não vai ser necessário. Nesse ponto, vocês tiveram uma sorte absurda, porque as impressões digitais nos indicaram uma anomalia que vai simplificar muito a busca.

Alfaro se manteve em silêncio, como se David fosse adivinhar ou perguntar qual era a peculiaridade. Ao ver que David não dizia nada, continuou:

— A análise nos indicou que a pessoa que escreveu a carta e xerocou o livro tem seis dedos na mão direita.

— Como Hannibal Lecter? — perguntou David.

— Não fale besteira, David. Lecter é um personagem de ficção. Thomas Maud é real. Concentre-se no que estão lhe dizendo — advertiu-o Khoan.

— Ou seja, Thomas Maud tem seis dedos.
— É o mais provável — respondeu o doutor.
— Como assim, o mais provável? — estranhou Khoan. — Ocorreu a você alguma outra possibilidade?
— Nesses casos, não é o que você pode imaginar, Khoan, mas o que não pode — retrucou com frieza o doutor.
— Claro — retrucou Khoan. — Espero que isso fique entre nós. Você sabe o que estamos apostando.
— Meu caro Khoan — disse o doutor —, no dia em que eu decidir falar de tudo o que sei, acredite, a primeira cabeça a rolar não será a sua. De qualquer maneira, o que posso dizer a você é que o melhor jeito de manter um segredo entre três é...
— Que dois estejam mortos — concluiu Khoan.
— Exato — disse o doutor Alfaro.

Na calle Carnero, em pleno coração do mercado de rua madrilenho, destacava-se um cartaz em que se lia: BRECHÓ HERRANZ. Era um estabelecimento pequeno que parecia não receber uma faxina desde a guerra civil. Os cacarecos, semelhantes a escombros, se amontoavam junto às paredes até roçar o teto enegrecido de sujeira e umidade. Ali havia de tudo, desde bercinhos de metal estilo anos 1960 até computadores com "pequenas imperfeições". Dava a impressão de que, se em algum lugar do mundo fosse possível encontrar uma coisa velha, quebrada e sem sentido, esse lugar era ali. David olhou desconfiado para seu chefe, que lhe devolveu o olhar. Khoan podia ouvir mentalmente as palavras de Alfaro: "Ele é um pouco excêntrico, mas, acredite, em seu trabalho é o melhor. Conhece os diferentes modelos de máquinas como se fossem cromos de um álbum".

O próprio Herranz revirava uma pilha de trecos. David expressou suas dúvidas a Khoan.

— Deixou o original com esse homem?
— Claro que não! Ficou maluco? Veja onde ele trabalha! Deus do céu, eu teria nojo de passar oito horas por dia em um lugar desses.
— Então, o que o senhor fez?

— Alfaro e eu demos a ele somente uma página solta. Lembre-se, a melhor maneira de guardar um segredo entre três é...

— Eu sei, eu sei — interrompeu David, que ainda ficava de cabelo em pé ao pensar no comentário de Alfaro, pois continuava imaginando a quem ele aludia.

O belchior Herranz se aproximou deles após se despedir de um cliente. David pôde observá-lo demoradamente. Era um homem pequeno, de peso indefinido, por causa de um imenso paletó quadriculado que era três vezes maior do que ele. Tinha um gordurento emaranhado de cabelo grudado à nuca, e pequenos e opacos olhos azuis que o fitavam de profundas órbitas cheias de rugas.

— Bem, o que desejam? — Sua voz era ligeiramente aguda mas um tanto rouca, por causa dos três maços de cigarros por dia.

— Viemos da parte do doutor Alfaro — respondeu Khoan. — Ele pediu que o senhor analisasse um manuscrito. É sobre uma máquina de escrever.

— Posso ver sua documentação?

David e Khoan se entreolharam. Depois que Khoan a mostrou, Herranz exclamou "Ótimo!" e acenou para que o seguissem pela loja, enquanto falava a toda a velocidade.

— Ah, então são os senhores que estão procurando um modelo de máquina de escrever? Examinei o documento e de fato me deu alguns problemas, embora não insolúveis.

— Imagino que seja difícil — disse David.

— Sim, sim. Mas é preciso prestar atenção aos detalhes. As pessoas não atentam para os detalhes hoje em dia. Tudo são computadores e comparações eletrônicas, mas há certas coisas que só podem ser feitas à mão. E não é complicado, se estivermos atentos. Mas descobrir o modelo... com os dados adequados... Ah! Para mim, uma brincadeira de criança. Desde as primeiras tentativas de Henry Mill para produzir uma máquina a pedido da rainha Ana, em 1714, até as modernas Olivetti eletrônicas, cada modelo teve sua própria personalidade.

Conduziu os dois a um pequeno escritório nos fundos da loja, o qual consistia em uma escrivaninha com uma cadeira de cada lado e pilhas de papel espalhadas por toda parte. David pensou que aquela fosse a versão pobre e desprovida de bom gosto do próprio escritório de Khoan, mas não comentou nada. Khoan e Herranz se sentaram nas cadeiras e David continuou de pé.

— A primeira máquina de escrever oficial, digamos assim, ou seja, que escrevia mais depressa do que a mão, e não aquela merda de "tipógrafo" de William Burt, foi a de Christopher Sholes, em 1868. Cinco anos mais tarde, junto com seu sócio Glidden, ele já estava fabricando máquinas para a Remington, que depois foi quem ganhou fama, para variar. Tinha que ser americano.

— Desculpe, senhor Herranz, mas estamos com certa pressa. Se o senhor puder abreviar... — interrompeu Khoan.

Herranz se empertigou todo e respondeu com voz tranquila:

— Pressa. O mesmo de sempre. Queremos tudo rápido nessa sociedade. Carros rápidos, computadores rápidos, comida rápida... Por isso, nunca paramos para observar os detalhes. E o mundo é feito de detalhes, senhor Khoan. Principalmente o das máquinas de escrever. Então, tenha paciência.

— Não temos intenção de ofender, mas a verdade é que...

— Shh! Tudo a seu tempo. Sossegue. Por exemplo, a amostra que me deram tem letras maiúsculas, e com isso já sabemos que a máquina é posterior a 1878, porque antes só se escrevia em minúsculas. Na verdade, era de se esperar, porque quem tem uma máquina tão antiga não a usa para escrever. Imagine, era a época em que um martelo golpeava o papel para que se chocasse com as letras de forma a produzir a impressão.

— Mas é realmente possível escrever com máquinas tão antigas? — perguntou David.

— Naturalmente. São máquinas e, como tais, precisam de manutenção. Se estiverem em boas condições, podem continuar sendo usadas, ao menos até que alguma peça se quebre definitivamente. Conseguir peças de reposição de cento e trinta anos atrás... isso já são outros quinhentos.

— Por favor, continue falando sobre a máquina que nos interessa. Podemos descartar as de cem anos atrás — insistiu Khoan.

— O.k., vamos ao ponto. Eu não cobro por hora. Se o senhor quer ser um inculto, problema seu, não sou nenhum salvador da pátria, como compreenderá. Pela amostra, vemos que a impressão das letras não é uniforme, ou seja, foi feita com uma máquina manual, porque as elétricas dão o golpe impulsionadas por um pequeno motor que exerce sempre a mesma pressão. Determinei a medida do carro, e é de trinta e três centímetros. A máquina tem ao menos um regulador de intensidade de gravação de três posições, um seletor de seis modelos de entrelinhamento, tecla de escrita espaçada, uma só troca de medida tipográfica, isto é, paica ou elite, um seletor de fitas, tabulador de decimais e anulação geral e individual de tope de tabulação.

Khoan e David se entreolhavam, sem entender nada do jargão técnico de Herranz, que continuava enumerando características como se eles pudessem compreendê-las.

— Mas e então? — perguntou Khoan, já meio nervoso. — O senhor chegou a alguma conclusão com esses dados?

Herranz se reclinou em seu assento e os encarou como se a resposta fosse evidente.

— Óbvio. Unindo isso à análise das letras e da impressão, a máquina só pode ser uma Olympia SG 3S/33.

— Tem certeza?

— Claro! Uma página escrita com uma máquina de escrever é como uma impressão digital. Não pode haver equívoco. Principalmente agora que a indústria entrou em desaceleração, por culpa dos computadores. Uma perda terrível.

— O senhor teria alguma foto? — perguntou Khoan.

— Imaginei que vocês pediriam. Tome.

Pegou uma foto do alto de uma montanha de papéis e a estendeu a ele. Khoan e David olharam a imagem com atenção. A máquina era branca, com o teclado preto. Parecia incrível que unicamente a partir do texto Herranz tivesse encontrado algo para distingui-la de todas as outras máquinas de escrever.

— Sabiam que Tolstói foi o primeiro escritor a usar uma? Desde 1885. A filha dele transcreveu todas as suas obras. Tornou-se a primeira datilógrafa da Europa. Claro, longos como eram os livros desse homem, ela deve ter praticado muito. Já leram *Anna Kariênina*? Eu me identifico muito com Levin. Esta loja é como se fosse minha fazenda.

— Muito obrigado, senhor Herranz — interrompeu Khoan, sem soltar a foto e, com a outra mão, dando tapinhas em David para que este fosse saindo. — Fez um grande trabalho. Minha secretária mandará um cheque.

Os dois foram embora antes que o belchior falasse mais alguma coisa.

A sala do departamento de perícia caligráfica da Polícia Civil contrastava em proporções, limpeza e bom gosto com a loja de Herranz. Tinha estantes altas repletas tanto de manuais técnicos quanto de livros de filosofia e psiquiatria. Em uma escrivaninha arrumada com perfeição, só se destacava um jogo de canetas, uma pequena luminária e um gaveteiro para organizar e arquivar papéis.

Atrás dela, sentado em uma poltrona, esperava-os Iván Benet, especialista em análise grafológica de provas. Era alto, vestia um terno elegante mas discreto e tinha olhos verdes brilhantes que refletiam a pouca luz do aposento. David teve a impressão de que ele podia atravessá-lo só com o olhar.

Benet segurava a carta que havia acompanhado o primeiro manuscrito de *A hélice*.

— Para começar, devo dizer, senhores, que a grafologia é uma ciência complicada. Há muitas variáveis, que nem sempre podem ser interpretadas corretamente. Em todo caso, vou tentar dar pelo menos uma descrição geral do indivíduo.

— Ótimo, espero que isso seja suficiente. Só queremos saber com quem estamos lidando — disse Khoan.

— Já vou avisando que, para uma análise correta, precisaríamos de uma folha completa escrita com caneta e em condições físicas normais. Além disso, a pessoa não deveria saber que essa letra vai ser estudada.

— É o que temos — repetiu Khoan. — Devemos nos conformar com isso.

— O.k. Pelo que vejo, não é uma folha nova. Faz muito tempo que foi escrita?

— Uns catorze anos.

— Isso pode ser um problema — disse Benet. — A letra varia com o tempo. Os senhores não escrevem como escreviam em seu primeiro ciclo escolar, imagino. Com esta carta, teremos a personalidade do indivíduo de catorze anos atrás.

— Vamos ter que dar um jeito — reiterou Khoan.

— Bom, cada letra se divide em quatro seções: superior, inferior, esquerda e direita. A superior são as necessidades e ideais, e a inferior representa os desejos corporais. A direita é o masculino, a ação, e a esquerda, o feminino, os sentimentos e os anseios pessoais. O sujeito tem um traço ascendente, que é a esfera do espírito, os ideais, o sentimento de si mesmo, o orgulho e o desejo de poder.

— Estamos indo bem — comentou David.

— Por favor, procure não me interromper. Seus comentários podem influenciar minha análise.

— Desculpe — disse o editor.

— O simples curso ao se escrever uma só letra consta de nove elementos distintos: traço, pleno, perfil, partes essenciais e secundárias, haste vertical superior, haste vertical inferior, traço inicial e final.

Benet ia os enumerando com os dedos enquanto falava, e David voltava a ter a sensação de que não entendia nada. Isso já havia acontecido com Alfaro, depois com Herranz, e agora se repetia pela terceira vez. Isso acontecia com Khoan também? Se sim, ele disfarçava melhor.

— A escrita desse indivíduo é clara, ou seja, não há fricções entre os pés de uma letra e as cristas da seguinte. Isso mostra clareza de ideias, justiça e precisão.

"Tem um tipo de letra grande, mais de 4,5 milímetros, que nos diz que o sujeito é uma pessoa culta, com independência de critério e orgulho de classe, embora isso também possa indicar vaidade ou delírios de grandeza. Estira-se muito na horizontal, é filiforme, tem muita capacidade de improvisação. A pressão das letras é leve, o que confirma a ideia de que a pessoa é muito idealista. Tem relevo, e isso é próprio de artistas, de pintores ou escultores; é alguém imaginativo. É curva, o que nos fala de um sujeito com boa capacidade de relacionamento, embora também denote certa frivolidade.

"Nota-se comedimento na escrita, então suponho que a pessoa não deve escrever muito depressa. Eu não diria mais do que cento e vinte letras por minuto. Isso me mostra que é alguém reflexivo e sensato, mas também preguiçoso. Tem iniciativa e decisão, o que sua inclinação para a esquerda confirma. Quase certeza que é canhoto. As maiúsculas estão ligadas à letra seguinte, e isso indica que o indivíduo é rápido nas tomadas de decisão e é altruísta, como eu disse antes. Isso é mais ou menos o que posso supor a partir da amostra que os senhores me deram. Se tivéssemos um texto completo, eu poderia fornecer mais dados, mas creio que com isso não há mais nada que possa descobrir."

David e Khoan procuravam manter a compostura diante de tanta precisão. E Benet ainda dizia que, se tivesse mais material, deduziria mais dados!

— Creio que é suficiente. Com isso, já temos uma ideia — concluiu Khoan, após se dar alguns segundos para assimilar.

— Resumindo, os senhores têm nas mãos alguém idealista, culto, com clareza de ideias, que sabe improvisar, que tem boa capacidade de relacionamento, sensato, altruísta, frívolo e com grande imaginação. E canhoto, quase certeza. Na verdade, eu gostaria de ter mais dados para estudar. Parece um sujeito interessante. A maioria dos que investigo costuma ser medíocre. Criminosos menores, sabe?

— Entendo — disse Khoan. — De qualquer maneira, agradeço pelo seu tempo, sr. Benet, foi de grande ajuda para nós.

Os três se levantaram e se cumprimentaram. Já na porta, Benet chamou Khoan.

— Sr. Khoan, antes de sair, me deixe dizer uma coisa.

— Claro, pode falar.

— A caligrafia pode mostrar muita coisa sobre uma pessoa, mas não quem ela é de verdade. Isso é algo que vai além das letras.

E então, pela primeira vez durante a visita, Benet sorriu.

David tomava pequenos goles de sua xícara de chá com uma rodela de limão. Tinha dado conta de uma generosa fatia de torta de creme, enquanto a de Khoan permanecia intacta sobre a mesa. As paredes cobertas por lambris de madeira e as poltronas bergère davam um ar britânico e íntimo ao salão de chá no bairro La Latina. Ali, afastados de ouvidos indiscretos, os dois listavam os detalhes da missão.

— Se contarmos com tudo o que sabemos dele — Khoan olhou para os lados, meio inquieto —, não parece tão difícil reconhecê-lo. Já sabemos que é uma pessoa sociável.

— Idealista — continuou David.

— Sem dúvida. É só ver como agiu em relação ao romance.

— Tem clareza de ideias.

— É culto — disse Khoan.

— Isso qualquer um que tenha lido seus livros já sabe.

— É capaz de improvisar. Também sabemos que escreve em uma... Como era? — Khoan puxou uma pequena agenda de couro em que havia anotado os dados do dia. — Uma Olympia SG 3S/33. Se você vir essa máquina em algum lugar, comece a suspeitar imediatamente.

— Além disso, é canhoto — acrescentou David.

— E o que é ainda mais útil: tem seis dedos na mão direita. Talvez por isso tenha começado a escrever com a esquerda.

— É possível — David fez uma pausa para refletir, antes de continuar. — Seja como for, para ser sincero, não sei se sou a pessoa certa para essa tarefa, sr. Khoan. Espero que sim, mas não gostaria de frustrar a editora, sobretudo em um assunto tão importante.

— Bobagem, David! Chegaram até mim comentários excelentes sobre você. Eu não posso ir: as pessoas desconfiariam, inclusive dentro da própria editora. E claro que não vou enviar nenhum dos ratos de biblioteca que temos na empresa. Preciso de um homem de campo. Você é meu braço direito, vamos dizer assim.

— Mesmo assim — esquivou-se David —, talvez o senhor pudesse encontrar alguém mais... qualificado.

— Posso fazer uma pergunta?

— É claro.

— Sabe de que marca é a agenda que estou usando hoje?

— É uma Pierre Cardin, sr. Khoan.

— Brilhante! Viu? Eu sabia que não estava enganado sobre você, David. Você é do tipo que presta atenção.

— É a mesma agenda preta de couro Pierre Cardin que todos os editores da empresa ganharam no Natal.

— É? Pode ser. Vou pedir a Elsa que compre outro modelo para mim. Vejamos... Qual é a marca do meu relógio?

— É um Rolex de aço.

— A cor dos meus sapatos?

— Marrom. Combinando com seu terno.

— O tamanho da minha camisa?

— Se o senhor usa um Rolex, o mais provável é que ela tenha sido feita sob medida.

— Quanto custa esta fatia de torta?

— Sei lá! — bradou David. — Não sou eu que vou pagar!

Khoan gargalhou, e alguns clientes se voltaram para eles. David sorriu de sua própria gracinha.

— Não tenha dúvidas, David. Você é o homem que eu procuro... para procurar outro homem.

— Pois é, sr. Khoan, não sei bem como dizer isso, mas tem um problema.

— Sei — disse o presidente, ainda rindo muito, como se já estivesse esperando aquilo. — Achei estranho você demorar tanto para puxar o assunto. Você está se perguntando o que ganha com tudo isso. Vai me tirar dessa enrascada, e todo mundo vai poder ler o sexto volume de *A hélice*. Todo mundo fica feliz. Mas e você?

— Eu não me...

— Não precisa se desculpar, David — interrompeu Khoan. — Gosto de gente prática. Eu sou assim. E é perfeitamente razoável. Bom, quer saber o que ganha? Então vou dizer: além de um substancial aumento de salário, condizente com seu novo cargo na empresa...

— Novo cargo? — perguntou David, como uma criança ganhando um brinquedo novo.

— Diretor editorial. Você sabe demais para ser um simples editor. A partir de hoje, está caminhando para esferas mais altas. Outro nível, maior acesso à informação. E o que você sabe, somente meu irmão, o doutor Alfaro e eu sabíamos até agora. Aquilo que contei em meu escritório. Considere-se um privilegiado.

— Nossa! — foi o que David conseguiu dizer. — Sua oferta é mais do que generosa, sr. Khoan. Mesmo assim, tenho um problema. Como o senhor bem sabe, meu trabalho me obriga a viajar com frequência. Isso desagrada minha mulher, que passa muito tempo sozinha. Ontem mesmo voltei de Lisboa, depois de ver o trabalho de Leo Baela.

— A propósito, como vai o romance dele? Espero que seja melhor do que o anterior.

— Está indo bem — respondeu David. — Vai ser preciso fazer algumas mudanças, mas eu confio no Leo. Ele está muito empolgado. Bom... O que estou tentando dizer é que, se viajar de novo agora, posso acabar tendo problemas sérios no meu casamento.

Khoan permaneceu calado por alguns momentos, pensando em uma solução para David, como se o problema dele fosse uma equação matemática.

— Vou ser sincero com você: nesse momento, não me importam seus problemas pessoais. Essa não é minha prioridade, espero que me entenda, ainda que não admita. Mas também não quero que viaje preocupado com sua mulher. Preciso de você cem por cento em Bredagós. Então, vou contar a ideia que tive.

— Pode falar.

— Eu tinha pensado em você tirar uns dias de férias, para que sua ausência não desperte suspeitas. Agora, me ocorreu que sua mulher pode ir junto. Diga a ela que deram para você uns dias na empresa e que quer levá-la a um lugar tranquilo para descansar. Lá, procure alguém com seis dedos, tome um café com ele, fale do romance e retorne.

— Não sei... Como é Bredagós?

— Ah, é um lugar bonito. Tem um bosque perto. Casas antigas de pedra, com encanto rústico, sabe como é, rural. As mulheres gostam muito dessas coisas. O que acha?

— Vou ter que falar com ela. Quando eu partiria? — perguntou o editor.

— Assim que puder. Quanto antes, melhor.

— Eu precisaria ver quando são as férias da minha esposa. Não sei quando ela pode tirá-las.

— Não preciso dizer que vocês vão ter todas as despesas pagas. Tudo de que possam precisar. Estamos apostando alto, David, quero que você leve isso muito a sério. Se o encontrar e trouxer o romance, sua carreira nessa editora vai deslanchar. Se não o encontrarmos, é possível que em seis meses você esteja desempregado.

— Vou falar com ela, sr. Khoan.

— Eu não esperava menos, David. Na verdade, espero grandes coisas de você. A editora Khoan espera. Se você tiver sucesso, poderá se tornar o editor de Thomas Maud.

— Sério?

— Claro. A não ser que prefira ceder esse privilégio a algum outro editor.

— Posso ligar para o senhor amanhã bem cedo?

— Pode ligar quando quiser. De dia ou de noite — respondeu Khoan.

David esperava em frente ao trabalho de Silvia, encostado em um carro. Não desgrudava os olhos das portas automáticas, aguardando atento sua mulher aparecer. Se quisesse prosseguir com o plano de Khoan, devia falar com ela e convencê-la a acompanhá-lo até a aldeia dos Pireneus. Tudo aquilo pelo que havia trabalhado tanto na editora... Um cargo melhor, menos viagens, e sobretudo ser o editor de Thomas Maud, aquele personagem capaz de tramar um plano tão certeiro quanto bem-sucedido. Tinha que ser um gênio para fazer algo assim.

Não queria mentir para Silvia, mas, se contasse a verdade, ela seria capaz de abandoná-lo. Não era a primeira vez que voltava de uma viagem e encontrava um bilhete dela pregado na tela da TV, dizendo que não aguentava mais ficar sozinha e que ia passar uns dias na casa da irmã. Devia ser rápido e esperto, ser aquele editor que Khoan acreditava que ele era, um homem prático que não deixava as dificuldades atrapalharem seu caminho.

— Com licença...

David encarou o homem que tocava seu ombro.

— Pois não?

— Esse carro em que o senhor está encostado é meu. E preciso ir embora.

— Ah, desculpe!

David se afastou do automóvel e continuou de pé, sem apoio, até que o sujeito arrancou. Olhou novamente para a porta.

Queria que sua relação com Silvia funcionasse. Queria ter um filho com ela, uma criança levada de olhos castanhos que corresse pela casa e rasgasse os projetos gráficos de seus livros. Alguém para tratar os machucados quando caísse de bicicleta, e enxugar as lágrimas. E, para isso, ele só precisava superar esse último obstáculo.

Silvia saiu pela porta ajustando os botões do casaco. Quando o viu, parou, observando-o a poucos metros de distância. Por um momento, os dois se encararam em silêncio. Então Silvia sorriu, e uma brisa suave pareceu correr entre eles.

— O que está fazendo aqui? — perguntou ela.
— Queria fazer uma surpresa.
— Ah, é? Que surpresa?
— Tive uma ideia, uma ótima ideia.

Silvia o analisou com o olhar.

— Não vai me contar?
— Sim, mas não aqui. No jantar.

Ele estendeu o antebraço para Silvia. Ela o tomou e os dois caminharam rua abaixo.

5. Bredagós

A rua onde estacionaram o carro era ampla, com uma fonte de pedra na parede, de onde um cano ridículo manava água com esforço e de forma intermitente. Olharam ao redor e viram a mistura de granito, madeira e ardósia da qual parecia ser composta Bredagós, aquela aldeia perdida no vale de Arán, em Lérida. O lar de Thomas Maud. Era tão próxima da fronteira francesa que ela parecia poder ser alcançada atirando-se uma pedra.

Silvia tinha ficado positivamente surpresa com a proposta do marido. Mas, depois, a conversa que tiveram em casa deixou-a ansiosa. Embora David aparentasse estar convencido, as coisas parecem muito diferentes depois de consultar o travesseiro, e o que antes parecia urgente acaba perdendo a importância. De qualquer forma, quando ele propôs a viagem, ela conversou com as colegas de trabalho para reorganizar os turnos e poder tirar as férias que ainda tinha na consultoria.

De início as colegas criaram muitos obstáculos e reclamaram da pressa, mas os protestos foram diminuindo quando Silvia enumerou, uma por uma, todas as ocasiões em que as havia coberto, em anos anteriores. Agora era sua vez, como mais tarde comentou com David, durante a viagem. Seria bom ficar uns dias fora daquela empresa que não respeitava horários, que alongava a jornada de trabalho quanto necessário se fosse fechar as contas de algum projeto, ignorando os horários de almoço, de sono e de vida familiar.

Silvia não podia imaginar que David a surpreenderia com essas férias. E não conseguiu dizer não. Não quis dizer não. Uns dias de descanso para pensar no futuro, para fazer planos, para lembrar por que havia tanto tempo estava empenhada em ter um filho com esse homem. Porque David, apesar de trabalhar demais e passar muito tempo viajando, sempre trazia um presente para se desculpar, ainda que fossem simples pastéis de Belém. Porque, sempre que ia chegar tarde, telefonava para que ela não se preocupasse. Porque ela sabia que podia contar com ele. E porque, quando ele acreditava que estava em falta com ela, a presenteava com uns dias de férias em Bredagós, uma aldeia para ficar longe de tudo.

Assim, colocaram no banco de trás do carro a enorme mala de Silvia — uma mala que devia pesar uns trinta e cinco quilos, segundo David, por causa do estalo de suas vértebras — e iniciaram a marcha rumo a Bredagós. Depois de se livrarem dos engarrafamentos da M-40, saíram de Madri em direção a Guadalajara. Daí, seguiram para Saragoça, onde, de longe, já podiam ver as quatro torres da Basílica do Pilar. Pararam para tomar um café e esticar as pernas pelas movimentadas ruas da cidade, que, em um dia ensolarado como aquele, estavam lotadas de pessoas que desfrutavam do sol refletido nas águas do Ebro. Seguiram pela estrada para o leste, a caminho de Huesca, depois Barbastro, Benabarre e, acompanhando a fronteira da Catalunha e de Aragón, paralela ao rio Noguera Robagorzana, chegaram a Viella. Dali, subindo estradas secundárias e em mau estado, que às vezes raspavam o chassi do carro, chegaram a Bredagós, uma aldeia talhada em rocha nos Pireneus, a mil e cem metros acima do nível do mar e menos de seis quilômetros da fronteira francesa.

Ainda no carro, alongaram as costas enrijecidas pela longa viagem e pensaram em como chegar à pousada da Edna, onde haviam reservado um quarto. Perguntaram a um aldeão que carregava o que parecia uma caixa pesada.

— Com licença...

— Pois não?

Quando ele se debruçou na janela do carro notaram o colarinho clerical por baixo do paletó. O homem tinha um rosto curtido, não barbeado, e pequenas gotas de suor emergiam de sua testa, apesar do tempo fresco.

— O senhor é daqui, imagino...

— Sim, sou o pároco da aldeia.

— Sabe nos informar como chegar à pousada da Edna?

— Claro, fica no meu caminho. Se quiserem, posso acompanhá-los.

Sem esperar a resposta, instalou-se no banco de trás do carro, colocando a caixa ao seu lado.

— Claro, claro — disse Silvia, com o pároco já sentado.

— Na verdade, os senhores estão me fazendo um favor. Estes círios pesam uma barbaridade, e eu já não sou muito jovem. Prazer, padre Rivas.

David e Silvia também se apresentaram.

— Estão vindo morar na aldeia?

— Por que o senhor acha isso?

— Bom, é que vi essa mala enorme...

David olhou de soslaio para sua mulher e sorriu. Silvia continuou olhando para a frente.

— Não, só viemos passar uns dias de férias.

— Ah, que bom! Vão gostar. É um lugar muito bonito. Muito... rústico.

O uso da palavra rústico e o silêncio que se sucedeu soaram a David como um amável eufemismo de desconforto.

— A pousada da Edna não é propriamente uma pousada — continuou o padre Rivas —, por isso vocês não viram nenhuma placa. É mais uma casa de hóspedes de uma viúva que se viu com uma pensão curta e muitos quartos vazios. Vocês vão conhecê-la, é uma mulher... peculiar.

Outra vez o silêncio e o eufemismo, pensou David.

— Vire à direita, isso. De onde são?

— De Valladolid — adiantou-se David. Silvia o olhou de soslaio.

— Pare naquela porta — continuou o padre, apontando para a frente. — É ali.

David freou o carro. Ofereceram-se para levá-lo até seu destino, mas o padre Rivas recusou, alegando que já estava muito perto.

— Agradeço pela carona. E, se tiverem algum problema espiritual, ou mesmo mais mundano, não hesitem em me procurar na casa paroquial. Não têm nada a confessar?

David sentiu que a pergunta se dirigia a ele.

— Por enquanto não, padre. Mas procuraremos o senhor, não tenha dúvida — respondeu David.

— Certamente sabem o que costumam dizer: ter a consciência limpa é sinal de memória ruim.

Riu de sua própria piada e começou a caminhar com um sorriso que escondia a cara curtida.

A casa tinha dois andares e seis quartos. Havia pertencido aos pais de Edna, uma mulher baixinha e rabugenta que escondia uma garrafa de anis embaixo da cama. Deu a chave do quarto ao casal enquanto falava ao telefone, gritando tanto que Silvia achou que ela podia ter se poupado do custo da ligação.

No quarto havia uma grande cama de casal e uma banheira de pés dourados que parecia ter sido resgatada de algum naufrágio e revelava que, na concepção daquela casa, não tinham sido incluídos os toaletes. O pequeno armário embutido mal dava para guardar metade das roupas de Silvia.

David achava que sua mulher iria recriminá-lo por ter escolhido um lugar tão sóbrio. Mas, como tinha avisado a ela antes da viagem, era o único da aldeia. Contou que havia escolhido aquela aldeia por sugestão de um colega da editora, que havia estado ali no verão anterior e não parava de proclamar que Bredagós era o lugar mais agradável e tranquilo que ele tinha conhecido na vida. Agora, imaginava que Silvia iria acrescentar que o quarto era pequeno, velho e antiquado, como a banheira de pés dourados. Mas da boca de Silvia não saiu uma só queixa, e ela não se importou em ter que deixar metade da roupa na mala.

— Lamento que seja tão pequeno — desculpou-se David.

— Não me importo. Gosto de coisas rústicas. Olhe esses pés de banheira! Eu nunca tinha visto uma dessas fora de um antiquário.

— Sim, mas é tão pequeno...

— É acolhedor — replicou Silvia.

— É velho.

— Tradicional.

— Estranho.

— Encantador.

— Cheira a desinfetante.

— Bom... Podemos abrir as janelas enquanto jantamos e, amanhã, compramos uns aromatizantes em alguma loja.

— Você é muito prática.

— Não quero que nada estrague nossas férias. O que importa é estar aqui com você.

Sorriu para ele e os dois se abraçaram. David apoiou o queixo na cabeça dela.

— Será que aqui servem jantar?

— David, depois de conhecer essa mulher, eu preferiria comer em outro lugar.

Na pequena sala de estar, Edna os esperava enquanto assistia a um programa sobre a tecelagem de tapetes. Quando chegaram, levantou-se pesadamente e baixou o volume da TV. Pegou uma ficha e começou a perguntar:

— Nome?

— David Peralta.

— Vem de...?

— Valladolid — voltou a mentir David.

— Trabalha em...?

— Sou publicitário — mentiu de novo.

— Tem filhos?

— Isso importa?

Edna levantou os olhos da ficha de cadastro e os encarou franzindo o cenho.

— Tem filhos? — repetiu.

— Não — respondeu David, ríspido.

— Idade?

— Vou fazer trinta e cinco.

— Quando?

— Em pouco tempo.

— E por que vieram?

— Para fugir dos curiosos — retrucou David.

Edna pegou a ficha de cima da mesa, de cara fechada.

— Certo. Bom, é isso. Meu quarto é a primeira porta à esquerda. Meu horário de atendimento aos hóspedes é até o meio-dia. A diária é vinte e dois euros, e as duas primeiras com pagamento adiantado.

Silvia tirou o dinheiro da bolsa e colocou sobre a mesa. David assinou o livro de registro e já estava saindo quando Silvia perguntou a Edna:

— Sabe de algum lugar onde possamos jantar? Existe algum restaurante por aqui?

— Restaurante, restaurante, não, mas na taberna Era Humeneja servem almoço e jantar. E são bons.

— Não há outros lugares? — perguntou David.

— Sim, mas esse é o único onde a cerveja não tem gosto de mijo.

— Maravilha. Muito obrigada — despediu-se Silvia.

Caminharam pelas ruas em direção à taberna. Bredagós, como puderam ver, era formada por diversas casas, a maioria aglomerada em vielas para proteger a aldeia dos rigorosos invernos daquele vale rodeado de montanhas. Somente umas poucas casas solitárias, às quais se chegava por caminhos de terra, salpicavam as faldas ao redor. O lugar era atravessado de um lado ao outro por uma estrada de asfalto mais consistente, a mesma pela qual David e Silvia haviam chegado, e que desembocava em Bossòst, a aldeia vizinha. O centro era reconhecível, no cruzamento entre as duas ruas principais, por um semicírculo de relva natural com uns bancos. Entre eles, uma coluna de pedra lavrada representava o vale aranês com reproduções quase imperceptíveis de vivendas, como se quisessem lembrar a cada momento que eram somente pequenas manchas de musgo na imensidão das montanhas que serviam de fronteira a dois dos maiores países da Europa.

As ruas eram estreitas e quase não tinham calçadas. Os poucos espaços para estacionamento estavam quase todos vazios. Os ocupados tinham caminhonetes com a carga ainda amarrada na carroceria, e os motoristas, sem medo de furto, podiam beber uma cerveja sem que nenhum celular tocasse para apressá-los.

A aldeia era rodeada por um bosque de faias e abetos que mudava de cor com as estações. Nos grandes temporais, era preciso serrar galhos para evitar acidentes. Os salgueiros-anões, as roseiras alpinas, as madressilvas e as groselheiras alpinas faziam de algumas trilhas intransitáveis. As árvores se juntavam buscando abrigo, e suas raízes se misturavam com as rochas e o solo úmido, formando uma trama destinada a guardar segredos.

As pessoas passeavam pelas ruas a caminho de não se sabe onde, talvez pelo único prazer de passear, se cumprimentavam de longe ao se reconhecerem e às vezes paravam para trocar algumas palavras e perguntar pelas respectivas famílias. Por trás das luzes das janelas, o cheiro da comida recém-preparada e do vinho. O ruído das televisões se fundia com a algaravia das salas de estar, onde as conversas fluíam sem trégua e as frases se sobrepunham em agitadas discussões sobre temas corriqueiros.

Silvia e David caminhavam em silêncio, desfrutando da tranquilidade e dos pequenos sons, tentando se acostumar ao novo ambiente. Mais de cinco minutos se passaram até que Silvia lançasse a primeira pergunta:

— Por que você mentiu?

— Como assim? — reagiu David.

— Disse a Edna e ao padre Rivas que somos de Valladolid. Por quê?

— Nas aldeias, quem é de Madri não costuma ser bem recebido. Acham que somos uns filhinhos de papai.

— Não acredito que tenha sido por isso, David.

— Não gosto dessa gente que fica perguntando sem mal nos conhecer. Parecia um interrogatório policial. Para que Edna precisava saber se temos filhos? O que você queria que eu dissesse? Não, ainda não, mas vamos providenciar, quem sabe até no próprio quarto que a senhora nos alugou; então, se ouvir ruídos, não se preocupe, é que estamos aproveitando.

— Que exagero, amor.

E Silvia começou a rir, com aquela risada expansiva que David não escutava havia muito tempo e que ela guardava para quando estava totalmente despreocupada, sem nuvens no horizonte. Só parou quando ouviram uma buzina. Olharam para trás e viram um homem pequeno e gordo, de barba e óculos, que acenava de um carro para que se aproximassem.

— Viu o que eu disse? — comentou David, enquanto iam em direção à janela aberta do carro. — Eles perseguem a gente.

— Posso levá-los? — perguntou o homem.
— Por quê? — estranhou Silvia. — O senhor é taxista?
— Não, mas achei que podia levá-los até Era Humeneja. A não ser que estejam aproveitando o passeio, nesse caso... peço desculpas e não se fala mais nisso.
— É verdade, estamos indo para lá, mas...
— Eu também vou, por isso os convidei. Se quiserem, podem ir comigo.
— Ótimo — respondeu Silvia, já entrando no carro antes que David pudesse protestar. Não conseguiu deixar de pensar que poucas horas antes tinham dado carona a um morador da aldeia, e agora estavam na situação contrária.

O carro era uma velha perua Renault 12 com a pintura roída pela ferrugem e os assentos descascados. Com os dois já sentados, foi Silvia quem perguntou:
— Bom, como o senhor sabia?
— Sabia o quê?
— Que íamos para Era Humeneja. — Falava em tom divertido, como se perguntasse a um mágico sobre um truque.
— Ah, é fácil. Os senhores não são daqui, certo?
— Exato. Somos de Valladolid — disse Silvia, olhando de maneira carinhosa para David, que ainda tentava assimilar a estranha e intrometida recepção da aldeia.
— Então, suponho que estejam na casa de Edna, a não ser que estejam hospedados na casa de algum amigo, e se fosse esse o caso provavelmente estariam com ele.
— Continue — incentivou Silvia.
— A essa hora, devem estar querendo jantar, e, como Edna não oferece refeições na pousada, imagino que os senhores pediram informações a ela sobre onde comer.
— Muito bem. Mas como sabia que ela nos recomendaria esse lugar?
— Edna não recomenda outro. A taberna Era Humeneja é do irmão dela, Jon.
— Muito bem! Deduziu passo a passo, como o próprio Sherlock Holmes! — parabenizou-o Silvia.

— Ela mencionou a cerveja que tem gosto de mijo? — perguntou o homem.

— Sim!

— Ha-ha! Edna mete a mesma conversa com todos os hóspedes.

Os três riram, enquanto ele estacionava na frente da taberna. Ali, desceram alguns degraus até a porta. A Era Humeneja ficava no térreo de uma construção de dois andares e só era reconhecível por uma tabuleta de madeira rachada na rua e por duas pequenas janelas, pelas quais se viam os fregueses animados rindo e levantando canecas de cerveja.

— O senhor sabe como se chama essa rua? — perguntou Silvia.

— Era Humeneja — respondeu o homem.

Para David e Silvia, essa informação não era nada útil.

— Seja como for, se não se lembrarem depois, é fácil. Basta procurar a *humeneja*.

Os três olharam para cima, e ali se erguia uma enorme chaminé de pedra que saía da própria construção da taberna.

— *Era humeneja* significa "a chaminé" em aranês.

Depois de entrarem, o motorista improvisado se despediu deles.

— Bom, espero que gostem do jantar. Mas tenho que dizer que, embora a comida daqui não seja ruim, a cerveja dos outros locais não tem gosto de mijo. Na verdade, é trazida pelo mesmo distribuidor. Não digam a Jon que fui eu que contei. Ah, é claro, meu nome é Esteban.

— Desculpe — disse Silvia. — Não nos apresentamos. Eu sou Silvia e este é meu marido, David.

— Muito prazer.

— Igualmente — os dois disseram ao mesmo tempo.

Esteban se aproximou do balcão e se sentou em um banco.

O último assento livre do vagão. Dois desconhecidos se encararam um momento, antes de arrancarem. Um carteiro com um enorme carrinho laranja fluorescente passou na frente de um homem alto, vestindo um paletó de cotelê. Do outro lado, a atraente quarentona, versada em anos de lutas no metrô, esgueirou-se com facilidade entre os dois passageiros e tomou posse do assento. O homem do paletó tentou trocar um olhar furioso com a mulher, mas ela folheava um jornal, tranquila como se estivesse sentada na cozinha de sua casa em Vallecas.

Elsa, a secretária de Khoan, mesmo sendo uma das privilegiadas desse vagão — entre duzentas pessoas não mais de trinta e duas estavam sentadas —, espremia-se entre dois ombros largos que não permitiam que ela sequer tocasse o encosto. Faltavam mais de três paradas até Portazgo e ela, acostumada a se movimentar em distâncias curtas, lia um jornal que havia recebido ao entrar, no qual se falava dos próximos cortes do governo e do sempre igual treinamento do Real Madrid. Um dos jogadores do time havia sofrido uma lesão na virilha e era a incógnita da partida seguinte.

Passava de sete e quarenta e cinco. Elsa saiu da Editora Khoan às sete e quinze e pegou o metrô na Serrano. Nos dias em que podia escapulir um pouco mais cedo, não topava com os trabalhadores dos escritórios e das lojas de roupa, e podia desfrutar de um metro quadrado só para ela no vagão. Mas, a partir do final do expediente, a distância entre os passageiros ficava menor e o tempo entre as paradas aumentava. Após o fechamento das portas, os corpos se acomodavam, os casacos cobriam os vidros das janelas e surgiam livros nos espaços entre as cabeças dos passageiros suarentos.

Já em casa, tirou o casaco e os sapatos e deu uma olhada na secretária eletrônica, na estante quase vazia. Elsa imaginava ver o habitual número zero, mas encontrou um inesperado um.

Três meses tinham se passado desde sua mudança para o novo e modesto apartamento, mas ele ainda não parecia um lar. Elsa se lembrava do antigo, com os pequenos enfeites espalhados pela estante e pelas mesinhas, os mesmos que agora esperavam, em caixas de papelão ainda fechadas, que sua dona começasse a tirá-los do cativeiro. Relembrava como havia custado encontrar disposição para os móveis, para que tudo estivesse em seu lugar. Os livros na estante, os bibelôs de porcelana nas prateleiras da sala, logo acima da câmera que ela não tinha mais, os quadros dos quais agora só restavam alguns.

Do que mais sentia saudade, porém, era o cheiro de tabaco, de comida, de casa habitada, tão diferente do atual cheiro de pintura recente, de espaço fechado, que não desaparecia por mais que ela deixasse as janelas abertas. Sabia que devia começar a instalar as coisas, a pendurar cortinas, a comprar os móveis de que precisava, mas uma parte dentro dela se negava, como se essa casa fosse uma nova parada do metrô à espera de um destino mais amável e mais feliz.

Tinham se passado seis meses desde a separação de Juan Carlos. Depois de doze anos de relacionamento, ela ainda não havia se acostumado à ideia. Seu ex-marido não tinha sido o mais doce, nem o mais sóbrio, nem o mais fiel, mas Elsa sentia falta dele. Embora soubesse que a soma total não o favorecia, ficava triste quando voltava para a nova casa e não escutava ao fundo o som de um jogo de futebol e uma voz gritando que, já que ela estava ali, que trouxesse uma cerveja. Alguém que a levasse ao cinema, ainda que para ver filmes de que não gostava.

Juan Carlos trabalhava em uma empresa de instalação de tubulações e era mais que assíduo aos bares e à vida noturna da Casa de Campo. Mas, quando queria, também sabia ser doce. O problema era que quase nunca queria. É curioso como alguém pode se resignar a seguir no rumo errado só para não ter que procurar uma mudança de sentido. Agora ela havia encontrado um novo e deixado o anterior. No caminho, para evitar discutir, tinha perdido quase todos os móveis, a televisão, o equipamento de som e a câmera. Conformou-se com alguns quadros, a cama e o jogo de louça. E agora, tinha uma cama de casal só para ela e um jogo de trinta e seis peças das quais só usava duas, de vez em quando.

Entretanto, agora eram sua louça, seus quadros e sua cama, e podia fazer com eles o que bem entendesse, inclusive jogá-los fora, se quisesse, e comprar outros novos.

Escutou a mensagem com curiosidade. Reconheceu a voz de sua irmã Cristina, que tentava manter a calma, mas por trás do autocontrole, Elsa podia perceber um certo nervosismo.

— Oi, Elsa, é a Cris. Antes de mais nada, não se preocupe, não é nada grave. Aconteceu o seguinte: hoje à tarde, Marta estava atravessando na frente de um ônibus e foi atropelada por um carro. Ela está bem, não sofreu nada sério, mas a pancada a jogou contra o asfalto e ela está com um ferimento no rosto e outros nos joelhos e nos pés. Eu tenho plantão essa noite e Emilio está viajando. Marta está ótima, mas se você puder eu gostaria que passasse a noite com ela, isso me deixaria mais tranquila. Me ligue de volta no fixo ou no celular, o que preferir. Um beijo, tchau.

 Elsa escutou a mensagem mais uma vez. Telefonou para a irmã, pegou a bolsa e saiu de casa.

 Na rua, chamou um táxi, deu o endereço e pediu ao motorista que se apressasse.

 Cristina, a irmã de Elsa, era enfermeira do turno da noite no hospital Doce de Octubre. Havia tentado trabalhar de manhã, mas, do jeito que estava a situação, deu-se por satisfeita por ter conseguido um emprego. Tinha feito residência na Grã-Bretanha, em Birmingham, onde os enfermeiros eram poucos e apreciados, não importava de onde viessem. Quando voltou, já com mais experiência e um segundo idioma, foi apenas questão de tempo conseguir emprego na própria cidade, mesmo que fosse noturno. Seu marido, Emilio, vendedor em uma empresa de produtos químicos, passava grande parte da semana viajando, com o porta-malas do carro cheio de amostras. Elsa os admirava, pois, embora tivessem tido suas dificuldades — Cristina em outro país, e Emilio nunca estava em Madri, a não ser nos fins de semana —, souberam manter a chama do casamento acesa, ainda que em fogo baixo. Por um momento, chegou a acreditar que ela e Juan Carlos também conseguiriam, mas seu ex-marido não era tão bom quanto Emilio, e nem ela tinha a paciência de Cristina.

 A irmã a esperava na porta, com o uniforme de enfermeira e uma jaqueta de algodão que sua mãe havia costurado para ela quando ainda enxergava o suficiente. Elsa e Cristina se abraçaram e deram um beijo uma na outra que deixou uma pequena marca vermelha nas bochechas.

 — Obrigada por vir. Alguma das amigas de Marta podia ter ficado, mas prefiro uma pessoa adulta. Desculpe por avisar tão tarde.

 — Bom, na próxima vez pediremos ao motorista do carro que avise — disse Elsa. Cristina sorriu. — Pode ir sossegada, eu cuido da Marta.

 — Deixei um analgésico no criado-mudo, caso ela sinta dor, apesar de já ter tomado alguns calmantes que o médico deu antes de sair. Tem comida na geladeira, se você quiser. Vou estar de volta umas sete e quinze da manhã. E, de novo, obrigada por vir.

Cristina abraçou Elsa antes de sair. Já na porta, avisou que, se acontecesse alguma coisa, era só ligar.

Marta estava reclinada no sofá, com as costas apoiadas nas almofadas. A TV estava ligada em um canal de videoclipes, mas, pela pouca atenção que ela dava à tela, parecia que era mais para cobrir o silêncio do que para outra coisa. Em seu rosto enfaixado, sobressaía apenas um olho roxo. Elsa havia imaginado uma ferida mais superficial, pelo que sua irmã havia dito. Talvez, por baixo das ataduras, não fosse nada muito sério, mas ela só conseguia ver um monte de esparadrapo. Aproximou-se e deu um beijo na testa da sobrinha. Marta quase não conseguia mover os lábios, o que dava à sua voz um tom fraco e triste.

— Oi, querida — disse Elsa —, como você está?

— Bom..., bem. Não dói muito, me deram muitas drogas.

— Tomara que você não fique dependente, hein?

Marta esboçou um sorriso.

— Vim passar a noite com você, então conte comigo para o que precisar. Estou à sua disposição.

— Estou com um pouco de sono.

— Durma quando quiser. Quer ajuda para subir?

Elsa levou Marta para o quarto, decorado com pôsteres de garotos de sunga e de bandas. Lembrava o seu na adolescência, embora os rapazes das suas paredes usassem mais roupa. Ajudou-a a vestir o pijama e, quando voltou do banheiro, percebeu que os calmantes tiveram efeito.

Observou-a dormindo. Marta era uma jovem bonita, ia completar vinte e dois anos dali a três semanas. Estava no quarto ano de psicologia, com duas matérias do terceiro. O tempo passava para todos. Elsa lembrou que quando Marta nasceu, a irmã tinha vinte e cinco anos, e ela, vinte e três. Estavam na flor da idade. Tantos projetos não concretizados que ficaram no caminho... Aos vinte e três você acredita que tem a vida inteira para realizar os sonhos, mas pouco depois o mundo adulto cai em cima de você e é preciso enfrentar namorados estáveis, prestações do carro, hipotecas, trabalhos mal remunerados e maridos mentirosos. Tudo o que você havia imaginado vai por água abaixo. E você atrás. Sentia-se de novo com vinte anos, como se precisasse enfrentar todos os desafios que já tinha enfrentado quando jovem, começando por aprender a viver sozinha, sem Juan Carlos.

De repente, um som familiar.

A respiração de Marta. Elsa notou como o edredom subia e descia no ritmo dos pulmões da sobrinha. Fechou os olhos e imaginou que era a respiração de outra pessoa. De alguém que ela ainda não conhecia. Sentou-se em uma confortável poltrona no quarto e se dedicou a escutar, prendendo a respiração. Gostava daquele som. Decidiu ficar ali um pouco mais. Assim, poderia vigiar Marta de perto.

Com um pijama da irmã e uma manta em cima das pernas, acomodou-se na poltrona e procurou algo para fazer. Em sua bolsa, encontrou o livro que diziam ter salvado a editora, que três dias antes tinha recebido daquele editor.

Obviamente, ele tinha tempo para pensar nessas coisas. A ela, Khoan dava tanto trabalho que não sobrava tempo para pesquisar nada sobre a editora. A agenda do chefe era muito movimentada, o dia inteiro em reuniões com pessoas importantes. Com produtores de cinema, com emissários de outras editoras, com representantes de gráficas... e com gente que ele não queria dizer quem era, e azar da curiosidade dela.

Olhou a capa do livro e a sinopse atrás.

Elsa não era fã de livros de ficção científica, mas estava sem sono e queria desfrutar de um quarto cheio de detalhes pessoais que a lembravam o quanto é frágil a felicidade e como somente a passagem do tempo pode dizer se você tomou boas decisões. Mas algumas delas você tem que tomar, não pode ficar sentada em um banco, vendo os trens passarem, para, quando despertar do que acredita ser a travessia, constatar que continua sozinha na plataforma.

Sorvendo uma lágrima que descia pelo seu nariz, abriu o livro na primeira página. Queria pensar em outra coisa. Qualquer coisa.

Assim que David e Silvia entraram, a algazarra da taberna invadiu seus ouvidos. O portão de madeira maciça continha o ruído do lugar, mas, uma vez lá dentro, só se escutavam vozes pedindo cerveja aos garçons, o estrondo das piadas grosseiras e os choques das pedras de dominó contra as mesas.

Até se poderia pensar que a aldeia tinha sido construída ao redor dessa taberna. As grossas paredes do lugar eram de pedra, e as mesas de madeira maciça mostravam que, ali, era mais fácil cortar uma árvore e entregá-la ao carpinteiro do que fazer uma viagem até a Ikea. Gerações de pais e filhos tinham depositado sem piedade as canecas de cerveja sobre os tampos, e o verniz desgastado com cada novo golpe parecia pedir clemência. Os quase cem metros quadrados do piso de lajota estavam praticamente cobertos de uma serragem que absorvia a umidade e que as botas dos clientes espalhavam por todos os cantos. Um balcão corrido, com quatro torneiras de chope e dois atarefados empregados, ocupava uma lateral inteira. Atrás dele, por um vão sem porta, podiam ser vistos os cozinheiros preparando, entre fogões fumegantes, os pedidos que iam recolhendo de uma roda giratória de metal. Em uma vitrine do balcão enfileiravam-se pratos com as comidas típicas da região: *escalibada*, morcela fresca, *civet* de javali, níscalos com batatas e outros que o casal não soube reconhecer na hora.

Havia umas quarenta pessoas ali. Como Esteban havia comentado com eles, aquela taberna representava o centro nervoso de Bredagós, o lugar onde as pessoas tomavam cerveja com os amigos depois do trabalho, e os solteiros e solitários se reuniam com os outros da mesma categoria para compartilhar um prato de comida e um pouco de conversa.

David sentia no fundo uma espécie de euforia pela possibilidade de estar no mesmo lugar que Thomas Maud. Os rostos pareciam todos iguais, mas ele esperava encontrar de repente uns olhos diferentes, um olhar astuto de alguém que, sentado em um canto, com a única companhia de um copo de uísque segurado por uma mão de seis dedos, observava como as pessoas falavam, que gestos faziam, como se vestiam e que peculiaridades abrigavam na alma. Thomas Maud tinha que ser reconhecido de imediato, não podia haver dúvida. Até mesmo sem os seis dedos da mão direita, devia ser alguém especial. *É impossível vender noventa milhões de livros sendo medíocre, algo deve ser notável nele*, pensava o editor. Esperava que seus olhares se cruzassem e ambos se reconhecessem, como um assassino e um policial que sentem que se encontraram depois de uma longa perseguição. Achar Thomas Maud era a única coisa que o separava da vitória e de um novo futuro na Editora Khoan.

— Veja, amor, um lugar livre. Corra, antes que peguem.

Ocuparam uma mesa com dois banquinhos em uma das laterais e, com o olhar, procuraram algum garçom que pudesse trazer um cardápio. Sem sucesso, David foi até o balcão e atraiu a atenção de um, que o atendeu sem parar de servir porções de anchovas. Pelos gestos autoritários, David imaginou que aquele devia ser Jon, o irmão de Edna. Um grito ao seu lado confirmou a suspeita.

— Eu queria um cardápio, por favor.

— Não temos cardápio.

Apontou uma lousa às suas costas com uma lista de pratos. Parecia ter sido escrita alguns anos atrás.

— Diga o que quer, e eu sirvo.

— Não sei. Quais são as especialidades da casa?

— Aqui é tudo especial.

— O que está bom, então?

— Ah, meu amigo! Isso é muito diferente! Se eu fosse o senhor, pediria uma porção de anchovas no azeite e uns níscalos frescos, colhidos nessa manhã. E, como prato principal, a caçarola aranesa.

— O que leva?

— De tudo um pouco: vagem, grão-de-bico, alho-poró, cenoura, aipo, acelga, couve e batata cozida com ossos de vitela.

— Como uma sopa de legumes?

— Nãããoo! Vem acompanhada de um *farcit*, almôndegas de carne de vitela e galinha misturada com ovo, fritas em separado e acrescidas aos legumes e ao caldo. Depois acrescentamos aletria e morcela preta. Servimos em panela de barro. Um prato forte, típico do vale.

— Ótimo — disse David. — Traga duas caçarolas aranesas, uns níscalos e duas canecas de cerveja bem gelada. Ou melhor, uma de cerveja pura e uma misturada com soda.

— Saindo! — gritou Jon a plenos pulmões, enquanto levava uma porção recém-servida de anchovas.

Na mesa, Silvia e David esperaram que trouxessem a comida, mas só conseguiram um grito vindo do balcão: ali só entregavam nas mesas quando havia poucos fregueses. Tiveram que ir buscar os pratos eles mesmos.

Não estavam acostumados com as comidas regionais. Silvia havia lido certa vez que o americano médio está sujeito a todo tipo de indisposição estomacal em consequência de uma esterilização excessiva de todos os alimentos. Perguntou-se se ali podia acontecer o mesmo com eles.

— Nossa! A caçarola aranesa tem um sabor bem marcante — ela comentou.

— Sim, é como se tivessem misturado tudo o que é comestível. Espero que tenham lavado os ingredientes.

— Por quê?

— Bem, você sabe como são as coisas no interior.

— Sério?

— Claro.

Silvia o encarou um momento, procurando indícios de riso contido. Depois de alguns segundos, relaxou a expressão.

— Você é um idiota!

Os dois ainda riam quando David viu o padre Rivas entrar. Já devia ter terminado a missa das oito. Jon, ao vê-lo, interrompeu o que estava fazendo e pôs sobre o balcão um copo de aguardente de uva, que o padre bebeu quase tudo de uma vez.

— Talvez o vinho da eucaristia não tenha sido suficiente — cochichou o editor.

— Esse restaurante parece ser muito concorrido. Das três pessoas que conhecemos na aldeia, duas estão aqui.

Sim, pensou David. *E, se eles estão aqui, outra pessoa também pode estar.*

Pediu licença, alegando que precisava ir ao banheiro. Olhou para todos os lados procurando uma porta, mas todas as paredes pareciam tapadas com corpos. Tocou o ombro de um rapaz de uns vinte e cinco anos, que bebia pensativo um refrigerante no balcão, e perguntou onde ficava o banheiro. O rapaz o encarou por um momento, analisando-o em silêncio... e em silêncio voltou ao seu refrigerante. Ao lado dele, um homem divertido, de barba semigrisalha, disse a David que não o levasse a sério e apontou uma pequena porta meio bloqueada por dois homens.

Ao sair do banheiro, em vez de rostos David olhava mãos. Sua busca se viu interrompida por um grito de "Servido!" que pareceu assustar somente a ele; as outras pessoas pareciam estar acostumadas ao atendimento tão barulhento. Olhou na direção do som e pôde ver como sobressaía de uma travessa a maior chuleta que ele já havia visto. Devia pesar no mínimo dois quilos. A mão do cozinheiro tremeu enquanto a colocava no balcão. A chuleta era tão grande que, a princípio, David não se sobressaltou com os cinco dedos que vislumbrou quando o homem voltou ao seu lugar, e ele teve que esperar para ver o polegar e então se dar conta de que o cozinheiro tinha um dedo a mais. Tão depressa quanto deixaram a comida, a mão e seu proprietário desapareceram na cozinha e David correu para o balcão para tentar ver algo mais.

As perguntas e respostas que se amontoavam em sua mente desde a reunião com o chefe se sucederam em uma velocidade frenética. Poderia ser? Poderia. A sorte existia? Parecia que sim. Um escritor trabalharia como cozinheiro em uma taberna de aldeia? Com os escritores, nunca se sabe. "Você só precisa ir à aldeia, descobrir o homem de seis dedos e falar com ele. Simples assim", tinha dito o chefe no salão de chá.

Metendo a cabeça entre os corpos, David tentou vislumbrar aquela figura na cozinha. Mas só havia atentado para as mãos, e não para o rosto, de modo que, quando alguém passava na sua frente, seu coração quase saía pela boca, até que ele observava as mãos do indivíduo. Após três tentativas, enquanto um deles cortava cenouras em uma velocidade vertiginosa, conseguiu ver com clareza que a mão que segurava a faca tinha os seis dedos que procurava. Tentou olhar o rosto do dono e encontrou um homem na casa dos quarenta. Tinha uma barba rala e rugas ao redor dos olhos. Mantinha a boca entreaberta enquanto cortava os legumes. Um pedaço caiu no chão, o homem o recolheu e o colocou novamente na bandeja, sem sequer passar uma água. David tentou cruzar seu olhar com o dele, aquele olhar que havia sabido tirar do nada uma história como *A hélice*, mas não conseguiu. O sujeito parecia concentrado em sua tarefa.

David voltou à mesa, ao encontro de Silvia, sem deixar de olhar na direção da cozinha, para que o homem não escapasse. Quando ela perguntou o motivo da demora, respondeu que havia uma fila grande no banheiro. Não podia deixar de pensar na reunião com o chefe e em como, para agradá-lo, devia encontrar o escritor. Principalmente agora que ele parecia tão perto, e que só o que os separava era um balcão com dois garçons atarefados.

— Esses níscalos têm um gosto diferente — comentou Silvia, provando-os com cuidado.

— É que esses não são de estufa, mulher. Aqui eles devem colher no campo. Não é a mesma coisa.

— Claro, concordo, mas o gosto me parece...

David se lembrou da cenoura e imediatamente deixou cair o garfo no prato enquanto dizia:

— Pois então, se o gosto é esquisito, não coma. Por que se arriscar? Cozinheiro? Por que cozinheiro? Thomas Maud ganhava uma fortuna. Era alguém com talento, esse dom tão escasso no mundo literário, a capacidade de criar histórias autênticas. Não precisava trabalhar em outra coisa. Muito menos como cozinheiro. Embora fosse verdade que muitos escritores tinham outras ocupações, a cozinha em uma taberna de aldeia não parecia a mais provável delas.

Enquanto Silvia falava, David não conseguia tirá-lo da cabeça. Assentia com a cabeça quando ela afirmava algo e negava quando ela se queixava, mas não mostrava nenhum interesse. Silvia supunha que a longa viagem de estradas devia tê-lo esgotado. Notava que David quase não falava, mas isso não importava. Ela podia falar pelos dois, podia amar pelos dois.

Algumas cervejas depois, pararam no balcão. David se aproximou e pediu a conta, que Jon cantou com precisão matemática. Para surpresa de Silvia, David comentou o quanto havia achado boa a comida e pediu que Jon chamasse o cozinheiro para dar os parabéns pessoalmente. Ficou espantada, porque, depois de seu comentário sobre o estranho sabor dos níscalos, David tinha se limitado a beber cerveja, nem sequer havia experimentado a caçarola aranesa. Jon chegou acompanhado de um sorridente cozinheiro de uns vinte e cinco anos e cabelo espetado, a quem David recebeu com um sorriso forçado enquanto espiava atrás dele, procurando o outro.

— Fico feliz que tenham gostado. Aqui na aldeia somos muito tradicionais, gostamos de manter nossos hábitos culinários — comentou o jovem com um sorriso de orelha a orelha, lisonjeado. — Nossos avós cozinhavam os níscalos com um pouco de xerez, e nós mantemos a tradição para que, se alguém voltar à aldeia cinquenta anos depois, possa saborear a mesma comida. Os pratos mais típicos sempre tiveram um lugar especial em nossos fogões, mas isso não quer dizer, claro, que não inovamos. Agora, por exemplo, acabamos de criar um prato novo de aspargos empanados com atum e ovos de codorna que está fazendo sucesso...

Silvia e David aguentaram estoicamente o discurso do jovem cozinheiro. Após descrever com detalhes a culinária dos últimos cinquenta anos no vale de Arán, o rapaz fez uma pausa e o casal aproveitou para se despedir. Antes de escapar, David perguntou a Jon sobre os horários da taberna. Imaginou que poderia falar com o cozinheiro de seis dedos na manhã seguinte, antes da abertura, enquanto Silvia ainda estivesse dormindo.

Quando atravessavam a porta, Silvia apontou para o marido uma mesa no fundo do bar, colada à parede, onde Esteban, o perspicaz morador que os tinha trazido de carro, se concentrava em um jogo de xadrez com outro aldeão em um velho tabuleiro de madeira. Entre os dois havia uma garrafa de uísque pela metade. Dois pequenos copos se uniam às peças já comidas na partida.

6. Ángela

Horas mais tarde, os dois se reviravam na cama: Silvia, por causa da queimação no estômago, e David, tentando evitar os contínuos chutes e cotoveladas da mulher. A bolsa de água quente que ela havia colocado sobre o ventre não aliviou em nada as fisgadas e cólicas intestinais, e David não sabia muito bem o que fazer. Procurou no bagunçado nécessaire de Silvia, que parecia armazenar todas as sobras de viagens anteriores: uma caixa de curativos, antisséptico para ferimentos, gazes, remédio para resfriado, uma tesoura de cirurgião, uma tesourinha de unhas, duas lixas. Remédios para picadas de mosquitos, para dor de dentes, para alergia, mas nada para dores de estômago. No nécessaire dele só havia aspirina, de modo que tudo o que tinham era inútil. Como sempre, o mais importante é o que falta. David beijou a testa suada de Silvia.

— Querida, vou falar com Edna, para ver se ela tem algum remédio.

Após a tentativa de Silvia de concordar, ele saiu.

Olhou o relógio. Duas e dezessete da madrugada. Sentindo um aperto no estômago, bateu duas vezes na porta de Edna. Sem resposta, bateu mais duas, agora com mais força. Segundos depois, passos se aproximaram da porta, que se abriu mostrando do outro lado uma cara aborrecida. Edna vestia a mesma roupa e só calçava um dos chinelos. Parecia ter dormido diante da TV, que era visível ao fundo emanando uma luz difusa na escuridão do aposento. Com os olhos entreabertos, exclamou:

— Senhor, meu horário de atendimento é até as doze. Doze!

— Desculpe, lamento acordá-la. É que minha mulher...

— Até as doze! — repetiu a dona da pousada.

— Sim, eu sei, a senhora já disse. O problema é que minha esposa está...

— Ah, não! Sei muito bem como são vocês da cidade. Passam a noite dançando nas boates e usando drogas até o café da manhã, mas nós, não. Aqui, à noite nós dormimos. Dormimos!

— A senhora tem algum remédio para dor de estômago?

— Claro que não! Isto aqui não é farmácia! Acha que aqui fica vinte e quatro horas aberto, como nas cidades? Não! Meu horário é até as doze. Doze! Sei o que o senhor quer. Quer uma farmácia para comprar e misturar pílulas.

— Por favor, a senhora está se confundindo. Minha esposa passou mal com o jantar.

— E eu com isso?

— Bom, nós jantamos no lugar que a senhora recomendou, então eu peço...

— Ha-ha! E agora é culpa minha se sua mulherzinha é uma fraca? Aqui comemos comida de verdade. Se ela não é capaz de suportar, que traga a sua.

A paciência de David estava se esgotando. Edna gritava de um jeito que não parecia que tinha acabado de acordar.

— A senhora tem algo para dor de estômago, sim ou não?

— Não!

— Sabe onde eu poderia comprar?

— Não!

David conteve um suspiro e se afastou da porta, que Edna fechou com força, disposta a dormir de novo até que começasse seu horário de atendimento. Ou seja, Silvia e David, os únicos que estavam ocupando um quarto naquela casa. Agora ele entendia o porquê.

Após avisar Silvia, saiu pelas ruas da aldeia para procurar alguma farmácia, embora duvidasse que alguma fizesse plantão em um povoado tão pequeno. Não havia uma regra? Não devia haver uma farmácia de plantão a cada não sei quantos quilômetros? E se essa aldeia não tivesse uma, e se compartilhassem a de uma aldeia vizinha? Procurou se tranquilizar pensando que ninguém nunca havia morrido de uma ardência no estômago, mas não podia deixar de pensar na cenoura recolhida do chão. Olhou para os dois lados, procurando alguma placa de neon verde e vermelho em uma parede. Em todas as direções, a luminosidade brilhava pela ausência. Parecia que em Bredagós todos dormiam profundamente.

David, acostumado à iluminação noturna das ruas de Madri, sentia-se perdido por ver somente os contornos das casas sob o luar. Vagando pelas ruas, percebeu, naquela escuridão angustiante, uma linha luminosa rente ao chão. Em uma espécie de garagem anexa a uma casa, entrevia-se algum tipo de atividade. Entrou no jardim e se aproximou com cuidado, com medo de ter algum cachorro. Aguçou o ouvido e escutou os golpes de um martelo. Sem poder esquecer a recente cena com Edna, bateu duas vezes à porta da garagem.

O som do martelo cessou e ouviram-se passos até a porta. Quando se abriu, em vez da cara rabugenta de Edna, apareceu uma mulher de uns trinta anos com uns óculos protetores transparentes. Segurava a maçaneta com uma das mãos e com a outra empunhava o martelo, pronta para o que desse e viesse.

— Pois não?

— Desculpe — disse David, tomando uma distância prudente, também para o que pudesse acontecer —, eu sou novo aqui e estou procurando uma farmácia. Quando vi a luz, imaginei que havia alguém acordado e por isso bati. Não quero incomodar.

— Não, não está incomodando.

A mulher baixou o braço e encostou o martelo na perna, mas não o soltou.

— Sabe onde tem alguma?

— Não tem. Compartilhamos uma que fica em Bossòst. Mas temos um médico que reside aqui, para os casos mais graves. Se quiser, pode ir procurá-lo.

— Não, acho que seria exagero. É que minha esposa está com uma dor de estômago terrível e eu não tenho nada para dar a ela.

A mulher o encarou um instante, como se o estivesse analisando. Por um momento, o editor achou que ela faria como o rapaz do bar: daria meia-volta e continuaria com seus afazeres. Mas, para seu alívio, ela disse:

— É possível que eu tenha alguma coisa. Quer entrar?

— Eh..., obrigado — respondeu David.

Entrou em uma garagem onde muitas placas de madeira amontoadas esperavam para servirem de alguma coisa. A impressão que ele tinha era que estava sendo construída alguma coisa que ainda não saberia dizer, uma espécie de estrutura. Entraram na casa por uma portinha que se ligava à garagem. Enquanto caminhavam pelo corredor, a mulher quebrou o silêncio:

— Eu me chamo Ángela.

Não deu dois beijinhos nem apertou a mão. Limitou-se a informar.

— E eu, David. David Peralta.

No banheiro, Ángela tirou os óculos protetores e os deixou sobre a bancada. Abriu as gavetas de um carrinho de plástico transparente e começou a remexer. Sob a luz ofuscante do banheiro, David a observou. Tinha o cabelo curto e castanho com luzes avermelhadas, como um fogo apagado. A nuca exibia um pequeno pico rodeado por uma pelugenzinha.

— Acho que tenho algum comprimido antigases por aqui, dos que meu filho toma quando se enche de refrigerante e engole ar. Sua mulher está com gases ou é algum tipo de...

— Não sei o que ela tem — interrompeu David. — Jantamos na Era Humeneja e agora ela está com dor de estômago.

— A comida deles é meio forte, sim. Mas é saborosa. Nós que moramos aqui já não temos mais problemas com isso.

David atentou para os olhos dela. Eram de um verde profundo e tinham algo de abismal. Os traços finos do rosto tinham força, e algumas pequenas rugas se concentravam ao redor das pálpebras.

— Todos se acostumaram? — perguntou o editor, parando de encarar seus olhos e concentrando-se no nariz.

— Mais ou menos. Os que não se acostumam, ou vão embora da aldeia ou morrem, o que acontecer antes. De onde é o senhor?

— Me trate por você, por favor. De Valladolid.

— Férias?

— Viemos passar uns dias.

— Bela maneira de começar, então...

— Sim — admitiu David. — Não foi um bom começo.

— Pois é.

Depois de um instante de silêncio, durante o qual os dois se olharam nos olhos sem saber o que dizer, David o interrompeu, ao receber o medicamento.
— Tenho que levar para minha mulher.
— Certo.
Chegaram à rua pela garagem, seguindo o caminho que já tinham percorrido. Na porta, David se despediu.
— Muito obrigado. Amanhã eu venho devolver.
— Não tem pressa, não se preocupe.
— Até logo.
— Até logo, David.
David gostou de que ela o chamasse pelo nome. Ele fazia isso na editora, depois que leu um livro sobre o modo de se dirigir aos clientes. Despedir-se assim indicava um trato mais personalizado. Ela, porém, não parecia precisar ler nenhum livro para saber disso.

Às sete e quinze da manhã seguinte, David estava na rua. Na noite anterior, ao voltar de sua busca por um remédio, havia encontrado Silvia já dormindo. Levantou-a um pouco e a fez tomar o antigases. Pareceu ter efeito, porque Silvia não acordou nem quando David se levantou e se vestiu. Descansava tranquila, na cama quentinha, enquanto ele suportava o frio rigoroso da madrugada e o orvalho, a cada passo que levava à taberna Era Humeneja.
Ia pensando no que dizer, como sempre fazia ao preparar uma reunião na editora ou uma conversa séria com algum de seus autores. As palavras têm força, quem trabalha em uma editora sabe disso, e o bom uso delas pode ser determinante quando você quer conseguir uma coisa. Se conseguisse encontrar Thomas Maud e fazê-lo ser razoável para chegar a um acordo, tudo acabaria bem.
Esperou encostado em uma casa diante da taberna. Viu Jon, o irmão de Edna, descer a escada e abrir a porta. As luzes se acenderam e os ruídos próprios de um bar que abre cedo começaram a se fazer ouvir. Com as mãos debaixo do braço para se proteger do frio, esperou mais de quinze minutos até que pouco a pouco os garçons e

cozinheiros fossem chegando. Minutos depois, com a camisa fora da calça e um paletó forrado de pele de cordeiro, apareceu o esperado cozinheiro de seis dedos. Antes que ele entrasse, David se aproximou e tocou seu ombro.

Então travou. Tinha umas palavras pensadas, mas não conseguiu dizê-las. Estava diante de Thomas Maud, o escritor que, mesmo sem querer, havia mudado sua vida e a de milhões de pessoas com seus livros. Era ele, e estava ali, encarando-o.

— Eh..., olá. Trabalha na taberna? — disse, gaguejando.

— Sim, sou o cozinheiro — respondeu o homem. — Mas se o senhor tiver alguma reclamação, não é a mim que...

— Não, não, por favor. Não tenho nenhuma reclamação, pelo contrário. Tenho, temos, muito a agradecer a você.

— Ah, é?

— Claro. Desculpe, não me apresentei. Meu nome é David. Sou editor.

David estendeu a mão. Ficou encarando-o, buscando uma dilatação de pupilas, uma gota de suor, um enrubescimento, qualquer reação física involuntária que demonstrasse surpresa. Quando apertou a dele, não pôde deixar de olhá-la. A mão de seis dedos. Aquela mão.

— Eu sou José. Sou cozinheiro.

David ficou segurando a mão dele a tal ponto que o momento se tornou constrangedor. O homem desviou o olhar e tentou soltar sua mão. David apertou-a com mais força.

— É, sei quem é o senhor — disse.

José o olhou receoso. Agora suas pupilas estavam dilatadas: de medo.

— Claro, acabei de dizer.

— Não, eu me refiro a outra coisa. Sei quem o senhor é. Sei o que faz.

— Sim..., sou cozinheiro.

— Não é essa atividade. A outra.

— Que outra?

— *A hélice*, Thomas.

— O senhor é um homem muito estranho.

David sorria. A emoção o embargava. Havia anos, sonhava em conhecer Thomas Maud, e agora ele estava ali, a menos de um metro de distância.

— O mundo está cheio de gente estranha, e isso é bom porque precisamos de gente estranha. Precisamos de seus livros, Thomas, de sua sensibilidade, de seu talento. E precisamos de mais. Por isso estou aqui. Estou aqui por causa do sexto volume da saga.

— Não sei de que merda o senhor está falando — o cozinheiro subiu o tom de voz e finalmente se livrou do aperto de mãos.

— Vamos fazer o que o senhor quiser, Thomas. O senhor manda. Não queremos causar nenhum problema, mas precisamos dos livros, é importante. Já passou muito tempo.

— O senhor não é só um homem estranho. O senhor está louco!

O cozinheiro se afastou alguns metros e o olhou fixamente. Parecia disposto a atacá-lo. David compreendeu esse receio, como se o mundo cuidadosamente criado por ele estivesse ruindo. Thomas havia passado sua vida seguindo um plano, e agora vinha o editor importuná-lo.

— Comigo seu segredo está a salvo. Fica entre nós. Bom, e Khoan também.

Com os olhos fora das órbitas e a cara vermelha, José gritou:

— Escute: não sei de que diabos o senhor está falando. Nem quero saber. Mas vou dizer uma coisa: se chegar a dez metros de distância de mim, será preso. Meu cunhado é policial.

Afastou-se e desceu a escada para a taberna, não sem olhar algumas vezes para trás para conferir se aquele maluco não o seguia.

Enquanto caminhava de volta para a pousada, David refletia sobre a situação. Não conseguia entender. Havia imaginado que de início o cozinheiro negaria, mas que, conforme ele fosse contando a história, mostraria algum sinal de surpresa. Só que a única coisa que conseguiu ver em seus olhos foi medo. Havia imaginado que estaria agora tomando café com o escritor e conversando sobre as condições de entrega dos manuscritos, e não a caminho da pousada com a cabeça cheia de dúvidas. José tinha seis dedos e a idade adequada. Só podia ser ele. Quem mais seria?

A análise da letra já havia indicado que Thomas Maud era uma pessoa muito inteligente e com capacidade de improvisação. Claro, agora havia improvisado bem. Dava a impressão de não saber nada sobre o assunto. Mas aquilo podia ser uma encenação, uma performance ensaiada mentalmente durante anos para executá-la quando a oportunidade se apresentasse. Uma atuação convincente de um homem muito inteligente, alguém mais do que capaz de ocultar da aldeia que o cozinheiro da taberna era o autor do best-seller mais famoso do mundo. Alguém capaz de trabalhar em uma taberna como cozinheiro para ter um álibi diante do mundo. Que lugar melhor do que uma taberna para observar as pessoas?

Mas David não se deixaria enganar. Todo o seu futuro pessoal e profissional dependia da possibilidade de desmascará-lo. E, quer Thomas gostasse, quer não, iria fazer isso. Khoan, inclusive, tinha dado a ele carta branca para ameaçar, se necessário. Só precisava pegá-lo com a mão na massa. Poderia seguir o cozinheiro até sua casa quando saísse e ali falar com ele, diante da máquina de escrever Olympia SG 3S/33, sobre as centenas, talvez os milhares de volumes que deviam compor sua biblioteca particular. E, uma vez ali, ter uma conversa de homem para homem, pôr as cartas na mesa. Falar com sinceridade.

Imaginava que, no fundo, o escritor também devia desejar falar com alguém sobre o sucesso da saga. Todos temos um pequeno ego a alimentar, e falar de literatura com Thomas Maud fortaleceria o de David. Depois contaria tudo a Khoan, chegariam todos a um acordo e ele passaria o resto da semana com Silvia.

Seis dedos. Mas José era canhoto ou destro? Não tinha prestado atenção nisso quando o conheceu. Ficaria mais atento da próxima vez.

Elsa foi despertada com tapinhas carinhosos no ombro. Remexeu-se no mesmo lugar com os olhos fechados, mas os tapinhas eram insistentes. Abriu as pálpebras e viu sua irmã Cristina ainda com o uniforme de enfermeira e com a jaqueta de algodão do dia anterior. Exibia um meio sorriso e uma expressão de cansaço no rosto. Pequenas olheiras foram a primeira coisa que Elsa notou.

— Você pegou no sono — disse Cristina.

Elsa olhou ao redor. Na véspera, havia adormecido na poltrona do quarto de Marta. Com o edredom cobrindo as pernas e o livro *A hélice* no colo, aos poucos tinha cedido ao cansaço. Havia começado a lê-lo à noite e não conseguiu parar. Logo após o início, caiu num frenesi de percorrer páginas e páginas e não parou até chegar às trezentas. Eram quase quatro horas da madrugada quando suas pálpebras cederam. Relaxou os ombros, o pescoço se inclinou para trás e o livro se fechou em seu colo, com um dedo ainda marcando a página.

— Aqui estava muito confortável — disse Elsa. — Que horas são?

— Pouco mais de sete e meia. Se você se apressar, ainda dá tempo de tomar uma chuveirada. Quer alguma roupa minha?

— Quero, é melhor. Se me virem no escritório com a roupa de ontem, vão pensar que passei a noite com alguém. As moças de lá são muito fofoqueiras.

Cristina foi buscar uma roupa para a irmã enquanto Elsa ficou olhando as páginas amassadas do livro. Lembrava-se da noite anterior, aquela sensação de que o livro falava com ela, de que o autor usava a história para mandar uma mensagem, como um cochicho no ouvido. Parecia ficção científica, mas, no fundo, não era. Nunca havia acontecido algo assim. Pensava nos personagens e quase podia farejá-los. As linhas eram um mantra que a tranquilizava e a fazia se sentir viva, inteira.

— Tia Elsa...

Elsa voltou à realidade e olhou sua sobrinha na cama. O cabelo de Marta estava desgrenhado, e os olhos, vermelhos de sono. Com uma das mãos, ela apalpava as ataduras do rosto.

— Oi, meu anjo. Dormiu bem?

— Mal. O carro veio para cima de mim a noite toda.

— É normal, querida. Você sofreu um trauma. — Segurou a mão de Marta e entrelaçou seus dedos com os dela. — Vai precisar de um pouco de tempo, mas depois vai ficar bem.

— Como é que você sabe?

— Nós, tias, sabemos dessas coisas.

— Vai trabalhar agora?

— Vou.

— E vem hoje à noite?

— Claro. Mas aviso que vou dormir em uma cama.

Marta sorriu e sentiu dor. Tocou de novo as ataduras.

— Obrigada por cuidar de mim.
— É minha missão.
Elsa beijou a sobrinha no rosto e a cobriu com o edredom. Saiu do quarto e foi tomar o café da manhã com a irmã.

Não se podia propriamente chamar aquilo de mercearia. Era o aposento da frente de uma casa, e na rua tinham colocado umas bancadas nas quais se amontoavam caixotes de frutas. No interior, uma confusão de prateleiras com latas de comida e caixas de madeira cheias de revistas antigas formava o que parecia ser a única forma de adquirir bens de consumo naquela aldeia.

David havia encontrado o local depois de perguntar a alguns moradores. Procurava uma caixa do remédio antigases para entregar a Ángela em troca da que ela havia emprestado. Mesmo assim, pegou um enorme pimentão verde e o pesou com as mãos. Aproximou o nariz e o cheirou. Nesse momento, sentiu-se de novo um menino arrumando verduras e legumes na despensa dos avós, no povoado deles. Aquele cheiro nunca mudava, assim como suas lembranças, imagens de quando a vida era mais simples e não havia tantas metas a cumprir.

— Posso ajudá-lo?

Emilia, a proprietária, era uma mulher idosa, gorducha e vestida com um avental velho. Sorria como se tivesse boas notícias tatuadas no rosto.

— Eu estava procurando uns comprimidos antigases — informou David.

— Vou ver.

A mulher tirou lá de dentro uma caixa de papelão na qual se amontoavam, desordenadamente, embalagens de medicamentos. Ficou remexendo ali um tempinho e por fim exclamou, triunfante:

— Aqui está! Achei que não tinha mais nenhuma. Ángela, a carpinteira, levou a última uns dias atrás. Às vezes o filho dela exagera nos refrigerantes e fica cheio de gases.

E a embalagem seguinte, eu levei, pensou David.

— Mais alguma coisa?

— A senhora tem jornais?

— Só temos *La voz de Arán*, uma publicação da comarca. Editoriais, só às vezes. Depende de meu marido ir a Bossòst. Para o pessoal daqui, não vale a pena. Mas, se o senhor quiser, posso guardar um, quando ele trouxer.

— Não, não se preocupe. Era por costume, para saber o que está acontecendo.

Emilia riu. Uma risada expansiva, contagiosa, muito rural.

— Bom, o senhor sabe. Sempre acontece o mesmo. Uns roubam, outros descobrem e tentam fazer os ladrões confessarem. Às vezes alguma coisa cai e outra se levanta. Em geral, é sempre a mesma coisa, não acha?

David achava que aquilo era uma simplificação exagerada, mas não queria discutir. Não tinha ido ali para isso.

— Bom, sim, um pouco.

Sorriu também, pagou o remédio e quando estava indo embora, a mulher perguntou:

— É o senhor que está na casa de Edna, não?

— Eh..., sim.

— Foi quem bateu na porta dela no meio da noite?

— Edna contou para você? — perguntou David.

— Não. Bom... Edna contou a Herminia, Herminia a Lola e Lola a mim.

— Puxa, as notícias correm depressa por aqui! — observou o editor.

— Pois é, amigo! Nesse povoado, não acontece nada que não se acabe sabendo. Costumamos dizer: se você não quiser que os outros saibam o que fez, não o faça.

— Obrigado — disse David. — Vou levar isso em consideração.

— Boa sorte com seus gases! — gritou Emilia, quando ele se afastava.

Nesse momento David topou com o conhecido Renault 12. Agachado atrás de uns caixotes de hortaliças estava Esteban. Vestia uma camisa de flanela listrada e os óculos pendiam da ponta do nariz enquanto ele acomodava as mãos nas alças dos caixotes. Ao ver David, sorriu.

— E então? Como está?

— Bem, obrigado — respondeu educadamente o editor.
— Sua mulher está melhor?
— Como assim? Você também soube? Não se consegue manter um segredo por aqui?
— Bom, você conhece o ditado: a melhor forma de manter um segredo entre três é...
— Não precisa terminar, não precisa — cortou David —, acho que já conheço o resto.
— Você se importa de me ajudar com isso aqui? É a última colheita da temporada.

Apontou os caixotes de hortaliças que se amontoavam no porta-malas. David viu pimentões, pepinos, tomates e escarolas. Sentiu o impulso de afundar o nariz entre eles, mas se conteve. Pegou um caixote e seguiu Esteban até o interior da mercearia.

— Você é agricultor? — perguntou David.
— Não. Pelo menos, não profissionalmente. Mas gosto, sim. Tenho uma horta muito bonita no jardim onde cultivo umas coisinhas. O que sobra ou que não dou de presente aos amigos, trago para vender aqui. Não ganho uma fortuna, mas pago os fertilizantes e os adubos.

Os dois deixaram os caixotes nas bancadas do lado de fora.
— Já conhece David, Emilia? Ele está de férias aqui.
— Acabamos de nos conhecer.
— Sim — assentiu David, embora os dois não tivessem chegado a se apresentar.

Terminaram de descarregar os caixotes. Esteban agradeceu a ajuda.
— Vou tomar uma cerveja na Era Humeneja. Quer ir?
— Obrigado, mas é melhor eu ir ver minha mulher, antes que ela me acuse de abandono — disse David, sorrindo.
— Bom, mas obrigado, de qualquer modo.

Esteban ajeitou os óculos no alto do nariz, afastou da testa a franja espessa e foi embora no carro, entre roncos do motor.

David não pôde deixar de pensar que, embora Bredagós fosse uma aldeia onde tudo se sabia, um dos moradores locais tinha guardado muito bem um segredo.

Quando David voltou à pousada, Silvia estava escovando os dentes. Já se sentia muito melhor do que na noite anterior. O tom saudável havia retornado ao seu rosto, corado de energia nessa manhã. Qualquer um pode ter um mau começo. É só questão de má sorte. Ela, porém, não pretendia deixar que isso atrapalhasse suas férias. Os dois saíram para tomar café da manhã.

Deixaram a casa de Edna e pegaram o caminho contrário àquele que haviam percorrido no dia anterior para ir à taberna, decididos a ver tudo o que aquele pequeno e tranquilo povoado tinha a oferecer. As ruas estavam mais movimentadas. As mulheres andavam de mãos dadas com pequeninos que os olhavam com fascinação, como se soubessem intuitivamente que eles não eram dali.

Silvia observava as fachadas das casas e respirava o ar puro. Um tempo morto para lembrar outras formas de sentir, esquecidas havia tempo. Com um meio sorriso, dava um passo após o outro, percorrendo devagar as ruas empedradas em granito dos Pireneus. Os sapatos de sola plana ressoavam contra a rocha, sem os ruídos urbanos para amortecer o som.

— Reparou? — perguntou Silvia.

— Em quê? David aguçou os ouvidos, mas não escutava nada.

— Não estou ouvindo nada estranho.

— Exato. Não há obras do metrô, nem carros buzinando porque alguém estacionou em fila dupla, nem gritos.

Era verdade. Só se ouvia o rumor abafado de vozes distantes, quase murmúrios.

— Essa aldeia é muito tranquila.

— Sim, um paraíso de pedra. Não sei se com o tempo eu chegaria a me entediar em um lugar assim, mas gostaria de testar.

— Não podemos viver aqui, você sabe.

— Eu sei, amor, mas não precisamos falar disso. Me deixe sonhar em voz alta.

— Tudo bem.

— As pessoas que vivem nas aldeias querem ir para as cidades porque acham seus lugares de origem tranquilos demais. E nós que vivemos na cidade vamos descansar nas aldeias. Parece que nenhum ser humano está satisfeito onde vive. Todos precisamos mudar, recarregar as baterias.

— Ou instalá-las — observou David.

— Acho que nós, seres humanos, nos acostumamos a ser pelo menos um pouco infelizes, e, se não for assim, procuramos desculpas para acreditar que somos. Pegamos nossos problemas e ampliamos tanto que ficamos incapazes de enfrentá-los. Pensando bem, não temos problemas de verdade. Temos nossos empregos, estamos saudáveis, nos amamos, e só alguns detalhes nos impedem de ser felizes.

— Que detalhes? Meu trabalho?

David parecia sentir aonde Silvia queria chegar.

— Não estou falando de nada concreto, amor. Estou dizendo que sempre acreditamos que só nos falta algo para sermos felizes. Quem tem amor pensa: ah, se eu tivesse dinheiro! Quem tem dinheiro e amor pensa: ah, se eu tivesse filhos! Quem tem dinheiro, amor e filhos pensa: ah, se eu tivesse mais tempo! Estamos sempre criando uma meta a mais, outro objetivo, outra desculpa.

— Nós somos felizes, Silvia.

— Sim, somos. Mas estamos discutindo há cinco dias. E por uma bobagem, porque já tínhamos conversado sobre querermos ter filhos. Em outras épocas, as pessoas estavam em uma situação tão ruim que um simples detalhe bastava para fazê-las felizes. E agora que temos tudo, nos basta um só detalhe para nos sentirmos desgraçados. Para que tudo desmorone.

David observava Silvia, que continuava caminhando em um passo relaxado e seguro, olhando para a frente, observando os telhados de ardósia cobertos de líquenes.

— Você está muito filosófica hoje.

— É, acho que estou entrando um pouco na atmosfera da aldeia. Dessa distância, os problemas podem ser vistos de outra maneira. Para mim, parecem muito menores. Para você, não?

— Tudo se mostra de outra maneira. Talvez seja por isso que as pessoas daqui parecem tão estranhas.

As ruas da aldeia acabaram e eles começaram a andar por um caminho de terra, plano e pisado. Nos lados, os pinheiros alvares margeavam seus passos, enquanto eles continuavam falando. O vento agitava as agulhas das árvores e criava um rumor ao redor, à medida que os dois se afastavam das últimas casas. Quase sem que percebessem, suas mãos se tocaram e os dedos se entrelaçaram. Eles, que sempre caminhavam de braços dados, se surpreenderam, mas não disseram nada, como não se deve dizer nada quando as coisas vão bem.

Um grupo de ciclistas vestidos de collants de cores berrantes apareceu ao longe. Quando chegaram à altura deles, os esportistas os cumprimentaram, desejando bom dia. Todos o fizeram. Silvia se voltou para David.

— Viu? Aqui todo mundo se cumprimenta.

David sorriu, como única resposta, e continuaram caminhando. Poderiam ter escolhido outro tipo de calçado, mas àquela altura era tarde. Sentiam o cascalho sob os pés, que os lembrava a cada passo de que o lugar não era uma cidade, que ninguém havia aprisionado a terra com asfalto. Vinte minutos mais tarde, chegaram a uma pequena esplanada com uma ermida ao fundo. Era muito pequena, como uma cabana de pedra. Parecia ter sobrevivido às marés do tempo, pagando por isso um alto preço. Atrás da parede testeira, a abside, na qual se abriam quatro janelas. Havia um pequeno sino na fachada, e a cobertura era de ardósia, o mesmo material dos telhados da aldeia. A porta semicircular da entrada estava entreaberta. O casal, curioso, foi até ali. Lá de dentro, o padre Rivas veio até a soleira, ao encontro deles.

— Olá!

— Padre Rivas! — exclamou Silvia.

— O que os traz aqui?

— Nossos pés doloridos. Estávamos dando um passeio pela área.

— E vieram parar em uma igreja. Isso significa alguma coisa, não acham?

— Isso é uma igreja? — disse David. Olhou de novo a construção, tão humilde e antiga.

— Foi erguida no século XII. Arte românica. Não se sabe com certeza, mas acredita-se que era parte de uma edificação que se perdeu. Por isso eu gosto dela, porque, como todos nós, faz parte de algo maior.

O padre Rivas sorria, e a luz da manhã deixava ver cada uma de suas rugas, seu cabelo oleoso e seu sorriso amplo como a porta de entrada.

— E celebra missas aqui?

— Claro que sim. Infelizmente, não há tantos fiéis a ponto de o espaço vir a ser um problema. Também oficiamos atos, como o dessa noite.

— Que ato vai ter essa noite? — perguntou Silvia.

— Ah, pensei que sabiam! Essa noite vamos celebrar uma liturgia para honrar santo Tomás de Villanueva, o padroeiro da aldeia. Foi um homem muito austero e generoso. Era de uma família endinheirada, mas deu tudo o que tinha aos pobres. Creio que essa é uma igreja adequada para ele, sabe? Não somos uma aldeia grande e, por isso, não será um ato com muitas pessoas, mas está carregado de emoção. É uma cerimônia muito bonita.

— De Villanueva?

— Sim, sei o que você está pensando. Um dos discípulos dele trouxe a talha em 1696, e desde então ela está conosco. Pode-se dizer que nós o adotamos. Por que não vêm assistir?

— Bom, padre — explicou David —, nós não somos o que se chama de praticantes...

— Mas isso não os impede de vir e desfrutar do ato íntimo de comunhão com santo Tomás...

— É que nós não acreditamos, padre Rivas. Não acreditamos em absolutamente nada.

— Isso é o bonito de Deus, David. O fato de você não acreditar nele não significa que ele não acredite em você.

David quis replicar, mas tudo em que pensava parecia indelicado em um momento como aquele. Silvia interveio.

— Vamos adorar vir, padre. Sem dúvida será um ato muito bonito.

— Fantástico! E santo Tomás vai adorar vê-los. Ao fim e ao cabo, a caixa de círios que me ajudaram a carregar ontem era para essa noite, ou seja, vocês, querendo ou não, já fazem parte da liturgia.

O padre Rivas se despediu e entrou de volta na ermida. David e Silvia se olharam, cúmplices.

— Vamos mesmo assistir a uma missa? — perguntou David.

— Bom...

— Há quanto tempo você não vai à missa, Silvia?

— Viemos aqui para fazer coisas que não fazíamos há muito tempo, querido. Uma missa não vai matar você.

— Isso é o que meu pai sempre me dizia.

— Seu pai era um homem sábio.

David sorriu, virou-se e começou a caminhar de volta para a aldeia. *Seu pai era um homem muito sábio*, pensou. Porque, quando ele era pequeno, o velho sempre o convencia a ir, mas nunca o acompanhava.

7. A solidão não é uma escolha

Silvia estava na cama havia duas horas. Tinha conseguido envolver seu corpo em um rolo de lençóis e mantas e permanecia ali dentro invulnerável, com um suave ronronar rítmico, sereno e hipnótico. Ao chegar ao quarto, havia tirado os sapatos e massageado os pés doloridos pela caminhada. Depois tinha adormecido, tão depressa que David ficou falando sozinho por um momento. Em seguida se inclinou sobre ela, tão perto que podia sentir sua respiração cálida, e sussurrou:

— Está acordada, amor?
— Hummmm...
— Está me ouvindo, Silvia?
— Hummm...
— Tenho que ir na rua. Volto logo, tudo bem?
— Humm...

David calçou os sapatos e saiu pela porta da pousada sem encontrar Edna pelo caminho. Ela reclamava muito quando a incomodavam durante a noite, mas nem por um milagre cumpria o horário que havia informado no dia da chegada deles.

Percorreu o trajeto para a casa de Ángela para devolver o remédio antigases. Atravessou o jardim e bateu no portão da garagem. Como ninguém atendeu, foi até a porta de entrada e tocou a campainha. Minutos depois, um menino de uns nove anos, com um dente quebrado, veio abrir.

— Olá — disse o garoto, apesar de ter soado mais como *oa*.
— Olá. Sua mãe está?
— Sim. Mamãe! Mamãe!

Entrou em casa correndo e gritando a plenos pulmões. David achou melhor esperar na porta. Por fim apareceram Ángela e, atrás, o filho, com seu sorriso banguela.

— Entre, entre — disse Ángela, gesticulando com os braços. — Posso continuar chamando de você?

— Claro. Não preciso entrar, obrigado. Vim só para devolver o remédio.

Estendeu a ela a caixa que havia comprado na mercearia de Emilia, mas Ángela não a pegou.

— Obrigada, mas preciso que você me ajude a transportar umas coisas. Então, entre, por favor.

E o levou à garagem, onde uma imensa prancha de madeira esperava no chão. Parecia difícil que duas pessoas conseguissem movê-la.

— Isso aqui? Parece muito pesado.

— Ontem, quando veio pedir ajuda, você não estava tão lamuriento.

David cedeu e a ajudou a levantar a tábua e colocá-la sobre uma bancada de trabalho. Ficou surpreso com a força daquela mulher, que segurava a outra extremidade com muito mais facilidade do que ele sustentava a sua.

— Pronto — disse Ángela. — Não foi assim tão difícil, certo?

— Não — mentiu David, que ainda sentia a dor na lombar do esforço de subir os trinta e cinco quilos da mala de Silvia para o banco do carro.

— Obrigada.

Silvia o acompanhou até a porta. Ali, ele estendeu de novo a caixa do remédio. Agora, sim, ela a pegou.

— Não precisava ter tanta pressa — disse.

— Bom, eu gosto de fazer as coisas direito. Até logo.

— Até logo — repetiu Ángela. — Diga até logo, filho.

A criança acenou com a mão e David ficou olhando para ele. O menino tinha seis dedos na mão direita.

— Olha só! — exclamou David. — Você tem seis dedos!

— Sim — disse o garoto. E mostrou a mão, com orgulho. — Mamãe diz que isso me torna especial.

— É claro que sim, meu anjo — disse Ángela.

— Como é seu nome?

— Tomás.

David mal conseguiu disfarçar a surpresa. Sorriu internamente, diante da coincidência.

— Sabe ler?

— Sei.

— E escrever?

— Claro! Eu tenho nove anos! — retrucou o garoto, cada vez mais orgulhoso.

— Ah, meu amiguinho! Se fosse você, poderia me poupar muito tempo.

Despediu-se sem que Ángela e o filho entendessem a brincadeira.

Silvia sabia que David se desesperava quando ela demorava muito para se arrumar para sair, mas nunca havia se importado com isso. Dizia que era o preço que ele devia pagar, e às vezes até se permitia o prazer de aparecer à porta do banheiro e vê-lo caído na cama em posições estranhas, sofrendo de impaciência sem dizer nada. Então saía, dizia "estou pronta" e ele ficava olhando para ela um momento, antes de reagir. E esse segundo valia a pena, nesse instante ela se sentia mais desejada do que nunca.

— Você está deslumbrante — disse David.

— Obrigada — sorriu Silvia.

Saíram e encontraram Esteban com Jon, o proprietário da Era Humeneja e irmão de Edna. Ambos seguravam uma comprida vela acesa. Atrás deles, viram que outros aldeões faziam o mesmo, enquanto caminhavam rumo à ermida. Após as apresentações, Silvia perguntou sobre a vela.

— É uma tradição — esclareceu Jon.

— Ah, se soubéssemos...

— Não se preocupem, eu sempre levo umas a mais.

Jon tirou duas velas de um bolso da jaqueta e as entregou a David e Silvia. Também deu um pequeno círculo de papel para que a cera não deslizasse até os dedos deles.

— Tem que acendê-las com outra vela — explicou Esteban. — Não pode ser com isqueiro.

Então se inclinou sobre as velas do casal e usou a dele para atear fogo ao pavio.

— Como assim?

— Porque todas as velas da aldeia são acesas com a mesma vela, que por sua vez se mantém acesa durante todo o ano junto à talha de santo Tomás, para que ele nunca permaneça às escuras.

— É para demonstrar algo em especial? — perguntou David.

— É a forma que temos de nos lembrar de que cada um segura a própria vela, mas todos compartilhamos o mesmo fogo.

— E, na igreja, a vela nunca se apaga? Nunca?

— Bom — interveio Jon —, ao longo dos anos tivemos alguns incidentes, claro.

— E então fazem o quê?

— Bom, bancamos os bobos e continuamos como se nada tivesse acontecido.

Todos riram com a tirada de Jon. Enquanto caminhavam, iam se juntando a eles outros moradores, e pequenos pontos de luz iluminavam o caminho e os troncos das árvores ao redor. David se deu conta de que Esteban levava uma vela em cada mão.

— É por alguém que não pode levá-la — esclareceu Esteban.

David percebeu que o rosto dele, iluminado somente pela vela, se ensombreceu por um momento, mas foi algo tão rápido e tão sutil que o editor se perguntou se não teria sido um efeito de iluminação produzido por uma lufada de vento.

Quando olharam para trás, viram os quase quatrocentos moradores da aldeia, cada um como um ponto de luz, percorrendo o caminho. Não falaram muito mais durante o restante do trajeto. O repicar de um sino distante os guiava pela trilha de cascalho até a igrejinha. Parecia quase brincadeira chamar assim aquele amontoado de pedras, mas é verdade que por oitocentos anos aguentou as inclemências do clima aranês. Na porta estava o padre Rivas, também com uma vela, como seus fiéis.

— Toda essa devoção... Não há ninguém nessa aldeia que não acredite em Deus? — perguntou David.

Tomou uma cotovelada de Silvia, pela pergunta inadequada para uma situação dessas.

— Eu não acredito em Deus — disse Jon. — E, como eu, muitos outros.

David o encarou surpreso.

— E então?

— O que acreditar em Deus tem a ver com acreditar em santo Tomás?

— Mas como...?

— São duas coisas completamente diferentes.

E Jon continuou andando em direção à igreja, dando por encerrada a conversa. David se voltou para Esteban, que deu de ombros, sorriu e disse:

— É completamente diferente.

Embora a ermida fosse pequena e fosse óbvio que nem todos caberiam lá dentro, Esteban e Jon insistiram que Silvia e David entrassem e se acomodassem no banco semicircular que acompanhava as paredes.

— Nós estamos aqui todos os anos — explicaram. — Mas vocês, quem sabe se terão oportunidade de repetir a experiência?

O casal aceitou e se sentou no banco. Na igreja, com o padre atrás do altar de pedra justamente abaixo da talha de santo Tomás, apinharam-se umas cinquenta pessoas. As restantes ficaram lá fora, cada uma segurando sua vela, compartilhando o mesmo fogo. A noite era fria, mas as chamas das velas e o calor humano pareciam sustentar as palavras do padre Rivas, enquanto ele fazia a homilia. O clima de respeito e tradição era quase palpável. David, com a cabeça cheia de dúvidas, não podia evitar pensar na possibilidade de que, apesar de todas as pistas de Khoan, tivessem se enganado de aldeia. O investigador contratado havia informado que aquele era o lugar, mas que razão eles tinham para acreditar? E se ele passasse os dias buscando no lugar errado? José, o cozinheiro, havia correspondido muito bem à aposta lançada por David. Tinha seis dedos na mão direita, e isso parecia ser suficiente, mas... e se não fosse? E se Thomas Maud vivesse em outra aldeia? E se morasse na aldeia vizinha e tivesse mandado o texto a partir de Bredagós por precaução? Olhou para Silvia ao seu lado, tão atenta às palavras da missa, aproveitando aquelas falsas férias. Quem dera ele pudesse estar assim! Quem dera pudesse desfrutar daquilo, em vez de encher a cabeça com outros pensamentos! Não havia nada que ele pudesse fazer. Não tinha um plano B. Enquanto os fiéis se levantavam em determinados trechos e voltavam a se sentar, resolveu que a única atitude que podia tomar era seguir em frente.

— É lindo, não? — sussurrou Silvia. David olhou ao redor e para fora da igreja, de onde os olhares de centenas de pessoas convergiam para o mesmo ponto, a imagem de santo Tomás.

— Sim, sim, é mesmo.

O padre Rivas terminou e disse:

— Podem ir em paz.

E quatrocentas vozes responderam:

— Damos graças a Deus.

Foram saindo da igreja para a esplanada. Agora as velas eram apenas um acúmulo de cera derretida sobre o protetor de papel, que a impedia de cair sobre os dedos deles.

— Gostaram? — perguntou Jon.

— Foi lindo — respondeu Silvia. — Fazia muito tempo que não entrávamos em uma igreja.

Desde nosso casamento, pensou David. Mas preferiu não falar.

— Bom, nós da aldeia também não vamos muito — reconheceu Jon. — Se frequentássemos, talvez já tivéssemos uma igreja maior.

As pessoas começaram a depositar as velas gastas nas saliências descascadas pelo tempo e nos pequenos vãos deixados pelas pedras ausentes, tanto dentro quanto fora da igreja. Quando esse espaço ficou todo ocupado, foram depositando na base. Na escuridão da noite, aquela pequena edificação românica perdida nos Pireneus resplandecia de luz e devoção.

Esteban pegou suas duas velas e as juntou até que a cera fundida as transformou em apenas uma. Ele estendeu o braço e a deixou em uma das saliências mais altas.

David ficou olhando a igreja iluminada e os aldeões que continuavam depositando ali as velas que haviam segurado durante toda a cerimônia. Havia algo que lhe parecia familiar, e ele não sabia o quê. Permaneceu em silêncio, com o olhar parado, por tanto tempo que Silvia chamou sua atenção.

— Isso te lembra alguma coisa? — perguntou David.

— Isso o quê?

— Não sei, isso...

E então se deu conta. Uma sensação de assombro percorreu seu corpo e ele sorriu, porque se lembrou onde havia visto algo assim: em *A hélice*. Lembrou-se de todos os detalhes daquele trecho em que os personagens deixavam velas sobre umas ruínas, que, abandonadas durante milhares de anos, resplandeciam na noite. Como se cada ponto de luz fosse uma estrela do céu. E os personagens se sentiam como ele e sua mulher se sentiam naquele momento: comovidos.

— David?

— Isso me lembrou um livro que eu li — confessou ele.

— Ai, não, você e suas histórias de livros...

Essa é a aldeia, pensou o editor. Agora não havia mais dúvida disso. E se essa era a aldeia e essa cena havia aparecido no livro *A hélice*, significava que Thomas Maud estava ali, olhando esta igreja e deixando sua vela em uma saliência. E isso era o mais próximo que ele jamais havia estado do escritor. E se o nome de Thomas Maud fosse uma homenagem ao padroeiro da aldeia, santo Tomás? Um santo humilde, que nunca se importou com dinheiro. David sentiu um calafrio.

— Você está bem, amor? — perguntou Silvia.

— É o vento — desculpou-se David.

Começaram a caminhar de volta para a aldeia. Centenas de pegadas indicavam o caminho.

Elsa chegou muito cansada à casa da irmã. Depois do trabalho, tinha passado pelo seu apartamento para pegar umas roupas e um nécessaire. Entre as duas viagens, levara no metrô pouco mais de uma hora e meia, e nesse tempo não havia conseguido encontrar um assento livre. Para não ficar entediada, havia puxado *A hélice* da bolsa e continuado a ler de pé.

Tinha passado o dia tentando agendar uma reunião entre Khoan e os representantes de um estúdio cinematográfico para chegarem a um acordo sobre a adaptação de *A hélice* para um filme. Embora já tivessem assinado um contrato, as duas partes concordaram em renegociar alguns termos; então, recomeçariam uma longa série de reuniões com um toma lá dá cá de ambas as partes.

E todas essas reuniões deviam ser organizadas por Elsa. Além disso, ela deveria fornecer aos dois lados tudo de que precisassem, coisas que algumas vezes eram verdadeiras extravagâncias. A secretária anterior de Khoan tinha avisado a ela que, naquela função, havia precisado providenciar desde charutos cubanos até garotas de programa. Mas Elsa, com seu senso prático, tinha pensado que, se continuassem pagando o salário no final do mês, era como se tivesse que procurar brinquedos para os filhos deles.

Cristina a acompanhou enquanto comia na cozinha, antes de sair para seu turno no hospital. A missão de Elsa era fazer companhia à sobrinha, que nesse dia, apesar das várias visitas de amigos da faculdade, não estava muito animada.

Encontrou-a no sofá da sala, assistindo de novo a um canal de videoclipes. Estava com uma cara (a metade, pelo menos) de quem não ria havia muito tempo. Falaram por um tempinho, mas a conversa se tornou espessa e áspera. Uma tinha estado em casa o dia inteiro, e a outra não queria falar do que aconteceu lá fora. As duas estavam desanimadas.

Quando Marta foi dormir, Elsa ficou lendo no sofá. Pegou o livro e recomeçou de onde havia parado no metrô. Tinha passado o dia pensando em tudo o que havia lido e estava morrendo de vontade de continuar. A história e os personagens a tinham apanhado em sua teia, criando nela uma espécie de fascinação ineludível. Simplesmente não conseguia pensar em outra coisa. Ela, que nunca havia lido um livro em menos de três meses, leria esse em dois dias, se continuasse no mesmo ritmo. E já tinha procurado na editora onde guardavam os exemplares do segundo volume da saga.

Por volta de uma hora da madrugada, foi dormir também. Antes de se deitar na cama de sua irmã, abriu um pouco a porta do quarto de Marta e a encontrou acordada.

— Entre, tia, não estou dormindo.

— Por quê? Já está na cama há bastante tempo.

— Meus carneirinhos acabaram.

Elsa se sentou na poltrona onde havia cochilado na noite anterior. A sobrinha se levantou um pouco.

— Por que você vai dormir tão tarde, tia?

— Fiquei lendo um pouco.
— O livro de ontem?
— Sim. Você viu?
— No meio da noite, abri os olhos e você estava sentada aí nessa poltrona, lendo. Gosto que você esteja aqui.
— Eu também — replicou Elsa.
— Obrigada por vir. Imagino que sua casa seria mais confortável para você.
— Não, é um lugar um pouco triste.
— Por quê?
— As casas vazias são sempre tristes.
— Isso depende das pessoas que moram nelas, não?
— Acredito que sim.
Fez-se um silêncio.
— Tia?
— Oi?
— Você está triste?
— Não.
— Então, o que é?
Na resposta, Marta notou a voz da tia meio embargada.
— Não é que eu esteja triste. Estou sozinha.
— Mas isso você pode mudar, não?
— A solidão não é uma escolha, é uma condição, Marta.
— É por causa do divórcio? — perguntou Marta, que nunca havia conversado com a mãe sobre o divórcio da tia e ainda tinha algumas dúvidas. — Juan Carlos não era bom marido?
Elsa sentiu que a sobrinha entrava em questões que ela não queria reviver.
— Não é que ele não era bom. Só que chegou um momento em que não soubemos nos complementar. Um casal é como uma máquina que precisa de manutenções periódicas e da troca das peças quebradas. Mas nós fomos levando até o final, até que não havia mais conserto.
Esperava que a resposta fosse suficiente. Não queria entrar em detalhes. Aparentemente, a sobrinha soube captar a sutileza, pois parou de insistir no tema. Mudou de assunto.
— O livro é bom? — perguntou Marta.

— É fantástico.
— Vai me emprestar quando acabar de ler?
— Vou fazer melhor. Vou te dar de presente.

Em um impulso que surpreendeu as duas, se abraçaram. Talvez estivessem precisando de carinho, talvez uma sentisse que a outra precisava; o fato é que demoraram vários segundos para se separar. Então, Marta perguntou à tia, com seriedade:

— Tia Elsa, você acha que eu vou me recuperar completamente?
— O que sua mãe disse?
— Bom, disse que sim. Mas você sabe, ela é minha mãe, o que mais ela me diria?
— Deixe eu ver...

Elsa se inclinou sobre as ataduras e tentou vislumbrar o ferimento.

— Não vejo motivo para não ficar bom. E acredite, eu sei muito sobre isso. Afinal, sou secretária.

Marta riu e adormeceu logo em seguida. Quando sua respiração se normalizou, a tia foi para a cama da irmã. Se acordasse com a mesma dor nas costas que havia sentido de manhã, teria que pedir uma licença. E eles que resolvessem quem organizaria as reuniões de Khoan.

Silvia estava admirando os produtos de cerâmica de uma lojinha que havia descoberto em uma das ruas próximas à praça. Tinham sido fabricados por um artesão que havia passado as gélidas manhãs de inverno instalado junto ao forno de secagem enquanto afundava as mãos no barro frio para moldá-lo. A confecção manual deixava cada um dos objetos com pequenas imperfeições e irregularidades que os tornavam muito apreciados entre os amantes da decoração rústica. David, ao contrário, opinava que o toque deles era áspero demais e preferia continuar usando por toda a vida a louça fabricada em linhas de montagem. Silvia levou algumas peças para ela e mais algumas para sua irmã Helena, que, como decoradora, seguramente encontraria algum uso para aquelas vasilhas. Nas grandes cidades, esses produtos artesanais eram vendidos a preço de ouro, como se fossem obras de um artista inspirado. Nas aldeias, ao contrário, todos morriam de vontade de usar uma tigelinha de consomê que tivesse as duas asas do mesmo tamanho.

Deram um passeio ao meio-dia. A noite havia sido um tanto fria, mas agora o sol brilhava e a manhã tinha se transformado em uma batalha entre os raios de sol e a brisa suave que soprava entre as cristas das montanhas.

Eles escutaram o som metálico de um aro de ferro girando pelo empedrado e logo um menino apareceu golpeando-o com uma ripa de madeira com a qual o dirigia e o fazia rodar. O menino exibiu um sorriso banguela e acenou para eles. David demorou a reagir e a reconhecer Tomás, o filho de Ángela. Ao acenar, por um momento o garoto deixou de prestar atenção ao aro, que bateu numa parede e saiu quicando em direção a outra rua, com Tomás correndo atrás para alcançá-lo.

David explicou a Silvia de onde conhecia o menino. Quando ele apareceu diante deles, tinha o cabelo bagunçado e uma mancha de ferrugem na bochecha. Os dois observaram o aro de metal. Parecia assombroso que um garoto pudesse continuar brincando desse jogo, que consistia sobretudo em fazer correr o aro e em seguida correr atrás dele. Era uma distração da época de seus pais e que eles tinham visto apenas em filmes antigos, mas a brincadeira parecia ainda mais estranha em uma época em que todas as crianças pediam video games de presente de Natal.

— Olá, Tomás — disse David. — Tudo bem?

— Tudo — respondeu o menino. — Meu aro bateu na parede, mas não aconteceu nada.

— Tomás, essa aqui é minha esposa, Silvia.

— Olá — disse Silvia. Tomás sorriu com seu dente quebrado.
— Aonde vai com tanta pressa?

— Avisar a um amigo.

— Avisar o quê?

— Que essa noite o Esteban vai contar histórias!

— Como assim? — perguntou David. — Como é isso de contar histórias?

— Então... é que o Esteban conta as histórias de quando ele ia de navio pelo mundo e tudo o mais.

— Esteban era marinheiro?

— Era! Ele trabalhava em um navio enorme e viajava o mundo todo. Ele já foi a muitos países: França, Itália, China, Japão, Estados Unidos... E em alguns dias, quando faz frio, ele conta o que aconteceu nessas viagens. Coisas fantásticas! Muitas vezes mamãe não me deixa ir, porque ele começa tarde, mas isso vai acabar, porque daqui a duas semanas eu vou ser mais velho. Vou fazer *dez* anos. E quando você já tem dez anos, pode ir dormir a hora que quiser, não importa o que sua mãe diga.

— Quem disse isso? — perguntou Silvia. — Sua mãe?

— Que nada! Foi Julio, um amigo do colégio. Mamãe não sabe dessas coisas.

— E onde Esteban conta essas histórias?

— Na Era Humeneja. Mas precisa chegar cedo, porque todo mundo vai, e, se você for baixinho, alguém fica na sua frente e você não vê nada, tem que olhar por baixo das pernas das pessoas.

— E as histórias que ele conta são boas?

— São maravilhosas. Só que algumas dão muito medo. Um dia ele contou uma que eu e meus amigos ficamos dois meses sem conseguir dormir. Mas ele disse que a de hoje não é de assustar. Porque, se fosse, acho que mamãe não ia me deixar ir.

— Ótimo, então.

— Bom, tenho que ir, porque na casa do Carlos tem chocolate na merenda, e se eu chegar tarde o Carlos toma o meu. Até mais!

Virou-se para acenar com a mão e Silvia atentou para o mesmo detalhe que seu marido havia percebido na noite anterior.

— Olha só! Você tem seis dedos!

— Sim — disse Tomás, de novo com orgulho. — Mamãe diz que é porque eu sou especial.

Silvia sorriu, limpou a ferrugem da bochecha dele, com um gesto muito natural, e disse:

— Não tenho a menor dúvida.

Os dois concordaram em se arriscar e voltar à Era Humeneja à noite para ouvir as fantásticas histórias das viagens de Esteban. Para David era uma nova oportunidade para continuar estudando minuciosamente a população da aldeia.

* * *

    Pais com filhos, casais abraçados e homens e mulheres solitários caminhavam em direção à taberna. Alguns faziam comentários perguntando o que Esteban contaria nessa noite, outros avançavam em silêncio, ocultando os pensamentos, mas havia um sentimento compartilhado: a expectativa. Todos esperavam gostar. Essa sintonia deixou David e Silvia surpresos. Ainda comovidos pela cerimônia religiosa da noite anterior, viam-se agora caminhando rumo a um novo evento.
    A taberna estava lotada, mas eles conseguiram se acomodar como em um vagão lotado, no qual, sem que se saiba como, continuam entrando pessoas em cada nova estação. Instalaram-se à esquerda da entrada, onde um banco corrido fazia as vezes de degrau para que os mais afastados pudessem ver o pequeno estrado formado por quatro mesas na outra extremidade do local.
    Em cada mão, uma caneca de cerveja. Os que não tinham esperavam que as correntes que distribuíam as bebidas chegassem até eles. Todas as cadeiras ocupadas, todas as paredes sustentando dorsos.
    E, no outro lado do lugar, Esteban, com uma garrafa de cerveja na mão.
    De repente, todos se calaram. Isso lembrou a David o momento de expectativa no cinema quando as luzes se apagam e o filme ainda não começou.
    Na primeira fila, David pôde ver Ángela e Tomás, que pelo menos dessa vez não teria que assistir à apresentação através das pernas de ninguém. Esteban começou a falar.
    — Amigos, obrigado por virem escutar as histórias desse velho marinheiro. Todos vocês sabem que passei mais de quinze anos navegando, em um navio mercante...

8. O templo do silêncio

Tínhamos passado mais de um mês percorrendo o arquipélago indonésio, partindo de Zamboanga, na ilha filipina de Mindanao, onde havíamos desembarcado um carregamento de tecidos e recolhido uma infinidade de artigos variados, dos quais não sou capaz de me lembrar mais de dois ou três. Pelo mar das Molucas fomos a Sulawesi, Kali Mantan e, pelo estreito de Malaca, contornamos Sumatra. Depois de três dias margeando a ilha, finalmente chegamos a Padang, cidade vizinha a uma monumental cordilheira, cem quilômetros ao sul do monte Talanga, de mais de dois mil e novecentos metros de altura. Do porto, podíamos ver erguer-se uma montanha rochosa, como uma proibição divina que nos obrigasse a permanecer ao nível do mar.

E isso era o que tínhamos intenção de fazer.

Depois de passarmos a tarde no porto, descarregando os caixotes com a ajuda de roldanas, o capitão desceu pela escadinha da popa, dando o braço a uma linda jovem indonésia, e anunciou que teríamos o restante do dia e o seguinte para descansar, até que chegassem as novas mercadorias. Todos os marinheiros, depois de terminar suas tarefas, tomar um banho e vestir sua única camisa decente, decidiram seguir o exemplo do capitão: sair naquela noite para arranjar alguma bela moradora da ilha e afogar as mágoas em algo que não fosse água salgada.

Posso assegurar que pelo cheiro de desodorante nas cabines podia-se adivinhar se estávamos em terra ou em alto-mar.

Alahan era meu companheiro de beliche no navio. Vinha da Dinamarca e falava castelhano fluente, graças a uma antiga namorada. Essa foi uma das razões pelas quais logo nos tornamos amigos íntimos, sem falar que ele tinha o repertório de piadas obscenas mais extenso de todo o oceano Índico. Naquela noite, propôs a mim e a Mateo irmos a um bar que um marinheiro indonésio havia recomendado em Sibolga.

Mateo era um italiano natural de Trento que, farto das encostas floridas no verão e na primavera e cobertas de neve no outono e no inverno, resolveu trocar os saudáveis ventos do norte da Itália pelos dos oceanos do mundo, decidido a fazer de sua vida o objeto de uma biografia interessante, se fosse o caso.

De modo que nós três tomamos um banho, nos arrumamos o melhor que pudemos e descemos a passarela para atravessar o porto de Padang e a maré de gente, dessa vez sem uma embarcação sob nossos pés.

No porto, o ar estava saturado de aromas. Uma mistura de cerveja, breu e frutas exóticas das quitandas da rua. Às vezes penso que seria possível catalogar cada porto por uma fragrância e, se me concentrar o suficiente, quase consigo senti-la de novo.

Caminhando entre as barracas de frutas e nos esquivando de todo tipo de comerciantes que nos ofereciam a baixo preço algumas das mercadorias que, embora não soubessem, havíamos descarregado naquela manhã, chegamos a Payakumbhu, o bar que haviam recomendado a Alahan e cujo nome homenageava um pico montanhoso, cerca de oitenta quilômetros a nordeste de Padang.

Era um bar refinado, podem acreditar. Nada daqueles bares horríveis onde você não sabe o que está bebendo. Estava repleto de abajures à meia-luz, todos os cantos tinham sofás tenuemente iluminados, como em um sonho oriental. Os homens usavam ternos caros, e as mulheres, vestidos justos e decotados, que, unidos ao intenso aroma de incenso que flutuava no ar, faziam da experiência um êxtase para os sentidos.

Quando demos uma primeira olhada, soubemos que aquela noite iria sair muito cara, mas... que diabo! Trabalhávamos para isso, não? No mar você poupa muito dinheiro, se não for viciado em jogos de cartas. Com os peixes não se negocia, costumava dizer Alahan quando cismava de ficar pensativo na proa.

Passamos metade da noite bebendo uísque e gim, cada um com uma garota apoiada no ombro ou sentada nos joelhos. Elas falavam com voz insinuante e nós, embora não entendêssemos uma palavra, nos deixávamos levar pela calidez do tom e do timbre, reconhecendo somente por gestos suas intenções de pedir uma ou outra dose. Rimos os três, demos tapas na mesa e dançamos ao som da música local, à qual acrescentamos algumas canções do nosso próprio repertório. Estávamos completamente bêbados.

De repente ouvimos às nossas costas um ruído de vidros quebrando. Dois homens sacudiam um pobre rapaz da metade do tamanho deles. O garoto gritava em seu idioma e não conseguíamos entender nada. Depois de dar alguns socos, os sujeitos o levaram para fora para continuar a surra. Nós três nos olhamos, fomos um a um erguendo os ombros e, sem uma palavra, saímos em fila pela porta, dispostos a ajudar o pobre desgraçado. Apesar da regra tácita — "em país estrangeiro, cuide de seus assuntos" —, não íamos deixar que ele fosse espancado. E, para nós, uma boa briga era a maneira perfeita de coroar aquela noite, depois das moças e da bebedeira.

Resumirei a briga em poucas palavras, por conta das crianças: demos mais do que recebemos, e não recebemos pouco. Os dois homens pesavam mais de cem quilos cada um, e tivemos que desferir muitos golpes para fazê-los entender que era errado espancar tanto um pobre rapaz indefeso como também os três marinheiros embriagados que haviam vindo ajudá-lo. No fim, conseguimos que o deixassem; e, o mais importante, que nos deixassem também.

O garoto agradeceu a ajuda; foi o que nos pareceu, porque não chegamos a entender muito bem. Quando a luta acabou, pudemos observar sua roupa e nos surpreendemos ao descobrir que ele vestia uma espécie de toga com dobras vermelhas e alaranjadas. Lembrava aqueles monges do Nepal que passavam a vida em contemplação. Andava descalço e tinha a cabeça raspada, deixando à mostra um corte feito por um dos vidros.

Para nossa surpresa, o rapaz começou a falar em outro idioma que também não conseguimos compreender. Após mais algumas tentativas, ele acabou falando em inglês, de que Mateo não sabia uma palavra, mas que Alahan e eu, juntando esforços, arranhávamos um pouco. O garoto nos agradeceu pela ajuda e disse que nem imaginava o que teria acontecido se não tivéssemos interferido. Eu olhei para o bar, vi nossas garotas com outros clientes e também tentei imaginar o que teria acontecido se nosso inesperado companheiro não tivesse surgido.

Ele levou mais de uma hora para explicar o que havia acontecido, porque tanto álcool não ajudava muito o inglês. Disse que vivia desde criança em um templo naquelas montanhas, um templo onde a máxima aspiração era o silêncio, pois somente em total silêncio as vozes dos deuses podem ser ouvidas. Parece que havia vivido ali desde os três anos, e fazia dois dias que havia fugido em busca da antiga família, que morava em Padang.

Após algumas pesquisas, tinha descoberto que seu irmão havia trabalhado naquele clube, e então tinha ido até ali para falar com os garçons e perguntar se sabiam do paradeiro dele. Mas aos leões de chácara do local não pareceu uma boa ideia que alguém com aqueles trajes entrasse ali. E então a briga havia começado.

Por fim, sem pista do irmão, com um corte na cabeça e o ânimo arrasado, o jovem monge decidiu que era hora de voltar e aceitar o castigo de seus mestres. Ao que parecia, o templo ficava no máximo a duas horas de distância, nas montanhas, em um pequeno vale entre enormes massas de pedra que abafavam qualquer ruído. Nós três, que havíamos perdido a possibilidade de retornar ao clube Payakumbhu, decidimos acompanhá-lo. Estaríamos de volta ao amanhecer, para dormir na nossa cabine.

O garoto nos guiou até o templo. Atravessamos o desfiladeiro de Siak, por uma trilha entre duas cordilheiras, tão estreita que só dava para passar em fila indiana. Ele disse que aquele caminho não era muito conhecido. Apenas alguns monges sabiam de sua existência e o usavam quando precisavam ir à cidade em busca de provisões.

Não sei como o rapaz aguentou a caminhada. Ia descalço, e nós, que usávamos botas de sola grossa, já estávamos com os pés doloridos quando avistamos, em meio à espessa folhagem da selva, um pequeno templo rodeado de colunas e de estátuas, assim como de dependências que eram usadas como depósito. Nesse momento, o garoto nos pediu discrição e implorou que não contássemos a ninguém a localização do templo. Agradeceu novamente nossa ajuda e já estava se despedindo quando Alahan, como não podia deixar de ser, insistiu para que ele mostrasse o lugar, mesmo que fosse só pelo lado de fora. Tentamos dissuadi-lo, mas o dinamarquês argumentou que, como havíamos salvado e escoltado o garoto até sua casa, ele bem podia nos servir de guia. O garoto concordou, meio contrariado, mas nos avisou que qualquer ruído alertaria seus superiores. Estava arriscando muito nos mostrando o templo, mas acho que se sentia um pouco em dívida conosco.

O templo era composto de um grande aposento, que servia de oratório principal, e de muitos outros, pequenos, ao redor, unidos a ele por estreitos corredores. Tudo era talhado em pedra, mas eu não soube distinguir de que tipo. Era uma rocha escura que captava todos os matizes das tochas que iluminavam o exterior, e isso fazia com que em sua superfície se criassem formas estranhas.

Quando terminamos nosso itinerário, Mateo perguntou sobre um pequeno cubículo de uns seis metros quadrados, afastado do templo principal. Era como se um cubo negro e sólido tivesse caído do céu. O monge nos contou que aquele era o quarto do silêncio, um aposento à parte do templo, usado para obter um silêncio absoluto e assim tentar escutar as vozes dos deuses. Mas somente os monges mais instruídos e disciplinados conseguiam. Nós tentamos entender, mas ele teve que explicar de novo. Aquele quarto abafava o som, e somente uma alma forte podia preencher o vazio produzido por essa ausência.

Naturalmente, queríamos experimentar.

O garoto avisou que isso só era permitido a monges mais experientes e que, se entrássemos, não sabia o que podia acontecer. Isso, longe de nos intimidar, instigou os resquícios da bebedeira daquela noite.

Depois de muita discussão, ele deixou que ficássemos um minuto cada um.

Aquilo que de início era uma prova de coragem se transformou em uma pequena briga, pois nenhum de nós queria ser o primeiro a entrar, temendo o que poderia acontecer. Tiramos na sorte, e adivinhem quem perdeu? Sim, exatamente.

Avancei até a entrada e descobri no lintel uma inscrição que não consegui decifrar. Com medo de que fosse alguma espécie de maldição, interroguei o garoto sobre o significado. O que ele traduziu foi: "Deixai na porta o medo e a ira, o temor e a cólera, pois, quanto menos trouxerdes, mais levareis convosco na volta".

Assim que entrei, os três empurraram a porta de pedra, me prendendo no cubo. Andei até o centro do aposento e meus passos ressoaram nas paredes.

De repente, o silêncio.

Senti quando as rochas começaram a absorver qualquer mínimo ruído do aposento. Por entre as frestas escapava o som de minha respiração e dos meus passos. Era um silêncio absoluto. Meus ouvidos doíam pela falta de hábito, como se quisessem captar algo para demonstrar que eu não tinha ficado surdo.

À medida que foram avançando os segundos, uma sensação de vazio pairou sobre mim. Embora eu só estivesse ali há alguns instantes, aos poucos comecei a perder a consciência do som; não como se ele não existisse, mas como se jamais tivesse existido. Tentei gritar para me livrar daquele silêncio, mas minha garganta não me respondia. Dentro de mim não havia nenhum som a expulsar, eles tinham sido absorvidos pela estranha rocha escura.

Era como se uma mão gelada tivesse me agarrado e não me deixasse reagir, como se minhas funções vitais tivessem parado, como se minha alma tivesse deixado de se agitar em meu interior. Imaginei que era assim que devia se sentir um morto, se pudesse sentir.

Quando achei que minha cabeça ia explodir, comecei a escutar algo. Era um som rítmico que se ouvia ao longe, muito longe, mas que se aproximava. Como golpes no lado de fora da pedra. Por um momento, me perguntei se meus companheiros estariam fazendo aquilo. Eu tinha a impressão de que esse som demorava horas para chegar até mim e que vinha por entre as rochas, tal como antes havia sido absorvido. Golpes monótonos, de meio em meio segundo, começaram a chegar a mim, até o centro do quarto, como uma luz que invadisse aquele espaço.

Quando esse som me tocou, senti que minha pele o absorvia, que ele se entranhava em cada um dos meus poros, e, enquanto não o tive em meu interior, não pude reconhecê-lo.

Eram as batidas do meu próprio coração.

Revolveu-se dentro de mim e voltou a ser expulso com ainda mais força, golpeando as paredes e ricocheteando para me sacudir de novo. Cada batida se somava às anteriores, e por isso o ruído não demorou a se tornar ensurdecedor. Retumbava com tal intensidade que me dava a impressão de que as rochas iam se despedaçar e o teto ia desabar sobre mim. Comecei a me perguntar quem suportaria mais, as rochas ou eu mesmo.

Senti que perdia a consciência e o som foi se amortecendo, enquanto minhas pernas fraquejavam e meu corpo despencava no solo.

A partir daí, escuridão.

O que lembro depois disso é que meus dois companheiros me davam tapas na cara, histéricos, achando que eu estava morto. Quando abri os olhos, eles tinham me tirado do cubo.

Nenhum dos dois entrou.

Quando me recuperei, retornamos ao navio. Não tivemos mais notícias do jovem monge, mas ainda me pergunto como terá sido sua experiência dentro daquele cubo. Será que afinal escutou as vozes dos deuses?

As pessoas aplaudiram com empolgação. Esteban levantou sua garrafa de cerveja e a esvaziou com um só gole. Quando acabou, expirou ruidosamente, como se tivesse contido o fôlego durante toda a narrativa e só agora pudesse respirar livremente. O barulho de tanta gente batendo palmas devolveu David à realidade, e ele imediatamente passou a buscar mãos de seis dedos na multidão. Mas a velocidade dos aplausos e o tumulto do local dificultavam a tarefa. Em compensação, conseguiu ver o pequeno Tomás sentado na primeira fila, junto da mãe; ainda pensativo, refletia sobre algum detalhe da história que não havia conseguido decifrar.

Silvia tocou o ombro de David, fazendo-o virar a cabeça.

— Não foi nada mau, hein? Ele é como um contador de histórias daqueles que sempre existem nas aldeias, que a gente ouve falar.

Mais ou menos, pensou David. Só que aquela história era verdadeira, ou ao menos tinha um fundo de verdade. Imaginava que alguém que tivesse passado quinze anos percorrendo o mundo de navio devia ter muitas histórias para contar, embora mais tarde as exagerasse para agradar o público.

— Não, claro que foi interessante. Em um momento me lembrou *O coração revelador*, de Poe — respondeu o editor.

— Você sempre pensando em livros, querido.
E em escritores, pensou David.
Todos saíram pouco a pouco do bar. Se não estivesse tão pensativo por causa da história de Esteban, David talvez tivesse visto o homem de seis dedos na mão direita que caminhava à sua frente.

Silvia e David fizeram amor selvagem naquela noite. Por alguma razão que David não entendia, sua mulher tinha ficado muito ardente desde a chegada a Bredagós. Era possível que fosse por estarem de férias, mas o fato é que o casal não fazia um sexo tão bom havia muitos meses, até mesmo anos.
Quando terminaram, Silvia se deitou no peito dele e adormeceu, extenuada pelo esforço. Para David, foi difícil manter-se desperto depois de tudo, e ele gostaria de abraçar Silvia e compartilhar seu calor, enquanto afundava no travesseiro até o dia seguinte, mas não podia se permitir isso. Devia esperar que fechassem a Era Humeneja e seguir o cozinheiro, para espiá-lo em casa. Por um lado lamentava se desvencilhar do abraço de sua esposa, sobretudo depois do que haviam feito minutos antes, mas, por outro, pensava que, se conseguisse desmascarar o cozinheiro naquela noite, não seriam necessárias mais mentiras. David não era burro, havia lido livros de suspense demais para ignorar que não se pode manter uma mentira por tanto tempo. Só precisava de mais algumas horas, e tudo acabaria. Então compensaria sua mulher por tudo o que estava fazendo agora, mesmo que nunca confessasse isso a ela.

Eram quase duas da manhã quando as luzes se apagaram na Era Humeneja, e começaram a sair pouco a pouco os garçons e cozinheiros depois de terminarem a limpeza do bar. Pelas janelinhas semelhantes a seteiras, David via as cadeiras em cima das mesas, enquanto o piso secava.
Pela porta surgiram Jon e, atrás dele, José, o cozinheiro que David perseguia desde que, na noite de sua chegada, havia descoberto que tinha seis dedos. Despediram-se com um tapinha nas costas e cada

um foi em direção à própria casa. David seguiu José a uma distância prudente pelas ruas da aldeia, sentindo-se de novo como um espião dos romances de John Le Carré. Os passos dos dois ressoavam pelas ruas àquela hora solitária, e o editor temia que José se virasse repentinamente e o surpreendesse escondendo-se atrás de uma esquina. Fantasiava descobri-lo com a mão na massa, diante de sua máquina de escrever Olympia, com um exemplar de *A hélice* nas mãos, e assim seria inútil qualquer tentativa de se encobrir e só restaria a confissão.

A casa de José era um tanto afastada da aldeia, o que custou a David uma caminhada de vinte minutos primeiro pelas ruas frias e depois por caminhos desertos, até chegar à porta de entrada. Era uma pequena construção de pedra e madeira de dois andares, rodeada de carvalhos, um dos quais muito próximo a uma das paredes. David achou-a suficientemente isolada e tranquila para ser a morada de um escritor da dimensão de Maud. De uma chaminé subiam volutas de fumaça que entregavam a presença de pelo menos uma outra pessoa lá dentro. A mulher dele? Algum filho?

Depois que José entrou, David esperou alguns minutos antes de se aproximar. Com passos cautelosos, aproximou-se de uma das janelas e espiou o interior. Esperava encontrar estantes com livros, reproduções de quadros de museus e, em uma mesinha à parte, encostada a uma parede, a famosa Olympia SG 3S/33. Em vez disso, deu com uma sala com um sofá puído, coberto por uma manta quadriculada, e uma mesinha de madeira cheia de arranhões, com um guia de TV e uma revista sobre automóveis. Na parede do fundo, havia um pôster emoldurado de um Porsche 911 de 1980. Embora ele tenha ficado confuso em um primeiro momento, encontrou uma rápida explicação: se um homem quisesse manter o nível de anonimato que Thomas Maud mantinha, não iria expor tudo na sala para que alguma visita desconfiasse. Devia ter um escritório para guardar seus segredos, um lugar de recolhimento e meditação, onde pudesse aproveitar a tranquilidade necessária para expressar as ideias que se formavam em sua mente.

Escutou ruídos no andar de cima. Lá devia estar a mulher do cozinheiro ou algum dos filhos. Se ele tivesse, isso tornaria mais compreensível seu comportamento. Ser filho de alguém tão famoso devia ser um fardo difícil de suportar, e ele talvez se escondesse para evitar essa marca. Tudo isso, porém, era apenas uma das conjecturas que iam se somando na mente do editor, disposto a compreender a todo custo as razões do escritor. Qualquer coisa que Thomas Maud fizesse devia ter um porquê; alguém tão inteligente não faria nada de maneira arbitrária.

Ao pé do enorme carvalho que se erguia paralelo à casa, David hesitou. Nunca havia sido um Tom Sawyer; quando criança sequer havia subido em uma árvore. Bem abaixo do tronco estava uma velha caminhonete. Ele se apoiou no teto da cabine para transpor o primeiro obstáculo e alcançar um dos galhos mais baixos. Pouco a pouco, centímetro a centímetro, sem pressa, ergueu-se a poucos metros do solo e apoiou os pés em um galho espesso e seguro. Cerca de três metros acima havia uma janela iluminada. Agarrando-se aos ramos pegajosos, cobertos de resina, conseguiu alcançá-la. E o que viu tirou seu fôlego.

Em uma cama de casal estavam o cozinheiro e sua parceira, nus, transando. Ela era uma mulher baixinha (embora em posição horizontal isso fosse difícil de constatar) e gorda, o que não parecia deixá-la menos ágil. David ficou paralisado. Os dois corpos suados se abraçavam e se espremiam, envolvidos em beijos e movimentos que pareceram exagerados ao editor. Moviam-se com violência, sem reservas. Por um momento aquilo pareceu obsceno, embora ele também pensasse que, quando tinha feito isso com sua mulher horas antes, não tinha achado nada vulgar, pelo contrário: era bonito, um momento de intimidade em que o casal troca carinhos, em que o amor passa da pele de um para a do outro, recarregando-os de energia. Pensou que, para o cozinheiro e sua mulher, devia ser a mesma coisa, apesar de que a única coisa que ele via naquele momento eram dois pedaços de carne suados se mexendo entre os lençóis.

E nesse instante, naquele ramo grudento de resina, uma certeza chegou como uma verdade indiscutível: aquele homem não era o escritor que ele buscava. Era impossível que José, o cozinheiro de seis dedos da taberna Era Humeneja, que pegava a comida caída no chão e continuava como se nada tivesse acontecido, cujo conceito de decoração era um pôster emoldurado de um carro esporte e cujo hobby, além de assistir à TV, era transar com sua mulher depois do trabalho, fosse o sensível e inteligente escritor que ele estava procurando. Não tinha nem a biblioteca, nem a máquina de escrever, nem a atitude ou a inteligência necessárias para criar um livro como *A hélice*. Somente os seis dedos respaldavam sua candidatura. Alguma piada cósmica devia ter se intrometido entre David e seu objetivo, que a cada dia se mostrava mais difícil e obscuro.

Com essa certeza, decidiu que era hora de recolher o pouco orgulho que restava e voltar para perto de sua esposa, esperando que ela jamais soubesse daquele vergonhoso incidente. Olhou para baixo, e o que antes parecia uma façanha, subir tão alto, agora lhe parecia um problema: descer de tão alto.

Apoiou um pé em um dos galhos inferiores e, sem soltar o galho superior antes de estar totalmente firme, desceu pouco a pouco, galho a galho, até que a segurança foi se apoderando dele. E foi essa segurança que favoreceu o desastre.

Quando ele estava a uns dois metros do chão, com uma das mãos apoiada no galho superior, seu pé deslizou na resina, e, como não estava se segurando com os dois braços, não conseguiu se manter pendurado até conseguir um novo apoio sob os pés. Caiu na caçamba da caminhonete, fazendo um estrondo metálico e, nele, algumas manchas-roxas.

Aturdido pela pancada e com um tambor de gasolina pressionando as costas, David não pôde ouvir a conversa entre José e sua mulher dentro da casa.

— Ouviu isso? — disse bruscamente o cozinheiro, afastando-se.
— Isso o quê? — respondeu ela.
— Um barulho de metal na caminhonete.
— Não, não ouvi nada.
— Acho que está sendo roubada.
— A caminhonete? Mas por quem?
— Fique aqui. Vou sair e dar uma olhada.
— Meu Deus! Tome cuidado!

José vestiu uma calça e uma camiseta, calçou o chinelo e, fora de casa, inclinou-se para pegar um galho da última poda. Devagar, aproximou-se da caçamba da caminhonete, onde um vulto se remexia.

Nesse momento, David tentava se levantar para fugir, mas uma dor aguda nas costas não deixava. Não viu o cozinheiro se aproximar empunhando o galho, com o qual golpeou sua cabeça com força. José foi para cima de David e ficou tão surpreso quanto ele havia ficado, minutos antes.

— O senhor!

Tudo o que conseguiu de David foi que ele se debatesse no chão, queixando-se dos golpes.

— O senhor! — repetiu o cozinheiro. — Primeiro me atormenta na taberna e agora tenta roubar a minha caminhonete.

— Não é isso! — gritou David, mais com dor do que com raiva. — Eu o confundi com outra pessoa.

— Com outra pessoa? Queria roubar o carro de outra pessoa?

— Não! O que eu estava fazendo era... — David se calou um momento, pensando se não seria melhor admitir que pretendia roubar a caminhonete do que admitir que estava espiando. — Foi tudo uma terrível confusão! Achei que era outra pessoa.

— Olhe aqui, para mim tanto faz quem o senhor achou que eu fosse ou quem estava procurando. Eu vou é chamar a polícia.

— Não! — gritou o editor, com medo de acabar em uma cela e Silvia acabar precisando buscá-lo. — É tudo culpa minha, foi um engano. Vou embora agora mesmo.

— Vá e não volte! Se eu vir o senhor a dois quilômetros da minha casa, vou chamar a polícia. O senhor é um maluco de merda!

David, ao ver que José levantava de novo o galho sobre sua cabeça, decidiu que era hora de escapar o mais depressa que seus pés permitissem.

Com um ferimento na cabeça e o sangue escorrendo pela testa, não sabia aonde ir. Pedir ajuda a Silvia significava se entregar ou ter que inventar uma mentira mais do que convincente. Com Edna não podia contar, sobretudo considerando sua tendência para a fofoca. Não sabia onde morava Esteban, então não podia recorrer a ele. A única pessoa que podia ajudá-lo naquela situação era... Ángela.

As luzes não estavam acesas na casa dela naquela hora. A garagem não estava iluminada como duas noites atrás: estava escura como o restante da aldeia. David deu várias batidas na porta e esperou, rezando para que a mãe se levantasse antes do filho.

Ninguém respondeu. Nada também na segunda vez em que ele bateu. Na terceira, escutou passos descendo a escada, rápidos e nervosos. Esperava que Ángela fosse uma mulher sensata, só faltava que ela também o confundisse com um ladrão e batesse nele. Não havia esquecido o martelo que ela segurava quando ele a conhecera. Segundos depois, a porta se entreabriu e a cabeça de Ángela apareceu.

— O que está fazendo? Ficou maluco? Isso não é hora de visita!

— Desculpe, mas você não me disse onde posso achar o médico na primeira vez em que estive aqui.

— E acha que isso é hora de vir perguntar?

David sabia que não estava indo pelo caminho certo e que não havia muito o que dizer para explicar a situação. Como resposta, baixou a cabeça para que Ángela pudesse ver o corte.

— Você está sangrando! O que aconteceu?

— Bem, a verdade é que... — O que dizer? Como explicar? Limitou-se a perguntar: — Você pode me ajudar?

— Eh... — Ángela hesitou alguns instantes. — Sim, claro que posso. Entre — respondeu, um pouco perturbada.

— Obrigado.

Ele entrou e fechou a porta atrás de si. Quando Ángela acendeu a luz, David pôde ver seu pijama de flanela branca estampado com ursinhos marrons, sob um robe de algodão quadriculado de azul e preto. O cabelo curto e castanho, de luzes avermelhadas, estava desgrenhado, e algumas mechas desafiavam a gravidade. Era um traje íntimo que o fez se sentir meio deslocado.

Ángela se voltou e se deparou com David olhando para ela.

— Está olhando o quê?

— Seu pijama — admitiu o editor.

Ela baixou a vista para a própria roupa e fechou o robe, como se não usasse nada por baixo.

— Não estava esperando visitas — respondeu bruscamente.

No banheiro, colocou uma das gavetinhas sobre a bancada da pia, tirou um chumaço de algodão e o estendeu a David.

— Tampe o ferimento, ou vai sujar o piso.

David obedeceu e pressionou o algodão contra a testa.

— Tenho alguns grampos. Por sorte, você está na casa de uma carpinteira, e nessa profissão estamos mais preparados do que a maioria. Embora Tomás me ajude a manter a farmácia de casa completa. Está sempre fazendo estripulias.

— Grampos? Você não vai grampear minha cabeça, espero.

— Não seja bobo. São grampos cirúrgicos, como os que se usam nos hospitais. Não vou usar um grampeador de tapeçaria.

Ela fez David se sentar no sofá da sala e analisou o ferimento.

— De fato... — comentou, após alguns segundos observando.

— Não me assuste, pelo amor de Deus. Só me faltava agora ter algo grave.

— Não é grave, nada disso. Mas me parece que sua cabeça vai ter que ser raspada, como a de um monge.

— O quê?

— Não posso grampear o ferimento por cima do cabelo. Daria infecção. Vou precisar raspar a área onde você levou a pancada.

— Caralho...

— Espere um instantinho, já desço.

Minutos depois, Ángela estava sentada ao lado dele com um pote de espuma, tesoura, um barbeador descartável e uma toalha.

— Não tenho barbeadores novos, vou ter que raspar sua cabeça com um usado.

Se dissessem isso em um hospital, David se enfureceria, mas não estava em um hospital e Ángela já estava fazendo muito para que ele ainda por cima reclamasse.

Ela começou a cortar o grosso do cabelo com uma tesourinha e, uma vez desbastada a maior parte, usou o barbeador.

— Hoje, quando acordei, não imaginei que alguém fosse raspar minha cabeça...

— Todo dia uma experiência nova. É o que eu digo a Tomás. Veja o meu caso. Jamais raspei o cabelo de um homem. O seu vai ficar como o dos monges, como uma...

— Tonsura — respondeu o editor.

— Isso mesmo.

David sentiu a lâmina raspar sua cabeça. Terminado o serviço, Ángela limpou o ferimento com um algodão embebido em álcool. David se remexeu.

— Não cortei quase nada, não se preocupe.

— Obrigado — respondeu ele, embora ainda continuasse aguentando a ardência.

— Agora, os grampos.

Ángela plantou dois deles na superfície raspada e estalou os dedos.

— Mais um, por via das dúvidas. É isso! Prontinho. Agora, você só precisa esperar um tempinho até parar de sangrar.

Ofereceu uma bebida e David pediu um uísque. Naquele momento, precisava de algo forte. Enquanto começava a saboreá-lo, Ángela recolheu os instrumentos e serviu outro uísque para si mesma.

— Não é bom beber sozinho. Mesmo que você não tenha me contado o que aconteceu — alfinetou, depois de um gole.

— É difícil de explicar. Confundi uma pessoa com outra e ela não encarou isso muito bem.

— Caramba, parece interessante.

— Foi tudo uma terrível confusão. Sobretudo para mim. Obrigado por me ajudar.

— De nada. Mas saiba que isso aqui não é uma emergência. Daqui a pouco vou te dar por escrito o endereço do médico, para a próxima vez. O profissional é ele.

— Você também não se saiu mal.

— É que nesse ponto não sou uma amadora. A carpintaria é propensa a acidentes, sobretudo no início. Mais de uma vez, tive que me suturar. E, em outras ocasiões, suturar Tomás. Um dia desses mesmo, me cortei.

Mostrou a ele um dedo com um pequeno ferimento muito reto.

— Isso aconteceu quando você estava trabalhando no que está construindo na garagem?

— Sim, uma tábua escorregou e me cortou.

— O que você está construindo?

— Um forte para uma árvore.

— Que encomenda estranha!

— Não é nenhuma encomenda. Estou construindo isso para o aniversário de Tomás, na próxima semana. Vou montar o forte em uma árvore do bosque, mas, como Tomás brinca muito por ali, estou preparando tudo em módulos para encaixá-los na última noite.

— É um grande presente — disse o editor.

— É um grande filho — respondeu a carpinteira.

— Não quero me meter no que não me diz respeito, e só faço essa pergunta pela confiança que a situação em que nos encontramos me dá, além desse uísque, mas... onde está o pai de Tomás?

Ángela parou de sorrir e se ajeitou no sofá.

— Não aqui, claro.

David sentiu que o assunto era espinhoso e tentou se retratar.

— Desculpe. Não é da minha conta. Eu não devia ter...

— Tudo bem. É que não costumo falar disso com ninguém, para mim é um assunto encerrado. O pai de Tomás era um morador da aldeia de quem prefiro não falar. Foi uma relação falida que eu tive há tempos, e a única lembrança que desejo manter dela é o filho que tenho hoje. Ele não quis arcar com um filho, nem eu com um idiota. Desde que foi embora, não tive mais notícias dele.

— Tomás parece um bom garoto. Eu o vi na taberna, mais cedo, e ele estava fascinado com a história de Esteban.

— Sim, ele adora essas histórias. Aliás, toda a aldeia gosta.

— É curioso. Quando cheguei aqui, Esteban nos deu carona até a Era Humeneja. Fez um jogo dedutivo muito bom, comigo e com minha mulher.

— Isso é próprio do Esteban. Ele tem uma cabeça ótima. Sobretudo, considerando a situação que está vivendo.

— Que situação?

Ángela pareceu se surpreender por um momento, mas logo se recompôs.

— Desculpe, achei que você soubesse. A mulher dele tem uma doença terminal.

David se lembrou das duas velas que Esteban levava na ermida.

— Puxa...

— Tem esclerose lateral amiotrófica, uma doença que a deixa prostrada na cama. Vou visitá-la quase todos os dias. Assim, ajudo a enfermeira que cuida dela, quando precisa movê-la. Embora pareça não sentir nada, eu percebo suas reações. É difícil de explicar. Aliás, amanhã é aniversário dela.

— Caramba, que forma de passar um aniversário...

— É verdade, mas Esteban encara isso com muita filosofia. Não digo que não sofra, pelo contrário, sofre muito, porque ele e Alicia eram muito unidos. Muito. Mas Esteban... mantém a cabeça no lugar.

Os dois ficaram em silêncio, como se o assunto tivesse se esgotado. David, embora estivesse gostando de falar com ela, sentia já ter abusado da hospitalidade e achava melhor ir embora.

Na porta, Ángela entregou o endereço do médico, para o caso de ele ter algum outro problema.

— Obrigado de novo. Você foi minha salvação — disse David com sinceridade. — Agora vou voltar para minha esposa e inventar uma desculpa, para ela não me achar um idiota.

— Bom, sendo sua esposa, ela já deve achar, não?

E sorriu, ainda com o cabelo desgrenhado. Pelo robe semiaberto, David podia ver os ursinhos de seu pijama.

Elsa voltou a ter muito trabalho naquele dia. Khoan tinha retornado de uma viagem rápida a Milão, onde negociava com a Editora Rizzoli a venda de direitos do sexto volume de *A hélice*. No final da tarde, na sua última hora de serviço, apareceu no escritório e informou Elsa sobre algumas alterações a serem feitas em seus próximos compromissos. Tinha que cancelar a reunião com os produtores até a semana seguinte, porque dali a dois dias ele iria de novo a Milão. Nessa viagem, ele deveria levar toda a documentação sobre as vendas de seus livros em diferentes países. Não somente de *A hélice*, mas também de todos os outros. Procurava vender a imagem de editora forte e compacta, um negócio em que se ganhava dinheiro publicando todo tipo de livro, e não somente a saga famosa. E era verdade: fazia tempo que os outros livros também eram rentáveis.

O presidente da editora estava empenhado em mostrar que não eram produto da sorte de um bom livro. Para ele, isso parecia especialmente importante. Promovia com todo o empenho as obras de outros autores, como se soubesse que o sucesso de *A hélice* era relativo e que algum dia o dinheiro rendido pela saga poderia deixar de encher as arcas.

Embora os dados de todos esses livros já estivessem calculados pelo departamento de contabilidade, era Elsa quem devia coletá--los de diferentes relatórios e juntá-los, com os gráficos de que seu chefe tanto gostava. Ele achava que era mais fácil para pessoas pouco acostumadas à interpretação de dados ver melhor os progressos da editora.

Elsa terminou o relatório, imprimiu quatro cópias, encadernou-as e as deixou sobre a mesa de Khoan, prontas para que ele as analisasse antes da viagem a Milão.

Na rua, pegou um táxi para casa. Era uma espécie de compensação por ficar até tão tarde em uma empresa em que só pagavam uma pequena parte das horas extras. Hoje, pelo menos não teria que lutar por um assento no metrô. No dia seguinte, pediria o reembolso na contabilidade.

No meio do caminho, mudou de ideia e decidiu ir dormir na casa da irmã. Não que sua sobrinha Marta ainda precisasse de seus cuidados, mas não queria voltar ao seu apartamento e fazer comida só para ela. Sempre que se sentia assim, acabava abrindo uma lata de conserva e comendo na bancada da cozinha. Marta ficaria feliz com sua visita, mesmo que fosse só para assistirem a um filme juntas.

Fazia umas duas horas que Cristina havia saído para o trabalho quando ela chegou, e foi recebida pela sobrinha, que não a esperava naquela noite. As duas prepararam um jantar decente e, com um iogurte na mão, foram ver o filme planejado. Durante os anúncios, Marta apalpava as ataduras do rosto, com a preocupação constante de que o esparadrapo se desgrudasse. Elsa a observava com o canto do olho.

— Não vai desgrudar, fique tranquila — disse, com suavidade.

Marta afastou rapidamente as mãos, como se tivesse sido flagrada fazendo algo impróprio.

— Que coisa, menina! Parece que está com bicho-carpinteiro.

— É que não quero que o curativo caia, um dia desses acordei de manhã e ele estava quase solto.

— Quando vão tirar?

— Ainda não sei, depende do médico. Daqui a poucos dias eles tiram esse e colocam um novo. Aí vão aproveitar para examinar bem o ferimento.

— Ótimo — disse a tia.

Marta respondeu com um meio sorriso nervoso. As duas ficaram alguns minutos em silêncio, enquanto o filme continuava. Por fim, Marta se voltou para falar com Elsa, enquanto a protagonista do filme flagrava o namorado jantando com outra.

— Tia...

Elsa respondeu sem tirar os olhos da TV.

— Sim?

— Hoje eu tirei o curativo. Para dar uma olhada.

— Marta! Cuidado com essas coisas! O ferimento pode infeccionar se você tocar com as mãos sujas.

— Eu sei, lavei as mãos antes, tomei cuidado. Levantei o curativo e não gostei do aspecto que tinha.

— É um ferimento, querida, claro que não tem bom aspecto. Mas não se preocupe, vai fechar sem problemas.

— Isso eu sei — argumentou Marta. — Imagino que vai ficar bom, não é tão grave assim. O que me dá medo é que eu fique com uma cicatriz. Ou um pedaço de pele rosada no meio do rosto. Li que isso pode acontecer, por diferenças de pigmentação na pele regenerada.

— Onde você leu isso?

Marta levantou seu celular.

— Na internet.

— E a internet diz que você vai ficar com uma mancha rosada?

— Não que eu vou ficar, mas que posso ficar. Depende da pigmentação da minha pele.

— Você está preocupada com isso?

Marta soltou um suspiro abafado, como se fosse difícil responder à pergunta.

— Bem... Preocupa, sim. Eu não quero ficar com nenhuma marca. Talvez tenha alguma operação para reduzi-la ou um tratamento a laser, alguma coisa assim.

— Marta, você é uma menina muito bonita. Na hipótese, e veja que estou dizendo hipótese, de ficar algum tipo de sinal, você continuaria sendo muito atraente. Você é uma Carrero, e nós somos conhecidas por nossa sensualidade.

Elsa esperava que Marta achasse a brincadeira engraçada, mas a sobrinha manteve a expressão séria e seus olhos ficaram marejados.

— Tem medo de ficar menos bonita, com uma cicatriz?

— É mais complicado. Não é que eu me ache pouco bonita ou muito, sou tipo médio, mas você sabe como são as pessoas: exploram qualquer detalhe até nos expor ao ridículo. Aí dizem que você tem bunda grande, ou que usa óculos, ou que é simples demais, ou que tem uma cicatriz...

Marta demorou comentando todos os aspectos que, em sua opinião, alguém poderia destacar para não desejar outra pessoa. Todas as inseguranças próprias de uma menina com oportunidades, que sempre havia vislumbrado uma vida com futuro, penetraram pela fresta produzida por aquela cicatriz, como se seu corpo fosse uma represa de confiança que contivesse um lago de medos, e pouco a pouco estes tivessem se infiltrado para o exterior até inundar tudo. No monólogo dela, a tia descobria uma garota diferente daquela que sempre havia conhecido, e reconheceu alguns dos medos dos quais ela mesma tinha em sua juventude, antes de Juan Carlos aparecer e acabar com todos. Embora, tempos depois, tivesse surgido um novo, só conhecido por quem viveu a experiência: o medo de que aquilo que parecia ser seu único acerto acabasse se transformando no seu maior erro. E de que a ponte construída junto com essa pessoa desabasse, fazendo você se afogar.

— Então, tia, quem vai me querer com essa cara? Nós duas sabemos que a marca rosada é a melhor das opções, mas pode ser pior: eu posso ficar desfigurada, acabar com cicatrizes espessas e profundas, impossíveis de cobrir com qualquer maquiagem. Marcada para sempre, como se eu tivesse cometido algum pecado e tivesse que pagar por isso.

Elsa sentia dentro de si a dor da sobrinha, tal como quando se vê um filho chorar por causa de uma ferida. Desejava ser ela mesma que estivesse sofrendo, para poder poupar Marta.

— Querida, o que está acontecendo é normal. Você tem a mesma dúvida que todo mundo teve, e só pensou nisso agora porque você está em casa há três dias, sem outra coisa pra fazer além de pensar no seu problema. Mas tenho que dizer: os problemas passam e, infelizmente, acabam dando lugar a outros problemas. Eu agora não passo mais pelos conflitos que passava na sua idade, mas tenho outros problemas, novos. Quando tinha sua idade, o que não foi há tanto tempo assim, lembre-se, tinha medo de trancar minhas matérias, de que minhas amigas me traíssem, de não ter um bom emprego no futuro, do que aconteceria com meus pais quando eu ficasse mais velha... Enfim, um monte de coisas. Nada disso me preocupa hoje, porque acabei passando naquelas matérias, mantive alguns amigos e perdi outros, meu pai morreu, minha mãe tem artrite, e eu tenho um trabalho em que tenho um chefe que não paga minhas horas extras.

— Tia, eu não tenho esses problemas, o que me preocupa é...

Elsa levantou a mão em um gesto para interromper a sobrinha.

— O que preocupa você é a dúvida de se vai acabar sozinha. Se vai encontrar alguém que a queira. E isso, me deixe explicar, é algo que todos, absolutamente todos, inclusive os que você nem imagina, temeram em algum momento. É intrínseco ao ser humano. Acha que eu não tive esse medo? E sua mãe? Sua mãe, aos vinte anos, passava tardes inteiras chorando quando terminava com algum namorado, porque dizia que nenhum outro a amava, que todos só ficavam com ela para passar a mão.

— Sério? — Marta pareceu sorrir pela primeira vez na conversa.

— Bom, na verdade sua mãe era meio precipitada. Mas estávamos nos anos 1980 e as coisas eram vistas de outra maneira. Você tem medo de ficar sozinha? Claro que sim. Eu também tenho medo. Porque, na minha idade, restam muito menos solteiros do que na sua, e eu só tenho a oferecer minha pessoa e um apartamento bagunçado em Vellecas, sem móveis.

— Tia, por que vocês se separaram?

— Às vezes as coisas não funcionam, os laços que imaginávamos firmes se afrouxam com o tempo.

— Mas deve ter alguma razão. As pessoas não se divorciam simplesmente porque sim — insistiu Marta.

— Não teve um motivo específico, é uma série de acontecimentos, coisas que vão se acumulando...

— Vamos, tia, alguma coisa deve ter acontecido para vocês se separarem.

— Seu tio ia atrás das putas.

Quando Elsa disse isso, fez-se um silêncio repentino. O segredo tinha sido revelado. Marta ficou muito quieta, constrangida pela informação que tinha recebido. Nesse momento preferiria não ter insistido, mas a experiência vem depois de agir, e não antes.

— Não acredito! — conseguiu dizer, após a pausa.

— Pois imagine como eu fiquei. E não é que ele buscasse fora o que não tinha em casa, nada disso. Ele não buscava amor, buscava sexo. E eu não gosto de trepar com desconhecidos na minha própria cama.

— Claro que é uma razão para se divorciar.

— Mas não a única. Isso de ele procurar putas foi só a gota d'água, a decisão de jogar tudo para o alto em vez de apostar na nossa relação, quando ela mais precisava. Já estávamos vivendo mal havia muito tempo. O fato é que às vezes você tenta tirar a água do barco quando já está embaixo das ondas. Aquilo foi só o ponto final.

— Você se divorciaria, se ele não tivesse feito isso?

Elsa murmurou, quase para si mesma:

— Eu me fiz essa pergunta muitas vezes. E de vez em quando acho que talvez tenha sido melhor assim, que economizei tempo e tudo o mais. Agora, pelo menos, não dependo de ninguém. Posso fazer tudo sozinha, apesar de ser mais difícil.

Marta se lançou ao pescoço da tia e as duas se abraçaram com força durante vários segundos. Nenhuma das duas podia assegurar que a outra estava chorando, mas tampouco se perguntaram isso.

— Elsa — e esta foi uma das poucas vezes em que Marta a chamou só pelo nome, sem o "tia" —, você acha que encontraremos alguém?

— Quanto a mim, não sei, mas, quanto a você, tenho certeza de que sim.

Marta se soltou do abraço e encarou Elsa.

— Acho que você também.

Beijou-a no rosto e voltaram a se abraçar. As duas se sentiram reconfortadas, como se o fato de saber que o outro também tem medo diminuísse o próprio.

— Tem que ser um homem, tia?

— Isso depende — respondeu Elsa.

— De quê?

— Se ela for bonita...

As duas riram, não como tia e sobrinha, mas como irmãs. Como amigas.

9. O arvoredo

De manhã, David escutava o toque da chamada que fazia do celular para o chefe. Tinha saído à rua para se proteger dos ouvidos indiscretos de Silvia, agora cobertos de espuma na curiosa banheira de pés dourados no quarto da pousada.

Não havia dito nada à sua mulher sobre o ferimento na cabeça. Segundo a versão que procurava manter, depois de fazerem amor os dois tinham passado a noite abraçados, sem deixar o quarto. As bolsas embaixo dos olhos podiam resultar da mudança de alimentação ou de ambiente. Ele não havia saído em momento algum para procurar nenhum suposto escritor, não o tinha visto nu, fazendo amor com a parceira, não havia escalado nenhum carvalho e muito menos caído na caçamba de uma caminhonete e recebido depois disso, do mesmo escritor a quem perseguia, uma pancada na cabeça. E tampouco havia sido tratado por uma mulher, altas horas da madrugada. Não tinha tomado um uísque com ela, sentados os dois no sofá. Não tinha atentado para o pijama dela. Nada disso havia acontecido.

Por tal razão, ao chegar de volta à pousada havia penteado o cabelo para cobrir o ferimento, porque, como não tinha se afastado de sua mulher, não tivera como se ferir. Tecnicamente, não havia contado uma mentira.

Moralmente, era mais uma.

Elsa, a secretária de Khoan, pediu um instante para ver se o presidente podia atender naquele momento. Segundos depois, ouviu-se do outro lado do telefone a voz ansiosa de Khoan.

— Como vai, David? Encontrou meu pai?

Apesar das reticências de David, Khoan havia insistido que, por telefone, mantivessem essa senha, por causa de possíveis escutas. Tinham combinado que David estava procurando o pai de Khoan na aldeia, que havia desaparecido dias antes e ainda não se tinha nenhuma notícia dele.

— Tive alguns problemas. Por um momento, pensei que o tinha encontrado, mas no final descobri que aquela pessoa não era o seu pai.

— Tem certeza? Meu pai pode ser meio escorregadio. Não esqueça que ele é muito inteligente. — E, para concluir a farsa, Khoan acrescentou: — Como o filho, aliás.

— Tenho certeza absoluta de que essa pessoa não é ele. Vou ter que continuar procurando.

— Mas é tão difícil assim? Você não reconheceu mais ninguém com a peculiaridade do meu pai?

— Bom, teve um — respondeu o editor, após hesitar um instante.

— E então? Chegou a investigá-lo?

— Não me parece necessário.

— Por que não? Não podemos descartar ninguém!

— Este, sim. É um menino de nove anos. Dez, na semana que vem.

— Ah — foi só o que ouviu do outro lado. — E você tem algum outro plano?

— Espero ainda encontrar alguém que se encaixe com a descrição de seu pai.

— Certo. Mas só digo uma coisa. Estive reunido com a família essa semana e vou continuar fazendo isso nos próximos dias. Todos estão ansiosos para ver o novo trabalho dele. E eu também. Entendeu?

— Perfeitamente, sr. Khoan.

— Ligue quando tiver alguma notícia — sentenciou o chefe.

— Pode deixar.

Khoan desligou sem se despedir. David guardou o telefone e ficou um pouco desanimado. Entre a experiência da noite anterior e a senha com seu chefe, começava a se sentir um espião um tanto ridículo.

Depois de um café da manhã farto, os dois não souberam o que fazer. Como já tinham dito a eles, na aldeia não tinha muita coisa para fazer, e David não podia ir de casa em casa perguntando quem tinha seis dedos para depois procurar máquinas de escrever na sala das pessoas. Tinha a estranha certeza de que, quando descobrisse o escritor, seria de maneira fortuita, quase sem buscar. O destino havia preparado um momento para que se encontrassem, e ele só precisava esperar sua chegada. Enquanto isso, aceitou a proposta de sua esposa de dar um passeio pelo bosque próximo. Por sorte, nessa manhã haviam calçado umas botas pesadas. O solo empedrado em granito era bonito de se ver, mas desconfortável para andar com os sapatos do dia a dia.

O bosque era formado por uma enorme trama de faias e abetos. A eles se uniam pinheiros alvares, dando ao conjunto pequenos toques de cor com seus alaranjados e verdes. Pareciam gigantescos bonsais de até trinta metros de altura, e David e Silvia, pequenos liliputianos que tivessem perdido as referências de tamanho.

As raízes das faias estavam cobertas de musgo verde-esmeralda. Os córtices eram rugosos e grisáceos como o couro dos elefantes. Os abetos, entrelaçados como irmãos com as faias, davam ao bosque uma aparência mitológica, com seus córtices quase brancos de sombras prateadas. Os pequenos volumes resinosos de sua superfície eram conhecidos desde a antiguidade pelos efeitos balsâmicos e cicatrizantes.

A cada passo, sentindo-se pequenos em meio ao vasto ecossistema que se erguia ao redor, os dois pareciam perder a noção do tempo. Porque, se algo estava claro para David, era que, ali, o tempo e o espaço se tornavam relativos, e as urgências dos homens não importavam às árvores, assim como a chuva, o frio e sua procura a cada dia mais estúpida.

Silvia, embora tivesse sido a interessada no passeio, se queixava quase a cada passo, praguejando contra suas botas que apertavam os pés acostumados aos sapatos de cidade.

— Quantas pedras! Por favor, vamos nos sentar um pouco ali. Se eu não descansar, vou cair morta.

Sentaram-se, e Silvia tirou as botas e massageou os pés.

— Ahhh, que alívio! Se eu soubesse, teria trazido tênis. Teoricamente, essas botas são de montanha, mas como as pessoas podem caminhar com elas?

— Acho que nossos pés estão urbanizados demais. Não estamos acostumados a caminhar grandes distâncias, como hoje, muito menos sobre terra e pedras.

— Mas a terra é macia, isso deveria amortecer o passo.

— Sim, é macia, mas não regular. Estamos pisando sobre um plano inclinado e, para manter o equilíbrio, forçamos os músculos que exercitamos pouco.

Silvia ergueu a cabeça para o céu, como se quisesse esquadrinhar os ramos das árvores. David observou o longo e belo pescoço e o leve sorriso em seus lábios.

— Há outros lugares, David?

— Já falamos disso, Silvia. Claro que há outros lugares...

— Não. Não digo aqui — e ela apontou ao redor, para as pedras aos seus pés e as árvores que a rodeavam. — Estou falando daqui. — E levou um dedo à têmpora. David assentiu. — Há quanto tempo não tínhamos tanta paz?

— Nem me lembro.

— Eu também não. As pessoas dessa aldeia, as pedras desse lugar. Tem alguma coisa de especial no ar.

— O que você sente?

— Não sei. Penso na missa da ermida, na história de ontem na taberna... É como se, aqui, eles tivessem outras regras, outra forma de vida.

— E têm mesmo.

— E por que eles podem e nós não? Por que temos que ceder a normas que não são nossas?

— Eles não sentem a pressão da sociedade para se comportarem de uma determinada maneira.

— Mas também fazem parte da sociedade! Veem televisão e têm internet.

— Sim, mas não vivem em uma cidade grande, que oprime o espírito. Não disputam lugar no metrô nem trabalham em grandes edifícios empresariais.

— Você não acha que essa é apenas uma desculpa que damos para nos sentirmos melhor?

— Não sei, Silvia. Só sei que gosto de estar com você. Aqui ou na cidade. Mas com você.

— E eu com você.

David pegou um ramo de um arbusto próximo às pedras e o partiu com um leve estalido, estendendo-o à sua esposa. Na extremidade se agrupavam pequenas flores alvas com frutos de um negro brilhante; algumas folhas aveludadas, de um verde-cinza, rematavam o conjunto.

— Tome. Por me aguentar.

— Muito obrigada, são lindas.

— E eu nem precisei ir à floricultura. Se morássemos aqui, eu economizaria um bom dinheiro em aniversários e comemorações.

— Sempre tão romântico, David...

— Eu não me referia a isso.

— Sei a que você se referia. Não é menos bonito por ser de graça.

Silvia se aproximou e deu um beijo suave nos lábios dele, enquanto acariciava seu rosto.

— Querida, você massageou os pés com essas mãos!

— Ui!

Na volta, procurando um caminho mais curto para evitar bolhas nos pés, se perderam. O riachinho que tinham vadeado na ida ficou oculto pelo mato, e, sem essa referência, começaram a caminhar às cegas. Após se desviarem de alguns maciços de rochas, chegaram a uma esplanada onde enormes faias se erguiam diante deles, em linha reta. Imaginaram que seria algum sistema para reflorestar a área e que certamente não estavam muito afastados da aldeia. Flanqueados pelas árvores, como se se tratasse de um estranho corredor natural, perceberam que em cada um dos córtices havia um nome e um sobrenome, como se cada árvore tivesse sido batizada para ser identificada. De repente toparam com um vulto inclinado sobre a base de uma árvore. Quando ele se levantou, viram que era Esteban. Segurava uma pá de jardineiro e um saco com o que parecia ser adubo.

— Olá! — cumprimentou David.

— Bom dia — respondeu Esteban. — Dando um passeio?

— Não — respondeu Silvia. — Estávamos dando um passeio uma hora e meia atrás. Agora estamos apenas tentando voltar à aldeia, mas acho que nos perdemos. Na ida, seguimos um pequeno riacho, mas não conseguimos encontrá-lo de novo.

— Esse riacho se perde embaixo da folhagem. É muito fácil se perder quando não se conhece o bosque.

Esteban olhou o ramo florido que Silvia levava na mão.

— Caramba, flores de lantana!

Os dois olharam o ramo para conferir que era daquilo que Esteban estava falando. Silvia o levantou para mostrá-lo.

— Sim, David pegou para mim.

— Espero que não tenham comido os frutos.

— Essas bolinhas pretas? Não, por quê? — estranhou David.

— São muito venenosos. Não são mortais, como os do buxo, mas causam vômitos e diarreias bem violentos.

Silvia afastou um pouco o ramo, passando a tomar o cuidado que não havia tomado em todo o trajeto.

— Não, felizmente não — disse Silvia.

— É só decorativo — acrescentou David.

— Ah, então nenhum problema. Falei isso porque, como vocês não são daqui, poderíamos ter um contratempo.

— Obrigado por avisar — agradeceu David. — Aliás, muito bonita a história da taberna.

— Vocês foram? Não vi vocês.

— Sim, estávamos em um cantinho. Tinha muita gente. Parece que você tem um público grande.

— Sim, as pessoas se entretêm. E eu gosto de contar essas histórias. Além disso, me dão cerveja de graça.

— É o que todo mundo quer — riu Silvia. — O que você está fazendo aqui? É jardineiro?

— Não, imagine! — Esteban também riu. — Gosto de cuidar das árvores. Cada um cuida da sua.

— Sim, já percebemos que cada árvore tem um nome. É muito curioso.

— Você se importa que eu coloque meu nome em uma delas? — perguntou David. — Uma que esteja livre, claro.

Esteban não respondeu de imediato. Pensou um pouco e finalmente disse:

— Se estiver livre, não é de ninguém. Se você quiser, vá em frente.

David sacou seu canivete e escreveu o próprio nome, caprichando na caligrafia sobre o córtex sem nós de uma árvore próxima. Depois de seu nome escreveu um *e*, e já ia acrescentar o de Silvia quando Esteban o interrompeu.

— Lamento, só uma pessoa por árvore.

Os dois se entreolharam, surpresos, como se tivessem desobedecido a alguma regra de boa educação.

— Desculpe — disse Silvia —, é alguma norma do lugar?

— Não. É que vocês escolheram uma árvore jovem, e ela não vai ter madeira para os dois.

— Como assim? Madeira para os dois?

— Isso mesmo! Ali não tem madeira para duas pessoas. Nem mesmo daqui a quarenta anos, podem acreditar em mim.

— Madeira para quê? — perguntou David.

— Para o ataúde, claro — disse Esteban, como se fosse algo óbvio.

— O ataúde, como assim?

— Quando uma criança nasce, os pais escolhem uma árvore, para que, quando ela falecer, essa árvore seja cortada e se construa um ataúde. Seu ataúde.

— Pelo amor de Deus, que coisa mórbida! — murmurou Silvia para si.

— Está me dizendo que cada uma dessas árvores é um futuro ataúde?

— Exato. Cada uma é atribuída a um habitante dessa aldeia, e, quando ele morre, constrói-se um ataúde com a madeira de sua árvore. A faia é muito apreciada em carpintaria, é boa de ser trabalhada.

Os dois olharam ao redor, e o que antes lhes parecera uma idílica paisagem natural se transformou em algo tétrico, com todas aquelas árvores ligadas ao destino dos habitantes da aldeia.

— Não é tão mórbido quanto vocês pensam. O homem e a natureza vêm convivendo há séculos nesses bosques. Nós dependemos deles até depois de mortos.

— Mas, se você sabia disso, por que me deixou escrever no tronco?

— Porque essa árvore não é de ninguém, então qualquer um pode escrever nela. Agora você já tem uma árvore, David.

David olhou o tronco no qual havia escrito seu nome e pensou: "Já tenho um ataúde".

— Realmente, pensei que vocês sabiam. Quando os vi chegar, achei que vinham ver com seus próprios olhos.

— Mas não foi assim — disse Silvia. — E tivemos uma baita surpresa.

— Pois é, estou vendo. Bom, preciso ir. Se quiserem, posso acompanhá-los até a aldeia, assim não se perdem.

— Ótimo — disse David.

— Aliás, essa noite vai ter um churrasco na minha casa para comemorar o aniversário de minha esposa. Querem ir?

— Claro, quantas atividades! — gritou Silvia, entusiasmada. — Adoraríamos!

— Pois é — interrompeu David —, mas não gostaríamos de incomodar, principalmente levando em conta sua delicada situação.

— Não é incômodo algum! Metade da aldeia vai!

— Que situação? — estranhou Silvia, que olhava para os dois sem saber de que estavam falando. David tentou se safar, mas era difícil se expressar com Esteban à sua frente. Por fim, foi ele quem falou.

— Minha mulher sofre de ELA, esclerose lateral amiotrófica, e isso a mantém prostrada em uma cama. Mas sente as pessoas ao redor, e sei que gostaria que vocês fossem.

— Se você acha adequado comemorar um aniversário nessas circunstâncias...

Silvia tentava ser delicada. O rosto de Esteban se fechou por um momento, enquanto seu sorriso constante se tensionava.

— O fato de ela continuar fazendo aniversário nos mostra que continua viva. É mais uma razão para comemorar, pois é possível que não faça mais nenhum.

Os dois ficaram paralisados por um momento, sem saber o que dizer.

— Então, se é assim, e você diz que não será incômodo — concluiu Silvia —, adoraríamos ir, e comemoraremos juntos.

— Assim é que eu gosto. Espero que vocês não comam muito no almoço, porque à noite vai ter muita comida. Acho que já sabem como nós somos por aqui.

Os três tomaram o rumo de Bredagós, com Esteban mostrando o caminho. Levava em uma das mãos a pá de jardineiro e o saco de adubo, e Silvia as flores de lantana que David havia colhido para ela.

O casal comeu em um restaurantezinho em uma ruela da aldeia. Era apenas uma sala minúscula onde não cabiam mais de quatro mesas com as respectivas cadeiras, e por uma das extremidades, de uma pequena porta, saía o garçom com as comidas típicas do vale de Arán. Como entrada, sugeriram uma porção de patê aranês. Segundo explicaram, era feito com fígado, papada e toucinho de porco, tudo triturado, bem temperado com sal e pimenta e cozido em banho--maria durante três horas. Para continuar, comeram *caulet farcit*, couve recheada, com molho de tomate. "Férias gastronômicas", disse Silvia.

David, entre uma mordida e outra, pensava na conversa com Esteban no bosque. De início, assim como sua mulher, ficara escandalizado pelo fato de os habitantes da aldeia escolherem eles mesmos a madeira para seus ataúdes. A curiosidade das pessoas pelos detalhes da morte sempre parecera um tanto mórbida. Que alguém cuidasse da madeira com a qual o enterrariam uma vez defunto só podia ser uma prática muito estranha, no mínimo. Bredagós sempre havia vivido do que seus bosques proporcionavam: cogumelos, aspargos, caça, madeira... O mais simples era que a madeira dos ataúdes saísse do bosque mais próximo, mas determinar a árvore exata para cada um e condená-la à morte quando o dono falecesse era buscar detalhes que ele não desejava conhecer.

David vivia em uma sociedade que encarava a morte quase como um fracasso. Em uma época em que a esperança de vida era a mais alta da história e os homens mais longevos passavam dos noventa anos com uma facilidade cada dia mais espantosa, a impressão era a de que a morte só podia acontecer por um acidente ou uma negligência. Quando alguém falecia por um ataque cardíaco, as pessoas se perguntavam por que os médicos não tinham conseguido salvá-lo, se a ambulância havia chegado tarde, se ocorrera alguma falha nos métodos empregados. Ninguém se perguntava se simplesmente a hora daquele homem havia chegado.

Os médicos apostam com Deus para ver quem pode prolongar mais a vida do homem, e, embora saibam que estão jogando uma partida perdida, também sabem que a cada dia perdem por menos vantagem. E sonham com um dia empatar com Deus. Porque então terão jogado de igual para igual.

Em contraposição, a impressão de David era que naquela aldeia a morte era encarada como algo muito natural. Por isso eles podiam tocar elementos próximos à sua morte sem saber que estava próxima. Imaginavam que seu dia estava marcado e que algo tão corriqueiro como regar uma árvore e cuidar dela não podia fazer nada para aproximá-la mais. E olhavam o conjunto de árvores não como um conjunto de futuros ataúdes, mas como a prova palpável de que ainda existem pessoas vivas, que respiram, que se movem e que interagem umas com as outras. Cada árvore não era uma futura morte, mas uma vida presente.

— Como você sabia da mulher de Esteban?

David voltou à realidade do restaurante ao mesmo tempo em que processava a pergunta de Silvia.

— Perdão?

— Quando falamos com Esteban e ele nos convidou para a festa desta noite, você disse que não queríamos incomodar, dada a situação.

— Claro, a doença da mulher.

— Sim. Como você soube disso?

A mente de David começou a evocar todas as cenas vividas com as pessoas da aldeia. Quando ele soube? Se Silvia não sabia, era porque não estava com ele. E ele só estivera sem ela na mercearia... e na casa de Ángela... Sim, Ángela. Ángela havia contado, na noite anterior. A noite em que supostamente ele e Silvia dormiram abraçados, a noite em que ele perseguiu o cozinheiro até a casa dele, onde se feriu. Agora se lembrava. Ángela contou enquanto esperavam que o ferimento na cabeça dele parasse de sangrar. Precisava inventar algo, e rápido.

— A mulher da mercearia me contou — disse, o mais depressa que pôde, mas consciente de que haviam decorrido pelo menos cinco segundos depois da pergunta.

— E como surgiu o assunto? Ela foi contando, sem mais nem menos?

— Não, me deixe lembrar. Antes de entrar, me encontrei com Esteban e o ajudei a descarregar do carro uns caixotes de frutas para a mercearia. Quando ele saiu, a mulher comentou comigo. Disse que ele se mostrava muito firme, apesar da situação. — Ao terminar, olhou para Silvia, buscando a aprovação da resposta que havia inventado. Parecia bastante verdadeira, e alguns dados até coincidiam.

— Por que você não me contou? — inquiriu Silvia.

— Sei lá. Tinha esquecido. Você não me perguntou nada, e eu também não achei isso importante. Até que ele nos convidou, esta manhã. Por quê?

— Por nada. Como normalmente é você que não fica sabendo das coisas...

David pensou em responder, mas se conteve. Já tivera bastante sorte ao se esquivar da situação com o único preço de um leve calafrio na base da coluna. Mesmo assim, estava consciente de que havia subido mais um degrau no complicado jogo de manter uma mentira contando outra.

Como sobremesa, Silvia escolheu o *pescajón*, que consistia em umas folhas finas de massa com anis e mel.

Enquanto saboreava a guloseima, David percorreu com a vista os outros clientes. Eram gente da aldeia, um ou dois ele até se lembrava da noite na taberna. Na mesa do canto se encontrava um homem sozinho, vestindo uma camisa de flanela quadriculada e uma calça de pregas. Mastigava pequenos bocados enquanto folheava uma revista em cima da mesa. O editor não soube por que o sujeito chamava sua atenção daquela maneira. Não era porque o conhecesse, disso não havia dúvida, e não acreditava tê-lo visto por ali. Simplesmente o homem tinha um aspecto meio estranho, como se não pertencesse ao lugar. Era mais fino e delicado. A mão com a qual segurava o garfo tinha os dedos delgados e suaves, e parecia nunca ter precisado sustentar algo mais pesado do que uma esferográfica. E então David se deu conta de por que o observava assim.

A mão que folheava a revista parecia tão chamativa porque tinha seis dedos.

O homem empunhava o garfo com a mão esquerda, o que significava que era canhoto. Canhoto como o escritor Thomas Maud. David estudou o rosto do homem enquanto ele continuava lendo. Parecia ter uns quarenta anos, mas podiam ser mais, porque sua aparência era bem-cuidada. Tinha uma barba aparada, e sua abundante massa de cabelos pretos e ondulados era partida de lado por uma risca delgada.

Combinavam com a barba umas sobrancelhas negras e uns olhos vivazes que se moviam com desenvoltura sobre a revista. A camisa de flanela, verde, preta e cinza, combinava com a calça presa à cintura por um simples cinto de couro com fivela prateada. A dobra da calça era impecável, e o homem cruzava as pernas sentado na cadeira ligeiramente de lado. O sexto dedo se assemelhava a um adorno, como um anel. Algo decorativo, sem função prática.

David pensou que precisava falar com o homem. Era o encontro fortuito que estava esperando. Notou como suas mãos suavam. E se fosse ele? E se por fim falasse com Thomas Maud? O que poderia dizer?

Não conseguiu pensar em outra coisa para se aproximar dele que não a seguinte:

— Silvia, você lembra a que horas é a festa?

— Não. Na verdade, não. Vai ser à noite. Quando escurecer, suponho.

— Espere um instante, vou me informar.

Sem aguardar resposta, David se levantou e se dirigiu à mesa do homem. Puxou uma cadeira pelo espaldar.

— Com licença, posso perguntar uma coisa?

O homem olhou para os dois lados antes de responder, um tanto surpreendido.

— Claro, sente-se, por favor.

— Obrigado. — David se sentou na cadeira, sentindo a boca seca de repente. — O senhor conhece Esteban?

— Claro. Ele é muito conhecido nessa aldeia.

— É que vou à casa dele essa noite e não sei o endereço. Então me perguntei se o senhor saberia.

David pensou que a abordagem àquele homem era tão surreal que só podia ser comparada à que havia feito a José, o cozinheiro. Mas tinha funcionado. Estava sentado à mesa, falando com ele.

— O senhor vai à festa? — perguntou o homem, com um sorriso.

— Sim! Ele nos convidou, a mim e a minha esposa. Mas não sabemos onde é.

— Muito fácil. O senhor só precisa seguir pela rua principal até ela acabar. Dali, sai uma trilha que em pouco mais de dez minutos os levará à casa dele. Não tem como errar. Os senhores são novos por aqui? Parentes de Esteban?

— Não, imagine. Somos de Valladolid. Viemos passar uns dias por sugestão de um amigo, que adorou o lugar. E o senhor? É de Bredagós?

— Sim, toda a vida. Tenho aqui antepassados de mais de trezentos anos. Meu nome é Álex Parròs, dos Parròs, uma das famílias mais antigas da aldeia.

— Não diga! Ou seja, um aldeão de nascença.

— Acho que não tenho defesa! — O homem soltou uma gargalhada estrondosa. — Não posso fazer nada, foi o que me coube.

David riu com ele, para acompanhar o jogo.

— Nunca pensou em ir para a cidade ou algo assim?

— Sem dúvida, mas não posso me permitir. Preciso ficar, para cuidar de certos assuntos.

— Nada grave, espero.

— Não, não mesmo. Mas tenho umas propriedades alugadas e tenho que estar por perto para resolver os problemas que surgem, apesar de não serem muitos. Além disso, minha vida está aqui.

— Então o senhor não trabalha? Formalmente, quero dizer.

— Não, vivo de rendas. Ou melhor, sobrevivo de rendas.

Após algumas preliminares, David chamou Silvia para se sentar com eles. Álex Parròs se mostrou um homem ameno, culto e de conversa agradável. Contou muitos detalhes da aldeia e alguns episódios sobre os habitantes. Silvia ficou encantada. Álex se despediu deles com um aperto de mãos firme e decisivo.

Silvia quis saber como havia ocorrido a David a ideia de falar com ele para perguntar o endereço de Esteban.

— Você ouviu Esteban. Metade da aldeia vai!

— E o que fez você pensar que aquele homem era da metade que vai?

— Tive a impressão de tê-lo visto na taberna, na noite em que Esteban contou a história. E, se ele não soubesse o endereço, paciência, não seria problema, certo?

— Não, claro. Mas, sabe? Desde que chegamos, você está se comportando de uma maneira muito estranha.
— Eu não tinha percebido — mentiu David.
— Pois eu, sim. E sabe o que mais? Não me desagrada nem um pouco.

David sorriu. Silvia também. E Álex tinha seis dedos. Seis dedos, a idade e o tipo adequados. Além disso, havia revelado que vivia de rendas. David quase podia ver o rosto dele na contracapa dos exemplares de *A hélice*. Não podia imaginar um candidato mais perfeito. Falaria com ele essa noite para ver o que poderia descobrir.

Uma noite é da caça, outra do caçador. Quem sabe essa era a oportunidade que o destino havia negado na noite anterior e que ele tanto esperava? Sabia que as pistas iriam aparecendo em seu caminho, se prestasse atenção. Só precisava saber lê-las.

Ainda podia resolver a situação.

10. O aniversário de Alicia

Elsa acabava de sair do vagão do metrô, e a plataforma pareceu triste e vazia. Tinha a impressão de que naquela estação não desembarcava ninguém, de que todos tinham um destino melhor para onde ir. A casa de sua irmã Cristina ficava perto, e ela só precisava fazer baldeação e desembarcar na estação seguinte. Carregava na mão o segundo tomo de *A hélice*, que havia levado do trabalho. Tinha terminado o primeiro em um tempo recorde e precisava continuar com a aventura daqueles personagens aos quais já podia atribuir rosto, toque e cheiro. Em um cantinho do escritório do chefe havia um caixote com um bom número de exemplares. Khoan era muito inclinado a presentear livros de sua editora aos visitantes, e não só os de Thomas Maud. Se alguém viesse falar de um livro de Mario Benítez, ele lhe dava um de Leo Baela quando se despedia. Era uma técnica simples de promoção que havia aprendido nos tempos difíceis, como os chamava. Aqueles tempos nos quais devia exercer várias funções dentro da editora. Agora, Elsa podia presentear o primeiro volume à sua sobrinha Marta, para que ela lesse algo interessante e parasse de ocupar a mente com pensamentos negativos.

Caminhava por uma passarela mecânica de um corredor subterrâneo do metrô. Lia apoiada no corrimão. Na passarela contrária, um rapaz de uns vinte e oito anos, metido em uma jaqueta desbotada e imunda, olhava o teto. Cabelos engordurados, de comprimento médio, e barba de três dias. Por um momento, Elsa se inquietou ao ver que não havia mais ninguém no corredor, mas dali a poucos instantes a distância entre os dois aumentou e ela dirigiu novamente o olhar para o livro.

Não havia lido nem dez linhas quando o rapaz saltou o corrimão e entrou na passarela de Elsa. Alguns metros atrás e, quando ela afastou a mão esquerda do livro, correu e agarrou sua bolsa com força, dando um puxão tão forte que a derrubou. Com a bolsa na mão, saiu disparado, voltando a cabeça uma só vez para ver sua vítima no chão. Por um segundo, os olhares se cruzaram. O rapaz desviou o olhar e correu de novo. Alguns corredores depois, deteve-se de chofre e abriu apressadamente a bolsa, procurando a carteira. Encontrou duas cédulas, uma de dez e uma de vinte. Pegou a de dez e meteu-a no bolso traseiro dos jeans. Deixou a carteira e as chaves no chão, apoiados à parede, para que o vigia as encontrasse. Assim, a mulher pelo menos não teria que renovar os documentos nem trocar as fechaduras. E correu de novo, escada acima.

Em um beco escuro, com as luzes apagadas, Carlos o esperava atrás de um contêiner.

— Conseguiu alguma coisa?

Fran ajeitou a franja e mostrou a cédula de vinte. Seu companheiro reclamou:

— Só isso?

— São tempos fodidos. As pessoas estão muito duras.

— Dez paus para cada um, que merda.

— É o que temos, Carlos.

— Mas é o que estou dizendo, apostar o rabo por isso aqui é uma merda.

— Quem apostou o rabo fui eu!

— É que você não escolhe bem, eu já disse milhares de vezes. E o celular?

Fran remexeu na bolsa e tirou o telefone.

— Mas que merda, por esse aqui não dão nem dez euros.

Carlos abriu o telefone, tirou o chip e o jogou no chão.

— O próximo ganho quem faz sou eu. Não dá pra encarregar você de nada, caralho.

Virou-se e começou a caminhar em direção à parada do ônibus. Fran praguejou baixinho e o seguiu.

Os motoristas já sabiam reconhecer os *junkies* da zona e não diziam nada quando eles entravam no veículo sem pagar. Já estavam escaldados de lidar com garotos que andavam com uma seringa na mão e tinham muito pouco a perder. Afinal, eles eram simples assalariados e não estavam dispostos a se arriscar pelo valor de uma passagem.

O ônibus os deixou no quarteirão de seu edifício, no bairro de Pirámides. Moravam com mais duas pessoas em um destroçado apartamento de sessenta metros quadrados num terceiro andar. Bateram à porta e ninguém atendeu. Por fim, Fran teve que puxar a chave do fundo do bolso dos jeans. Entraram no vestíbulo.

— Ei! Quem está aí? — gritou Carlos.

— Quem podia ser, babaca? — respondeu uma voz vinda da sala.

A sala só se chamava assim por mera formalidade. Consistia em um colchão sobre o piso, uma mesinha cheia de jornais velhos e um sofá nojento, encostado à parede. Ao lado, uma estufa de butano inundava a atmosfera da casa.

— Porra, que fedor. Abram as janelas, caralho, que assim não dá pra respirar.

— Nem por um cacete, senão vamos congelar. Eu prefiro me asfixiar. O que vocês têm aí?

Fran puxou três pequenos papelotes e os colocou sobre a mesinha. Nesse momento, entrou pela porta o quarto ocupante.

Os outros dois moradores do apartamento eram Manu e Laco, ambos de pele esverdeada, ambos cobertos por uma camada de sujeira. Debruçaram-se sobre a mesinha. Manu estava nervoso.

— Qual é o meu? Qual? Qual? Esse?

Pegou um papelote, mas Carlos deu um tapa na mão dele e o pacotinho caiu de novo na mesinha.

— Não, porra, essa é minha coca. Seu pacote é esse aqui.

Manu o encarou com decepção.

— Quanto tem? Aqui não tem três doses.

— Ha-ha! — exclamou Carlos. — Duas, e não reclame! Acha que começaram as liquidações?

— Eu te dei pó para três doses! Espero que você não esteja me sacaneando, Carlos, afinal somos amigos.

— Que sacanagem que nada, não seja babaca! O preço aumentou!

Laco, com um olhar profundamente triste, pegou seu papelote e se virou e disse:

— Nesse nosso mundo não existem amigos, Manu. Só companheiros de pico. E às vezes nem isso.

Meteu-se em seu quarto e fechou a porta. Os outros nunca entenderam por quê, mas ele não deixava que o vissem se injetar. Cada um pegou seu pacotinho e se ocupou de seus assuntos. Carlos o de cocaína, Manu o de heroína.

Claro que, ao voltarem de Las Barranquillas, Fran e Carlos haviam ficado com um pouco do material de Laco e Manu. Era o preço que eles deviam pagar por se pouparem da viagem. Se você queria aproveitar o preço de grupo, ou ia pessoalmente ou arriscava que afanassem uma parte. Ninguém sabia o que Carlos fazia com a heroína que guardava. Havia tempo que ele não usava misturas, principalmente depois dos boatos que diziam que o *flash* era muito maior e havia custado a vida de muita gente. Era preciso ter muito cuidado se você quisesse se injetar um *speedball*, porque arriscava o couro a cada dose.

— Acho que vou tomar mais uma prise agora. Amanhã vou buscar mais — disse Carlos.

— Como queira — respondeu Fran.

Esta era uma característica dos viciados em cocaína: eles consumiam tudo o que tinham, sem medida. Já os de heroína se regulavam mais. Também era barra pesada, mas a própria droga ajudava. Quando você cheira coca, fica acelerado ao máximo, e quer acelerar ainda mais. Como se costuma dizer, quanto mais depressa você vai, mais depressa quer ir. Já com a heroína você se acalma, e consumir mais só o ajuda a escapar mais profundamente. Havia gente que sabia se conter e injetar as três doses por dia, mas o habitual era fazer a limpa na carteira e injetar o que conseguisse. A porcentagem de homens tranquilos era maior com a heroína. Fran aspirava ser um deles e tinha seus bons momentos, mas caía muitas vezes.

Em Carlos, a cocaína já começara a fazer efeito.

— Daqui a pouco vou atrás da Gloria pra me divertir um pouco.

— Faça isso — respondeu Fran.

— Ah, amigo. Trepar é um prazer. O que acontece com vocês, cavalheiros, é que já não se lembram do que é foder. Se é que precisa cheirar cocaína, cara. A heroína é para viciados. Você não ia querer uma boa bocetinha agora?

Carlos e seu tom de superioridade. Fran o olhava de soslaio, sem querer cruzar os olhares. Nem sequer respondeu.

— Pois fique aí — disse Carlos. Levantou-se de um salto e saiu da sala. — Vou pensar em você quando estiver comendo a Gloria.

— Pense na sua mãe — respondeu Fran. Mas Carlos já tinha saído.

Para Fran, Carlos ficava insuportável quando estava doidão. O pulso dele se acelerava e só dizia babaquice. Passava o dia inteiro falando que era preciso cheirar coca, como era que você devia roubar, que argumentos devia usar para regatear. Os aviõezinhos não estavam nem aí, só ajudariam você se pudessem conseguir algo em troca. No supermercado da droga, não havia solidariedade em estoque.

Manu estava sentado no sofá, desmaiado. Tinha consumido toda a heroína de uma vez e estava em transe, com a seringa ainda pendente do antebraço. Fran se aproximou e a retirou, deixando-a dentro de uma garrafa de coca-cola no chão. Do ponto espetado correu até o pulso um fiozinho de sangue, mas Manu não percebeu. Ao seu lado estava o filtro do cigarro que ele havia usado para absorver a droga. Como sempre, e apesar de todas as recomendações, ele tinha fumado aquele cigarro antes de usar o filtro.

Fran, sentado no colchão sobre o piso, não sabia o que fazer até que o sono viesse. Sentia a tranquilidade da ausência de fissura. Ainda tinha umas quatro horas até precisar de outra dose, e mais cinco até ficar tão desesperado a ponto de usar o que qualquer pé-rapado vendesse na rua, a preço de ouro. Mas ainda restava outra dose no bolso.

Sentiu os lábios ressecados. Pegou a bolsa que roubara da mulher e virou-a sobre o colchão: óculos de sol, um lápis labial, lenços de papel, dois absorventes e um livro. Não tinha grana e também não tinha correntes nem brincos nem pingentes nem nada que ele pudesse vender. Virou o livro e leu o título: *A hélice*, volume um.

Devia ser o único livro na casa. Fran abriu a primeira página e começou a ler. Não era ruim. Lembrava a época em que ele ainda lia livros. Não fazia tanto tempo assim. Dois anos antes ele tinha ido embora do apartamento que dividia com um colega. Se lembrava do período em que ler um livro não era algo tão estranho e você não se expunha às gozações dos amigos por fazer isso. Carlos sempre repetia que ler era coisa de pobre. Só que ele, Fran, já era, então não perdia nada.

Continuou lendo.

Se pudesse ver a cena de fora, acharia graça. Um homem inconsciente em um sofá caindo aos pedaços, e seu colega em um colchão no chão, lendo um livro. Mas ele estava completamente mergulhado nessa cena. E, de sua posição, aquilo não tinha graça nenhuma.

Como Álex Parròs havia informado, chegaram à casa de Esteban seguindo a rua principal até que o caminho de pedra se transformou em uma trilha de terra batida. A casa tinha um único andar e era feita de pedra, com um telhado de ardósia coberto de líquenes e uma varanda onde uma rede suportava, inverno após inverno, o tempo rigoroso. Uma grande aldraba nas tábuas da porta de entrada foi o meio de fazer constar a presença deles. Veio abrir um Esteban muito atarefado, que os fez entrar enquanto pedia desculpas e limpava as mãos em um pano de prato. Dali, aos gritos, disse que se acomodassem, que estavam em casa. Os dois ficaram meio atordoados em um ambiente estranho, então atravessaram a sala, de onde uma porta traseira levava diretamente a um amplo jardim.

David, que havia transformado em ato reflexo a busca de pistas sobre o paradeiro de Thomas Maud, analisou a sala sem sequer se dar conta. Dois sofás puídos, com mantas no encosto, se erguiam diante da lareira, quase esperando que alguém se sentasse neles e se aquecesse nas cálidas brasas que crepitavam e perfumavam o aposento com o suave aroma de madeira. Ele passeou a vista pelas prateleiras cheias de lembranças de Esteban e sua mulher. De figuras de porcelana a livros de viagens, provavelmente trazidos de lugares distantes em mochilas às costas de um Esteban mais jovem. Olhou o aposento como se em algum canto fosse surgir uma mesinha com uma máquina de escrever, ou um exemplar de *A hélice* repousando em uma das prateleiras. Seria tudo fácil demais. Na vida, porém, não há soluções simples para problemas complexos. E sua situação era, sem dúvida, muito complexa.

Ao fundo do jardim, quase perdida na distância, uma cerca de ripas de madeira marcava o limite entre a propriedade e o bosque, que se perdia ao longe, na escura noite aranesa. Quase um terço daquela enorme extensão de terra era ocupado por uma horta caprichadamente plantada. De um lado, uma churrasqueira de granito brilhante por causa das brasas dominava a noite, e junto dela um morador da aldeia remexia o fogo, com um atiçador, e acrescentava carvão. Cumprimentou-os levantando a mão e comentou que eles haviam sido excessivamente pontuais. As brasas não estavam no ponto, e ainda seriam necessários uns vinte minutos para começar a preparar a comida.

Como um homem da cidade, David estava habituado a chegar pontualmente aos compromissos, mesmo que não fosse necessário. Os atrasos que em uma reunião de amigos eram desculpáveis se tornavam inadmissíveis em uma reunião de empresa, na qual executivos engravatados fuzilavam com o olhar quem cruzasse a porta quando todos já estavam sentados. Por isso, David procurava sempre sair com tempo de sobra, por via das dúvidas. Ao que parecia, naquela aldeia as normas eram mais relaxadas.

Esteban se aproximou deles em grandes passadas.

— Desculpem, eu tive um problema urgente na cozinha. Vejo que já conheceram Herminio, nosso chef dessa noite. É um grande especialista em churrascos.

— Sim, já nos apresentamos.

— Agora venham, quero apresentá-los a Alicia. Herminio é primo dela.

Conhecer Alicia? Em um instante, David ficou nervoso. Que história era aquela de conhecer Alicia? Esteban ia levá-los lá dentro e apresentá-los ao corpo inerte de sua mulher? Ou estaria se referindo a um álbum de fotos ou algo semelhante? Temia muito que não fosse assim.

Esteban os conduziu através da casa até um amplo aposento no fundo do corredor. David pôde perceber o odor de enfermidade, e esse cheiro o lembrou de situações passadas, coisas que ele acreditava já ter conseguido superar, mas que voltavam à sua mente, como lembranças de colégio quando se vê um antigo álbum de fotos. Só que suas lembranças não eram de partidas de futebol, exames ou esperas em um banco até que as garotas saíssem do ginásio de esportes. Seus pensamentos o levavam aos corredores de um asilo de idosos, a ambientes assépticos, a velhos que o olhavam enquanto ele se agarrava com força à mão de sua mãe e avançava pelos ladrilhos como um náufrago desorientado.

E nesse momento quis ir embora dali, sair correndo daquele lugar sem olhar para trás. Pagaria uma fortuna para que o tempo se adiantasse alguns minutos, fazendo-o pular a apresentação.

O quarto no qual Alicia repousava era ocupado quase por completo por uma enorme cama hospitalar articulada. Nela se encontrava o corpo alongado e murcho da mulher de Esteban. Tinha um rosto delgado, de pele frágil, e seu cabelo castanho e grisalho se espalhava pelo travesseiro. Os traços eram finos e agradáveis. David imaginou que, não muito tempo antes, ela devia ter sido uma mulher muito atraente. Um tubo que saía de uma máquina verde-azeitona atravessava seu abdome, e outro se introduzia por sua garganta até sabe Deus onde. Esteban, após ver o assombro estampado nas caras dos convidados, decidiu dar uma explicação.

— A esclerose lateral amiotrófica faz com que os neurônios motores que estão alojados no bulbo raquidiano — ele apontou a própria nuca com o dedo — morram gradativamente. Essas células se comunicam com os músculos por meio de axônios, uma espécie de cabo, que os faz receberem as instruções. Quando os neurônios inferiores morrem, os músculos deixam de receber essas instruções e não podem se mover, debilitando-se pouco a pouco. O corpo já não pode fazer movimentos voluntários e os músculos se atrofiam. Todos os movimentos involuntários, a digestão, a respiração e os demais continuam funcionando, ao menos durante boa parte da doença.

"À medida que os músculos se debilitam, o ato de respirar se torna consciente, e para ajudá-lo usa-se um tubo de traqueostomia. Quando os atos de mastigar e engolir se tornam muito cansativos, aplica-se um tubo de gastrostomia, que se comunica diretamente com o estômago. Tudo para que seja mais fácil realizar as funções vitais. A ELA se tornou famosa por causa de Lou Gehrig, o jogador americano de beisebol. Estou comentando com vocês, um pouco por alto, por causa da cara de assombro que fizeram ao entrar."

— Desculpe, Esteban, tantos aparelhos ao redor dela nos surpreenderam — disse Silvia.

— Não se preocupem. Eu já estou acostumado, mas entendo que seja uma cena forte para alguém que não conhece a situação.

Virou-se e apontou uma mulher sentada em uma cadeira atrás dos equipamentos.

— Essa é Paloma, a enfermeira de Alicia. É quem cuida dela quando eu não posso.

— Muito prazer, Paloma — disseram os dois.

Esteban se aproximou de sua mulher e pegou sua mão com uma delicadeza que enterneceu Silvia. Quantas vezes ele teria segurado a mão de Alicia naquela cama? Quantas noites teria passado sentado ao seu lado, olhando um rosto que já não devolvia o olhar?

— Querida — disse Esteban suavemente ao ouvido dela —, esses são Silvia e David. Vieram de Valladolid para passar uns dias na aldeia. Hoje de manhã se perderam no bosque e eu os encontrei. Se isso não tivesse acontecido, talvez ainda estivessem dando voltas em busca do riacho.

Esteban sorriu como se entre ele e a mulher houvesse uma brincadeira privada.

Por alguns momentos o casal esperou alguma reação de Alicia. Silvia se mostrava mais tranquila, mas David estava transtornado pela situação havia alguns minutos. A familiaridade com aquela espécie de cadáver vivo parecia absurda. Alicia não reagiu, e, para o editor, aguardar ali uma resposta era como esperar que uma pedra se manifestasse. Esteban se voltou para eles.

— Ela apertou minha mão. Gostou de vocês.

Ante o assombro de David, Silvia se aproximou de Alicia e se agachou ao seu lado. Com uma voz doce e suave, dirigiu-se a ela.

— Feliz aniversário, Alicia. Estamos muito contentes por conhecê-la. Seu marido já nos serviu de guia pelo bosque e pela aldeia. Um homem tão atencioso devia mesmo ter uma mulher muito especial. Uma mulher bonita e especial, se você me permite.

Esteban sorriu.

— Apertou de novo minha mão.

A familiaridade dos dois com Alicia reforçou a resistência de David. A cada segundo que passava naquele quarto, ele se sentia mais inseguro e envergonhado, e esperava com uma ansiedade cada vez maior que sua mulher e Esteban terminassem as apresentações para poderem sair dali. Para seu desespero, Esteban continuou:

— Alicia sempre gostou de ter gente em casa. Não era alguém que gostasse de estar sozinha. Precisava sentir a presença de pessoas: um ruído na sala, uma televisão ligada com alguém mudando de canal, os sons de talheres quando se arruma a mesa... Para ela, as pessoas eram a alma da casa. Sempre dizia que uma casa vazia era como um grande ataúde.

David começou a cambalear. Os pensamentos de tantos anos atrás, no quarto do asilo de idosos, unidos à normalidade do trato com Alicia e à comparação da casa vazia com um caixão, fizeram com que ele precisasse se apoiar à parede para não perder o equilíbrio. Esteban e Silvia perceberam.

— Você está bem, David? — perguntou Esteban.

— Sim, sim — disse ele. — É só que eu tenho pressão baixa, e o ambiente fechado do quarto me deixou um pouco tonto.

— É melhor você tomar um pouco de ar — disse Esteban, levantando-se.

— Sim, é melhor. Desculpem, não quero ser grosseiro.

— Não, por favor! Não se preocupe. Eu só queria que você conhecesse a homenageada. Saia ao ar livre e beba alguma coisa. Em poucos minutos, vai se sentir melhor. É verdade, às vezes o ar fica meio pesado. — Dirigiu-se à enfermeira: — Paloma, depois, se puder, abra um pouco, para ventilar... Mas você sabe...

— Eu sei, Esteban, não se preocupe — respondeu Paloma, que parecia lidar com a situação sem problemas.

Esteban assentiu, enquanto Silvia pegava David pelo braço e o acompanhava pelo corredor.

Na sala, encontraram os primeiros convidados. Ao lado da mesa das bebidas, o padre Rivas segurava uma enorme caneca de cerveja. Quando os viu, aproximou-se deles e os três comentaram a cerimônia da noite dos círios. O editor apontou a caneca.

— Bom, nem só de vinho de missa vive o homem, David...

Riram da brincadeira e David o acompanhou na cerveja, bebendo em goles curtos. O ar circulava e ele já se sentia um pouco melhor.

— Gosto de festas de aniversário. E gosto muito do que Esteban faz, encarando a doença da mulher. A maioria das pessoas se deprime em uma situação assim, mas creio que há muito tempo esta casa precisava de uma festa. E isso não vai fazer bem somente a Esteban. Também vai ser bom para Alicia.

Herminio, o primo de Alicia encarregado do churrasco, entrou pela porta do jardim com uma enorme e fumegante travessa de metal com chouriço, toucinho, morcela e outros embutidos de porco.

— Senhores, o *porceth* está pronto!

Tirou as luvas e levantou as mãos num gesto de triunfo. David, atônito, vislumbrou seis dedos na mão direita dele.

— Meu Deus... — murmurou David para si mesmo.

— O que foi? — perguntou o padre Rivas.

— Herminio tem seis dedos...

— Mas isso não é problema! — gritou o padre. — Alguns homens são louros, outros morenos, outros negros, outros amarelos, outros não têm um braço, e alguns têm seis dedos em uma mão. Mas todos somos filhos de Deus...

David pegou uma taça de vinho e tomou de uma só vez. O que estava acontecendo? Quantas pessoas tinham seis dedos naquela aldeia? Por que era tudo tão complicado?

Foram chegando à festa todos os convidados esperados e mais alguns. A maioria trazia bandejas e saladeiras com suas especialidades carinhosamente preparadas em casa. Esteban se encarregava do churrasco e das bebidas, mas os acompanhamentos e as sobremesas eram tarefa dos convidados. David e Silvia lamentaram não ter trazido nada, nem que fossem duas garrafas de vinho.

Assim como na taberna Era Humeneja na noite em que Esteban havia contado a história, o lugar estava lotado. Os sofás cheios, os braços ocupados por traseiros de convidados que falavam com uma taça em uma das mãos e uma chuleta de cordeiro na outra. No jardim, pequenos grupos de pessoas, como ramalhetes, falavam e gritavam, intercalando no idioma castelhano palavras em aranês que David e Silvia, apesar da estupefação inicial, não demoraram a aprender. Assim, conheceram o significado de *alh* (alho), *padena* (frigideira), *uart* (horta) ou *caud* (quente), entre outras.

Como sempre, Silvia demorou muito menos do que David a fazer amigos. Nessas ocasiões, ele, que sempre havia se considerado uma pessoa sociável, descobria a crua realidade. Os convidados eram pessoas bonachonas, abertas, que não incomodavam os outros com seus problemas e só desejavam passar bons momentos. Reuniam-se, bebiam, comiam e contavam piadas; e, se você quisesse comer, beber e contar piadas com eles, era bem-vindo, sem nenhum julgamento de valor ou empecilho.

E, durante um tempo, David e Silvia desfrutaram da companhia deles, de sua comida e de suas brincadeiras.

David tentava não beber em excesso. Havia começado com força para se recompor da tontura e para fazer a pressão subir um pouco, mas logo percebeu que sua cabeça estava ficando pesada. Quando se deu conta, decidiu puxar o freio, mas a cada momento aparecia alguém com uma taça, insistindo para que David aceitasse e tornando inúteis seus esforços. Sentia-se alegre e contente, e, com a desinibição própria dos primeiros sintomas de um bom porre, falava e contava piadas sem parar. Silvia, escaldada após a primeira noite na aldeia, limitou-se a beber uma ou outra taça de vinho branco e mal experimentou a comida, recusando em tom amável e cortês os mesmos convites que embebedavam seu marido.

Ángela estava em um canto da sala conversando com a mulher da mercearia. Tomás comia enquanto conversava com outro menino, ambos sob o raio de proteção de suas mães, que os vigiavam de esguelha. Ángela desviou o olhar por um momento e encarou David, cujos olhos estavam congestionados e que havia perdido um pouco da compostura que sempre o dominava. Mostrava-se mais solto e relaxado. Junto dele, uma bela mulher ria, dobrando-se como um caniço, com um movimento elegante e fluido. Ángela logo percebeu que aquela era a esposa dele. Ambos se mostravam diferentes dos outros convidados. Mais urbanos. David também desviou o olhar e os olhos dos dois se cruzaram sobre a multidão. Ángela sorriu e se sentiu perturbada. Mesmo sem ver a própria imagem, sentiu que havia ficado um pouco ruborizada. David, que também sorriu num primeiro momento, virou-se e chamou Silvia. Meio minuto depois, levou-a até Ángela, que havia se livrado de sua interlocutora. No caminho, toparam com José, o cozinheiro da Era Humeneja, que, com os olhos arregalados, se voltou e se afastou o mais depressa que pôde. David desistiu de dar explicações à sua mulher. Apresentou-a formalmente a Ángela e os três começaram a conversar.

— Foi Ángela quem me conseguiu o antigases, na noite em que chegamos. Eu não tinha encontrado uma farmácia, lembra o que contei?

— Muito obrigada, Ángela. A comida daquele dia não me caiu muito bem.

— Caçarola aranesa?

— Eh... sim. Mas como...?

— É a especialidade da Era Humeneja. É gostosa, mas muito pesada para digerir.

— Como foi mesmo que você disse naquela noite? Querida, ela disse algo assim: quem não se acostuma a comer aqui, morre, de modo que assunto resolvido — disse David, interrompendo Ángela.

— Para ajudar a digestão, costumamos tomar *Aigua de Nodes*, um licor de nozes — continuou Ángela.

— Não me sugeriram nada disso, então fui em frente — riu Silvia, inclinando-se. De novo, lembrou a Ángela um caniço balançado pelo vento. — Já David não é muito afetado por essas coisas. Depois de passar anos comendo comida da máquina do escritório, tem um estômago que resiste a quase tudo.

David observava as duas mulheres conversando. Ambas eram bonitas, Ángela como um potro selvagem com seus cabelos curtos de reflexos acobreados e seus olhos de verde abismal; Silvia, como um cisne majestoso, de olhos castanhos e serenos, com suas sardas que das laterais do nariz se espalhavam pelas maçãs do rosto. Eram duas concepções diferentes de mulher, ambas sem dúvida interessantes. Quando era jovem, ele sonhava estar rodeado de belas mulheres, e nesse momento sentiu que seu sonho se tornava realidade.

Você bebeu além da conta, David. Pensou.

Uma mão em seu ombro o tirou da fantasia. Mas por que nessa aldeia ninguém se aproximava frente a frente? Virou-se e se viu cara a cara com Álex Parròs, o homem de seis dedos a quem havia perguntado o endereço de Esteban.

— Parece que você encontrou a casa — disse Álex, estendendo a mão. David pôde sentir o sexto dedo no dorso.

Mantiveram uma conversa vaga sobre literatura, o assunto predileto de David. Ele desejou não ter bebido tanto. Logo quando estava tentando desmascarar Thomas Maud, um homem inteligente e com capacidade de improvisação, como havia dito o grafologista de Madri, se encontrava com as faculdades entorpecidas.

— Não, nada disso — respondeu Álex a uma pergunta que David mal se lembrava de ter feito. — Não sou muito aficionado a livros. Leio algum de vez em quando, mas nunca me agradam totalmente. Javier, sim, é quem gosta. As estantes dele são cheias de romances de detetives.

Javier? Javier? Tinha perdido alguma coisa?

— Quem é Javier? — perguntou David, franzindo o cenho.

— Não o apresentei? Desculpe, que falha! Javi!

Álex se voltou e procurou o tal Javier entre os convidados. Quando o encontrou, chamou-o de novo e ele se aproximou.

— David, Silvia: este é meu amigo Javier. Javier: estes são David e Silvia.

Amigo? Pelo modo como Álex pousava a mão no ombro do outro, David intuiu que eram algo mais do que amigos.

Javier se adiantou um passo e apertou a mão dele. David sentiu algo estranho no dorso desta e girou-a sem soltá-la.

Tinha seis dedos.

— O senhor tem seis dedos.

Javier olhou a própria mão para se assegurar.

— Sim, eu sei.

— Tem seis dedos? — repetiu David.

— Desde que nasci, sim.

— Seis!

— Justo — interveio Álex. — Creio que isso já está claro para todos nós.

— Mas como pode? Aqui todo mundo tem seis dedos?

— Todos, não, mas certamente um bom número de pessoas, sim.

— Como assim? O quê?

David estava desorientado. Sua cabeça girava. Sentia-se como Harry Haller em *O lobo da estepe*. Teatro mágico. Entrada só para loucos. Álex sorriu e começou sua explicação.

— Veja bem: Bredagós é uma aldeia bastante antiga. Embora nunca tenha sido muito habitada, principalmente por causa de sua difícil localização entre as montanhas, sua origem remonta a mais de quatrocentos anos. Durante muito tempo, a população se compôs quase exclusivamente de três famílias: os Borruel, os Ruiseco e os Parròs. Isardo Parròs, o mais antigo dos meus antepassados conhecidos, tinha seis dedos na mão direita. Dois de seus três filhos também os tinham. Esses filhos se casaram com filhas das outras duas famílias, misturando-se. Alguns dos filhos desses casais herdaram essa peculiaridade, outros não. Os que não a herdaram também tinham o gene, mas este não chegou a se desenvolver. Alguns dos filhos destes também tiveram seis dedos, embora seus pais não os tivessem. As famílias continuaram se misturando entre elas e com os novos habitantes que pouco a pouco iam se assentando. Não pense que somos uma aldeia que provém da endogamia. No início podia-se seguir o rastro dos ascendentes em função dos dedos que a pessoa tinha, mas, após muitas e muitas gerações, isso se tornou impossível. Então, hoje, todos os que têm seis dedos podem ser parentes próximos, ou então não ter nada a ver entre si. Somente os que têm o sobrenome Parròs podem ter certeza de sua origem.

— Como você é repetitivo, Álex! Se me dessem um centavo a cada vez em que ouço essa história, eu estaria milionário. E o detalhe do Parròs original está começando a ficar muito batido, francamente — comentou Javier, em tom cansado.

A cabeça de David continuava girando. O peso produzido pelo álcool tinha se multiplicado infinitas vezes a cada palavra da história de Álex Parròs. Que merda. Agora entendia muitas coisas. Demais, até. Todos os seus planos por água abaixo.

— Quantas pessoas têm seis dedos em Bredagós? — balbuciou David, entre soluços contidos.

— Bem, não fizemos um censo, mas deve ser um monte. Nossa, um monte!

Ele quase gritou, ao compreender que vinha fazendo papel ridículo havia três dias. Todas as mãos que estivera esquadrinhando desde sua chegada... A perseguição aos moradores... A escalada na árvore na casa de José, o cozinheiro... O primo de Alicia, Herminio... Álex

Parròs... Javier... Tomás, o filho de Ángela... Ridículo, estrambótico, grotesco, palhaço!

Não conseguiu se conter e começou mesmo a gritar.

— Isso é antinatural! Absurdo! Todo mundo tem seis dedos e ninguém gosta de livros! Vocês estão loucos!

Todos se voltaram para olhar a pessoa que gritava. José, o cozinheiro, virou-se para sua acompanhante e disse: "Viu? Eu não lhe disse que esse sujeito era maluco?".

Arrastado pelo desespero, David passou o resto da noitada em companhia de bebidas de alta graduação. Os presentes voltaram às brincadeiras e piadas, uma vez passada a explosão. Ángela descobriu Tomás bebendo uísque às escondidas com um amigo. Após a ameaça de uma boa sova, tomou-lhe o copo e decidiu que era hora de voltar para casa. Silvia se uniu ao apelo para levar os bêbados, desculpou-se pela cena e se despediu do anfitrião. Esteban riu e não deu importância ao fato. Uma festa sem gritos não é festa, disse.

Na saída, quando desciam os degraus da varanda, encontraram o jovem rapaz que dera as costas a David quando este lhe perguntou onde ficava o banheiro, na primeira noite na Era Humeneja. Os dois se reconheceram e o rapaz se esquivou de novo, sem pronunciar uma palavra. Os animais do bosque próximo puderam ouvir, no meio da noite, um energúmeno cheio de coragem alcoólica.

— Se correr outra vez, eu lhe quebro o focinho, pirralho! E não me importa quantos dedos você tenha!

11. Chegou mensagem para você

O jorro de água que caía do chuveiro resvalava pelo corpo nu de Silvia, deslizando-lhe pelo pescoço e caindo entre os seios para lamber seu ventre liso, até a curva bem abaixo do umbigo da qual David tanto gostava. Ela desfrutava do prazer da água quente e reparadora que levava pelo ralo suas pequenas misérias.

Naquela manhã, tinha sido despertada pelo feixe de luz que entrava pelas frestas da persiana. Virou-se, ainda meio adormecida, esperando encontrar o rosto de David. Queria evitar a claridade matinal voltando a cabeça e afundando-a no côncavo do pescoço do marido, mas não foi possível. Quando sua mente notou algo estranho e ela decidiu sair dos níveis de inconsciência da semivigília, encontrou o colchão vazio.

Na noite anterior, tivera que segurá-lo por todo o caminho até a pousada. Ali, tirou-lhe os sapatos e o despiu como pôde. David não ajudava muito, meio mergulhado no sono, soltando frases incoerentes sobre o número de dedos dos habitantes da aldeia. Silvia tentou resgatar algum sentido, mas não dispôs de muito tempo; antes que ela mesma se despisse, David adormeceu, e ela pôde apenas se deitar ao lado daquele homem e de seu odor de suor e álcool.

Por isso estranhou sua ausência de manhã; tinha imaginado que, com a bebedeira, David iria dormir até a hora do almoço. Não sabia que às dez e quarenta, quando acordou, já fazia mais de uma hora que seu marido havia saído.

Sem muitas opções, dormiu mais meia hora, desfrutando da ampla cama só para ela, e depois tomou uma chuveirada longa e reparadora. Não lhe importava que ele tivesse saído sem avisá-la. Talvez tivesse despertado cedo e decidido deixá-la descansando. Talvez tivesse se levantado em busca de café e churros, e dali a alguns minutos estariam os dois fazendo o desjejum na cama. David costumava cultivar esse tipo de detalhe, os que não custavam nada mas que mantinham viva uma relação: um café da manhã na cama, pequenos presentes que lhe trazia quando viajava, beijos na nuca enquanto ela lia um livro com a cabeça inclinada, carícias no dorso da mão enquanto os dois viam um filme... Bobagens, pequenos gestos que brotavam de modo espontâneo, que denotavam que um queria agradar o outro. Como essa viagem.

Quando David voltasse com o café (porque não lhe ocorria que outra coisa ele pudesse estar fazendo), iria derrubá-lo na cama desarrumada e faria amor com ele de forma selvagem. Se trouxesse uns churros e uns biscoitinhos, estes teriam que esperar esfriando, até que os dois acabassem. Ou que ela acabasse com ele.

Ainda no chuveiro, acreditou ter ouvido um celular tocando. Normalmente seu marido sairia nu e molhado para atender, mas agora estavam de férias e os assuntos se tornavam um pouco menos urgentes. Daqui a pouco ligariam de novo.

Com uma toalha ao redor do torso e outra na cabeça, saiu do banheiro. Precisou usar as que havia trazido na mala enorme que David havia detestado colocar no carro. Conceitos como roupão com capuz escapavam a Edna, que só o concebia como traje comum, jamais como vestimenta pós-banho.

Não era o celular dela, mas o de David. Era estranho que ele o tivesse esquecido. Silvia viu o aparelho na mesa de cabeceira e percebeu que haviam deixado uma mensagem de voz.

Seria David? Teria ligado da aldeia para seu próprio telefone? Ela hesitou entre olhar ou não, mas era como dizia sua mãe: no momento em que hesita, você já tomou uma decisão. Abriu a caixa postal e escutou:

> Olá, David, aqui é Khoan. Como está indo a busca pelo meu pai? Não quero apressar você, mas vou embarcar agora em um avião para Milão para negociar com a Editora Rizzoli os direitos de tradução do livro dele. O ponteiro corre contra nós, David, e precisamos levar em conta o tempo para ler e corrigir as provas. Ser o novo editor de Tho... de meu pai depende de você. Bom, quando ouvir essa mensagem ligue para o meu celular. Meu voo aterrissa às doze e quinze. Até essa hora, estarei sem sinal. Me dê notícias. Até mais.

Silvia continuou com o celular grudado ao ouvido, mesmo depois de escutar a mensagem. Pensava na correria da viagem. Pensava em David. Pensava nela mesma.

Aquilo mudava muitas coisas.

David passeava pelo bosque segurando uma xícara fumegante de café. Tinha saído cedo e o sol ainda não havia terminado de evaporar o orvalho nas folhas dos abetos e das faias. Na cafeteria não dispunham de copos descartáveis de papel térmico, mas David prometeu devolver a xícara na volta.

Seus passos eram curtos e preguiçosos, próprios de quem deambula sem destino fixo. O movimento o ajudava a pensar. O café forte lhe aliviava a ressaca.

Nada estava saindo bem. Ele já levava quatro dias na aldeia. Quatro dias nos quais havia seguido e acossado um cozinheiro, assistido a uma missa, escutado a história de um homem com uma esposa em fase terminal, conhecido uma carpinteira que era mãe solteira, um jovem louco que fugia cada vez que se encontravam... Havia sido ignorado, insultado, rechaçado, golpeado, envergonhado... E havia mentido à sua mulher mais de uma vez.

"E nem sequer consegui o que queria mentindo. Estou arriscando muitas coisas nesta viagem. Meu casamento e meu emprego estão na corda bamba. Enganei minha esposa durante quatro dias, para nada. Ela já estava aborrecida quando voltei da viagem a Lisboa, mas deixou passar porque queria tratar de assuntos mais importantes. Mas, com estas supostas miniférias, a relação melhorou, já não discutimos nem estamos tensos. Agora temos mais intimidade e melhor sexo do que nos últimos anos. Isso faz com que eu me sinta ainda pior. Ela está desfrutando da temporada na aldeia, já me disse. Se não fosse pela merda da editora, seria uma viagem de sonho. Uma aldeia tranquila, uma mulher bonita, passeios e conversas até a madrugada. E sexo. Quanto mais enganada está, mais fogosa ela fica. E eu não posso evitar desfrutar disso. Mas, quando acabamos, minha consciência está despedaçada. Eu deveria contar tudo? Ela entenderia? Não acredito. Se eu tivesse contado em Madri, ela não teria vindo e teríamos brigado, tenho certeza. Se eu contar agora, ela é capaz de me deixar.

"Achei que seria fácil. Vir, encontrar o homem dos seis dedos e voltar. Como num filme de James Bond: *O homem dos seis dedos*. Mas isto não é um filme. Caralho, e eu não sou o James Bond. Metade da aldeia tem seis dedos. O que faço agora? Como sigo adiante? Eu pensava que Thomas Maud, um escritor com mais de noventa milhões de exemplares vendidos, viveria em uma casa grande e luxuosa, com jardim, com gramado, com uma mesa imensa de madeira de cerejeira para trabalhar. Uma mesa que, quando a visse, você pensaria: aqui estão sendo gestadas grandes obras. Mas não. Aqui não existem casas grandes. Como Thomas Maud pode viver aqui? Não pode ser! Os grandes homens vivem grandes vidas. Talvez o investigador tenha se enganado. Não quis dizer a Khoan como soube que o envio partiu desta aldeia. Por quê? Ele pode ter inventado isso? Talvez Bredagós tenha sido apenas uma parada a mais no caminho de remessa do livro. Não. As marcas no manuscrito eram de seis dedos. Alguém com seis dedos o tocou. Quem? Vá saber. E além disso consta a cena das velas que presenciei na ermida. Não, tem que ser nesta aldeia."

Andando sem atentar para o percurso, chegou ao "arvoredo dos ataúdes". Silvia e ele tinham dado esse nome ao lugar enquanto iam em direção à casa de Esteban. Lembrou-se de sua ideia de que cada árvore era uma pessoa viva. Isso o confortou. De alguma maneira, fazia com que o arvoredo já não fosse tão mórbido. Só o atrapalhava um ou outro tronco cortado. Ao vê-lo, pensava que o restante daquela árvore era agora o traje de um cadáver no cemitério. Em alguns pontos, ao lado do toco havia outra árvore. Esteban tinha contado a eles também que muitas pessoas plantavam a delas ao lado da de alguém querido: avós e netos, pais e filhos.

Chegou à árvore da qual Esteban cuidava na véspera. Percorreu o córtex buscando um nome, mas teve uma surpresa: em vez do de Esteban, estava escrito o da mulher dele: Alicia Ruiseco.

Esteban não estava cuidando de sua árvore, mas da de sua mulher. Porque ela não podia. Porque estava prostrada em uma cama, com esclerose lateral amiotrófica. Alicia morreria logo, essa era a triste realidade, e todos sabiam, inclusive Esteban. Mesmo assim, continuava cuidando da árvore dela, tanto quanto cuidava da própria Alicia.

Procurando a árvore de Esteban, David topou com a sua e se perguntou quem acabaria a utilizando. Afinal, ela já estava atribuída. Seu nome estava claramente escrito no córtex. Quis apagá-lo com um canivete, mas algo o impediu de fazer isso.

Pode me agradecer, talvez assim eu esteja salvando sua vida, disse ele à árvore, em pensamento.

David não trouxe churros. Também não teria adiantado muito. Quando cruzou o umbral do quarto, encontrou a mala imensa em cima da cama. Há certas imagens que sempre trazem maus presságios: uma carta encaixada no batente de uma porta, uma cadeira caída no chão de um aposento, uma caixa de papelão em uma mesa de escritório e, claro, uma mala em cima de uma cama. E se a mala for de uma mulher, muito pior.

Algo ruim acontecera. Ele não sabia o quê, mas era algo ruim.

Silvia apareceu na porta do banheiro com os braços carregados de frascos de xampu, géis, uma touca de banho e estojinhos de maquiagem. Olhou para ele uma só vez e deixou cair esses objetos dentro da mala, em cima das roupas meio dobradas. Silvia era uma mulher muito meticulosa com sua bagagem. Arrumava tudo de tal maneira que cabiam enormes quantidades de roupas e objetos. Em uma viagem a San Francisco, o funcionário da alfândega abriu a mala dela para inspecionar e não conseguiu fechá-la de volta. Silvia teve que tirar o conteúdo revolto e dobrá-lo de novo minuciosamente, ante o olhar de toda a fila que esperava atrás dela. O funcionário não se atreveu a inspecionar a mala de David.

Devia estar muito irritada para guardar as coisas daquele jeito. Mesmo assim, sua voz não expressou nenhuma fúria nem o mínimo tremor. Isso também assustou David. Convém temer a ira de uma mulher tranquila.

— Chegou uma mensagem para você na caixa postal.

Que ela não tenha escutado, por favor, que não tenha escutado, pensou David. Embora soubesse perfeitamente que ela o havia feito.

Era a sequência lógica dos acontecimentos. Por via das dúvidas, tentou manter a calma por mais alguns instantes e se assegurar do acontecido.

— De quem?

— De seu chefe.

Estou fodido, pensou. Fodido de verdade.

— Mas ele não sabe que eu estou de férias? Que sujeito inconveniente, nem nas férias me deixa em paz.

Esqueceu-se de pegar o telefone esta manhã. Por que se esqueceu? A ressaca. Em sua mente, só havia lugar para o café. Quatro dias sem receber uma ligação. Nem lhe passou pela cabeça que fossem lhe telefonar. Mas deixá-lo na mesa de cabeceira? Talvez sua mulher tivesse razão, e ele não era o mesmo desde que haviam chegado a Bredagós.

Silvia o encarou, em silêncio, e antes de falar esperou alguns segundos que a David pareceram eternos.

— David, quando você se casou comigo, qual foi a coisa de que mais gostou em mim?

Surpresa.

— Você faz com que eu queira me levantar a cada manhã.

— Só isso? — O olhar dela continuava sendo capaz de congelar mananciais.

— Não. Você era, e é, uma mulher inteligente, atraente, com iniciativa... — Dizer mais o quê? O que mais? — E eu amava você. Amo.

— Quando se casou comigo, você me achava idiota?

— Não, absolutamente.

— Então, por que agora me trata como se eu fosse?

David não respondeu. O jogo tinha virado e ele havia perdido todas as apostas. E o que mais lhe doía: havia perdido a mulher. Silvia continuou:

— A mensagem era de seu chefe. Diz que você encontre o pai dele para poder ler logo as provas e lançar a tempo o novo livro. Não sei se naquela empresa são todos igualmente imbecis, mas Khoan deve achar que as pessoas são burras, se realmente pensa que engana alguém com esse código.

— Sim, Khoan é um idiota. E eu também. Na verdade, na empresa somos todos um pouco babacas.

Sentou-se ao lado da mala. Não podia continuar sustentando aquele olhar de pé.

— Então me conte — disse Silvia.

— Realmente importa?

— Deve ser alguma coisa realmente importante, para você ter decidido arriscar seu casamento.

A frase caiu como um copo de água gelada escorrendo pela nuca de David. Embora soubesse que era o certo, não achou que fosse dizê-lo em voz alta. Mesmo se lembrando do trato de confidencialidade com Khoan, decidiu contar a ela. Que se dane o trato. Era fácil fazê-los em um escritório luxuoso; o complicado era mantê-los em um triste quarto de pousada.

— Eu tinha que encontrar Thomas Maud, o autor da saga *A hélice*. Só que ninguém sabe quem é, nem sequer Khoan. Ao que parece, ele vive nesta aldeia. E há quatro anos não envia nada. Khoan, que é meio imbecil, continuou fechando contratos como se tivesse a continuação da saga. E eu tinha que vir aqui, descobrir quem era Maud e falar com ele para convencê-lo a terminar de escrever. Assim, Khoan teria seu livro, e eu, uma promoção.

— Não podia vir outra pessoa?

David tinha pensado que aquela explicação chamaria a atenção de Silvia, mas estava enganado. Talvez ela tivesse razão. Talvez ele fosse o único a quem essas coisas interessavam.

— Khoan confiava em mim. Na minha última viagem, tirei um escritor de uma situação perigosa — se é que tirar Leo Baela de uma festa podia ser classificado assim —, e Khoan achou que eu era uma espécie de Indiana Jones, capaz de resolver qualquer assunto.

— Ele lhe pediu isso na manhã seguinte à nossa conversa?

— Sim.

— E por que você aceitou?

— Negociei um bom acordo. Se eu resolvesse este assunto, teria um trabalho de escritório, menos viagens, mais dinheiro. Mais tempo para estar com você e com o bebê.

— Não precisamos de mais dinheiro, David. Eu só preciso que você esteja comigo. Foi a única coisa que te pedi.

— Claro que precisamos de mais dinheiro. E esse novo posto significa muito mais dinheiro. Já do trabalho que ele envolve, gosto menos. Eu gosto é de ir conversar com escritores e ajudá-los a encontrar o caminho a seguir. Mas não recusaria esse novo posto. Porque achei que era o melhor para nós. E aceitei.

— Acha que isto foi o melhor para nós?

Silvia, que durante alguns momentos havia relaxado, ficou tensa de novo. David via sobressaírem os tendões de seu pescoço.

— Isto, não. O novo posto, sim. O dinheiro. Assim eu poderia comprar um carro novo para você, com assento de bebê.

— David, eu nunca quis um carro novo. Queria andar com você no velho. E o que eu nunca quis, o que na verdade jamais imaginei, foi que você me enganasse. Que, depois da conversa que tivemos, você mentisse.

— Eu não queria aborrecer você. De fato achei que ia vir a esta aldeia, encontrar o escritor e passar o resto das férias com você. Esse era o plano, mas tudo se complicou. Se eu tivesse lhe contado, você teria vindo?

— Não. Mas, pelo menos, agora não teria que fazer sozinha o caminho de volta.

Silvia fechou a mala com um estalido sonoro que fazia pensar que um dos estojos de maquiagem tinha se quebrado. David se levantou e se plantou diante dela, mas Silvia continuou fechando a bagagem como se ele não existisse.

— Você não vai sozinha. Eu vou junto — disse David.

— Não. Eu vou sozinha.

— Nada disso, eu vou junto.

— Vou sozinha, David, você querendo ou não.

— Então, quando você chegar em casa, vou estar lá, à sua espera.

— Eu não vou para casa, David.

Ele se surpreendeu. Não soube o que dizer. Por fim, conseguiu balbuciar umas palavras.

— Para onde, então?

— Vou passar uns dias com minha irmã Helena. Já liguei para ela. Preciso pensar em muitas coisas. Vou levar o carro. Se você quiser, alugue um e dê a conta para a editora.

— Eu vou também, de qualquer jeito.

— Não seja idiota. Fique, procure seu escritor, ganhe a promoção. Assim, não terá perdido seu tempo. Eu sim, eu perdi, mas não o tempo.

David se voltou, enquanto Silvia puxava a mala enorme.

— Deixe isso, vou ajudá-la.

Imaginou que era o mínimo que podia fazer. Silvia iria embora de qualquer modo. Se ele pegasse a mala e se negasse a entregá-la, só conseguiria que ela fosse sem bagagem. Arrastou a mala pela escada até a entrada da pousada, onde estava estacionado o carro desde o dia em que haviam chegado. Tinham feito muitos passeios a pé desde então. Sabendo que a mala não caberia no bagageiro, colocou-a no banco de trás.

Silvia abriu a porta do carro e ficou alguns momentos olhando para ele.

— Eu só queria passar uns dias com você. Não me importava que fosse em uma aldeia perdida, nem em ter que ficar em uma pousada nojenta. Mas não estou disposta a compartilhar este tempo com seu chefe. Ou você está com ele ou está comigo, não pode pescar nas duas margens do rio.

— Estou com você, Silvia.

— Você sabe que não é verdade, David.

Entrou no carro e ligou o motor. Não houve beijo de despedida. Baixou o vidro e dedicou a David um olhar triste.

— Adeus, David.

David olhou para ela e se sentiu vazio.

— Vou sentir saudade, Silvia.

— Eu, não. Ao menos por alguns dias, não.

Foram-se suas sardas no nariz. Foram-se seus serenos olhos castanhos.

David se voltou e topou com Edna na porta da pousada. Ela o observava sem um pingo de constrangimento por ter assistido a uma conversa privada.

— O preço do alojamento é o mesmo, tanto para uma quanto para duas pessoas — advertiu.

David passou ao lado dela sem responder e subiu para o quarto. As flores de lantana que ele havia colhido no dia em que se perderam no bosque estavam em cima da mesa de cabeceira.

Estavam murchando.

David também.

Às cinco e meia da manhã, a ansiedade era insuportável. Fran se levantou com a testa perolada de suor, e as olheiras mostravam que ele não dormia havia uma semana. Os tremores, os constantes tremores sacudiam seu corpo em ondas, da planta dos pés aos pelos da nuca. Se continuasse por mais uma hora nesse estado, começariam os espasmos e os calafrios. Isso era o que Fran mais odiava, os calafrios. Quando sentia chegar um, tensionava os músculos e apertava os dentes. A sensação se assemelhava a uma estalactite de gelo entrando pelo pescoço e atravessando a coluna vertebral, o fígado, o estômago, o intestino, até chegar à virilha, onde ficava por alguns instantes, percorrendo os testículos, para acabar se derretendo perto do ânus. Uma tortura fria que deixava no corpo restos de um suor gélido, que era absorvido pela pele e o mantinha gelado por várias horas.

Com as mãos trêmulas, pegou a seringa da noite anterior e passou-a sobre a chama do isqueiro por alguns instantes. Com uma esponja embebida em álcool de seu último "kit de picos", limpou o antebraço. Diluiu a dose de heroína que lhe restava e injetou-a. Tomou o cuidado especial de retirar a seringa antes que a droga fizesse efeito. Com a serenidade percorrendo suas veias, deitou-se de novo no colchão. Fazia frio. Levantou-se e pegou no espaldar uma velha manta. Embrulhado nela, deixou-se cair de novo. A sensação cálida e prazerosa o levava a se esquecer de tudo, e ele se refugiou em recantos da mente onde a fome, o frio, a dor, a fissura e a vergonha não passavam de palavras que não podiam lhe causar mal.

No meio da manhã, Carlos não havia voltado. Talvez tivesse ficado na casa de Gloria para trepar um pouco mais e tentar engambelá-la para que lhe pagasse umas doses. Ou então a polícia o tinha detido de uma vez por todas, e resultava que o mandado de busca e captura afinal servia para alguma coisa. Não que isso lhe importasse. Como bem havia dito Laco na noite anterior, no mundo da heroína não existem amigos.

Manu também não estava. Fran se lembrava vagamente de que hoje ele tinha uma pequena tramoia junto com outro sujeito, algo sobre um caminhão de desmanche. Não sabia muito bem. E também pouco importava.

Bateu à porta de Laco e o encontrou de pé, olhando pela janela os transeuntes da rua. O cabelo engordurado estava penteado para trás, e uma barba de dois dias lhe sombreava as faces encovadas. Os olhos serenos pousavam em algum ponto da calçada da frente. Quando se deu conta de que não estava sozinho, ele se voltou.

— Está olhando o quê, Laco?

— Nada, na realidade. Não há nada para ver. Estamos na zona cinza da civilização.

Esboçou um sorriso, quase sem levantar as comissuras dos lábios.

Os dois saíram juntos para pilhar alguma dose. Fran sabia que Laco era uma presa fácil para qualquer *junkie* cheirado até as sobrancelhas, capaz de bater na própria mãe por meio grama de heroína que depois ele pudesse trocar por uma pitada de coca. Nunca era bom ir pilhar sozinho.

Com uma dose de heroína num saquinho de plástico no bolso traseiro e outra percorrendo suas veias, chegaram à sala de pico, após uma visita à favela de Las Barranquillas.

Laco, depois de injetar a dose, foi resolver uns negócios pendentes. Nunca falava disso, mas Fran sabia por outras fontes que ele pedia esmola no metrô. Fran não sabia se era por vergonha ou se nesse aspecto Laco se mantinha tão reservado quanto em todo o resto, mas a verdade era que, embora em teoria nenhum dos companheiros soubesse de onde ele tirava o dinheiro, na prática era um segredo de polichinelo. Carlos o chamava pelas costas de "virgenzinha da caridade".

A sala de pico era um local para consumo assistido de drogas, onde era permitido passar o dia. Tinha umas cabines com todo o material necessário para uma injeção higiênica: seringas hipodérmicas, toalhinhas com álcool, água destilada, ácido cítrico e garrotes. Um cartaz pedia que as seringas usadas fossem depositadas em um pequeno tambor azul ao lado da mesa.

Alguns banheiros possibilitavam que você tomasse uma ducha, se quisesse. Fran não precisava, mas havia muita gente que vivia na rua e essas duchas eram seu único meio de manter uma higiene mínima. Se chegasse cedo, você também podia comer. Havia um número limitado de camas para passar a noite, mas poucos as usavam. O motivo era o horário de abertura, que obrigava a ficar ali até as sete e meia da manhã, de modo que, se se levantassem com fissura, como Fran naquela noite, e não tivessem nada para se injetar, viam-se obrigados a aguentar até a hora da saída. Isso, para muitos, era razão suficiente para preferirem um banco na rua, embrulhados em mantas, pedaços de papelão e jornais. A liberdade tinha um preço. E muitas vezes esse preço era o frio. Se você passasse uma noite na rua e a temperatura caísse abaixo de zero, era possível que não se aquecesse nunca mais.

Sentado na sala comum, num banco corrido estofado em veludo, Fran lia o livro que havia roubado na noite anterior. Ao começar o novo capítulo, acreditou que sua mente não tinha memorizado nenhum dado da última noite, mas bastaram poucas linhas para refrescá-la. Passava as páginas devagar, desfrutando de cada parágrafo. Alguns, os que o atraíam pela força das palavras, lia duas ou três vezes. Não tinha pressa de acabar. Quanto mais o livro lhe durasse, mais entretenimento ele teria.

Nessa sala comum as pessoas deambulavam de um lado para outro como leões enjaulados em celas invisíveis. Ninguém permanecia sentado por mais de dois minutos. Olhavam as portas com receio, sem saber se por elas entrariam amigos com mercadoria ou gente procurando problemas. A polícia nunca entrava nas salas de pico. No momento em que se espalhasse a notícia de sua presença ali, os *junkies* deixariam de frequentá-las.

A mente de Fran vagava por suas lembranças com passo errante e desorientado. Ele pensava em outros tempos. Aulas, livros, colegas, cigarros na cafeteria, partidas de truco no pátio, atrás do ginásio de esportes, quando fumavam e matavam aulas. Amigos perdidos pelo tempo, alguns; outros, por abuso da amizade. Onde estariam seus colegas de instituto? Será que imaginavam onde ele estava?

Um conhecido se aproximou e lhe pediu heroína para um pico. Era Pedro, o Surrado. Era chamado assim por causa da quantidade de surras que havia levado quando era o pior boxeador de Vallecas.

— Ei, Fran... tem algum aí?

— Estou seco, Pedro.

— Ah, vamos, algum você deve ter, não me enrole. Do contrário não estaria aí, lendo, tranquilão.

Pedro não focalizava o olhar e suava em bicas enquanto falava. Fran pôde ver que seus lábios tremiam. Fissura total.

— Quando você me pede e eu tenho, sempre lhe dou, você sabe disso.

Mentira. Fran jamais tinha dado nada a Pedro, mas o Surrado estava nervoso demais para lembrar as vezes em que havia pedido. Pareceu se conformar.

— Tudo bem, então. Mas se você souber de alguma coisa por aí... Eh... Se souber de alguma coisa... Bom, já sabe.

— Pode deixar, eu aviso. Não se preocupe.

Pedro seguiu seu caminho e tentou a mesma conversa em cima de outro que estava alguns metros adiante. Pedir dinheiro era sempre difícil, mas era preciso ser otimista para pedi-lo a um *junkie*.

Fran continuou com seu livro até a hora do almoço, mantendo as mãos ocupadas com as páginas, para que, em uma distração, elas não escapulissem para o bolso traseiro e injetassem outra dose no antebraço.

Depois de comer, seguiu sua rotina. Caminhou até a saída do metrô de Legazpi e esperou com paciência até que se produzisse uma lacuna no fluxo de viajantes e surgisse um sozinho. Esperou durante mais de uma hora. Parecia um leão entre os juncos da estepe africana. Por fim saiu um homem baixo e moreno. Quando ele chegou perto, Fran, com toda a naturalidade do mundo, pousou a mão sobre seu ombro, levando-o consigo por alguns metros até um ponto mais afastado. Notou como o homem se encolhia sob seu braço como um animal assustado. Atrás da esquina, afastou a mão e o encarou.

— Passe o que você tem — disse, no tom mais gélido que conseguiu.

— Não tenho nada, sério! — gritou o homenzinho com voz medrosa.

Fran sacou do bolso uma seringa e a mostrou a ele.

— Sei, é claro. Me dê a carteira. Vamos!

O homem, trêmulo, puxou a carteira e a estendeu a Fran. Este abriu-a e sorriu ao ver as cédulas. Havia mais de quarenta euros.

— Não tinha nada, hein? Porra, cara, você está cheio da grana!

— Por favor, esse dinheiro é da minha namorada.

Fez menção de pegar a carteira de volta. Fran afastou-a por todo o comprimento de seu braço e ameaçou o sujeito com a seringa que trouxera da sala de pico. Na verdade, esperava não ter que usá-la. Precisava dela para a dose noturna. E também não queria se picar depois de tê-la cravado em outra pessoa. Podia ser contaminado com alguma coisa.

— Calma, cara, não se afobe, que não é o momento — disse, enquanto afastava a carteira.

— Não é meu, verdade!

Fran olhou as gotinhas de suor nervoso acumuladas nas têmporas dele.

— Olhe, vamos fazer o seguinte. Você tem... — olhou a carteira e contou — ... quarenta e cinco euros. Vou lhe deixar quinze. Assim você janta alguma coisa e toma o ônibus.

O homenzinho soltou um bufido baixo, sabendo desde o princípio que era uma batalha perdida. Quando tudo o que você tem pode ser levado à força, você carece de armas para negociar.

· — Mas pelo menos me devolva a carteira, porque nela estão a de identidade e a de motorista.

— Pois é, e o cartão de crédito — disse Fran.

O sujeito arregalou os olhos. Só de pensar que aquele ladrão podia arrastá-lo até um caixa eletrônico e lhe roubar o máximo de seu cartão o fazia se sentir não somente humilhado, como também desvalido. Mas Fran não fazia essas coisas, era muito arriscado. Até mesmo com um homenzinho como aquele havia uma infinidade de detalhes que podiam dar errado. Tinha sido assim que Carlos acabara na mira da polícia.

Sentiu uma certa pena do homem, que não tirava o olho da carteira.

— Tome sua carteira. E desculpe, cara. É que eu preciso mesmo. Mas sei que não é agradável estar em sua situação.

O sujeito o encarou, assombrado pelo pedido de desculpas, e pegou a carteira com um movimento rápido e certeiro.

— Não que a sua seja melhor, seu drogado filho da puta.

Saiu correndo antes que Fran pudesse reagir. Seguramente isso o faria se sentir melhor. Tudo bem. Não acreditava que o homem fosse denunciá-lo à polícia. O que iria dizer? Um drogado me roubou e me deixou dinheiro para o jantar e o ônibus? Imagina! Como o pessoal da delegacia iria rir!

David deixou cair na caneca de cerveja a dose de uísque, copinho incluído. Fazia anos desde a última vez, quando saía com os amigos de bebedeira até o amanhecer, e se sentiu estranho ao ver os dois líquidos se misturarem. Como o tempo passava. Ele continuava encontrando alguns desses amigos, mas muito de vez em quando, e já não era a mesma coisa. Agora se viam em almoços e algum jantar esporádico, mas a época das piadas, do uísque Dyc e dos banquinhos de bar tinha acabado. Agora haviam adotado o Cardhu e as cadeiras da Ikea. Todos tinham responsabilidades: mulheres, trabalhos importantes, filhos... Antes falavam das jogadas de Michel e Butragueño; agora, do imposto de renda.

Não, claro que já não era a mesma coisa.

Estava sentado a uma das mesas da Era Humeneja. A luz entrava pelas claraboias, destacando o piso coberto por restos de serragem, mas ainda assim mantinham acesas as lâmpadas para clarear os recantos mais afastados. Ele não sabia por que havia ido especificamente ali, talvez para não precisar pensar muito. Não queria fazer uma caminhada e procurar outro lugar. Sem Silvia, não teria graça.

Sabia como as coisas tinham se torcido, mas ainda assim custava compreender por que haviam acabado daquela maneira. Mesmo que Silvia não gostasse, ele era editor. E ser editor incluía fazer certos sacrifícios em favor da editora. Era um trabalho muito absorvente, mas era seu trabalho, o que ele sabia fazer melhor. Também poderia trabalhar em uma multinacional e ver sua mulher nos fins de semana, enquanto escrevia relatórios no notebook.

David gostava de ler desde pequeno. Havia começado a submergir em selvas, mares e pradarias com Emilio Salgari aos domingos depois do almoço, enquanto sua mãe fazia quebra-cabeças em uma lâmina de madeira que ela ia trasladando por toda a casa segundo o uso que desse aos móveis a cada momento. Aos romances de aventuras se seguiram, com a adolescência, alguns mais subversivos. E, em seus tempos de ensino médio, quando começou a se interessar por literatura como algo mais do que um entretenimento, descobriu os clássicos russos. Quanto mais lia, mais havia o que ler. Em muitos livros, outros eram citados, e assim ele os ia ligando, seguindo uma lista interminável de conexões.

Durante aquelas noites, quando ainda era adolescente, realmente pensava que poderia escrever. Havia lido muito mais do que um garoto comum, e tinha certa capacidade de tecer histórias. Mas, quando se dedicava a isso durante as longas noites de verão em que não tinha aula, primeiro na máquina de escrever e depois num processador de textos, e lia o que havia escrito, percebia que lhe faltava aquele algo que diferenciava os simples aficionados dos criadores de literatura. As histórias se encaixavam, mas pareciam forçadas, como um trem que quisesse ganhar velocidade e não pudesse, dando solavancos pelo caminho por causa do esforço.

Custou-lhe aceitar isso. Havia seguido a trajetória de muitos escritores, desde os primeiros livros até as obras principais, e percebido as mudanças no estilo, na complexidade das tramas e dos personagens. Imaginava os primeiros contos que eles escreveram. Também não deviam ser muito bons. Quase nenhum o é, no princípio. E nem todos os escritores triunfavam em seu primeiro romance e se tornavam celebridades mundiais. Muitos escreviam livros medíocres durante vinte ou trinta anos, até que se desligavam do resto com o livro que os faria passar à posteridade literária, como se todos os outros fossem apenas esboços à espera do definitivo. Ele poderia ser um desses escritores?

Demorou a se dar conta de que não. E, quando o fez, ficou cravado nele um espinho que o feria à noite, já sem literatura, durante a qual pensava em sua situação atual e no que poderia ter sido.

Nunca somos o que sonhamos ser. Nem todos somos jogadores de futebol nem astronautas nem pintores. O mundo está cheio de taxistas, bilheteiros do metrô, caixas de supermercado e açougueiros. Teriam imaginado, aquelas crianças que brincavam no pátio da escola, que acabariam trabalhando nisso? Um escritor lhe dissera certa vez: nós que escrevemos fazemos isso por eliminação, não sabemos fazer outra coisa.

Agora, limitado apenas pelo seu gosto pessoal, lia Henning Mankell.

Por isso não estava infeliz com seu trabalho. Agora podia atuar lado a lado com os escritores que tanto havia idealizado. Via-os trabalhar e buscava no olhar deles, em sua forma de pensar, a diferença entre esses indivíduos e ele mesmo. As conexões entre neurônios que os faziam escrever livros e ele não, tornar-se ricos e famosos e ele não, ver realizados seus sonhos e ele não. E jamais conseguira descobrir. Se o psicólogo é aquele que, quando uma mulher bonita entra num aposento, observa os olhares das pessoas, o escritor é aquele que observa o psicólogo.

Cada escritor era especial, e por isso convinha tratá-los de maneira diferente. E ele sabia fazê-lo. Era competente em seu trabalho.

Mas estava disposto a prescindir de tudo isso por Silvia. Não podia viver de fantasias alheias, compartilhando retalhos de sonhos de outras pessoas, desfocando o olhar e perdendo a linha que separava os trabalhos deles do seu, pensando internamente que quase coescreviam os livros, que parte do sucesso deles era seu. Queria coisas reais em sua vida: uma mulher, um filho. Ia sentir falta das reuniões com essa gente, mas sentiria mais falta de Silvia. Um livro não aquece você durante a noite. Não enfia a mão entre suas pernas quando você está semiadormecido e o faz despertar com carinho. Não lhe dá um abraço quando você se sente triste.

Era nisso que David apostava. Por isso estava disposto a trocar seu tipo de atividade por um trabalho burocrático. Por isso havia vindo até aqui. Por Silvia.

Ela, porém, não entendia. Achava que ele era uma pessoa egoísta, que a trouxera até ali enganada, só por capricho. Teria entendido, se ele tivesse deixado tudo às claras desde o princípio? Claro que não.

Não teria compreendido que ele fazia isso pela última vez, para ter um trabalho melhor e mais dinheiro para criar um filho. Já não estavam nos anos 1970. Agora, para criar um filho, era necessária uma pequena fortuna. Fraldas, berço, roupas, sapatos, colégios particulares, video games como os dos colegas de turma, mais roupas, móveis, computadores, conexão à internet, bicicletas, motos e por fim um carro. Dinheiro, dinheiro, dinheiro. De onde tirá-lo? De um emprego como o de diretor editorial. Era isso que Silvia não entendia.

Tomou outro bom gole de sua cerveja com uísque e se sentiu esgotado. Pensou em procurá-la para pedir perdão, mas a conhecia bem demais para fazê-lo. Silvia não era uma mulher que se aborrecesse facilmente, mas tampouco perdoava facilmente. Seus aborrecimentos eram silenciosos, surdos, tristes. Ela não atirava um prato na parede, aos gritos: continuava pondo a mesa dia após dia, com desânimo, os olhos vazios e o coração hirto. Ir atrás dela e cantar embaixo de sua janela poderia ser a atitude mais romântica, mas não a mais inteligente. Ele tinha que pensar em fazer o que fosse melhor para os dois. E o melhor era ficar em Bredagós e encontrar Thomas Maud de uma vez por todas. Voltar a Madri, ir à casa da cunhada, dizer que havia conseguido a promoção, que não viajaria mais, e esperar que Silvia o perdoasse, que compreendesse que ele havia feito tudo por ela.

Traçaria um plano de ação a partir de agora. Tinha problemas reais, que não iria resolver bebendo à mesa de uma taberna. Já não podia confiar nos seis dedos, não podia deixar que o despistassem. A partir de agora, não procuraria pessoas com dedos a mais. Procuraria o escritor. E iria encontrá-lo, quer este quisesse, quer não. Acabaria com o mistério. E depois deixaria de viver entre folhas de papel e voltaria à realidade.

Foi até o balcão para pagar e ali encontrou o rapaz que já o havia ignorado duas vezes, desde sua chegada. Comia com passividade uns ovos mexidos com presunto, acompanhados de uma garrafa de refrigerante. Mastigava devagar, quase contando as vezes, e bebia em goles curtos e seguidos. David não sabia quem ele era. Sempre que tentava lhe falar, o rapaz virava as costas e se afastava como se não fosse com ele. Fitou-o nos olhos tentando chamar sua atenção, mas o outro desviou o olhar e continuou comendo.

— Lembra-se de mim? — perguntou David.
Nem aí.
— Ei. Ei!
O rapaz continuou ausente. David decidiu tentar de novo.
— Eu vi você na festa de Esteban.
O outro o encarou e sustentou o olhar. Se a situação fosse outra, David pensaria que ele o estava desafiando.
— O senhor é um estranho — disse o rapaz com voz gélida.
Engoliu o que havia mastigado, terminou o refrigerante em quatro goles e saiu da taberna. David o viu ir embora sem entender muito bem por que ele havia respondido assim. Jon, o proprietário, se aproximou rindo baixinho.
— É um garoto diferente, não?
— É. Disse que eu sou um estranho.
— Não o leve a mal. Yeray é um garoto... especial, digamos. Todos na aldeia o conhecem e perdoam suas pequenas esquisitices. Não fala com ninguém que não tenha sido apresentado a ele.
— Como assim?
— Quando era criança, os pais lhe disseram que não falasse com estranhos, e ele segue isso ao pé da letra. Ha-ha! Pensando bem, é engraçado. Na realidade, não fala com quase ninguém, mesmo que conheça a pessoa. É um observador nato.
— Estou vendo. Desta vez, pelo menos, me disse alguma coisa. Nas outras, virou-se e se afastou.
— Porque estava terminando o desjejum. Não deixa nem um tiquinho no prato, adora ovos. Todos os dias eu o convido para o café da manhã e ele nunca me agradece. A última frase que me disse foi: "E o presunto?". Mas é um bom menino, eu não ligo para isso. Aliás, são três euros e meio.
— Perdão?
— A cerveja e o copinho de uísque. Três euros e meio. Acha que eu sirvo todo mundo de graça?

12. Las Barranquillas

A cesta de Ángela estava transbordando. Latas de sardinha e de atum se misturavam com caixas de pregos, frascos de cola rápida para madeira e pequenas cantoneiras de metal. Além de comida, a mercearia de Emilia dispunha de uma grande variedade de produtos, desde artigos de carpintaria e serralharia até revistas de fofoca atrasadas.

Ángela pousou a cesta na bancada e Emilia somou os preços em uma enorme calculadora. As grandes teclas eram adequadas para seus dedos rechonchudos, que iam somando os produtos à medida que Ángela os passava. Quando havia algum engano, era preciso recomeçar desde o princípio.

David entrou e perguntou a Emilia se ela teria uma lista telefônica do vale de Arán. Sem sequer levantar os olhos da calculadora, Emilia lhe pediu que esperasse. Ángela tocou o braço dele.

— Olá! — disse.

— Olá, não tinha visto você.

— Esquece depressa os que o ajudaram, hein?

— Desculpe. Vim ver se acho um catálogo de telefones.

Emilia deu um tapa na calculadora, balançou a cabeça e recomeçou tudo.

— Venha comigo, eu lhe digo onde está.

Ángela o acompanhou aos fundos da loja, onde, em um caixote, se acumulavam catálogos ainda na embalagem original, alguns de muitos anos antes.

— Espero que um destes lhe sirva. Veja as datas.

David se agachou e começou a remexer no caixote.

— Onde está Silvia? — perguntou Ángela.

David desviou o olhar do caixote, embora, na posição em que ele estava, Ángela não pudesse observá-lo. Improvisou outra mentira, como já se tornara seu costume.

— Voltou para Valladolid. As férias dela acabaram.
— E você não foi com ela?
— Não. Ainda tenho uns dias livres — respondeu David, mesmo sabendo que isso soaria estranho.
— E ela foi sozinha?
— Sim. Quando volta das férias, ela sempre tem muito trabalho e quase não para em casa. Eu ando muito estressado com o meu, então tento aproveitar ao máximo as minhas férias.
— Em que você disse que trabalha mesmo?
Tinha dito em algum momento? Deveria começar a anotar as mentiras que contava e estudá-las antes de dormir. Improvisou novamente.
— Sou engenheiro de computação. E Tomás, onde está? — perguntou David, tentando mudar de assunto.
— Com Esteban. Ensina a ele coisas de agricultura. Esteban ensina a Tomás, quero dizer.
— São muito amigos, não? — David se lembrava da excitação do menino no dia em que Esteban ia contar a história na taberna.
— Sim. Esteban e Alicia são padrinhos dele.
— Ah, eu não sabia!
— Pois é. Na verdade, foram eles que lhe deram esse nome.
Ah, tinha sido Esteban a chamar o menino de Tomás? Não era um nome incomum, mas era uma casualidade muito significativa. Havia passado boa parte da vida na marinha, depois se cansou da água salgada e decidiu se estabelecer em uma aldeia entre as montanhas dos Pireneus. Ali conheceu uma mulher e se casou com ela. Anos depois, Ángela, quando teve seu filho, escolheu-os como padrinhos. Tudo se encaixava, embora, como em quase tudo, houvesse lacunas, buracos, partes incompletas.
— Alicia deve ter sido uma mulher interessante. Eu a conheci ontem.
Ángela pareceu mergulhar em suas lembranças antes de responder.
— Alicia é uma pessoa especial. Muito especial. Você precisava tê-la conhecido quando ela estava bem. Todos gostamos muito dela aqui na aldeia.
— Deve ter sido muito duro.

— Sim. — Ángela mergulhou de novo nas lembranças de quando Alicia era saudável. Seu rosto franziu. — Claro que sim. — Sua expressão voltou ao normal. — Mais tarde vou vê-la, quer ir? Assim, podemos ajudar Esteban a limpar a casa. Se você não tiver nada para fazer, claro.

— Não, não tenho nada. Estava dando uma volta, tomando um pouco de sol.

— Para que a lista telefônica?

Nossa, essa moça parecia ter um ímã para perguntas comprometedoras.

— Assim, na próxima vez em que eu aparecer na sua casa no meio da noite, vou poder avisar antes — respondeu ele por fim.

À tarde, foram juntos à casa de Esteban. Quem abriu a porta foi Tomás, com a cara suja de barro e uma pá de jardinagem na mão. Ángela o repreendeu por sujar o piso com terra e o mandou voltar ao pátio dos fundos para continuar na horta. A casa ainda estava de ressaca da festa; restos de comida pelos cantos revelavam uma varredura superficial, e copos de plástico vazios continuavam espalhados pelas prateleiras. No geral, precisava de uma boa faxina, com panos de chão, esfregões e grandes sacos de lixo.

David ouviu vozes no fundo do corredor, no quarto de Alicia. Dirigiu-se até lá e a cada passo o odor rançoso de enfermidade se tornava mais patente em suas fossas nasais. Imaginou que Esteban e Ángela estavam conversando, mas, ao transpor o umbral, teve uma surpresa. Yeray estava sentado em uma cadeira baixa ao lado da cama e falava a Alicia em voz suave e descompassada. Parecia um menino lendo um livro na escola; as sílabas saíam sem ritmo, algumas se travavam e outras se acumulavam. Não era a voz de alguém acostumado a falar, faltava-lhe prática, mas revelava carinho e respeito de sobra. Ele não falava para si. Não era um monólogo, como o que se faz diante da lápide de um ente querido. Yeray dizia uma frase e se detinha, esperando uma resposta. Passados alguns segundos, continuava.

David olhou para Ángela e perguntou o que o rapaz estava fazendo.

— Falando com ela — respondeu Ángela.

— Mas ela não pode responder.

Ángela se voltou, e as palavras se detiveram um instante em sua boca antes de sair.

— Bom, isso não é totalmente exato.

— Como assim? Existe algum método de se comunicar com ela?

— Bem, parece que ele encontrou um próprio.

David observou novamente Yeray e sua estranha conversa com Alicia. Havia algo entre os dois que nem ele nem Ángela podiam ver.

— Mas... Yeray consegue ouvi-la?

— Ele diz que ela responde — retrucou Ángela.

— Mas o rapaz não regula bem... Como pode?

— Não sei, David. Ninguém sabe. Mas posso lhe assegurar que os dois conversam. Muitas vezes ele nos foi útil para nos comunicarmos com ela. Yeray não fala com quase ninguém na aldeia; uma das poucas pessoas com quem conversava era Alicia. E, quando ela perdeu a capacidade de falar, a ele isso não pareceu motivo para deixarem de conversar.

— É como se, por não compreender as regras que nos regem, ele pudesse transgredi-las — disse David.

— Por favor, não estrague tudo tentando procurar uma explicação. É assim, e tudo bem. Só isso — sentenciou Ángela.

Esteban tinha saído para fazer as compras da casa com Paloma, a enfermeira de Alicia. Yeray tinha ficado cuidando dela, enquanto isso. Não havia nada a temer. O respirador funcionava. Alicia estava entubada, e não era de se esperar que fosse a algum lugar. Yeray tomava conta dela, e daria o alarme se houvesse qualquer problema.

Ángela saiu do quarto para ir preparar o material da faxina. David ficou ali, esperando-a. Embora, na noite anterior, tivesse passado mal naquele ambiente, sufocado pelas lembranças, agora não conseguia desgrudar os pés do chão e os olhos da cena que se desenrolava à sua frente. Era como ser espectador de um capítulo de sua própria vida no qual os atores tivessem sido substituídos.

O odor do aposento, pesado, opressivo, um odor de doença que soprava no deserto de suas lembranças e sob as dunas, fazia aparecerem fragmentos do passado. A cama reclinável, a cadeira ao lado, os medicamentos no criado-mudo... Tudo isso o trazia pouco a pouco ao asilo de idosos Valle Soleado, a um quartinho no terceiro andar, quarta porta no corredor, lado direito.

David tinha treze anos. Seu avô Enrique havia falecido quando ele tinha nove. Sua mãe o despertara no meio da noite e se sentara em sua cama para dizer que o avô havia morrido de um ataque cardíaco e que eles deviam ir ao velório. Ali, não lhe pareceu o avô que ele conhecia, o avô com quem jogava cartas e xadrez e que se complicava com os nomes das ruas já trocados e com os edifícios demolidos fazia tempo. Seu corpo e sua cabeça estavam envoltos em uma mortalha, e suas feições relaxadas não podiam ser as mesmas. Não lhe pareceu o avô nem durante o velório nem durante o enterro, mas, a partir desse dia, pensou nele mais do que nunca. Para David, ele tinha ido embora e só restava sua ausência. O corpo enterrado naquele nicho só podia ser uma formalidade.

Mas, à sua avó, aquele pareceu ser Enrique, sim. A perda do marido fez com que as pequenas distrações próprias da idade evoluíssem para uma demência senil completa. Ela já não podia viver sozinha, e a mudança para a casa de algum dos filhos não funcionaria. Tentaram uma enfermeira para cuidar dela, mas isso se revelou inútil. A avó dizia o tempo todo que a mantinham sequestrada, que a enfermeira a espancava, que lhe dava excrementos para comer e lhe roubava o dinheiro quando ela estava dormindo.

Após se reunirem todos os filhos, decidiram que para ela o melhor seria ficar em uma residência para idosos, onde esperavam que o contato com outras pessoas de sua idade e os cuidados do pessoal especializado mitigassem seu sofrimento na medida do possível. No início, para a avó a mudança foi difícil de superar, mas com o passar das semanas a situação se tornou sustentável.

Os filhos a visitavam por turnos e a levavam para passear pela aldeia próxima, a fim de que tomasse sol e fizesse exercício. Os netos acompanhavam os pais nessas visitas.

No começo David e seus pais passavam o dia com ela, mas chegou um momento em que a avó não queria passar tempo com eles. Não parava de repetir que dividia o quarto com um cadáver ao qual davam corda de manhã e que se movia durante o dia. Contou, com luxo de detalhes, como os enfermeiros haviam tentado estuprá-la. A mãe de David ria e procurava convencê-la de que isso não estava acontecendo de verdade, mas sem muito tato, como se achasse graça das fantasias de uma criancinha. Isso foi na época em que a avó ainda os reconhecia.

Chegou um dia em que as poucas lembranças que lhe restavam foram se apagando, e ela já não era capaz de distinguir os próprios familiares do restante das pessoas. Perguntava constantemente quem eram e o que faziam em seu quarto, e chamava as enfermeiras para que confirmassem a identidade dos visitantes. Quando David e os pais lhe falavam, olhava-os às vezes intrigada, às vezes intimidada, às vezes apavorada. A cada nova frase, seu rosto mudava de expressão e David compreendia que a avó não entendia quem era aquele menino e por que ele contava aquelas coisas sobre provas da escola, e as expressões do seu rosto iam da indiferença ao pânico.

Os insultos se tornaram habituais, assim como as lágrimas durante as visitas. A partir de então, David começou a rezar para que a avó estivesse dormindo quando eles chegassem. Veio o dia em que se negou a ir vê-la de novo. Os pais não fizeram nenhuma objeção, embora David percebesse nos olhos da mãe uma expressão de decepção, de tristeza, ao compreender que a próxima vez em que seu filho veria a avó seria no funeral dela. Não houve recriminações.

Foi um enterro de poucas lágrimas. A tristeza era palpável, mas não tanto pelo falecimento quanto pelo declínio dela após a morte do marido. Como se seu juízo estivesse atado ao mundo por fios muito finos que se romperam com o passar dos anos.

David, com seus catorze anos recém-completados, ainda suficientemente criança para sentir dor e não suficientemente adulto para assimilar as coisas de maneira racional, sentia-se enganado. Por que sua avó não podia ter morrido como seu avô? Por que algumas pessoas tinham que sofrer tanto antes de morrer? Não seria melhor viver plenamente, e se deitar uma noite e não acordar mais? Uma virada na cama, um raio fulminante e alguém descobriria você pela manhã. Tinha pavor de que pudesse acontecer aos seus pais o mesmo que acontecera à avó. Disse a si mesmo que, no dia em que sentisse que começava a ficar senil, iria se atirar de uma janela. Deus poderia ditar a sentença, mas David escolheria o quando e o como.

Em sua garganta, as lágrimas se atropelavam para sair. Reprimidas pelos anos e pelo autocontrole, lutavam para vir à luz, e aproveitaram esse momento de fraqueza para brotar pouco a pouco de seus olhos, de sua garganta, de seu nariz. David olhava para Alicia e Yeray conversando e, em sua mente, para seu avô e sua avó ainda vivos, repreendendo-o por ter quebrado uma janela. Não aguentou mais. Saiu aos tropeções para o jardim.

Ali, a represa de lágrimas se rompeu. Tinham ocorrido muitas coisas em pouco tempo: sua tática falhada de encontrar o escritor, as mentiras que contara à sua mulher, a pressão do chefe, a bebedeira da véspera e agora as lembranças da infância. Lembranças que ele acreditava haver superado, mas que apenas haviam sido cobertas pelas areias do deserto, esperando que uma tormenta como Alicia as devolvesse à superfície. Seus avós estavam mortos, sua mulher o deixara, seu trabalho estava em jogo. Coisas demais. Pressão demais.

— Tristeza demais neste mundo.

Falou isso em voz alta, quase sem se dar conta.

— Você descobriu algo que muita gente jamais chegará a compreender — disse uma voz ao seu lado.

Virou-se, e ali estava Esteban. Com uma das mãos segurava uma sacola de compras, apoiada no chão. David começou a enxugar as lágrimas na manga da camisa.

— Pode chorar sossegado, David. Temos uma tendência boba a esconder aquilo que nos torna mais humanos.

— Desculpe, eu não queria incomodar.

— Não está incomodando. As pessoas choram. Podemos desviar a vista, mas isso não secará as lágrimas.

E David contou a ele. Explicou a vergonha pela forma como se comportara com a avó, a tristeza de ver alguém murchar pouco a pouco, sua negação a esse tipo de morte. Desabafou com uma franqueza que só conseguimos ter ante um desconhecido. Não pediu apoio. Não pediu abraços. Só que Esteban o escutasse. E, quando terminou, sentiu-se melhor do que se sentira em muito tempo.

David mal se lembrou da situação de Esteban enquanto expunha seus problemas. Agora que havia desafogado, percebia que havia contado uma dor pela morte da avó a alguém cuja esposa, alguns metros adiante, no quarto ao fundo do corredor, sucumbia pouco a pouco à doença. A situação lhe pareceu a de um menino reclamando com o pai, no meio de uma operação de coração aberto, porque um de seus brinquedos tinha se quebrado.

— Esteban, creio que me excedi nas minhas confidências, desculpe. Em nenhum momento eu quis dizer que as pessoas em uma situação assim estivessem... Situações desse tipo são muito delicadas e às vezes é difícil suportá-las, mas não quero dar a entender que em certos casos...

Esteban, com um meio sorriso ante a confusão em que David estava se metendo ao tentar se desculpar, resolveu interrompê-lo.

— David, não se preocupe. Sei o que você quer dizer.

— Não, não sabe. É que às vezes eu me expresso mal, me deixe explicar com tranquilidade.

— Não é necessário.

— É, sim — insistiu David. — Não quero que você pense que eu quis dizer...

— Sei o que você quis dizer, David, porque também pensei isso muitas vezes.

Os dois se fitaram em silêncio, calibrando-se antes de Esteban continuar.

— David, quando Alicia começou a piorar e perdemos toda forma de comunicação, eu me senti realmente mal. Teria trocado de lugar com ela sem hesitar um segundo. E em alguns momentos pensei que seria melhor que tudo acabasse logo. Não pensava em mim, mas nela. Só que uma noite aconteceu uma coisa. Estávamos os dois sozinhos quando ela sofreu uma complicação respiratória. Os músculos que movem os pulmões tinham começado a se atrofiar e ela não conseguia fazer o oxigênio entrar em seu corpo. Alicia sofria convulsões e eu a segurava nos braços, vendo em seu rosto inerte como a vida lhe escapava. Achei que eram meus últimos momentos com ela, e disse a mim mesmo que, se ela passasse daquela noite, eu seria grato pelo tempo que nos restasse juntos, nas condições que se apresentassem. Se fosse pouco, tudo bem, pouco. Se fosse muito, então muito.

"No dia seguinte tivemos que implantar o respirador que ela usa agora. Eu não me engano, David. Sei que resta pouco tempo à minha esposa. O final do caminho se aproxima, e é algo que eu não posso mudar. Já aceitei isso. Mas vou desfrutar do tempo que nos resta. Por isso comemorei ontem o aniversário dela. Sabia que isso a alegraria, sentir seus amigos ao seu redor.

"Quando minha esposa falecer, não vou ficar triste por sua morte, mas darei graças por ter podido compartilhar um tempo e um espaço com ela. Os momentos de felicidade que tivemos, nada poderá levá--los, permanecerão no infinito, para ela e para mim. Vou guardá-los na minha memória todos os dias até me reunir com ela, como sei que ela também os guardará, esteja onde estiver."

David compreendeu a que Ángela se referira ao falar da força de Esteban. Ele não se resignava, mas abraçava algo que seria capaz de destruir a maioria das pessoas. David, que muito poucas vezes se mostrara frágil diante de outra pessoa, até mesmo diante de Silvia, tinha certeza de que não seria capaz de reagir assim. Mas, com Esteban, havia percebido que todo mundo sofria em algum momento. A tristeza, a solidão ou o medo são idiomas universais, e quem não os tiver sentido alguma vez, em maior ou menor medida, não pode dizer que viveu plenamente.

Passado o momento delicado, entraram de volta na casa, onde os quatro, Ángela, Esteban, Tomás e David, recolheram os copos, esfregaram o chão, limparam os móveis e arrumaram os rastros do pequeno furacão que havia passado por ali na noite anterior. Em certo momento, Yeray saiu do quarto e se uniu a eles sem dizer uma palavra. Esteban parou e o apresentou a David, de modo muito cerimonioso, oficializando o conhecimento mútuo da existência de ambos. Agora, Yeray já não tinha desculpa para não falar com ele.

David pôde ver a proximidade entre Ángela e Esteban. Apesar da diferença de idade de mais de trinta anos, pareciam amigos desde sempre. Pareciam pai e filha, com Tomás no papel de neto travesso. E, por um breve instante, ele também se sentiu parte dessa família.

Fran caminhava rumo à favela de Las Barranquillas. Consistia em um conjunto de barracos construídos com todo tipo de material descartado e ocupados por todo tipo de descarte humano. Contígua ao Mercamadrid, era conhecida como o maior supermercado de droga de toda a capital. Os dois movimentavam em um dia mais dinheiro do que muitos municípios em um ano. Um comerciava alimentos, o outro, vidas. Ali era habitual escutar diariamente frases do tipo "Daria minha vida por um pico", e alguém ao lado respondendo "Eu também daria sua vida por um pico".

A polícia sempre rondava pelas proximidades, mas não se metia nos assuntos dos moradores. Os altos-comandos ordenavam uma batida de vez em quando, para salvar as aparências diante da opinião pública. Se toda a droga da favela fosse apreendida, o único resultado seria que na remessa seguinte o preço da dose viria dobrado, e isso faria aumentar os assaltos e trambiques de todo tipo por parte dos dependentes.

Estes frequentemente "batizavam" as doses com o que tivessem à mão: açúcar de confeiteiro, farinha de trigo, pó cerâmico, cacau em pó e fármacos. Compravam uma dose, consumiam a metade e completavam a outra metade com alguma dessas substâncias, revendendo-a a qualquer incauto que andasse desesperado pelas ruas. Este por sua vez consumia a metade e completava o resto para buscar outro incauto.

O costume era experimentar a droga com o dedo mindinho antes de injetá-la. Se ela tivesse um sabor doce ou salgado, era melhor conferir de que se tratava exatamente. Mas também havia especialistas em adulteração entre os próprios dependentes, e o uso de AZT, cafeína, paracetamol, piracetam, metaqualona, fenobarbital, lidocaína ou benzocaína, que por seu sabor amargo eram quase indistinguíveis, era cada dia mais comum.

A redução de pureza nas doses obrigava muitos a se injetar o dobro ou às vezes o triplo do que consumiriam normalmente para obter o mesmo efeito. Quando a escassez acabava e as doses voltavam a ter a pureza normal, começavam a aparecer mortos por overdose em parques e descampados. Não havia um cartaz que anunciasse a regularização das drogas, nem isso era divulgado em nenhum jornal. Se você usasse três doses puras e tivesse uma bad trip, podia não voltar.

Essas eram algumas das razões pelas quais as apreensões de drogas eram muito controladas, porque, como norma geral, criavam mais problemas do que os resolviam.

Quem nunca saía perdendo eram os narcotraficantes e os aviõezinhos. A casa ganhava sempre.

Fran, com olheiras e barba de três dias, introduziu-se na penumbra do barraco. Havia atravessado o descampado, encharcado pelo chuvisco da noite anterior, e seus pés estavam cobertos de barro até os tornozelos. Na entrada, um jovem cigano, sentado em uma cadeira de camping, assistia a um programa de fofocas em uma tela gigantesca. Olhou para ele com desprezo, por ter sido interrompido, e lhe perguntou o que queria. Fran respondeu "cavalo"* e o nome de seu avião, Tote. O jovem voltou a ver o programa e, com a mão, autorizou Fran a entrar. Antes que ele se mexesse, ordenou-lhe que tirasse os tênis sujos. Fran obedeceu e colocou os tênis embaixo do braço. Não seria a primeira vez que sairia dali e descobriria que teria de voltar descalço para casa.

O aposento seguinte estava coberto por uma sucessão de tapetes superpostos sem muita ordem. Em uma das laterais erguiam-se colunas de televisores e video games e, ao fundo, um barril guardava todo tipo de cédulas de euros. Um caixa eletrônico normal não seria capaz de armazenar o volume de negócios que eram despachados ali. Ninguém sabia por que, com tanto dinheiro, os ciganos de Las Barranquillas continuavam vivendo assim. Um cigano já mais velho, sentado em uma poltrona de couro e apoiado em uma bengala, olhava-o com displicência. Ao lado dele estava Tote, um dos poucos gadjos que vendiam dentro da favela. Exibia um permanente sorriso zombeteiro, e as mechas de seu cabelo estavam presas na nuca por um elástico.

— O que vai ser, Fran? — perguntou Tote, ante o olhar atento do cigano.

— Meio grama de bomba.

— As coisas estão mais difíceis agora, e o cavalo marrom correu muito.

— Correu a quanto?

— Cinquenta euros por meio grama.

Fran xingou baixinho. O preço havia quase dobrado.

---

* *Caballo*, uma das gírias — também usada no Brasil, assim como "bomba" e "cacau" — para heroína. (N. T.)

— É cavalo ou *burro*?

Burro era o nome que se costumava dar à heroína muito adulterada.

— Cavalo, cara. Eu posso vender mais caro ou mais barato, mas comigo você sabe o que está usando. Sei que lá fora você encontra meio grama por quarenta ou mesmo trinta e cinco, mas cacau a gente coloca no leite, não se injeta.

Fran sabia que ele tinha razão. Era nesses períodos que Carlos revendia a preço de ouro as doses que guardava dos roubos nos preços de grupo.

— Quero um quarto de grama.

Estendeu a ele vinte e cinco euros que Tote recebeu, passou ao cigano e este depositou no barril ao seu lado. Muitas vezes, Fran sentira a tentação de meter o braço ali, pegar um punhado de cédulas e sair correndo, mas, pelas histórias que circulavam, sabia que não chegaria nem à entrada do barraco.

Tote se ajoelhou atrás do barril e, com uma colherinha, recolheu heroína de uma sacola que estava no chão. Fran virou o corpo de lado e conseguiu ver o lacre policial ao redor. O avião meteu o conteúdo da colher em uma bolsinha e o pesou em uma balança eletrônica. Satisfeito, passou-o a Fran.

— Você sabe onde me encontrar — disse a Fran, ao sair.

— Sim, eu sei — respondeu Fran.

Calçou de novo os tênis na porta do barraco e procurou um lugar tranquilo para se injetar. Caminhou pelos arredores da favela, em busca de um pouco de sombra e sossego. Passou em frente a um barraco aberto onde se exibia o cartaz QUIOSQUE ALEGRIA. Era uma simples prancha de madeira apoiada em uns barris, além de uns tamboretes de bar reciclados. Em um dos suportes, um letreiro recomendava: PROIBIDO ENTRAR SEM CAMISA.

Encontrou um lugar sossegado em uma das laterais da favela, dentro de uma caminhonete com os eixos à mostra que esperava com paciência o desmanche. Abriu a porta, instalou-se no assento do passageiro e sacou seus instrumentos de injeção.

Colocou parte do conteúdo da bolsinha em uma colher dobrada para tal propósito. Sacou uma garrafinha de água destilada e a misturou com a heroína marrom. Fran procurava ter sempre água destilada de reserva, para não precisar, como alguns, diluir a heroína na água da poça mais próxima.

Abriu um saquinho de ácido cítrico e acrescentou alguns grãozinhos à mistura, para facilitar a dissolução. Feito isso, preparou o filtro. Os filtros eram usados para não deixar passar a escória, os resíduos que permaneciam quando se aquecia a mistura. Quase todos usavam filtros de cigarro, que não era um substituto ruim. Arrancou a tira longitudinal e com os dedos modelou uma bolinha. Através dessa bolinha, absorveu a mistura já dissolvida.

Lambeu a agulha, para retirar os fiapinhos que pudessem ter ficado aderidos e deixou-a pronta no painel da caminhonete. Limpou o antebraço com uma toalhinha embebida em álcool e pousou-a sobre a coxa para depois desinfetar o furo. Puxou de um bolso um preservativo e, esticando-o, atou-o com força três dedos acima do cotovelo. Abriu e fechou a mão algumas vezes e então surgiram suas veias picadas, pedindo mais furos.

Fran tomou o cuidado de pegar uma veia, e não uma artéria. Introduziu a agulha dois centímetros acima da última picada. Bombeou até o fim, para facilitar a distribuição por todo o corpo. Antes que fizesse efeito, tirou a seringa e desatou o preservativo do braço, deixando-o no painel. Sequer teve tempo de limpar a área da injeção.

Depois, névoas, benditas névoas.

A arma, ao ser carregada, produziu um ruído seco que foi apagado pelas risadas nervosas dos três meninos ciganos no alto de um dos barracos. Discutiram brevemente sobre quem seria o primeiro a atirar, mas, como sempre, o mais velho se levantou com o rifle e fez os outros se calarem com um movimento oscilatório do braço que parecia dizer: cale a boca ou eu lhe quebro a cara.

Apoiou os cotovelos no telhado de cimento-amianto aquecido pelo sol e centrou a mira na testa do *junkie*. Mantinha a cabeça inclinada para um lado e um meio sorriso na boca. Parecia estar em um lugar melhor, mas ia voltar logo. E como.

— Sayonara, malandro.

Disparou.

O som do ar comprimido liberado em milésimos de segundo quase não produziu agitação na favela, só mesmo em uma pessoa.

Fran caiu da caminhonete com uma mão no pescoço. O menino cigano havia errado por alguns centímetros, e o chumbinho tinha acertado perto do gogó; podia ser pior, podia ter destruído seu globo ocular. Mas, nesse momento, isso não pareceu a Fran uma sorte.

Um segundo disparo feito por um menino menos treinado atingiu a caminhonete, produzindo um estrondo metálico. Las Barranquillas podia não ser a Bósnia, nem aquela caminhonete a avenida dos franco-atiradores, mas a urgência com que Fran saiu disparado se assemelhou muito à daqueles lugares. Aqueles chumbinhos ardiam como grandes filhos da puta.

Fran atravessou a estrada de ferro vizinha à favela apertando a manga do suéter contra o pescoço. Aquilo ardia por dentro, e ele sabia que no dia seguinte apareceria um ferimento negro e roxo. As lágrimas provocadas pela ardência se somavam à impotência de estar à mercê de qualquer ciganinho com uma escopeta de ar comprimido. O que você faz quando lhe acontece uma coisa assim? Conta aos pais dele? Aos professores do colégio que ele frequenta?

Aqueles meninos viam diariamente seus progenitores tratarem alguns *junkies* como autênticos escravos, em troca esperavam algo tão básico para eles como uma dose. Os toxicômanos dormiam na entrada das casas como cães, comiam sobras do chão, cumpriam com obediência cega qualquer ordem de seus aviõezinhos, e não havia professores a quem pudessem reclamar. Eles não constavam no Registro Civil, não tinham carteira de identidade; para efeitos legais, não existiam.

Muitas vidas anônimas se gestavam nessas favelas, e quando você entrava ali não importava que fosse universitário ou peão de obra, presidente de uma multinacional ou ladrão de rádios de carro. O chumbinho ignora documentos.

Que vida de merda! Fran olhava ao redor e só via *junkies* indo ou vindo de Las Barranquillas, andrajosos, com as costelas marcadas embaixo de camisetas cheias de manchas, olhos vidrados, mãos trêmulas e almas tristes. Não havia sorrisos naquela área. A um lado viu uma garota ajoelhada diante de um sujeito com a calça abaixada. Fran acreditou tratar-se de uma prostituta fazendo um trabalhinho em plena rua, mas, alguns passos adiante, percebeu que ela estava cravando uma agulha no pênis do homem. Por isso Fran procurava sempre se picar ao longo da veia, para evitar infecções. Muitos faziam aquilo para não deixar marcas visíveis, sobretudo os novatos, mas se seus dois braços infeccionarem e você tiver que injetar a droga no pau, não vai ser nada engraçado. O homem estava com os lábios apertados e os olhos fechados, mas sua expressão distava muito de parecer um orgasmo, ao menos até que a dose fizesse efeito.

Devia haver algo melhor do que essa vida. Os dependentes de droga sabiam aonde levava o caminho que percorriam todos os dias, mas muito poucos faziam algo para mudar de rumo. Olhavam a veia e não queriam pensar no depois. Eram náufragos que se dirigiam a uma cascata, cansados demais para se afastar da corrente.

Gostou da frase. Se tivesse um caderno, iria anotá-la, mas fazia muito que esses dias tinham passado. Os dias em que ele sempre tinha na mochila um caderno com frases rabiscadas aqui e ali. Gostava de inventar citações nos corredores do instituto. Não as mostrava a quase ninguém. Gostava de lê-las à noite, e de pensar que era uma pessoa especial, alguém que tinha coisas a contar. Viu a si mesmo nesse momento. A única coisa que contava agora eram as horas para a dose seguinte. Tentou se lembrar de algumas das frases que havia escrito, mas nenhuma vinha à sua mente. Agora sua vida tinha outras prioridades.

Dois ou três dependentes se acotovelavam diante da van de troca de seringas. Todas as segundas e quintas, de cinco às oito e meia, ela ficava estacionada perto da favela, trocando seringas usadas por novas, até um total de vinte. Para cada uma que você trouxesse usada eles lhe davam outra com a água destilada, ácido cítrico e toalhinhas desinfetantes. Tentavam fazer você usar sempre seringas novas e não precisar compartilhar, evitando assim contágios de HIV e de outras enfermidades infecciosas. Havia mais de dez anos que ficavam ali. As pessoas chegavam, trocavam suas seringas e iam embora pelo mesmo caminho. Não havia perguntas embaraçosas. Não havia repriformandas.

Pela porta lateral da van, e atrás de um barril azul de plástico, via-se uma mulher loura, de meia-idade, vestida em uma camiseta com o logotipo da ONG que trocava as seringas.

— Sua data de nascimento, por favor — disse ela ao homem que estava à sua frente.

— Não me encha o saco! Cara, eu venho aqui há dois anos e você ainda não sabe meu aniversário? Me dê minhas grinfas!*

— Vamos fazer uma coisa — respondeu ela. — Eu lhe dou o dobro das que você trouxe se me disser meu nome.

O homem ficou congelado, sem saber o que falar.

— Dois anos aqui? Conte outra, meu camarada...

A mulher abriu o barril e com um gesto o mandou deixar ali as seringas usadas. O homem o fez e pegou as novas. Foi embora sem dizer palavra.

— Ei! — gritou a mulher. O homem se voltou. — Meu nome é María. E o seu?

— Roberto.

— Data de nascimento, Roberto?

— Onze de maio de setenta e um — respondeu, pesaroso.

— Obrigada, Roberto. Prazer em conhecê-lo.

A fila avançou uma posição e diante dela se plantou outro homem acompanhado de uma prostituta que Fran havia visto muitas vezes atuando naquela zona.

— Eu sou Claudia, e ele...

— Rafa. Eu sei — disse María, sorrindo com seus dentes desencontrados. — Então já sabem: María. Nada de loura, nem cara, nem camarada. Quem é meu amigo pode me chamar pelo nome.

— Queríamos uns arpões e umas camisinhas — disse Rafa.

— Aqui, peguem. As camisinhas são para trabalhar, Claudia?

Claudia assentiu com a cabeça.

— Então leve mais algumas. Agora não posso lhe dar muitas, mas às quartas-feiras à noite temos um serviço que distribui grande quantidade. Tome aqui os horários.

---

* Na gíria da droga, *grinfa* (assim como *arpão*, adiante) é seringa. (N. T.)

Estendeu a eles um papel. Os dois foram embora. Era habitual ver prostitutas com toxicômanos. Elas conseguiam dinheiro para drogas e eles em troca prestavam cuidados quando elas eram espancadas por algum cliente. Fran se aproximou da porta da van.

— Olá. Meu nome é...

— Fran. Data de nascimento, Fran.

Ele se surpreendeu. Não imaginava que ela lembrasse seu nome. Eles pediam e anotavam os nomes para ter um registro de quantas vezes cada pessoa vinha, mas nunca pensou que fossem lembrar.

— Não trouxe grinfas.

— Tudo bem, Fran. Sempre damos duas para não deixar vocês na mão. Mas, quando trazem, podemos dar mais, e assim vocês sempre usam as novas, certo?

Fran pegou as duas seringas e continuou encarando a mulher.

— Mais alguma coisa, Fran?

Ele ficou calado, sem saber o que responder. Como dizer que queria conversar um pouco? O barulho de uma freada encheu o silêncio entre os dois. Dois homens desceram de um carro e se plantaram junto à porta, deslocando Fran.

— Ei, loura, passa aí umas grinfas pra gente!

— Esperem eu terminar com este rapaz. Depois atendo vocês.

— Mas ele já tem as dele!

— Nem só de grinfas vive o homem, fique sabendo.

Olhou para Fran por um momento, esperando uma resposta. Os dois homens se voltaram também.

— Eh... eu...

— Viu? — disse um deles. — Não quer nada. Me dê umas grinfas, porra!

María cruzou seu olhar com o de Fran e estendeu a ele uma mão.

— Fran, suba aqui, quero falar com você.

— E eu? Não posso entrar por quê? — gritou indignado um dos homens.

— Quando aprender meu nome — alfinetou ela. — Tome suas seringas.

Já dentro, Fran topou com o outro encarregado da van, um homem de seus trinta e cinco anos malconservado, alto e magro. Ao fundo, ainda se ouvia a voz de María.

— E não me chame de loura, porra! Por acaso eu chamo você de cabelo seboso?

O amigo do sujeito riu. Que colhões tinha aquela mulher!

— Vimos que você está com vontade de conversar, Fran.

— Ehhh... sim. Sim, queria falar um pouquinho com alguém.

— Eu me chamo Raúl.

E lhe estendeu a mão. Era a segunda vez, em poucos minutos, que faziam isso para Fran.

Conversaram quase até a hora de fechar a van. Raúl tratou do ferimento produzido pelo chumbinho e de outros que, mesmo sendo mais profundos, não eram visíveis de primeira. Para Fran, era uma sensação estranha que alguém se interessasse pelo que ele sentia e por como andava sua vida. Após anos compartilhando apartamento com pessoas que ficavam somente na delas, era agradável falar com alguém que o fitasse nos olhos. Contou sobre os meninos ciganos da favela, o aumento de preço da heroína, a tristeza que sentia quando a cada manhã, ao despertar, sabia que teria que sair à rua em busca de droga para se picar. Todos os dias. Não havia férias, nem esperança.

Desabafou totalmente, sem ocultar nada. Havia começado e não queria mais parar, sentia-se melhor a cada palavra que lhe saía da boca.

— Não sei, eu gostaria de largar isso — disse de repente.

Raúl sorriu, trocou um olhar com María e exclamou:

— Isso lhe custou, mas você disse.

— Como assim?

— Normalmente, muitos dos que vêm aqui querem se desafogar um pouco, e nós escutamos. E alguns, muito poucos, como você, dizem essa frase no decorrer da conversa. E são os que nos interessam.

— Por quê?

— Porque vocês, os que dão esse passo, estão dispostos a algo mais, além de falar.

— Dispostos a quê, então?

María tomou a palavra.

— A escutar.

Os dois lhe relataram as possibilidades de que ele dispunha. Madri tinha poucas vagas em centros públicos de desintoxicação. E a lista de espera era eterna. Se você tivesse dinheiro e se dispusesse a usá-lo, era fácil encontrar uma clínica privada que o acolhesse de braços abertos.

Então, precisavam procurar algum método alternativo de desintoxicação, e esse consistia em um *metabús*, um "metaônibus". Era uma pequena van, como a de troca de seringas, mas que distribuía metadona. As únicas exigências eram apresentar um documento de identidade e fazer um exame de sangue. Uma vez realizados esses trâmites, entrava-se no projeto: toda tarde um copo de metadona, cujo sabor amargo evitava muitas outras amarguras ao longo do dia.

Existiam vários tipos de metaônibus. Em alguns se realizava a cada semana uma análise de estupefacientes para assegurar-se de que a preciosa medicação só entrava na corrente sanguínea de toxicômanos verdadeiramente decididos a se livrar da dependência. Em outros, davam a metadona e não faziam perguntas, embora não fosse necessária uma análise para saber quem a usava bem e quem não. A nuvem de heroína que vela os olhos de um *junkie* pode ser vista sem necessidade de exames.

Havia um metaônibus perto da van de troca de seringas. Em muitos casos, a proximidade com a favela fazia com que se tornasse forte demais a tentação de tomar uma dose de metadona para baixar a fissura e depois outra de prazerosa heroína. Felizmente, havia outros em vários pontos de Madri.

Tinha ficado tarde, mas combinaram que Raúl o acompanharia para encontrar o encarregado no próximo dia.

— A polícia está à sua procura?

— Não.

— Quer se livrar mesmo, ou só baixar a fissura para continuar se injetando?

— Quero me livrar.

— Tem amigos ou família que possam te ajudar?

— Não.

— Com esse tratamento, uns vinte por cento dos que entram conseguem se livrar. É difícil. Muito. Principalmente no começo. Mas, se você aguentar, torna-se cada vez mais fácil. Seria bom que você procurasse alguma ocupação, algo que o entretenha, para não ficar sempre na rua.

— Vou pensar em alguma coisa.

— Ótimo. Então, nos vemos amanhã e incluiremos você no tratamento.

Fran saiu da van quando estava escurecendo. O sol se ocultava entre os edifícios do Mercamadrid e transformava em sombras de si mesmos os toxicômanos que caminhavam pelo acostamento da pista. María o chamou da van, antes de partir.

— Ei!

Ele se voltou.

— Você já fez o mais difícil.

Fran sorriu para ela e retomou seu caminho, para transformar-se em mais uma sombra no acostamento.

13. Sara

A fachada da sucursal do jornal *A voz de Arán* não era comparável em absoluto à de grandes edifícios carregados de história, como o do *New York Times*. A estrutura de granito predominante em toda a aldeia não era uma exceção ali. A porta de entrada era baixa e arquitravada, e o telhado de ardósia parecia velho e sujo. Por um amplo janelão na lateral, podiam-se ver três mesas espalhadas pelo piso, carregadas de montanhas de papéis desarrumados.

David havia combinado um encontro com o diretor do jornal. Após a conversa com Esteban na noite anterior, tinha feito uma lista com alguns dos ofícios que Thomas Maud poderia exercer na região. Alguém que não precisasse do dinheiro nem da fama trabalharia em algo que lhe agradasse, e David imaginou que a direção de um jornal local parecia ser uma opção bastante plausível. Era um tiro no escuro, mas ele se propusera ser metódico e disciplinado. No jornal, deviam conhecer as pessoas da aldeia, e talvez fosse possível farejar alguma pista a partir de sua conversa com o diretor.

Este havia concordado em recebê-lo somente por alguns minutos, afirmando ser um homem ocupado.

David atravessou a sala e os três redatores o olharam desconfiados. Ao fundo ficava o escritório do diretor. Bateu à porta e entrou. Julián Benito estava ao telefone, mas o fez sentar-se enquanto concluía a conversa. Assim, David teve tempo de observar com atenção a sala pequena que transbordava de tralhas. As paredes eram cobertas de fotos de gente que ele não conhecia, provavelmente moradores da aldeia ou algum mandatário da comarca. O diretor desligou o telefone e lhe ofereceu uma mão seca e firme. Tinha cerca de quarenta anos, revelados apenas por pequenos pés de galinha ao redor dos olhos frios.

— Muito prazer, senhor Benito.
— Pode me chamar de Julián. Isto aqui não é o *El País*. Se você não se incomodar, vou chamá-lo de David, é mais cordial.
— Concordo.
— Bom, me diga o que o trouxe até este jornal, David.

David tinha previsto essa pergunta e inventado uma pequena história. Não lhe custou muito: desde sua chegada, não havia feito outra coisa.

— É o seguinte, Julián. Eu trabalho em um jornalzinho de Madri, *Outras notícias*. Distribuímos diariamente vinte mil exemplares no metrô.
— Ah, muito bom — concedeu o diretor.
— Pois é, eu e minha esposa viemos passar uns dias de férias, e tive oportunidade de ler seu jornal. É muito bom, não tem nada a invejar a nenhum da capital. Então eu quis conhecer um pouco mais sobre um colega de profissão. O jornal é seu?
— Que bom que você gostou, David. Não é exatamente meu. Tempos atrás eu fundei um, mas era muito humilde. Faz alguns anos, *A voz de Arán* insistiu para que nos anexássemos para redigir as notícias locais. Continuamos sendo independentes, mas contamos com mais força e podemos nos centrar em nosso território.
— Você devia ser muito jovem nessa época.
— Sim, era um rapazola. Tinha vinte e cinco anos e precisava decidir se iria para uma grande cidade, a fim de trabalhar em algo maior, ou me tornar meu próprio chefe. E, bem, decidi ficar.
— Mas por quê? — interrogou David. — Você tem muito talento.

Julián se recostou na cadeira e o mediu com o olhar.

— Está me sondando, David?
— Não, pelo amor de Deus, não. Simples curiosidade de jornalista. Alguém como você poderia estar ganhando um bom dinheiro em outro lugar.
— O dinheiro não me motiva — respondeu Julián. — Sei que isso soa meio batido, mas para mim é imprescindível ser honesto comigo mesmo, tanto em meu trabalho como em minha vida pessoal.
— Puxa, me parece fantástico. A integridade é um virtude escassa esses dias. E como lhe ocorreu fundar um jornal próprio?

— Naquela idade, eu sabia que as decisões que tomasse então afetariam o resto da minha vida. Eu gostava deste lugar e não havia jornal. Minha mulher e minha família viviam aqui e eu estava confortável com isso. Ir embora para quê? Queria contar notícias reais, interessantes e humanas, sem ter que estar subordinado a uma direção editorial.

— É uma bela filosofia de vida — comentou David.

— Sim. Muita gente pensou que eu estava maluco, mas eu sempre digo que somente os que buscam a verdade merecem encontrá-la.

David ficou gelado. Essa citação. Essa citação! Era de *A hélice*! Julián a teria feito com intenção, como se soubesse quem ele era e o que viera fazer? Como uma brincadeira privada entre dois velhos amigos? Ficou olhando-o em silêncio, medindo sua reação, quase esperando que o jornalista capitulasse com algum gesto, uma piscadela, um assentimento de cabeça. Mas o outro permaneceu ali, parado, fitando-o sem dizer nada. David começou a transpirar sob o paletó. Não podia ser uma coincidência. Seria realmente o cúmulo do azar.

— Você está bem, David? — perguntou o diretor do jornal.

David se inclinou em seu assento e o fitou nos olhos com a confiança de quem tem nas mãos todos os ases do baralho.

— Melhor do que nunca, Julián. Você não imagina quanto. Gosta de escrever, Julián?

— Sim, claro.

— Escreveu alguma coisa alguma vez? — perguntou David, cada vez mais inclinado no assento.

— Claro que sim — retrucou Julián, meio intrigado. — Tenho um jornal. Quando comecei, eu mesmo escrevia todas as reportagens.

— Ah, só reportagens, certo. Nunca um conto, um romance, algo de ficção?

— Sim, bom, escrevi alguns contos, mas quando era mais jovem. Agora tenho menos tempo.

— Então, tem coisas escritas. Nunca pensou em publicar?

— Não muito. Eu fazia isso como hobby, não buscava o reconhecimento da publicação.

— Quer dizer que você não busca reconhecimento, disso tenho certeza. — David sorriu ante sua própria brincadeira. — São bons, os seus contos?

— Não são ruins, digamos assim. Mas daí a serem publicáveis...

— Pois é, claro, claro. Imaginemos por um momento que você escreva bem. Não digo o contrário, mas vamos imaginar por um momento. Se escrevesse algo realmente bom, algo que pudesse emocionar milhões de pessoas em todo o mundo, você o publicaria?

— Que diabo, como é que eu vou saber? — respondeu o diretor cada vez mais intrigado.

— Certo, seria preciso estar nessa situação, suponho. Embora, claro, você, que não faz as coisas por dinheiro, que não busca reconhecimento, imagino que encontraria alguma forma de divulgar seu trabalho sem transtornar sua vida nesta aldeia, não?

David estava se divertindo muito.

— Embora, claro — prosseguiu —, eu suponha que é melhor ser diretor de um jornal em que não há críticas.

— Não sei do que você está falando.

— Claro, ninguém sabe. Mas há muitas coisas que ninguém sabe, certo? Esta é uma aldeia cheia de segredos, onde muitos têm algo a ocultar, só que uns mais do que outros, estou errado?

— Acho que, desde que entrou, você não disse nada que faça sentido — observou Julián.

— Gostei de sua filosofia de vida, Thomas. Gostei muito. Mais ainda: eu a admiro.

— Quem é Thomas? Eu me chamo Julián.

— Claro, Thomas. Pode se chamar como quiser. Está com a faca e o queijo na mão, de catorze anos para cá. Gostei daquilo que você disse, que aos vinte e cinco anos a pessoa toma as decisões que marcam o resto da vida. E tem razão. Se você tivesse feito outra coisa, teria uma vida muito diferente. Não poderia desfrutar da tranquilidade desta aldeia nem dirigir a sucursal de um jornal sem ser alvo de observação a cada minuto. E se escondeu bem, Thomas. É possível que encontrar você tenha me custado meu casamento. Minha mulher me abandonou ontem.

— Não é de estranhar — retrucou Julián.

— Mas agora está tudo resolvido. Só quero lhe dizer que faremos o que você preferir, as coisas não têm por que mudar. Caramba, foi por pouco! Se não fosse a citação, você me escaparia. Ai, amigo! São os pequenos detalhes que fazem a diferença!

— Que citação?

— A citação de *A hélice*: "Somente os que buscam a verdade merecem encontrá-la". Uma frase muito bonita, sem dúvida.

— O que tem essa frase? Você a conhece?

— Se conheço? — exclamou David. — Claro que a conheço! Sabe quem a escreveu?

— Sim, é do livro *A hélice*, de Thomas Maud.

— Isso mesmo, e você conhece o autor do livro?

— Por que eu o conheceria?

— Bom, não há motivo para ficar na defensiva. Seu segredo está a salvo comigo, e Khoan também está disposto a mantê-lo. Faremos o que você mandar.

— Vá embora daqui.

— Não seja agressivo, Thomas. Só quero saber por que você não voltou a escrever.

— Quem é esse Thomas? E eu já lhe disse! Não voltei a escrever porque isso sempre foi um hobby para mim!

David se debruçou sobre a escrivaninha e falou baixinho, cuidando para que os redatores não pudessem ouvir.

— Não precisa fingir mais. Você permaneceu oculto por tempo demais. Só precisa nos mandar a sexta parte da saga, não pedimos mais do que isso. Se resolvermos esse problema, você poderá continuar com sua vida aqui como se nada tivesse acontecido. Em relação a nós, as coisas continuarão como estão. Você terá o que quiser: se quiser mais dinheiro, então mais dinheiro. Estou autorizado a negociar as bases de nossa futura relação.

— Venha comigo, vou lhe mostrar o que quero — respondeu o diretor, levantando-se e colocando um braço sobre os ombros de David e ao redor de seu pescoço. De início, aquilo pareceu apenas um abraço amistoso que ia se tensionando mais e mais...

O empedrado do solo estava bem duro quando David se chocou contra ele. Julián Benito e seus três redatores o levantaram no ar e o lançaram para fora do jornal, sem altura suficiente para lhe provocar um dano irreversível, mas o bastante para que ele não pudesse se sentar pelo resto do dia.

* * *

Raúl e María cumpriram a palavra: acompanharam Fran e outros dois toxicômanos ao tratamento com metadona. Raúl e o responsável eram velhos conhecidos e tinham familiaridade.

Fran conhecia de vista os outros dois rapazes, havia cruzado com eles algumas vezes ao voltar da favela. Os dois revelavam o mesmo padrão: dentes cariados, cabelo seboso, olhar perdido e roupa andrajosa. Restos de si mesmos. Isso levou Fran a se perguntar como os outros o viam. Embora seus dentes ainda não estivessem danificados pelos opiáceos, seu aspecto não devia ser muito melhor. Fazia três dias que não tomava banho e seus jeans estavam sujos. Os tênis, originariamente brancos, estavam tingidos pelo barro de Las Barranquillas.

Um dos rapazes era procurado pela polícia e tinha ido ali a fim de começar o tratamento com metadona antes que fosse detido. Uma vez iniciado, o processo não podia ser interrompido pela entrada na cadeia, e seria obrigatório que continuasse tomando a substância lá dentro. Do contrário, esperava-o uma temporada de droga adulterada e seringas alugadas, compartilhando infecções com todos os reclusos do pavilhão. A apresentação do documento de identidade no metaônibus implicaria sua prisão, mas os responsáveis pelo serviço já conheciam a maneira de evitar isso. Eram macacos velhos.

Após o exame de sangue, entregaram-lhe a primeira dose de metadona em um copinho de plástico, misturada com Tang laranja para reduzir o sabor amargo. Fran olhou o copinho com admiração, imaginando que o conteúdo daquele pequeno recipiente podia ser a chave de um futuro no qual ele teria controle de si mesmo.

Havia decidido não dizer nada aos seus parceiros de apartamento. Temia sobretudo que Carlos soubesse e passasse dois dias esfregando--lhe na cara doses e mais doses de heroína. Trataria de buscar algo para fazer, a fim de não ficar o dia inteiro sozinho no apartamento, queimando os miolos. Se conseguisse ocultar o tratamento por uma temporada, já não seria tão vulnerável aos ataques de Carlos. O que faria, depois de se reabilitar? Não sabia, e tampouco queria alimentar muitas ilusões, caso aquilo não funcionasse. Tentaria fazer parte dos vinte por cento, mas oitenta pensamentos negativos se atropelavam em sua cabeça. Tinha todo o tempo do mundo para pensar em outras coisas que não fossem drogas.

Com o dinheiro que teria gasto em droga naquele dia, comprou algo para jantar. Esse era outro aspecto importante, a alimentação. Tinha que parar de se alimentar à base de cerveja e doces.

Entrou no apartamento com as sacolas de comida e, como sempre, ninguém apareceu para recebê-lo. Guardou as compras em uma geladeira na qual só havia uma embalagem de leite vencido e um pacote de mortadela já mofada.

O apartamento estava vazio. Carlos, Laco e Manu deviam estar fazendo algum cambalacho para conseguir droga. Tinha a casa só para si. Não sentia fome, mas se obrigou a comer um talharim comprado pronto, descongelado em um velho micro-ondas que Manu havia roubado um ano e meio antes de uma casa ocupada por desabrigados. Com o estômago cheio, talvez pudesse evitar pensar em tomar um pico. A comida também era uma droga, não? Embora nada comparável. A metadona havia eliminado a fissura, mas seu corpo, habituado a três doses diárias, sentia falta delas e as reclamava por todos os poros. Comeu o talharim até sentir o estômago dilatado.

Uma vez saciado, sentou-se no sofá da sala e buscou desesperadamente algo para fazer. Durante vinte minutos percorreu as paredes com o olhar, analisando cada descascado na pintura como se fosse obras de arte.

Quem dera que Carlos não tivesse vendido a TV!

Demorou bastante a se lembrar do livro que vinha lendo e que o acompanhara em tantos momentos de vigília. Embrulhou-se na manta e o abriu, procurando o capítulo durante o qual havia sucumbido ao sono, na última vez. Releu alguns parágrafos e recapitulou todos os matizes da história.

Alegre por ter o que fazer, começou a percorrer as páginas.

E um novo mundo se abriu ante seus olhos. Um mundo que não era sua vida, que nada tinha a ver com ele, mas ao qual estava profundamente ligado através dessa letra impressa. Voltaram-lhe à lembrança os tempos em que lia livros e imaginava histórias próprias.

Antes, gostava de passar as tardes sentado na grama de um parque com um maço de cigarros e um livro de bolso. O sol bronzeava sua pele e as páginas estimulavam sua mente, mergulhada em histórias das quais se sentia absoluto protagonista, como depois não conseguiu ser de sua própria vida. Desejaria que sua existência atual fosse de outro, e que ele pudesse passar o resto de seus dias entre as cenas desses livros.

Desfrutou da leitura na solidão e pensou que a literatura talvez fosse uma boa forma de passar o tempo.

Então, a porta se abriu e ela entrou.

Fran levantou a vista quando escutou um pigarro falso que denotava uma presença. Topou com uma garota baixinha, cabelos castanhos e olhos vivazes. Olhava-o sem dizer nada. De início, ele não se perguntou o que ela fazia ali nem como havia entrado. A jovem usava uns jeans apertados e uma jaqueta meio gasta que não ocultava os seios avultados. Na mão trazia um saco de lixo cheio de roupa. Tal como dois gatos que se encontram no escuro, os dois se encararam durante o que pareceu uma eternidade. A garota não se apressou a dar explicações. E Fran dispunha de muito tempo livre.

Ninguém disse uma palavra até que Manu apareceu à porta.

— Fran! Caralho, como você está culto hoje! — Apontou para a jovem, que ainda carregava a sacola. — Fran, esta é minha prima Sara. Vai passar uma temporada conosco. Sara, este é Fran, meu colega de apartamento.

— Oi — disse Sara.

Tinha uma voz tímida. Não aparentava mais de vinte e um ou vinte e dois anos. Fran se perguntou o que ela fazia em um lugar como aquele, mas a experiência contava a história por si mesma. Garota fugida da casa dos pais cai nas drogas e acaba com um familiar também dependente. Garotas novas, histórias velhas.

Manu foi embora minutos depois, a fim de cuidar de um assunto pendente, e deixou sua prima para que se acomodasse a gosto. Ela não demorou muito a largar a sacola em um quarto, olhar ao redor e pensar: veja só o buraco em que se meteu, Sara!

Depois, foi até a sala e fez a única coisa que podia: começou a conversar com o sujeito que havia encontrado ao chegar.

— Quer dizer que você divide o apartamento com meu primo. Estão juntos há muito tempo?

— Você fala como se ele e eu fôssemos um casal — retrucou Fran.

— Me refiro a dividir apartamento.
— Uns dois anos.
— Como se conheceram?
— Fizemos alguns negócios juntos no passado.
Fazer negócios. Dar trambiques. Não importava.
— E você? — perguntou Fran. — Como veio parar aqui?
— É uma longa história.
— Tempo é a única coisa que eu tenho de sobra.
— Talvez outra hora. Não tenho energia para contar agora.
— Tudo bem.
Os dois ficaram em silêncio por alguns minutos, compartilhando o espaço da sala. Fran decidiu fazer a pergunta.
— Você também se droga?
Sara se surpreendeu. Por fim, assentiu com a cabeça.
— Coca ou heroína?
— Heroína.
— Há quanto tempo?
— Desde os dezenove anos.
Fazia tempo que os toxicômanos haviam substituído os típicos "De onde você é? O que estudou? Tem irmãos?" por perguntas menos educadas, porém mais adequadas a essas situações: "Consome muito? Onde compra? Quando usou pela primeira vez?".
— Ah — assentiu Fran. — Expulsaram você de casa ou o quê?
— Não, eu saí. Mas eles acabariam me expulsando. Era uma questão de tempo.
— Quantos anos você tem?
— Vinte e seis.
— Vinte e seis é o caralho. Não passa dos vinte e dois.
— Bom, vinte e três — concedeu Sara.
— Isso já dá para acreditar.
Continuaram conversando uma meia hora. Fran gostou dela. Sara estava assustada ante a nova vida que se abria à sua frente e tentava evitar por todos os meios que isso fosse perceptível. Fran reconhecia nela os mesmos sinais que ele mostrara em seus inícios com a droga. Sara queria dar a impressão de que estava exatamente onde queria. Nada mais distante.

— Dá cagaço, não dá? — perguntou, quando já estavam conversando havia algum tempo.

— Dá cagaço o quê? — perguntou ela, como se não soubesse.

— Sair de casa e vir morar com três desconhecidos.

— Eu conheço o Manu.

— Sei. Imagino que eram íntimos antes disso.

Sara se manteve serena e tratou de manter o tom para que o nervosismo não aparecesse.

— Está tudo sob controle.

— Sem dúvida.

Ela não respondeu. Manteve-se erguida, olhando o escasso mobiliário do aposento. Fran sorriu internamente. Aquela garota não admitiria um erro nem sob tortura.

— Pois eu, sim, fiquei encagaçado quando saí de casa. E Manu. E todos nós aqui. E em muitos dias continuo encagaçado.

Sara continuou sem responder, como se não o tivesse escutado. Fran retomou a leitura. Quando levantava a vista de um parágrafo, percebia que ela o olhava de esguelha.

Havia três dias, David percorria a aldeia em busca do escritor. Depois do estrepitoso fracasso com o diretor do jornal, procurava estar mais atento em suas observações e mais reflexivo em suas ações. Alguns passos em falso, e sua tarefa de investigação iria por água abaixo, como já acontecera à sua vida matrimonial. Realmente, havia acreditado que Julián era o escritor.

Mas aquilo não era um filme e as coisas não eram assim tão simples. O único resultado daquele encontro havia sido uma enorme mancha roxa na nádega direita e uma profunda sensação de ridículo. E já colecionava muitas, desde sua chegada à aldeia.

Só lhe restava ater-se ao método, com a convicção de que isso o tiraria do aperto em que se encontrava. Encaminhou-se para o ponto seguinte da lista: a biblioteca.

O trabalho de bibliotecário era simples e deixava muito tempo livre. Com os livros não havia urgências. Ninguém tirava você da cama às duas da manhã porque precisava consultar um. Os livros aguentam dezenas de anos nas estantes, ao passo que nós nos apergaminhamos e nos estriamos pouco a pouco. Trabalhar das nove às cinco, rodeado de milhares de volumes, com todo o tempo do mundo para ler e tecer histórias. De um livro a outro livro, de uma vida a outra vida.

Um álibi perfeito para alguém cujo amor à literatura o tivesse feito criar uma saga de tal magnitude. Quando os garotos devolvessem os livros, o suposto bibliotecário trocaria com eles umas palavras para saber se haviam gostado e lhes sugeriria outros. Um trabalho simples para uma vida simples.

A biblioteca ficava no térreo de um pequeno centro cultural ao lado da praça. Para chegar à sala, era preciso atravessar um corredor de paredes cobertas com antigos desenhos infantis.

Bateu com os nós dos dedos sem que ninguém respondesse. Entrou.

Demorou alguns minutos até encontrar um ancião sentado em uma cadeira, dormindo, com uma esferográfica numa das mãos e um livro na outra. Em seu colo repousava uma caderneta com algumas anotações.

David pousou a mão no ombro dele e esperou que isso o despertasse, mas nada feito. O velho dormia profundamente. David o sacudiu de leve e viu suas pupilas se moverem sob as pálpebras. Segundos depois, o homem abriu os olhos devagarinho e ficou olhando para ele. Em seguida olhou para os dois lados, sem parecer muito seguro de onde estava, e voltou a encarar o estranho que se erguia diante dele.

— Ram-ram — pigarreou repetidas vezes —, quem é o senhor?

David se apresentou e disse que queria pegar um livro. O homem se levantou e, com movimentos cansados, situou-se atrás de um balcão de madeira. Puxou uma gaveta com muitas fichas e perguntou o nome do recém-chegado.

— Não tenho ficha aqui. Sou novo na aldeia.

— Bom, não é problema. Podemos fazer uma num piscar de olhos. Mas, se eu fosse o senhor... — ficou pensando uns segundos —, não estaria tão arrasado, hein?

Riu alto de sua própria brincadeira, que David acompanhou com um sorriso. O velho prosseguiu.

— Antes deveria ir ver se temos o livro que procura.

— Eu queria qualquer um da saga *A hélice*, de Thomas Maud.

Buscou no olhar do ancião algum sinal de reconhecimento ou preocupação, mas só encontrou uma expressão de desorientação, enquanto ele procurava mentalmente a informação.

— Não, esse nós não temos.

— Não?

— Bom, para ser sincero, não temos quase nada. Olhe para as estantes.

David se voltou e viu as prateleiras nuas de livros. Os poucos que restavam tinham as páginas enrugadas ou as capas rasgadas. Chamavam o local de biblioteca em lembrança de tempos melhores, supôs, porque agora ela mal podia ser descrita assim.

— E por que têm tão poucos?

— Os garotos. Esses pequenos bastardos. Pegam os livros e não devolvem. Por atraso na devolução, há uma taxa de um euro e meio. Por perda ou estrago, é preciso repor o custo do livro, mais uma multa. Pensa que isso os detém? Não! Nada detém esses meninos. São como a peste. Levam os livros, leem e ficam com eles. Não ligam para a difusão da cultura ou para o civismo. Eu telefono para suas casas e peço que os devolvam, e respondem que vão fazer isso. Acha que vêm logo? Não, claro que não. Para eles, tanto faz que um velho os ameace. E eu já não tenho idade para ir buscá-los de casa em casa.

David se lembrou do velho ditado: para ter uma boa biblioteca, é necessário ter muitos amigos e pouca memória. O bibliotecário prosseguiu em sua diatribe.

— A polícia se nega a ir buscá-los, dizem que isso é problema da Prefeitura e que sua intervenção seria desproporcional. Uns safados, isso é o que eles são! Intervenção desproporcional... Para eles tanto faz, não nos enganemos! Preferem cochilar na viatura a vistoriar casas em busca de livros roubados. Não se dispõem a fazer o mínimo esforço pelos livros da biblioteca. Os pais teriam que se envolver no assunto! Enquanto isso, fico eu aqui, quase sem um livro para guardar na estante. Mas a revolução chegará, e então esses bastardos terão que prestar contas de cada livro não devolvido, de cada prazo atrasado e cada encadernação estropiada. Nesse dia, eu vou rir como ninguém nunca riu. Vão ouvir minhas risadas na França! Vão ouvir minhas risadas na Suécia!

O editor o deixou desabafar a gosto e, quando o ancião acabou, procurou reconduzir a conversa.

— E sabe se o tiveram algum dia?

— Ter o quê? — perguntou o velho, aparentemente sem entender a que ele se referia.

— Algum volume de *A hélice*, de Thomas Maud.

— Bom, seria preciso ver as fichas.

Examinou a gaveta. Não parecia haver nada.

— Antes, eu anotava na parte de trás dos livros os nomes dos que os tinham lido, mas agora não posso mais. Porque os safados os levam e não os devolvem. Eu já lhe disse isso? Não os devolvem! Pequenos bastardos! Entendo que se possa roubar um supermercado para comer, ou para conseguir dinheiro, mas um livro... Um livro! Só mesmo um maluco. E esta aldeia, me escute, está cheia deles, porque não os devolvem.

O olhar de David se dirigiu ao teto, quando ele viu que ia começar tudo de novo.

— Estou com setenta e seis anos e já não tenho disposição. Do contrário, eles iam ver. Só não me aposentei ainda porque ninguém respondeu ao anúncio procurando bibliotecário, entende? Pois é. Eu tenho que estar aqui! E espero que a pessoa que vier seja alguém durão, com cicatrizes e mãos grandes, para apertar o pescoço desses desgraçados...

David aguentou a enxurrada como pôde e escapuliu dali, deixando o ancião bibliotecário com suas prateleiras vazias e suas fantasias de morte e destruição.

As possibilidades estavam se esgotando.

14. No fundo do poço

Fran recebeu sua dose de metadona no metaônibus da Junta Municipal de Arganzuela, também chamada Casa del Reloj, perto da saída do metrô Legazpi. Por uma janelinha, deu seu nome e disse que vinha da parte de Raúl, embora isso não parecesse importar muito. Estava na lista, e lhe deram seu copinho de Tang com eficiência profissional.

Ele agradeceu e foi embora. De uma viatura estacionada nos arredores, policiais olhavam pelo retrovisor todos os que se aproximavam do metaônibus, provavelmente tentando reconhecer algum que estivesse sendo procurado, tal como os caçadores esperam por perto que a presa caia na armadilha. Os encarregados das listas tinham seus truquezinhos para colocar em tratamento toxicômanos que eram alvo de mandado de busca e captura, mas a polícia também tinha suas artimanhas para encontrá-los.

Nos primeiros dias, Fran havia aguentado com coragem estoica os embates da fissura, que mesmo sob controle ainda podia criar nele uma discussão interna: *Me dê uma dose, você sabe que precisa, vai lhe cair bem...*O pior eram as madrugadas. Às cinco e meia em ponto ele acordava, acostumado a tomar um pico nesse horário. Agora despertava e tinha dificuldade de voltar a dormir, tentando não pensar em uma seringa de heroína. Não havia ruído a essa hora, nem carros na rua, e a voz em seu interior se fazia ouvir com toda a clareza.

À tarde, após a metadona, com o ânimo mais calmo, tinha se acostumado a vagar pelas ruas, sempre em direção oposta à favela e suas transações. No primeiro dia, as pernas lhe doeram pelo esforço de caminhar, mas ele se recuperou logo, e agora desfrutava de seus passeios como outros de uma aula de ioga. Fazia-lhe bem o exercício físico, e também lembrar que existiam outros bairros, outras pessoas, outros ambientes que ele tinha conhecido não havia tanto tempo assim, mas que estavam adormecidos em sua memória.

Costumava passar algumas horas vespertinas em um parque, sentado num banco ao sol, com um pacote de seis cervejas. A bebida não era uma dose de heroína, mas sempre era melhor do que estar sóbrio. No dia seguinte ao início do tratamento, comprou um caderninho e umas esferográficas em uma barraca de chineses.

Enquanto via os casais passeando de mãos dadas e solteiros com cachorros, em busca de alguma garota distraída, escrevia no caderninho os pensamentos que lhe ocorriam no momento. Deixava-se levar pela inspiração alcoólica, topando às vezes com frases sem muito sentido ou incoerentes umas com as outras. Não era necessário que tivessem lógica. Bastava que o entretivessem durante as tardes e desviassem sua mente de outros pensamentos funestos.

Na mesma manhã em que começou com a metadona se encontrou na rua com Kiko, um antigo companheiro de andanças. Fazia uns dois anos que eles tinham perdido contato, mas ambos pensavam um no outro de vez em quando. Kiko estava agora trabalhando algumas noites em um caminhão de reciclagem de papel. Não era um emprego da prefeitura: eles simplesmente se dedicavam a roubar o papel dos contêineres oficiais e a vendê-lo por quilo à usina de reciclagem. Ganhavam uma miséria por quilo, mas levavam um caminhão carregado até o alto, com a caçamba ampliada por barreiras construídas com estrados metálicos de camas.

Os companheiros de Kiko precisavam urgentemente de alguém que servisse de vigia, para o caso de aparecer uma viatura da polícia, e Kiko se alegrou por poder oferecer isso ao amigo a quem não via há dois anos. Fran não contou que estava em desintoxicação nem Kiko perguntou se ele estava metido com algo ou não. Eram amigos e sabiam que havia assuntos sobre os quais era melhor não indagar demais. Se tivessem que se livrar, fariam isso de forma natural. Kiko sabia que o pessoal do caminhão não aceitaria um drogado para o trabalho, e portanto preferia não tomar conhecimento. Fran dava a impressão de ser um cara perdido na vida, e isso era suficiente. No mundo da rua não existe currículo que valha, e uma sessão de trabalho era referência melhor do que uma licenciatura na universidade.

De modo que as noites de Fran foram ocupadas em olhar para os lados enquanto os quatro ocupantes do caminhão levantavam a lixeira com uma polia e faziam esparramar-se uma maré de papéis, papelões, folhetos e revistas. Com as mãos enluvadas e umas pás de remover neve, jogavam aquilo na caçamba, comprimiam tudo e prosseguiam até o contêiner de reciclagem seguinte. Levavam o material ao mesmo lugar ao qual a prefeitura o levaria, e a mesma usina o reciclava, só que eles recebiam dinheiro, como se fossem particulares preocupadíssimos com o meio ambiente. O pessoal da usina tampouco perguntava — nesse pequeno submundo constituído pelas trapaças de rua, quanto menos perguntas, melhor —, mas de onde eles tiravam aquelas ingentes quantidades de papel não era um grande segredo. Teria que ser um particular muito escrupuloso para trazer mais de dezesseis quilos de papelão só em rolos de papel higiênico.

No final da noite ele tinha os músculos cansados e cerca de catorze euros no bolso, o suficiente para comprar alguma comida e uma nova embalagem de cervejas para o dia seguinte.

Não era um trabalho de escritório, mas ele não era dos que costumam usar terno.

Nessa noite, quando ia entrando na portaria, encontrou-se com Carlos, que saía. Este se aproximou com um sorriso e lhe pousou um braço sobre os ombros.

— Caralho, Fran, viu a prima de Manu? Que peitos! Tenho que transar com ela, me dá o maior tesão! Vou me mandar para a casa de Gloria, porque a prima me inspirou. Escute bem, se aquela garota acabar na rua, vão comer ela todinha, sério!

Carlos saiu, com seu sorriso cortante e sua ereção permanente. No apartamento, Fran encontrou Sara cozinhando em uma caçarola algo que parecia massa com ovos mexidos. Assim que ele cruzou a porta, os olhares dos dois se encontraram, e o de Sara relaxou ao vê-lo.

— Ufa! — exclamou ela. — Achei que era Carlos subindo de novo. Ele me dá a sensação de que vai me estuprar a qualquer momento. Me olha como se eu fosse uma boneca inflável ou algo assim.

— Carlos olha todas as mulheres desse jeito, não é algo especial contra você. A única diferença que ele vê entre uma mulher e uma boneca inflável é que a primeira pode lhe pedir dinheiro.

Sara sorriu da brincadeira.

— Mas nem todos vocês deste apartamento são assim, pelo que vejo. Quer jantar? Fiz muita quantidade.

— Seria ótimo, obrigado.

Não tiveram um jantar íntimo à luz de velas. Dedicaram-se a engolir a massa e a contar como cada um tinha passado.

Durante os dias anteriores, não haviam tido muito contato, mas Fran descobriu que a segurança demonstrada por Sara no primeiro momento não era totalmente fingida. Ela contou em detalhes que Manu a tinha acompanhado à favela e apresentado ao seu avião, e como este a olhou de alto a baixo, calculando o que ela estaria disposta a fazer por uma dose e quantas vezes se disporia a fazê-lo. Seu primo lhe explicou meticulosamente as coisas com as quais ela devia tomar cuidado: conferir a cor e a textura da droga, não comprar de desconhecidos, confiar em pouquíssimos, quanto menos, melhor. Depois de terem os dois consumido suas respectivas doses, Manu tinha ido resolver uns "negócios" e ela tomou o metrô de volta para casa.

Fran, em contraposição, foi sucinto. Disse que passara o dia resolvendo uns assuntos pendentes havia algum tempo, sem se referir, sequer minimamente, ao seu tratamento de desintoxicação. Era algo que ele esperava manter em segredo o máximo possível. Se fracassasse na tentativa, iria se poupar da vergonha e das zombarias dos companheiros, e, se tivesse êxito, ainda haveria tempo para que os outros soubessem. Até agora ele tinha aguentado os embates da dependência, mas já havia sido avisado de que era uma corrida de longa distância.

Desde que Carlos vendera a televisão para comprar coca, as noites no apartamento tinham se tornado meio tristes e solitárias. Manu não era especialmente conversador, Laco arrastava seu pesar e não ousava compartilhá-lo com ninguém, e Carlos, considerando o que costumava dizer, era melhor que ficasse calado.

Na tentativa de preencher esses silêncios até a hora de se deitar, Sara relatou a Fran a história de como havia chegado ali. Não era original. Ela havia seguido o mesmo caminho de tantas outras. De um cigarrinho isolado, nos recreios do fundamental II com as amigas, enquanto riam e conversavam sobre garotos, passando por um baseado no ensino médio, quando ia dançar em discotecas. Aproveitava o tempo que os pais lhe davam até o toque de recolher para tomar uns drinques, fumar maconha e, de vez em quando, compartilhar um comprimido de ecstasy. Riam umas das outras ao se verem chapadas, as piadas que usualmente não as fariam rir se tornavam engraçadíssimas, e os garotos que antes lhes pareciam anódinos se tornavam de repente interessantes. E assim, meio alucinada pelos estupefacientes, Sara se deixava cair em algum sofá de uma discoteca qualquer. Foi a primeira de seu grupo de amigas a tatear a braguilha aberta de um rapaz para ver o que encontrava ali. E, em seguida, aquilo que ela encontrou procurou onde se enfiar nela.

Durante muito tempo as drogas e o sexo foram íntimos amigos de cama. O sexo lhe parecia somente algo físico. E não lhe agradava pensar que se entregava ao garoto com quem se deitava. Em contraposição, se transasse drogada, a transa se transformava em algo que a catapultava a novas sensações, que lhe abria a porta para novas experiências que já não tinham nada a ver com o físico. Era um mundo novo, onde não recebia ordens de ninguém e sentia que podia ser ela mesma.

Logo, qualquer um que trouxesse no bolso um comprimido a encontrava de pernas abertas. Ela não buscava um determinado companheiro, mas as sensações que isso lhe proporcionava. Durante dois anos e meio, não pagou nem um ecstasy nem enrolou um baseado, mas se drogou mais do que muitas de suas amigas juntas.

Não decorreu muito tempo até que todos os rapazes deixassem de considerar Sara uma garota interessante e ousada para vê-la apenas como alguém com quem se divertir por uma noite no assento traseiro de um carro, sem nenhum remorso no dia seguinte.

Quando chegou ao último ano do ensino médio, mudou de colégio, mas não de hábitos. As pílulas de ecstasy já eram consideradas uma brincadeira de criança. Se transar com uma pastilha no estômago era algo clamoroso, não havia comparação com fazê-lo depois de cheirar uma carreira de pó. Os rapazes se tornavam mais vigorosos, e ela, mais receptiva. Os orgasmos pareciam se estender até o infinito, deixando entre as pernas uma sensação prazerosa que pedia mais: mais sexo, mais coca.

Naquele ano, Sara mal abriu um livro. Em junho lhe restavam quatro matérias, das quais só conseguiu recuperar uma em setembro. Seus pais, que a consideravam uma boa aluna e uma filha responsável, perguntaram-se o que poderia ter acontecido com ela. Teria perdido o rumo? Teria anteposto as festas com os amigos à importância dos estudos, que eles sempre haviam tentado lhe inculcar? Não demoraram a descobrir a razão: em uma noite em que voltaram para casa mais cedo, encontraram a filha na cama, enquanto um rapaz cheirava uma carreira de coca sobre uma das nádegas dela.

Sara repetiu o último ano do ensino médio, mas nem a situação com os pais nem suas qualificações escolares melhoraram. Quando foi novamente reprovada no ano seguinte, já descartada a universidade, começou a trabalhar como caixa no supermercado do bairro. Ali, teve a oportunidade de ver suas antigas colegas de instituto quando acompanhavam as mães às compras, em um intervalo de seus atarefados planos de estudos universitários.

Os pais lhe deram um voto de confiança para que ela mudasse o estilo de vida, e Sara tentou. Mas, com sua mísera vida familiar e a nula emoção profissional, só lhe restavam as sessões de sexo e drogas com amigos que nunca deletaram seu telefone das próprias agendas, porque sabiam que Sara os faria ter um momento agradável. Então começaram seus primeiros devaneios com a heroína, que a fazia evadir-se e lhe proporcionava viagens a mundos etéreos e desconhecidos. Com essa nova descoberta que era a heroína, podia se poupar do sexo com aquele bando de imbecis, que só a queriam para fazer com ela o que as namoradas não permitiam. Sua nova melhor amiga era a heroína, e ela, a heroína de sua própria história. Não havia mais ninguém a quem atribuir esse papel.

Passaram-se dois anos até que a situação em casa se tornasse insustentável, e Sara decidiu ir embora antes que as águas transbordassem da represa. Com a ajuda do primo, foi viver naquele apartamento, com três toxicômanos que ela não conhecia.

Fran escutou a história com atenção. E não criticou Sara em nenhum momento. Não se acreditava no direito de fazê-lo, logo ele, que experimentara aos dezenove anos sua primeira carreira na coxa de uma prostituta que gostava dele.

— Então é essa a minha vida, é o que temos. E você, o que me conta?

— Pois é, gata, não estou com disposição de lhe contar agora a história da minha vida. Em outra noite, quem sabe? Não vamos gastar toda a carga de uma vez só.

— Bom, já que você não vai me contar nada, vou dormir. Mas você me deve uma.

E sorriu. Fazia muito tempo que uma garota não sorria para Fran daquela maneira. Um sorriso franco, aberto, amistoso. Naqueles últimos dias, ele se lembrava de muitas coisas que não tinha havia muito. E agora que não estava se drogando, as lembranças vinham pouco a pouco à sua mente, como amigos em uma reunião de antigos alunos. E o sorriso de uma garota era algo de que ele sentia falta. Você podia se acostumar a viver sem isso, mas então sua vida era mais triste.

Só lhe restavam duas opções a verificar. Ou Thomas Maud era professor de literatura no instituto da aldeia vizinha (porque Bredagós não dispunha de colégios próprios), ou mantinha algum tipo de negócio que satisfizesse um hobby. Para tentar comprovar a primeira opção, David havia marcado um encontro com o professor de literatura do Instituto Josep Pla em Bossòst, a aldeia mais próxima, o qual era frequentado pelas crianças de Bredagós.

O editor andava aflito, com as forças minguadas e as esperanças prestes a se extinguir. Aquilo que havia começado como um empreendimento de titãs, no qual ele seria meticuloso e metódico, era agora uma palhaçada em que interrogava pessoas que não conhecia sobre temas que elas ignoravam e que ele não podia explicar abertamente. Buscava uma falha que pudesse delatá-las, mas isso não lhe bastava, como bem havia demonstrado sua entrevista com o diretor de *A voz de Arán*. Era procurar agulha em palheiro, só que desta vez o palheiro era uma aldeia inteira. E agora, também a aldeia vizinha.

Tinha se informado antes de ir. No instituto de Bossòst, o professor de literatura era muito afeiçoado às oficinas de escrita criativa.

Dependendo da idade, ele podia lhe encomendar uma simples redação sobre o que você fez durante as férias ou lhe dar a primeira página de uma história e pedir que a completasse. Em aulas posteriores, analisavam-se as variantes mais originais. Dizia-se que o instituto havia obtido numerosos prêmios em alguns concursos nacionais.

Em vez de um Thomas Maud, então, quem sabe se David não encontraria um John Keating?

Ficou esperando em uma cadeira fora da sala do professor, como se fosse um aluno. Muitos anos tinham se passado desde a última ocasião em que se sentara em uma dessas. Os colegas haviam desenhado um ponto na lousa e a cada vez que o professor passava em frente todos puxavam as cadeiras ao mesmo tempo, produzindo um tal estrondo que suas palavras eram abafadas. David foi um dos que mais riram, o que lhe valeu uma viagem gratuita ao escritório do diretor, para sentar-se em uma cadeira praticamente idêntica à que estava usando agora. Por que será que, quando alguém entrava em um colégio, independentemente da idade que tivesse, se sentia de novo como um estudante?

A porta se abriu ao lado dele e uma mãe saiu se despedindo de Ramón Casado, o professor com quem David havia marcado encontro. Este lhe acenou para entrar e o convidou a tomar assento.

A sala era claustrofóbica. Mais parecia um quarto de despejo reformado. David teve a impressão de que, se estendesse o braço, poderia tocar a janela atrás da escrivaninha do professor. Ramón Casado usava um paletó de veludo e uma gravata larga, fora de moda. Tinha uns cinquenta anos bem conservados, exceto por umas rugas permanentes nos cantos da boca, ali onde a pele se dobra quando sorrimos. Junto dele, no chão, uma pasta de couro puída.

— Bem, senhor Peralta, pode falar.

— Pois é, vim morar na aldeia de Bredagós, aqui ao lado.

— Sim.

— Eu me mudei há pouco, e estava procurando trabalho como professor em um instituto. Em Valladolid, onde residi até algumas semanas atrás, era professor do idioma para alunos do fundamental. E agora estou sondando um pouco os empregos nas aldeias dos arredores, para ver se existe algum em que eu possa me encaixar. Isso é o ruim de ser funcionário público, na maioria das vezes só podemos viver onde nos dão trabalho.

Ramón Casado se reclinou na cadeira, meditando sobre o que dizer.

— Não veio me tirar o posto, certo?

— Não, em absoluto! O senhor? Com todos os prêmios que ganhou e sua reputação na área? Não iam querer me contratar, se para isso tivessem que prescindir do senhor. O diretor está encantado com seu trabalho.

— Diretora — corrigiu o professor.

— Bom, falei no sentido geral — retificou David. — Ela me disse que não tem voz nem voto na contratação de pessoal, que isso é determinado pelo Ministério, mas que, se alguém podia saber de algo, esse alguém era o senhor, porque tem muitos contatos. Sei que não nos conhecemos, mas, entre colegas de magistério, achei que o senhor poderia me dar alguma indicação.

— Seu rosto não me é estranho, senhor Peralta. Não costumo esquecer a fisionomia das pessoas, mas estou tendo dificuldade de localizar a sua.

— Bom, eu tenho um rosto muito comum — disse David. — Muita gente me para na rua e diz: "O senhor é quem? Pascual?". Enganam-se o tempo todo.

— Mas assim, de saída, me deixe pensar um pouco. A verdade é que, para um professor de idioma, a coisa está mais difícil do que em outras matérias. Agora, todo mundo dá grande importância às ciências, sobretudo desde o aparecimento de muitas profissões técnicas. As pessoas têm a impressão de que as filologias são para idiotas, ou algo assim...

— E têm razão — disse David. Eu sou diplomado em filologia hispânica, e veja onde acabei.

"Eu sou mais de seguir um manual. Jamais poderia dar aulas de literatura criativa. E isso, mesmo gostando de livros. Mas é que, quando começo a escrever, alguma coisa falha. Conheço todos os truques e técnicas, mas me faltam a centelha, o ouvido para as conversas, a nitidez das descrições..."

— Tenho sua imagem na cabeça, mas não sei de onde a tirei. E foi há pouco tempo, é recente.

O professor o fitava apoiando a mão no queixo e o cotovelo na mesa. Parecia que a tarefa de reconhecer onde o tinha visto se tornara algo prioritário para ele. Enquanto isso, David prosseguia com seu discurso ensaiado.

— Fico absolutamente humilhado quando leio algo da estatura de, não sei, Thomas Maud, por exemplo. Quando li *A hélice* pela primeira vez, fui tomado pela sensação de estar diante de algo maior do que eu. E adoraria dirigir um curso de escrita criativa, mas como vou fazer isso, se eu mesmo sou incapaz de criar o que quer que seja? Por exemplo, já que estamos com Thomas Maud, o senhor sabia que ele é um escritor que ninguém conhece? Esse homem escreve seus livros em casa, manda-os para a editora e esta os publica. Pelo menos, isso é o que se diz. Deve ser incrível fazer algo assim, escrever um livro pelo prazer de escrevê-lo, sem buscar fama nem glória. E são esses ideais que é preciso inculcar nos alunos. Talvez, quem sabe, o senhor tenha em suas turmas o próximo Thomas Maud. Conhece-o?

— Quem?

— Thomas Maud, claro — disse David, como se a pergunta estivesse fora de lugar naquela salinha.

— Mas o senhor não disse que ninguém o conhece? — respondeu Ramón Casado, impassível.

— Bom, eu me referia a que ninguém do âmbito popular o conhece, mas ele deve ter amigos e vizinhos, como todo mundo.

— E por que eu o conheceria? Nem sequer li seu livro!

— Ah, não? Pois deveria. É um grande romance. Mais de noventa milhões de exemplares vendidos em todo o mundo, traduzido para mais de setenta idiomas. Ganhou o Hugo, o Nébula, o Locus... fizeram-se não sei quantas edições...

— Já sei!

— Sabe? — perguntou David, inclinando-se sobre a escrivaninha. — Sabe o quê?

— Demorei, mas consegui! Desde que o senhor entrou, eu estava com a pulga atrás da orelha. Tinha na cabeça sua imagem bidimensional, por isso me custou tanto enquadrá-lo. Fiquei o tempo todo pensando nas pessoas que vi por estes dias!

— Do que o senhor está falando? — perguntou o editor.

— Eu me fiz essa mesma pergunta enquanto o senhor me veio com essa conversa, e no final acabou me indicando a pista. Graças a Deus! Do contrário, eu ainda estaria dando voltas! No jornal, o senhor parece mais atarracado, sabia?

— Que jornal?

Ramón Casado se inclinou e colocou em cima da escrivaninha a pasta de couro que David tinha visto ao entrar. Abriu-a e tirou um exemplar de *A voz de Arán*. Folheou-o e mostrou a ele as páginas centrais, com as notícias locais. Embaixo, à esquerda, havia uma foto de David com uma mão na cintura e a outra no traseiro, retorcendo-se meio de costas. Sua cara estava contraída pela dor e pela vergonha. Ao pé da foto, o título da reportagem dizia:

"Estranho turista acossa a população"

Embaixo, em cerca de dez linhas explicava-se como David se aproximava das pessoas da aldeia e as interrogava sobre temas absurdos. Por exemplo, perguntava aos habitantes de Bredagós quantos dedos tinham ou os importunava com citações de livros. Ao que parecia, tinham entrevistado José, o cozinheiro, e este passou as informações, as quais, unidas ao humilhante encontro com o diretor do jornal, foram suficientes para uma pequena reportagem nas páginas centrais. Sugeria-se inclusive que podia se tratar de um paciente fugido de algum manicômio dos Pireneus.

O que mais o impressionou foi a rapidez com que deviam ter batido a foto. Agora se dava conta de que o clarão que havia visto não era efeito da dor, mas um flash fotográfico através do janelão do escritório de Julián Benito.

Ramón Casado sorria, esperando algum tipo de prêmio, que não iria receber, pela identificação. David se levantou, pegou o jornal, dobrou-o embaixo do braço e saiu dali sem pronunciar uma palavra.

Enquanto cruzava a porta, decidiu que esse método de busca havia acabado.

A mala pesava nos braços de David. Os músculos do ombro se intumesciam e ele precisava passá-la de uma mão à outra, deixando o braço livre pender sobre o flanco e balançando-se a cada passo sem ritmo nem estilo. O cansaço mental o fazia curvar os ombros, e as quinas metálicas da mala (comprada por Silvia na mesma liquidação que a dela, extragrande) rangiam contra o solo, produzindo-lhe prurido nos dentes.

Atravessou o jardim e, embora visse luz na garagem, decidiu bater à porta principal. Após meio minuto durante o qual tentou organizar os pensamentos para dar uma aparência razoável ao seu relato, a porta se abriu e o pequeno Tomás se plantou no limiar. Olhou-o de alto a baixo e soltou uma risadinha infantil antes de gritar:

— Mamãe, o doido está aqui!

Saiu correndo para dentro sem convidar David a entrar. Este permaneceu com a mala na mão, para não perder tempo se tivesse que sair dali mais depressa do que esperava. Ángela se situou onde, momentos antes, estivera seu filho, e disse:

— David, seu aspecto dá pena de ver.

— É que eu estou de dar pena mesmo, Ángela — respondeu o editor.

— Vamos, entre e tome um café. — Olhou-o de novo. — E umas vitaminas.

E riu baixinho, enquanto o precedia no corredor.

Ángela e David se sentaram à mesa da cozinha enquanto a cafeteira tocava sua curiosa sinfonia de chiados e borbulhas. Ángela olhou a mala, da qual seu visitante não se separava.

— E essa bagagem?

— Edna me expulsou da casa dela.

Ángela se surpreendeu, e por pouco não deixou cair no chão as xícaras de café.

— Sério?

— Não ria, por favor. Não tem graça. Voltei e encontrei minha mala na porta. Chamei Edna para saber o que havia acontecido, mas ela se negou a abrir. Gritou através da porta que não quer hospedar um louco perigoso. Acho que leu o jornal. Diz que é uma mulher idosa e que não poderia se defender dos ataques de um perturbado. Tentei argumentar que era tudo um engano e que ela perderia o pagamento de dois dias, se não me deixasse entrar. Queria me explicar cara a cara, mas ela disse que, se eu não fosse embora, chamaria a polícia para me expulsar. E não é a primeira vez que me dizem isso, desde que cheguei aqui.

"Então, peguei minha mala e fiquei perambulando pelas ruas, pensando no que fazer, para onde ir. Mas, quando me dei conta, percebi que atrás de mim vinha um bando de crianças, que me seguiam para saber o que fazem os malucos quando são despejados. Ao que parece, entre todas as crianças da Espanha eu fui topar com as únicas que leem o jornal. Foram se agrupando pouco a pouco, e de repente eram uma legião. Uma me atingiu com um estilingue. As outras se animaram e começaram a me atirar pedras também. Estou cheio de manchas roxas nas costas. Não sabia o que fazer, então fiz o que tenho feito ultimamente: vim para sua casa, imaginando que você talvez me deixasse ter pena de mim mesmo até amanhã. Depois encontrarei algum lugar para onde ir."

David levantou a vista após terminar sua exposição; a cadeira de Ángela estava vazia. Sentada no chão, sua anfitriã ria sem parar, contorcendo-se entre gargalhadas e tentando fazer o ar chegar aos pulmões. Após meio minuto de incontrolável hilaridade, ela conseguiu se dominar e se sentar de novo na cadeira da cozinha. Ainda lhe custava parar de rir.

— Assim você me mata, David. Desculpe, fazia tempo que eu sentia falta de umas boas gargalhadas e não pude me conter. Pensando bem, é muito engraçado — disse.

— Talvez, com o tempo, eu veja as coisas assim — respondeu David, apático. — Você me deixa ficar aqui?

— Claro! Meu sofá é seu sofá.

Ángela saiu da cozinha alegando que precisava ir ao banheiro. Suas gargalhadas ainda ressoaram por toda a casa, enquanto David tomava o café sozinho.

Os três jantaram juntos. Tomás confessou a David o que ouvira no colégio pouco antes. O filho de Ángela frequentava o colégio de Bossòst, como todos os estudantes de Bredagós. Depois da reunião do editor com Ramón Casado, as fofocas haviam transitado pelos corredores como um rastilho de pólvora até chegarem ao edifício da educação primária. Em pouco tempo, em cada sala havia um exemplar do jornal. Ninguém soube de onde eles tinham saído, mas ali estavam. Tomás disse aos colegas que o conhecia, todos o rodearam e o fuzilaram com perguntas. Até mesmo meninos que ele não conhecia o interrogavam. De repente se tornara o garoto mais interessante do colégio. Agora ele era "o amigo do maluco". Mas não tinha nada a ver com o comportamento dos meninos de Bredagós naquela tarde.

David contou que tudo tinha sido uma confusão e que o repórter havia exagerado, buscando uma notícia que na realidade não existia. Disse apenas que havia falado com algumas pessoas da aldeia e tido umas "diferenças culturais", mais nada. A busca pelo escritor ele continuou guardando para si.

O sofá era pequeno e incômodo. As pernas de David sobravam, e ele se viu obrigado a calçar de novo as meias em benefício dos dedos gelados. O dia tinha sido longo e humilhante. O cansaço físico e o embotamento mental conspiravam para não o deixar dormir, e as marteladas na garagem não ajudavam muito. Ele não queria pensar, mas, insone, olhando para o teto, não podia fazer outra coisa. Tentou não relembrar os dias anteriores. Também não tinha vontade de planejar uma nova estratégia para procurar Thomas Maud. Este lhe causava rancor, porque, se fosse um escritor corrente, nada daquilo teria acontecido.

Pensou em Silvia. Já teria adormecido? Ou estaria olhando para o teto e pensando nele? David havia deixado alguns recados na secretária eletrônica da irmã dela, mas não obtivera resposta. Mesmo assim, tinha certeza de que Silvia os escutara. Ela era muito inclinada a deixar alguém falar na secretária e, dependendo do que a pessoa dissesse, atender ou não.

Mas David, sim, pensava nela. Naqueles dias só havia pensado em sua mulher e em Thomas Maud. As duas relações frustradas. Queria fechar os olhos e abri-los em Madri, em sua cama, com Silvia abraçada à sua cintura. Que tudo tivesse passado, que alguma combinação cósmica tivesse resolvido seus problemas e lhe permitisse ser feliz de uma vez por todas. Com um filho a caminho e uma mulher que o amasse.

Não era pedir muito. Havia trabalhado bastante pelo que tinha, e, embora só lhe restasse um passo para chegar ao final do caminho, esse passo podia pôr tudo a perder.

Levantou-se do sofá. Conhecia a trilha que sua mente estava percorrendo porque já a percorrera uma infinidade de vezes. E o abatimento era inevitável. Ele preferia dar voltas pela casa e fazer alguma coisa.

Para começar, conseguir que cessasse aquele martelar na garagem, que estava a ponto de levá-lo à loucura.

Ángela segurava os pregos na boca tal como um costureiro segura os alfinetes. Com a mão esquerda, apoiava-os na madeira e, de um golpe seco e certeiro, introduzia-os até a cabeça. Fazia isso mecanicamente, quase sem prestar atenção. David a observou cravar alguns antes de interrompê-la.

— Como Tomás consegue dormir com todo esse escândalo?

Ángela se voltou e tirou da boca os pregos restantes.

— As crianças dormem onde e como for preciso. Acordei você?

— Não, para isso eu precisaria ter adormecido.

— Lamento, o sofá não é muito confortável.

— Não é o sofá. Sou eu, que não consigo parar de pensar. Isso aí é a cabana para Tomás?

— Sim — respondeu Ángela. — O aniversário dele é depois de amanhã. Já estou começando a juntar os painéis. Na noite da véspera, só vou precisar unir tudo. Fiz a casa o mais modular possível.

— Ele vai adorar.

— Acha? Espero que sim, venho trabalhando à noite há um mês e meio. Não todas as noites, é claro, mas um tempinho aqui e outro ali...

— Meus pais eram mais de dar um autorama ou algo assim. Não que eu me queixe, gosto de autoramas. Mas uma cabana em uma árvore requer muito mais trabalho. Só montá-la já deve ser uma odisseia.

— Quer me ajudar? Vou fazer isso amanhã à noite, no bosque.

— Claro. Não tenho nada melhor a fazer, agora sou um despejado. Mas já vou avisando que não entendo nada de carpintaria.

— Tranquilo, é fácil. Basta seguir minhas instruções. Vou lhe dar tarefas simples.

— Bom, será como um pagamento pela hospedagem. Uma troca.

— Esteban também virá. Então seremos três. Quanto mais gente, menos trabalho.

David andou alguns passos, olhando os módulos meio montados. Forçando sua visão espacial, enferrujada desde as aulas de desenho técnico, vislumbrou a escadinha de subida e os painéis do piso.

— Agora percebo — disse, enquanto caminhava. — De pé era difícil, mas agora, se eu inclinar a cabeça...

Refez o percurso, com a cabeça caída de lado.

— Puxa, esta é a claraboia! Tomás deve se sentir muito orgulhoso de uma mãe disposta a empregar tanto tempo em construir para ele algo assim.

— Bom, eu tento compensá-lo de certo modo.

— Compensar? Pelo quê?

— Tomás é um menino que cresceu sem um pai ao seu lado. Sei que não é culpa minha, mas às vezes noto que, com mais alguém, seríamos uma família mais completa. Claro que ele convive com isso muito bem. É uma criança magnífica. Mas algumas vezes eu o vi observando com inveja uma família, e me desgosta não poder lhe dar isso. Para compensar esse tipo de coisa, faço esta cabana para ele.

— Não há nada errado em ser mãe solteira.

— Claro que não! Eu não disse isso! Não me interprete mal, mas você sabe como são as crianças. Quando veem que todas as outras têm um pai e elas não, podem sentir que lhes falta algo. Ora, se invejam colegas de turma que têm tênis Nike! E não quero que Tomás se sinta inferior em nada, porque não é. Vai conseguir fazer grandes coisas.

— De saída, ele tem algo que os outros garotos não têm: uma mãe que sabe fazer cabanas.

David apontou os painéis colocados por todo o solo da garagem. Ángela o mediu com o olhar, perguntando-se se ele era confiável. Decidiu que sim.

— Eu tinha vinte e um anos quando engravidei de Tomás. Não vou mentir, não foi uma gravidez desejada. Aconteceu porque aconteceu. O padre Rivas diria que foi Deus quem nos mandou a criança, mas, enfim, que mensageiro Ele foi escolher! Um babaca, pelo menos isso ficou claro para mim desde o princípio.

"Eu não tinha trabalho nem estudos. Não queria me casar com o pai. Então, no início pensei em abortar. Agora me parece um escândalo, mas naquele momento juro a você que era a opção mais sensata. Mas então chegaram Esteban e Alicia. Especialmente Alicia. Ela me convenceu a ter o bebê e me manteve durante a gravidez e os primeiros meses depois do nascimento de Tomás. Alicia e Esteban eram mais velhos do que eu, mas a partir desse momento nos tornamos íntimos, como uma segunda família. Na verdade, agora eles são quase a primeira.

"Haviam tentado ter filhos e não conseguiram. No começo achei que eles pretendiam ficar com Tomás quando nascesse, como se eu fosse uma mãe de aluguel ou algo do gênero. Me tratavam bem demais para não pedir nada em troca. Mas eu estava errada. Agora sei que existem pessoas assim. Alicia me contou que era ela quem não podia ter filhos, e isso a entristecia. Acho que, desde que se conheceram, os dois sempre tiveram muito claro que desejavam uma família numerosa. E Alicia considerava triste a hipótese de eu renunciar a ter uma que já estava germinando. Não era contra o aborto nem negava minha opção de decidir, simplesmente isso lhe parecia triste porque ela não podia conceber. Por isso disse que me ajudaria, tanto econômica quanto pessoalmente.

"E eu o tive. E agora não posso imaginar minha vida sem ele, é impossível. Os dois me apoiaram, mas Alicia se tornou amiga e confidente. Era uma mulher magnífica, você não faz ideia. A pessoa a quem você recorre quando não sabe o que fazer, porque tem certeza de que ela encontrará uma solução. Se houver uma, Alicia a encontra. Ela e Esteban formam o melhor casal que eu já conheci. Feitos um para o outro. Eles se compreendiam com um olhar. Alguma espécie de química estranha fazia cada um saber o que o outro pensava. Nunca os vi discutir. Nem uma só vez.

"Quando Tomás nasceu, pedi que fossem os padrinhos, claro. Quem mais? Eu sabia que, se me acontecesse algo, eles cuidariam de Tomás como se ele fosse o filho que nunca puderam ter. Nunca pensei que esse algo aconteceria a Alicia, assim como uma criança não imagina que seus pais vão morrer. Por dor física. O simples fato de pensar isso me doía, e eu sacudia a cabeça para afastar a ideia. E há quatro anos, bum! Esclerose. Agora é Alicia que está prostrada em uma cama, esperando o fim de seus dias. Sei que estou repetindo um chavão, mas quem vai embora são sempre os bons. Você precisa ver Esteban. Passa as noites dormindo num sofá ao lado da mulher, segurando a mão dela. A ternura com que ele a trata é de cortar o coração."

Os olhos de Ángela marejaram e as lágrimas correram livres por suas faces.

— E sabe o que é pior? Se fosse o contrário, se eu tivesse essa doença, recorreria a Alicia. E estou certa de que ela encontraria uma solução. Mas não. É ela quem está doente e a única coisa que eu posso fazer é vê-la definhar. Quem dera existisse outra Alicia para me dizer o que fazer. Mas é impossível. Ela está morrendo, e eu, construindo um forte para seu afilhado.

David deu dois passos à frente e abraçou-a. Não pensou, simplesmente se aproximou e o fez. Ángela apoiou a cabeça no ombro dele e continuou chorando. David lhe acariciou as costas. Devia fazer muito tempo que ela não chorava no ombro de ninguém. Não podia fazer isso com Esteban, e com os demais sempre se mostrava como uma mulher durona. Ele gostaria de dizer algo para consolá-la, mas não lhe ocorria nada. Continuou abraçando-a até que os soluços dela se detiveram.

Ángela levantou a cabeça e o fitou. Estavam muito próximos. Cruzaram os olhares e David percebeu um daqueles momentos nos quais um sabe que, se se lançar, será bem recebido pelos lábios do outro.

Ángela pensou o mesmo. Assim ficaram três segundos que pareceram uma eternidade. Os dois se afastaram simultaneamente.

— Está ficando tarde — disse Ángela, recorrendo ao óbvio.

— Sim — assentiu David.

— Amanhã eu acabo isto, quando Tomás estiver no colégio.

— Perfeito.

Saíram. Ángela foi para seu quarto e David para o sofá.

Ambos dormiram pouco nessa noite. De repente, havia de novo muitas coisas em que pensar.

15. Tremores

Fran teve uma crise naquela manhã. Por volta das cinco e meia, levantou-se como de costume, o corpo pedindo uma dose de heroína para não ter que encarar o dia com a alma a seco. Durante alguns segundos procurou ao redor o material da injeção, até se lembrar de que estava em tratamento de metadona e já não se picava. Embora a dependência física tivesse sido acalmada pelo substituto que lhe davam todas as tardes, a dependência psicológica ainda era grande, e suas veias tinham fome. Olhou as veias azuladas do antebraço e pareceu-lhe que seus poros se abriam suplicando por uma seringa.

A taquicardia se manteve até as nove da manhã, hora em que ele decidiu fazer algo a respeito. Com a cara encharcada de suor, aproximou-se da barraca de frutas secas gerida por um chinês e empregou o dinheiro obtido na noite anterior com a coleta de papelão na compra de uma garrafa de vodca e seis latas de cerveja.

Assim foi que, com o estômago vazio, às nove e vinte da manhã, grudou a garrafa de vodca nos lábios e sugou até que a garganta começou a arder. Parou pelo tempo necessário para tomar ar e sugou de novo, desejando que o álcool fizesse efeito o mais depressa possível para ele cair desmaiado no chão. O que era pior: ser um toxicômano ou um alcoólatra? Qualquer coisa era melhor do que ser um toxicômano.

Na garrafa só havia um restinho quando ele perdeu os sentidos sobre o colchão que lhe servia de cama. Restavam as seis latas de cerveja para aguentar a fissura da tarde.

Acordou na hora do almoço. Encontrou-se com Sara, que estava de saída com Manu para ir comprar droga na favela. Ela se aproximou, beijou-o no rosto não barbeado e lhe cochichou que naquela noite teria uma surpresa para ele. Fran tentou sondá-la, mas a única coisa que escutou foi: "Para saber, você tem que esperar por hoje à noite".

Não fez nenhuma alusão ao seu aspecto ruim, aos seus olhos inchados, às suas olheiras e à sua ressaca. Talvez por deferência. Talvez porque, naquele mundo, isso era normal. Talvez ela não se importasse.

Fran passou o dia envolvido na rotina que havia imposto a si mesmo. Depois de comer uns cereais e passar pelo metaônibus, sentou-se no parque com o pacote de cervejas, no mesmo banco que ocupava todos os dias. A vodca matinal ainda fazia efeito, e ele sentia profundos espasmos no estômago. Os pequenos murmúrios do álcool não tinham potência suficiente para abafar os estridentes gritos da dependência de heroína, mas pelo menos produziam um ruído de fundo no qual ele podia fixar a atenção.

Nesse momento misturavam-se em Fran os efeitos da ressaca matinal, da metadona depois do almoço e das cervejas da tarde. Todos exigiam um pedacinho de sua pessoa, mas, desta, restava cada vez menos para reverenciar. As frases que escreveu no caderno naquela tarde eram próprias de alguém à beira do abismo. Mas ele sabia que a solução passava por resistir, por esperar mais um dia e confiar em que, ladeira acima, tudo ficasse mais fácil.

E assim um dia e outro dia e outro dia, até que chegasse o momento em que lhe informassem no serviço de desintoxicação que ele vinha há bastante tempo tomando somente o Tang.

Mas ainda faltava muito...

À noite ele coletou papelões com Kiko e seus companheiros. Tiveram que sair depressa quando avistaram uma viatura da polícia, de modo que dessa vez não fizeram muito dinheiro. Por pessoa, pouco menos de oito euros, os quais Fran guardou com tédio no bolso traseiro de seus jeans imundos. Dispôs-se a ir para casa, comer alguma conserva enlatada e ir dormir rezando para não se levantar de madrugada com fissura.

Nem sequer se lembrava da surpresa anunciada por Sara. Quando abriu a porta, encontrou-a de pé, como se estivesse à sua espera.

A jovem o brindou com um sorriso como o da noite anterior, e só então ele se lembrou. Ela o tomou pela mão e o conduziu até o sofá, mandando-o fechar os olhos. Quando Fran os abriu, diante de si viu um televisor, de não menos de vinte primaveras. Devia ter nascido no mesmo ano que Sara. A carcaça era de plástico imitando madeira, e os botões estavam apagados. Em uma época de telas planas, Fran se emocionou com um aparelho de TV tão velho e gasto.

— Mas funciona? — exclamou.

— Sim! Foi preciso fazer uns ajustes com o decodificador, mas agora funciona.

— Onde você conseguiu isso?

— Tinha sido jogado fora, acredita?

— Acredito, sim.

— Como você se nega a me contar histórias antes de dormir, achei que talvez pudéssemos ver um filme.

— Não é que eu me negue, é que...

Fran se calou antes de terminar, ao ver a expressão de Sara.

— Estou brincando, Fran.

— Tudo bem.

— Aliás, veja só o que encontrei no mesmo contêiner.

Fez com que Fran olhasse atrás do televisor e ele viu que o aparelho estava preso à mesinha por uma grossa corrente de aço.

— Se Carlos tentar vendê-lo de novo...

Fran se sentiu tentado a dizer: "Quem pagaria por um televisor tão velho? Foi até jogado no lixo!". Em vez disso, respondeu:

— Ideia fantástica.

Jantaram umas embalagens de comida pré-cozida, instalados nos banquinhos da cozinha. Depois, puderam desfrutar do prazer de ver televisão. Um aparelho inibidor do pensamento era muito necessário a pessoas como eles. Quanto menos pensassem em sua situação, melhor. Que outros se ocupassem disso. E o que esses outros pensassem era indiferente, desde que os poupassem do trabalho de fazê-lo eles mesmos.

Após um tempinho de indecisão, encontraram um canal de filmes antigos que ia iniciar a projeção daquela noite.

Sara se levantou, pegou a manta que Fran usava para dormir e usou-a para fazer uma espécie de casulo ao redor deles no sofá.

Assistiram a *Doutor Jivago*. Nenhum dos dois conhecia a metragem do filme, e ambos se dispuseram a vê-lo acreditando que este durava a hora e meia habitual. A cada *fade to black*, esperavam os créditos, mas a história continuava meses ou anos depois. Após cinco ou seis fusões, Sara começou a reclamar, alegando que aquilo era um engano ao espectador, mas Fran estava encantado. Via um filme sobre o frio russo sentindo ao seu lado o calor de Sara encolhida contra ele. Em determinado momento, ela adormeceu enquanto ele assistia às duas últimas fusões. Sara despertou quando os créditos começaram.

— O que aconteceu? — perguntou.

— Vinte anos — respondeu Fran.

— Puxa, no meu sono parecia menos. Que triste, conseguir uma TV para depois ficar dormindo.

— É para isso que serve a televisão. Você economiza Valium.

Sara riu da brincadeira, e, quando se deram conta, os dois estavam se beijando. Fran, surpreendido no princípio, não demorou a continuar, enquanto ela percorria o pescoço não escanhoado dele traçando com a língua pequenos sulcos ao redor da jugular.

As mãos não demoraram a agir e Fran pôde comprovar em pessoa os elogios de Carlos sobre os seios dela. Eram tersos e duros como rochas, diferente de outras coisas. Sara introduziu a mão na calça dele e onde esperava o rochedo de Gibraltar não encontrou mais do que areia de praia. Fran se sentiu inquieto, enquanto ela brincava com seu pênis flácido tentando enrijecê-lo sem êxito. Após alguns minutos de manuseio, acabou-se a prorrogação, com o que Fran teve que confessar:

— A heroína não ajuda nessas coisas.

— Bom, não importa — disse Sara, mal ocultando sua decepção. — Tenho outra coisa preparada para você.

Saiu da sala, deixando Fran no sofá. Voltou um minuto mais tarde, com uma seringa em cada mão.

— Para esta, eu convido — disse, estendendo uma a ele.

Fran não sabia como reagir. Morria de vontade de um pico, claro que também morria de vontade de transar com ela. Uma coisa ele queria e não podia, a outra ele podia e não devia. Olhou ambas as seringas, sem se decidir.

— Agradeço, Sara, mas não.

— Como assim? Vai ser o primeiro *junkie* na história a desprezar um pico?

Fran odiou o modo como Sara o chamou. *Junkie*. Pronunciado com desprezo, citando uma classe social que ele detestava e da qual ela se resignara a fazer parte.

— Não devo, Sara. Não me force.

— Por que não deve? Sua mamãe não deixa?

— Estou tomando metadona, Sara. Faz uma semana que não uso.

Sara ficou estupefata, como se devesse ter descoberto isso por alguma razão mas o tivesse deixado escapar.

— E seus baratos? Como o desta manhã, por exemplo. Você usa metadona e heroína?

— Eu fico bêbado. Sei que é uma merda, mas me ajuda a continuar sem droga. Hoje de manhã bebi uma garrafa de vodca quase inteira.

— Caramba — disse ela, como resposta.

— Sim, caramba. E lhe agradeço, sei o que é convidar alguém.

Mantiveram um minuto de silêncio. Uma vez oficializado o assunto, não restava muito o que discutir.

— Pode me fazer um favor? — perguntou Sara.

— Claro.

— Você poderia me injetar?

Fran ficou assombrado. Conhecia muitos casais que se injetavam mutuamente como um substituto sexual, mas surpreendeu-se que ela pedisse isso a alguém que acabava de dizer que estava em reabilitação. Não era apropriado.

Sem dizer palavra, pegou a seringa com uma mão muito mais hábil do que a dela, fruto de anos de experiência. Tal como um cirurgião sabe onde cortar com o bisturi, não lhe foi difícil encontrar uma veia, uma vez atado o garrote. Os braços de Sara eram finos, e as veias picadas apareciam sem esforço. Fran enfiou a agulha e Sara o olhou, enquanto ele empurrava o êmbolo. Os olhos dela eram de gata no cio, e Fran achou que ela os cravava nos seus como castigo porque ele não tinha conseguido uma ereção. Quando as pupilas de Sara se dilataram e ela caiu de costas no sofá, ele ainda teve tempo de pousar uma mão sobre sua coxa.

Fran ia saindo da sala quando Sara disse:

— Fran, você tem grana? Hoje fiquei pendurada.

Fran ainda tinha no bolso de trás dos jeans os oito euros que havia conseguido com os papelões. Quase levou a mão até ali, mas se deteve.

— Estou duro. Lamento.

Sara não retrucou. Deixou cair a cabeça e mergulhou no limbo *junkie*.

Esteban os ajudou a carregar os módulos de madeira em seu velho Renault 12. Por não ter calculado bem o espaço do carro, Ángela precisou desmontar dois painéis, despregando algumas madeiras e colocando-as atrás junto com as outras. Em uma caixa de ferramentas, levava todo o equipamento necessário para montar o forte no bosque: martelos, luvas, encaixes, esquadrias metálicas, cordas, cola para madeira...

David carregou em cima das pernas até a clareira do bosque uma boa quantidade de material, que quicava e se cravava nele a cada buraco em que caía a perua de amortecedores enferrujados. Não era um 4 × 4, nem o bosque uma estrada asfaltada. Ao chegar, as primeiras farpas já o espetavam. E o número continuaria aumentando ao longo da noite.

Ángela mostrou aos dois o conjunto de árvores onde se localizaria o forte. Era formado por cinco faias de tamanho médio, exceto a do centro, supostamente o pai de todas as demais. A base estava debruada de musgo e tinha umas raízes grossas, que podiam facilmente constituir os primeiros degraus de uma escada até a copa. Ángela entrecruzava os ramos para sustentar as madeiras e as atava a pernos no solo para lhes dar mais estabilidade. Como informou a eles, não ia cravar nos troncos nenhum prego nem parafuso, para não danificar as árvores. Esteban tirou da perua um pequeno gerador e o carregou com uma lata de gasolina, dando ao bosque uma porção de claridade suficiente para poderem trabalhar sem grande perigo. Ángela sacou os projetos e os prendeu ao veículo com os limpadores de para-brisa. Eram desenhados com régua e pincel atômico e nas margens traziam as medidas e escalas. Ali não havia Autocad para ver a estrutura em três dimensões nem função de aumento para visualizar os detalhes. Ángela lhes deu instruções de montagem como se fosse uma arquiteta experiente, e eles, uns aprendizes com mais ilusões do que conhecimentos.

David fez um mestrado em bricolagem e carpintaria naquela noite. Começou segurando a escada de Ángela e passando-lhe as madeiras que ela indicava, continuou atando cordas ao redor dos degraus no tronco, para finalizar a noite pendurado em um galho, ajustando os módulos que a carpinteira-chefe construiu nas noites anteriores. Para alguém que havia encomendado as prateleiras de seu armário a um carpinteiro, enquanto ele passava cinco dias em Toulouse trabalhando com um de seus escritores, até que não se saiu mal.

As primeiras luzes do alvorecer clarearam os últimos retoques. Extenuados e sonolentos, os três puderam desfrutar da visão da cabana concluída com a alegre fadiga produzida após um exercício prolongado ao qual não se está acostumado. As dores musculares, contusões e farpas cravadas iriam incomodá-los durante os próximos dias, mas a visão desse momento os acompanharia sempre que acreditassem estar enfrentando um desafio grande demais.

Cerca de seis metros quadrados de plataforma elevada, rodeados de corrimãos a dois metros do solo, protegeriam as crianças de monstros imaginários. Podia-se chegar aos dois estrados por meio de duas escadas e três cordas com nós para os intrépidos. Uma pequena cabana ao rés do chão, sob uma das plataformas, proporcionava-lhes um quartel-general onde pudessem elaborar planos de batalha.

David sentiu que um menino se agitava em seu interior, um menino que jamais havia recebido tal presente e que, entre os brinquedos de que já desfrutara, o mais parecido com aquele eram as estruturas metálicas dos parques de Madri. Em uma cidade asfaltada, com os locais de lazer perfeitamente regulamentados, não era possível ver coisas assim. As árvores pertenciam à municipalidade e ninguém deixava você construir nada nelas. A natureza na cidade era escassa e convinha preservá-la. Imaginou-se dormindo ali com os amigos, lendo histórias de terror à luz de uma lanterna e comendo guloseimas até o estômago doer. Os arranhões se transformariam em sua rede de camuflagem contra um mundo do qual não precisaria, porque disporia de seu próprio espaço, uns poucos metros quadrados a dois metros de altura, onde os animais selvagens da imaginação não poderiam alcançá-lo. Um refúgio contra a realidade, no qual ser apenas um menino seria permitido.

David via Ángela ao seu lado. A satisfação se desenhava nos olhos cansados dela e em seus antebraços cobertos de arranhões. Embora, no início, tivesse achado excessivo construir algo assim para um aniversário, ele agora percebia o sentido daquilo, ao ver o olhar de Ángela e ao imaginar a felicidade de Tomás no dia seguinte.

— Bom, garotos, o que acham? — perguntou Ángela.

— Fantástico — respondeu David.

Esteban não respondeu. Olhava o forte como um estudante de arte olharia um quadro em um museu.

— Esteban? Gostou? — voltou a perguntar Ángela.

— Tomás vai se divertir com isso durante muitos anos. Eu também gostaria de ter tido algo assim, mas meus pais não eram muito habilidosos. Quem me dera conservar algo feito pela minha mãe! Não somente é um forte magnífico. É também o melhor que uma criança pode receber: o tempo e o esforço dos pais.

Esteban pousou um braço sobre os ombros de Ángela e puxou-a para si antes de continuar:

— Vejo os anos passarem por este forte. Tomás vai crescer e se tornar adulto, mas o forte resistirá, continuará aí quando seus netos, Ángela, tiverem idade de brincar nele. E, quando perguntarem ao pai quem o construiu, ele se voltará e dirá: "Foi sua avó Ángela, quando eu tinha dez anos". E seus netos vão olhar você não como a mulher que assa biscoitinhos para eles quando vão visitá-la, mas como você é neste momento, como se o tempo não tivesse passado. Nós todos morreremos, mas o que construímos esta noite persistirá.

Ángela passou um braço pela ampla cintura de Esteban, e ambos se fundiram em um abraço.

David sentiu uma pontada de inveja. Havia pensado mais ou menos isso e gostaria de tê-lo expressado assim, mas o medo de parecer ridículo ou sentimental o contivera.

Ao longo de sua vida, tinha visto a liderança desse tipo de pessoas em sua forma de falar, e sempre quisera ser igual a elas. Mas, quando chegava a hora da verdade, David travava e não sabia o que dizer. Sentia-se especial por dentro, e o único a ter conhecimento dessas virtudes. Acreditava que dá-las a conhecer ao mundo exterior faria com que esse algo especial que ele tinha fosse sepultado pelas virtudes alheias. O peixe grande come o pequeno.

Manteve-se calado, observando Esteban e Ángela se abraçarem. Uma corrente de frio lhe atravessou a jaqueta. Tentou se convencer de que era o amanhecer.

Fran passou a noite agarrado às páginas de *A hélice*. Depois de deixar Sara flutuando em seu limbo particular, pegou o livro e devorou as cento e cinquenta páginas que restavam. Tendo terminado, ainda levou horas relendo certos trechos de que havia gostado mais. Fechou o volume e apoiou-o à sua frente, imaginando que os personagens entravam por osmose através de seus poros, que o acompanhariam em sua busca do mesmo modo como havia decidido continuar com eles no segundo volume da saga.

Dormiu um sono plácido e evitou a fissura do amanhecer. Despertou com o sol já alto e uma surpresa embaixo da manta.

Olhou melhor e topou com a barraca armada. Fazia tanto tempo que ele quase havia esquecido como era acordar com uma ereção. Assim que compreendeu de que se tratava, veio-lhe à cabeça a noite anterior e alegrou-se com que a de hoje não fosse acabar da mesma maneira. Era uma das sensações que ele desejava experimentar de novo. Não seria ruim que sua dependência fosse evoluindo da heroína para o álcool, e do álcool para o sexo.

A libido tinha voltado. Fran não sabia quanto ela duraria, mas torcia para que aguentasse ao menos até aquela noite.

Passou o dia imaginando como seria sua noitada. Tomou a metadona com um bom humor que surpreendeu os encarregados do metaônibus. Tinha vontade de ir falar com Raúl e María, mas preferia não se aproximar da favela por medo de uma recaída. Quando estivesse limpo, teria uma longa conversa com eles e agradeceria tudo o que haviam feito. Pela primeira vez desde que iniciara o tratamento, vislumbrou a recuperação como algo real, em vez de uma quimera. Procurou se tranquilizar. Ainda faltava muito, mas era difícil tirar o sorriso dos lábios.

Nessa noite com Kiko, sentado ao seu lado na caçamba do caminhão, sobre uma pilha de papelões, este lhe disse:

— Você está contente esta noite, Francito.

— Estou mesmo.

— Por quê?

— Porque hoje vou dar uma trepada que vai entrar para a história.

— Assim é que se fala! Temos que transar!

Os dois riram e bateram reciprocamente as palmas. Suas gargalhadas de ânimo foram ouvidas pelas ruas vazias de Madri.

Ao voltar ao apartamento, estava animadíssimo. Tinha comprado uns ingredientes a fim de preparar um jantar decente para Sara. Tinha tempo que não fazia sexo, e por essa razão pretendia estender o ritual tanto quanto possível, desfrutar dele em toda a sua extensão. Ia curtir todas as preliminares, jantar incluído. Comprou até uma coisa para Laco, se por acaso este os interrompesse.

Deixou a sacola na cozinha. Não parecia haver ninguém em casa. A sala estava vazia, com a TV ainda acorrentada à mesinha.

No corredor, começou a ouvir gemidos. Aproximou-se até a porta de Carlos. Pelo jeito, ele não era o único que iria fazer sexo esta noite. Colou o ouvido à porta e escutou os graves gemidos de satisfação de seu companheiro de apartamento, dirigindo a operação como um controlador de voo: "Sim, assim, continue, assim, agora à esquerda, mais depressa, assim, muito bem...". Estranhou que Gloria tivesse concordado em ir para lá, ela dispunha de um apartamento com todas as comodidades.

Tirou da sacola o jantar para Laco e bateu à porta dele. De início, ninguém respondeu. Fran bateu uma segunda vez. Era estranho que Laco não estivesse. Abriu a porta.

Laco estava sentado em uma cadeira, com o garrote atado ao antebraço e segurando uma das pontas deste com os dentes. Olhou para Fran e o mandou entrar e fechar a porta.

— Qual é o problema?

— Não quero que Carlos me veja.

— Por quê?

Laco não gostava de que o vissem se picando.

— A gente furtou uma dose do Carlos — disse Laco, mostrando um sorriso. Era uma das poucas vezes em que Fran o tinha visto sorrir.

— Caralho! Como?

— Sara conseguiu para mim — explicou o outro, como se tivesse feito uma prova no colégio e sua excitação se devesse à certeza de uma futura nota máxima na matéria.

— Sara sabe onde Carlos guarda a heroína?

Um dos segredos daquela casa, que dera origem a não poucas hipóteses, era onde Carlos guardava as doses de droga que afanava dos outros nas compras em grupo. Uma vez eles chegaram a fazer uma batida em sua ausência, para tentar encontrá-las.

— Sei lá. Sara pegou uma dose e, quando Carlos saiu, ela me deixou outra na mesinha da sala. Deu uma bela rasteira nele.

— E por que Carlos deu uma dose a Sara? — perguntou Fran.

— Fizeram um trato.

— De que tipo?

Pronto, lá vinha desgraça. Fran seria capaz de pagar para não ouvir. Mas, quando se faz uma pergunta, dever estar preparado para a resposta.

— Carlos deu uma dose para trepar com ela. Estava doida por um pico, não tinha tomado nada o dia inteiro.

Aquilo doeu como uma punhalada. Fran conhecia a mistura de dor física e psicológica que percorria o corpo quando a pessoa ficava dez horas sem tomar um pico, e imaginava como Sara devia estar depois de vinte e duas de abstinência. Entristeceu-o que ela fizesse aquele trato por uma mísera dose de pouco mais de seis euros. Rasgou-lhe a alma que isso acontecesse com Carlos e não com ele. Partiu seu coração que ela se visse levada a fazê-lo porque ele não lhe dera dinheiro na noite anterior. E, já ferido e sangrando, decidiu ir até o fim e ver com os próprios olhos.

Foi até o quarto de Carlos e abriu a porta.

Carlos gemia sobre o corpo inerte de Sara. Empurrava com as nádegas apertadas sobre as pernas dela, bufando em cada embate e emitindo sons abafados que mais pareciam de dor do que de prazer. Sara se mantinha indiferente, olhando para a janela. Fran não sabia se ela estava em algum limbo privado ou se olhava para outro lado tentando pensar em outra coisa. Sara voltou a cabeça e o fitou. Seus olhos estavam semicerrados, sem expressão. Não havia vergonha em seu olhar, e tampouco desafio. Suas pupilas mostravam a resignação silenciosa àquilo que tem que acontecer e que é impossível evitar. Era melhor não pensar muito nisso e beber o cálice quanto antes. Contudo, em um instante, somente um segundo de guinada em um mundo particular, Fran acreditou perceber movimento naquelas pupilas e compreensão plena da situação. E então ela de fato experimentou uma pontinha de perturbação, um sentimento escasso e retraído que a fez voltar a cabeça a fim de não continuar olhando para ele.

Carlos, ocupado como estava, demorou a se dar conta da entrada de Fran no quarto, parou de bufar um segundo e disse, entre duas inspirações:

— Porra, caia fora! Nem trepar em paz vocês me deixam!

Quis acrescentar algo, mas se conteve. Viu no rosto de Fran uma expressão de fúria reprimida prestes a explodir, o olhar que uma pessoa exibe antes de tirar um rifle do armário e trocar tiros com todo mundo. Produziu-se naquele quarto um momento de incerteza no qual ninguém sabia o que ia acontecer em seguida, inclusive o próprio Fran.

Este segurou a maçaneta e deu dois passos para trás. Sem desviar de Carlos o olhar furibundo, baixou dois tons em sua voz.

— Carlos, um dia alguém vai lhe dar o que você merece. Mas não merece que seja eu.

Saiu fechando a porta muito devagar. Ficou faltando a batida violenta.

Através da madeira, escutou Carlos gritar:

— Fran, cara! Não vamos brigar por causa dessa puta!

Fran sabia que, para agir, tinha o tempo que Carlos levasse para terminar a trepada interrompida. Carlos não era dos que deixam as coisas pela metade. Afinal, aquela transa lhe custara um pouquinho de heroína.

Que filho da puta, pensou Fran. *Está comendo Sara sem camisinha, sabendo que é soropositivo.*

16. Requena

Fran não tinha muito o que levar. Qualquer coisa de valor que um toxicômano tenha possuído já foi vendida ou trocada há tempos. Meteu em uma mochila puída quatro camisetas sujas, duas calças amarrotadas e três pares descasados de meias. Também a comida que havia trazido nessa noite, junto com duas caçarolas amassadas. Ao sair do quarto, quase deixou para trás o livro que havia roubado daquela mulher no metrô. Pegou o volume de *A hélice* e o empurrou ali dentro, dobrando a capa. Também levou de lembrança a última seringa que havia usado, ainda apoiada em equilíbrio precário sobre o rodapé. O sangue que restava no êmbolo tinha coagulado havia dias. Fran passou pelo quarto de Laco, que já injetara sua dose e olhava pela janela, como de costume. Este, ao vê-lo com a mochila no ombro, compreendeu o que ele ia fazer. Não tentou dissuadi-lo. Sabia que as convivências têm um fim escrito antes de começarem. Fran lhe estendeu a mão, que Laco apertou com força.

— Adeus, Laco. Você foi um bom amigo.
— Não existem amigos aqui, você sabe.
— Então, o mais parecido com um amigo.

Laco sorriu pela segunda vez nesse dia, enquanto Fran saía do apartamento. Era um sorriso triste, como não podia deixar de ser.

Era a penúltima vez na vida de Fran em que ele veria Laco sorrir.

Caminhou durante mais de meia hora pelas ruas de Madri antes de decidir o que fazer. Passava de uma da madrugada. O vento e uma chuvinha fina penetravam pelos buracos de sua jaqueta, envolvendo-o em um sudário de frio e incerteza. Não podia passar a noite toda andando, e tampouco era factível despencar em um banco e esperar.

Precisava de um lugar quente e seco para se recuperar, para resolver o que fazer. Tinha que pensar depressa.

Havia pequenos barracos construídos embaixo de pontes com papelões e restos de coisas variadas, no mais puro estilo de Las Barranquillas, mas ele não acreditava que fossem deixá-lo passar a noite ali. Refugiar-se em um latão de lixo era outra opção. A que horas passavam para recolhê-los? Durante a noite ou pela manhã? E se adormecesse e acordasse quando já o lançavam no caminhão? Acabaria aparecendo em algum noticiário de TV.

Enquanto deambulava procurando uma alternativa, avistou um coletor verde de lixo. Quando caminhava para lá, a chuva ficou mais forte. Ele abriu o coletor. Estava vazio. A chuva começava a escorrer pelo seu cabelo até as costas, e de repente aquela opção não lhe pareceu tão ruim. Olhou para os lados. Não havia ninguém. Encarapitou-se, deixou-se cair dentro do recipiente e baixou a tampa verde por cima de sua cabeça.

Aquilo fedia. As paredes de alumínio estavam cobertas de crostas de algo que ele nem queria imaginar o que era, e o fundo onde apoiava o traseiro era pegajoso. Mas estava seco e, se não quente, tampouco frio. Meteu a cara dentro da camisa para fugir do mau cheiro e, embora o odor exalado pelo seu corpo também não fosse de água-de-colônia, era preferível ao outro. Abraçou-se, tentando se aquecer.

Na escuridão do coletor, como um dejeto humano, pensou nos acontecimentos dos últimos dias. Poucas horas antes, estava exultante pelo sexo que, segundo acreditava, iria fazer naquela noite, e agora estava ali. O mundo desabou sobre ele.

Carlos em cima de Sara. Laco e suas seringas. Metadona em um copinho de plástico, misturada com Tang. Coletas de papelão com Kiko. Vodca às nove e vinte da manhã. Cervejas à tarde, sentado no parque. A estufa de gás butano fedendo no apartamento. Sara encolhida contra ele no sofá. *Doutor Jivago*. Fusões. Barracos. Veias picadas. Dentes cariados. Vírus da aids. Tremores. Síndrome de abstinência. Livro *A hélice*. Mochila. Roupa suja. Sara com a mão dentro de sua calça. Furtos no metrô. Carlos surripiando doses de heroína. Sem camisinha. Sara. Latões de lixo. Reabilitação. Salas de pico. Sara.

Sara. Sara. Sara. Sua vida sem Sara.

Sua vida sem drogas.

Ela não era a garota adequada para ele. Não na situação atual. Talvez em outras circunstâncias, mas ele descartou a ideia. Em outras circunstâncias, os dois não teriam se conhecido. A verdade era essa.

Se não encontrasse ajuda, estava morto. Se você sabe que precisa de ajuda, já está recebendo ajuda de você mesmo. Mas ele precisava de mais alguém.

Aquilo era foda. Era uma merda. Mas era sua única possibilidade.

Cada um dos sons que escutava vindo de fora lhe parecia um prego em seu ataúde. Sentiu pavor de que algum morador insone fosse descartar o lixo e o encontrasse ali dentro. O que lhe diria?

Acabou adormecendo e despertou com os primeiros raios do dia, que se filtravam através da tampa mal encaixada. Abriu-a e saiu rapidamente, tentando ignorar se alguém o via. Uma vez no chão, acomodou a mochila em um ombro e começou a caminhar como se não tivesse acabado de sair de um latão de lixo.

Às oito e quinze estava na porta da casa de Requena. Não conseguia acreditar no que estava fazendo, e ao mesmo tempo se sentia incapaz de encontrar outra possibilidade. Na última vez em que saíra por essa porta, levava um *microsystem* nos braços. O *microsystem* de Requena, colega de colégio e de apartamento até que Fran decidiu se apossar de tudo o que havia na casa para conseguir heroína. Não viu a cara de Requena quando, após o trabalho, ele retornou à sua casa vazia, mas a imagem o acompanhara por muitas noites nesses dois anos. Uma traição a um amigo que Fran fora perdendo pouco a pouco, até não saber de onde vinha nem para onde ia. E, quando você não sabe para onde vai, seguramente chegará ao lugar errado.

Bateu com os nós dos dedos. Pareceu uma eternidade até que ele escutou o ferrolho e ante seus olhos apareceu Juan Requena, vestido de jeans, mocassins e uma camisa com marcas do ferro de passar. Fitaram-se durante milhares de anos. Requena não acreditava nos próprios olhos e sua boca se abria involuntariamente, em uma expressão de surpresa muda.

— Olá — cumprimentou Fran.
Por um momento, achou que o outro ia bater a porta em sua cara.
— O que está fazendo aqui? — interpelou-o Requena.
— Precisava ver você.
— Só me ver?
— Não. Algo mais.
— Além de meu televisor, meu *microsystem* e meu computador? O que você quer? Meu DVD?
Fran não sabia o que dizer. Parecia-lhe falso demais pedir desculpas dois anos depois, mas também não podia agir como se não tivesse acontecido nada. Recuou alguns passos. Não esperava que Juan o recebesse de braços abertos. Como receber alguém que se comportou como ele?
— Esqueça. Eu não devia ter vindo. Desculpe.
Virou-se, levantou a mochila e saiu andando pelo corredor.
— Espere!
Fran se voltou.
— Você veio até aqui. Suponho que deve ter sido por algum motivo.
Ele não respondeu. Não sabia o que responder.
— Entra, vamos tomar um café.
Fran deu um passo hesitante.
— Entra, porra. Não vou convidar duas vezes.
Fran deu os passos restantes. A porta se fechou, mas com ele dentro. Juan serviu dois cafés. Um com leite e açúcar, o outro pingado.
— Você se lembra de como eu tomo o meu.
— Já tomamos muitos.
— É verdade.
Houve outro silêncio incômodo. E se aproximavam muitos mais.
— Escute, Fran, não vou lhe oferecer ajuda se você não me pedir. Isto não é um conto de fadas. Não espere que uma pessoa na qual você passou três anos dando trambiques o receba com um abraço e um beijo.
— Não espero isso.
— Melhor, assim não vai ter uma decepção.
— Preciso de sua ajuda.

Juan escutou em silêncio as palavras que, segundo acreditava, jamais seriam pronunciadas.

— Suponho que você deve ter precisado engolir muito orgulho para vir aqui e dizer isso.

— Não foi difícil. Já não me resta orgulho a engolir. — O último ficou no latão de lixo, pensou Fran. — Na verdade, se você não me desse este café, eu não teria nada para engolir.

— Que tipo de ajuda?

— Preciso de um lugar para viver.

Para sobreviver, pensou Fran. Engoliu em seco.

— Dividindo? Você tem como pagar aluguel?

— Não. Ganho só para comer. Não posso pagar nem aluguel, nem condomínio, nem água, gás... nada.

— Um bom negócio, esse seu. Viver de carona. Só que isto não é uma igreja. Não se vem aqui para receber o perdão pelos pecados.

— Já paguei de sobra meus pecados, nestes dois anos, acredite.

— Não comigo.

— Certo. Não com você.

— O que oferece, então?

— A verdade. Não tenho outra coisa.

— Bom, então comece por aí.

— Estou há uma semana em tratamento de desintoxicação. É, de longe, o maior período que passei sem usar nada, em dois anos. Por causa de uma garota, acabo de sair do apartamento que dividia com outros dependentes de droga. Esta noite eu a flagrei trepando com um soropositivo em troca de uma dose de heroína. Eu não podia viver com gente que se picava sem eu mesmo me picar. Meti minhas coisas nesta mochila e vim aqui.

— Veio diretamente?

— Não. É melhor você não saber onde passei a noite, acredite. Estou na merda, de verdade. Porque, se sair daqui agora, não tenho para onde ir.

— Parece uma situação fodida.

— E é. O suficiente para vir procurar alguém a quem traí repetidas vezes e pedir a ele que me acolha. Se você me disser que não, me levanto e vou embora. Sem ressentimentos. Se fosse o contrário, não creio que eu o perdoaria. Ao longo deste tempo, aprendi a ser muito egoísta. É outro vício que preciso corrigir.

A conversa terminou nesse ponto. Requena ficou calado uns minutos, enquanto ambos tomavam café com bolinhos. Fran esperava pacientemente, não tinha outra coisa a fazer. Por fim, Requena falou.

— Escute, Fran, não vou lhe responder agora. Não gosto de tomar decisões às pressas, você sabe. Hoje à noite eu lhe digo alguma coisa. Chego tarde do trabalho.

— Certo.

Fran se levantou, disposto a recolher sua mochila e voltar à noite para saber a decisão. Mas Juan lhe estendeu uma chave.

— Volto lá pelas dez, dez e meia. E, quando eu chegar, se alguma coisa estiver faltando... não quero nem pensar. Sobrou comida chinesa de ontem à noite, você pode esquentar no micro-ondas. O sofá-cama está na sala. Está forrado. Seu quarto eu transformei num escritório, um ano atrás.

— Certo.

— E não seria exagero uma chuveirada. Qualquer que seja a esponja que você usar, jogue fora depois.

Requena se levantou e vestiu o casaco. Fran o acompanhou até a entrada.

— Requena.

— Sim?

— Obrigado. Seja qual for sua decisão, esta noite.

— Tudo bem. Nos vemos à noite, espero.

— Não, desta vez eu espero você.

— Até mais.

Fechou a porta. Fran se apoiou nela e suspirou. Tinha uma oportunidade. O simples fato de não ter sido expulso a pontapés já era um triunfo moral. Dava ânimo.

Requena se apoiou na porta do vestíbulo. Algo dentro dele lhe disse que as amizades nunca mudam, somente os amigos.

Os olhos de Tomás brilharam como vaga-lumes quando lhe tiraram a venda e ele viu o forte. Ele e um grupo de amigos suspiraram assombrados ante a espetacular estrutura de madeira e corda que Ángela havia projetado, até que ela mesma lhes disse:

— O que estão esperando? Corram!

E eles correram. Alguns subiram às plataformas pelas escadas que começavam nas raízes, e outros pela corda com nós. Em poucos segundos, todos os meninos do aniversário estavam lá em cima, olhando o bosque sob nova perspectiva. O último foi o próprio Tomás, que só se demorou o tempo de dar um sonoro beijo na face da mãe.

A emoção também era visível nos olhos de Ángela, que durante todo o trajeto até ali não tinha parado de golpear com o pé o chão do carro. Agora que tinha dado o forte ao filho, também lhe parecia um presente a vitalidade que Tomás exibia ao subir e descer das plataformas.

As crianças brincaram durante toda a tarde, enquanto alguns pais, Ángela, Esteban e David preparavam uma fogueira com ramos secos e a contornavam com pedras.

Os meninos saltavam, corriam, subiam e desciam por todo o forte, que deixou de ser um conjunto de madeira, pregos e cordas para se tornar um povoado *ewok*, um barco pirata no meio do Caribe e um monte de lugares que os adultos não foram capazes de decifrar, em meio aos gritos às vezes incoerentes de uma algaravia de crianças.

Após as brincadeiras, acenderam um fogo que inundava a clareira do bosque com um agradável odor de madeira e resina. Assaram salsichas, chouriços e costelas.

David pensou que as fogueiras tinham algo especial. Não era só a tênue iluminação que fazia a imaginação disparar, nem a fragrância que os envolvia. Tampouco eram os sons do bosque à noite, quando dezenas de animais invisíveis durante o dia mostravam sua presença com pequenos ruídos, atritos e guinchos. Era uma lembrança de outros tempos. Aquele momento podia ser em qualquer época, em qualquer lugar. Não havia referências históricas, a única coisa que mudava naqueles bosques eram seus habitantes. Ele não devia ser o único a ter sido tomado por essa sensação. Todos os meninos, praticamente em uníssono, começaram a pedir:

— Esteban, conte uma história!

— Agora não, crianças.

— Por que não?

— Não planejei nada, não me lembro de nenhuma neste momento.

— Vamos, Esteban, por favor, só uma história, alguma você deve lembrar...

Esteban sorriu sem mostrar os dentes. Sem mover a cabeça, percorreu a plateia com o olhar, vendo o reflexo das chamas em cada rosto:

— Bom, durante uma viagem me aconteceu algo muito estranho.

Todos romperam em aplausos, já antecipando o começo da narrativa. Pediram silêncio uns aos outros, para que Esteban pudesse continuar.

Os anos de 1967 e 1968 foram muito frios para mim. Terminada uma rota comercial de mais de sete meses pelo Pacífico, Marcelo, um amigo chileno com quem eu tinha navegado algumas vezes, me arrumou um trabalho na construção do centro meteorológico antártico Presidente Eduardo Frei Montalva, na ilha do Rei Jorge. Nessa época eu tinha vinte anos, e não me parecia ruim passar uma longa temporada no continente do qual Marcelo tanto me falava. Ambos lemos tudo que nos caiu nas mãos sobre o polo Sul, mas nada tinha nos preparado para os mais de treze milhões de quilômetros quadrados de gelo que encontramos ao chegar.

O polo Sul é uma enorme massa de neve situada na base da Terra. Base imaginária, quero dizer. É um lugar tão frio que, no inverno, o mar ao redor se congela e forma banquisas que podem capturar um barco e despedaçá-lo.

A ilha do Rei Jorge, onde o centro meteorológico seria construído, fica a noroeste da Antártida, a mais de novecentos quilômetros da Argentina. É muito longe, se você tiver algum problema.

Sabem quem avistou pela primeira vez as ilhas que rodeiam a Antártida? Os piratas. Sim, garotos, os piratas que navegavam pelo cabo Horn: James Cook e Francis Drake. Cook foi o primeiro a navegar no oceano Antártico. Mas até 1819, quando William Smith pôs os pés na ilha Livingston, ninguém havia pisado na Antártida. E ainda se passaram três quartos de século para que, em 1895, alguém desembarcasse no continente.

Então, o congresso internacional de geografia decidiu que era preciso explorar essas novas terras. Começaram a organizar expedições. Algumas científicas, para desenhar mapas e estudar a fauna. Outras heroicas, como chegar ao polo Sul geográfico, onde se está completamente de cabeça para baixo.

Foi uma época de grandes façanhas. Muitos homens sedentos de aventuras as encontraram em quantidade superior à que podiam suportar, e não poucos deixaram suas vidas como advertência para os seguintes.

Amundsen foi o escolhido pela história para chegar ao Polo Sul, em 1911. Após passar o inverno em cabanas fabricadas por eles mesmos, os integrantes do grupo partiram na primavera com o sol, em busca da glória. Vocês devem saber que, ali, a noite e o dia se estendem por vários meses, e é possível passar quatro meses com sol e outros quatro de noite ininterrupta. Em 20 de outubro, partiram cinco homens, quatro trenós e cinquenta e dois cães de tração. Tinham comida para quatro meses, e uma temperatura de menos trinta graus.

Depois de percorrerem mais de mil e quatrocentos quilômetros a partir de seu quartel de inverno, com nevasca e vendavais, esquivando-se de fendas na neve e de maciços de gelo, em 14 de dezembro chegaram ao polo Sul geográfico. Ali, fatigados mas exultantes, cravaram a bandeira de seda e batizaram o lugar como Plataforma Rei Haakon VII. Tinham concretizado seu objetivo. Eram heróis.

Mas na Antártida não eram heróis somente os que obtinham sucesso. Amundsen levou a glória, mas a expedição de Robert Falcon Scott arrebatou todas as lágrimas geladas do continente.

Scott também queria ser o primeiro a chegar ao polo Sul, mas nessa corrida só podia haver um vencedor. Em vez de cães, a expedição de Scott levava pôneis, que, embora mais fortes para puxar os trenós, afundavam na neve macia e ainda apresentavam o inconveniente de transpirar pela pele, o que fazia o suor congelar ao redor do corpo deles. Essa e outras dificuldades (eles partiram da ilha de Ross, cento e cinco quilômetros mais distante do que a base de Amundsen) os atrasaram e os fizeram chegar ao seu encontro com a glória um mês depois da outra expedição. Ali encontraram a bandeira norueguesa e a barraca de Amundsen com suas cartas para o rei. Decepcionados e exaustos, começaram a viagem de volta, passando por privações terríveis.

Um dos membros da expedição, Lawrence Oates, sentindo-se um peso para seus companheiros e um perigo para a sobrevivência deles, saiu da barraca em meio a uma tormenta e caminhou sem rumo até se perder na névoa. Nunca voltaram a vê-lo. Os outros seguiram adiante, mas oito dias de tempo nefasto fizeram-nos parar a somente dezoito quilômetros de um depósito que continha mais de mil quilos de alimentos. Todos morreram congelados. Seus cadáveres só foram descobertos no verão seguinte, junto com uma coleção de rochas e um relato da expedição escrito pelo próprio Robert Scott.

Marcelo e eu passamos os primeiros meses escutando essas histórias e muitas outras sobre as primeiras expedições ao continente. À noite, depois do trabalho, sempre havia alguém que se sentava ao lado do fogo, como vocês comigo hoje, e nos relatava os sucessos e as privações, os sofrimentos e as vitórias daqueles que se aventuraram no desconhecido com um pouco mais de coragem do que a proporcionada pela tecnologia da qual nós dispúnhamos: seu espírito inquebrantável. Muitas vidas se perderam entre as geleiras, mas suas histórias serão lembradas por gerações e gerações.

No início de 1968, começamos a construção da base. Eu era marinheiro mercante e meu trabalho consistia, além de ajudar na montagem da construção propriamente dita, em carregar o material necessário para a obra e levá-lo até a ilha do Rei Jorge. Eu era um subordinado, não se iludam, mas, em paragens tão inóspitas, você logo aprende a se safar. O verão ainda era suportável, mas no inverno, quando o sol se punha, éramos obrigados a abandonar a base até que o tempo melhorasse. Já ouviram falar do vento contra uma geleira? Parece o barulho da arrebentação.

Hoje em dia a base tem de tudo: aeroporto, escola, hospital, agência de correio, banco e até uma pista de esqui para o verão! Mas, em 1968, só contávamos com a base meteorológica e com os módulos onde os cientistas iriam morar.

No ano do início da construção, o governo chileno decidiu rentabilizar um pouco mais as viagens no barco por meio do uso de um helicóptero, que dispunha de uma plataforma de aterrissagem na embarcação. Eles pensavam que, do ar, a aeronave poderia explorar as ilhas e fazer um pequeno estudo sobre os pinguins-de-barbicha e os adélia, frequentes naquela costa. O helicóptero levantava voo, passava algumas horas fora e voltava para se reabastecer de combustível. No início, eram só missões exploratórias, mas isso mudou quando eles toparam com algo que não esperavam.

Lembram que, antes, eu lhes falei do oficial inglês William Smith, o primeiro a desembarcar em uma ilha na Antártida? Essa ilha era a de Livingston e ficava uns cem quilômetros ao sul da ilha do Rei Jorge, nossa base meteorológica. As crônicas históricas narravam que, nesse desembarque, foram encontrados os destroços do navio espanhol *San Telmo*, que uma tormenta desviou de sua rota para as colônias. Pois bem, num dos voos exploratórios que partiam do nosso barco, dedicados ao estudo dos pinguins, os pesquisadores vislumbraram na ilha Livingston os destroços de uma embarcação.

Seria o *San Telmo*? Supõe-se que era 1819 quando William Smith o descobriu, mas nunca se pôde verificar isso, de modo que o avistamento feito pela equipe do helicóptero revestiu-se de grande interesse, se não para os estudiosos dos pinguins, ao menos para os historiadores. Os homens falaram por rádio com o governo chileno e este lhes ordenou aterrissar imediatamente na ilha e transmitir um relatório completo sobre o que encontraram.

Assim, partia-se em busca da lenda.

No helicóptero cabiam quatro passageiros, e os cientistas eram somente dois, de modo que dois tripulantes do barco deveriam acompanhá-los, para o caso de surgir algum problema. Marcelo e eu, influenciados pelas narrativas de Scott, Amundsen, Shackleton, Wedell e Edeberg, empenhamos todas as nossas energias em ocupar esses lugares. Marcelo lançou o argumento do galeão espanhol e alegou que eu, como único espanhol do barco, tinha o direito histórico de investigar o que havia pertencido à minha grande nação. Por fim, depois de mover muitos pauzinhos e distribuir todo o nosso álcool para dissuadir os outros candidatos, fomos selecionados.

Algum tempo depois, já na volta da viagem, soubemos que o capitão também estava decidido a que os escolhidos fôssemos nós. A tripulação não era muito grande e éramos os menos qualificados. Assim, se houvesse algum acidente, ele não perderia os marinheiros mais capazes, necessários para cobrir a rota até a ilha do Rei Jorge, que era a tarefa pela qual lhe pagavam. Fosse como fosse, nós dois fomos os selecionados e ficamos gratos por podermos ver com nossos próprios olhos um pedacinho da rede de lendas que parecia cobrir todo o continente antártico.

Decolamos da coberta do navio e rumamos para a ilha Livingston. Marcelo e eu mal podíamos conter a emoção durante a viagem. Trocávamos olhares e piscadelas cúmplices. Parecíamos meninos de dez anos, e não os rapazolas de vinte e vinte e dois anos que já éramos.

Aterrissamos em uma esplanada meio distante dos restos do barco, para garantir a segurança do helicóptero. Caminhamos vinte e cinco minutos até o *San Telmo*.

E ali o encontramos. A placa enferrujada no casco o identificava claramente. Ele havia ficado preso em uma banquisa, a qual, com o passar das décadas, encalhara firmemente em uma geleira. As águas agora soldadas embaixo do barco o tinham erguido, e ele estava apoiado sobre seu costado, inclinado para bombordo em um gesto de súplica. O botaló estava cravado em uma parede de gelo. Naquela época, nem sequer havia sido descoberto oficialmente o polo Sul. Não havia ninguém para resgatar a tripulação, nem ajuda que pudesse chegar a um lugar cuja existência ainda era ignorada.

Marcelo e eu escalamos até a coberta, apoiando-nos na estrutura visível. Todo o madeiramento exposto às intempéries estava coberto de gelo. Os mastros não tinham velas, e percebemos que o esqueleto do barco estava a nu. Não sabíamos se a madeira havia sido arrancada por alguma tempestade ou pelos próprios navegantes do *San Telmo*.

Descemos até os camarotes e os encontramos vazios. O vento entrava através das madeiras arqueadas e produzia uma corrente que ia da popa à proa. Marcelo e eu ficamos arrepiados ao mesmo tempo, mas não de frio desta vez. A calmaria daquele barco criava uma atmosfera pausada, como se o tempo tivesse se congelado após um evento de grande importância e pouco a pouco os ponteiros do relógio voltassem a se mover. Esperávamos encontrar centenas de utensílios de uso diário: baús, mapas, roupas, cartas de navegação..., mas tudo estava vazio. Fosse o que fosse que aquele navio continha, havia sido recolhido e desaparecera. Procuramos em todos os compartimentos até chegarmos à cozinha, o último por ordem de percurso.

Ali encontramos a origem do mistério.

Um homem encolhido junto ao fogão, agachado ao lado do fogo já extinto, vestido em abundantes camadas de roupa. As baixas temperaturas o tinham conservado incólume. Adivinhava-se a passagem do tempo pelo gelo em suas pestanas e por suas faces intumescidas. A cabeça estava coberta por um capuz que parecia ter sido confeccionado por ele mesmo, e as mãos ainda seguravam uma carta com firmeza mortal. Por um momento, acreditamos que aquele último sobrevivente havia levado consigo o segredo do desaparecimento da tripulação. Mas então olhamos o fogão. Era muito amplo, e, em uma mistura de restos de todo tipo, podiam-se distinguir madeiras, pregos, colares e ossos. Observando mais atentamente, encontramos grande quantidade de crânios humanos, com as órbitas esvaziadas pelo fogo. O último sobrevivente queimara tudo o que tinha à mão: utensílios, móveis, mastros, velas e, por último, os cadáveres dos outros tripulantes, à medida que iam morrendo de frio. Antes que o congelamento se apossasse deles, tinha-os desmembrado e lançado ao fogo. E, quando o último ardeu e ele não pôde tirar mais madeira do barco, só lhe restou esperar a doce morte. Na morte por congelamento, os membros começam a perder sensibilidade. Quando já não sente as extremidades, você vai adormecendo, e, quando seus olhos se fecham, não abrem mais.

Eles não estavam preparados para aquele clima. Viajavam para as colônias e se extraviaram. Talvez tenham sido apanhados pela corrente antártica, a maior e mais profunda do mundo, na qual se juntam as águas dos oceanos Atlântico, Pacífico e Índico. Ali foram arrastados até as banquisas, o pesadelo dos navegantes. Eu sempre me perguntei o que eles pensaram naquele momento. Sabiam que aquele era seu fim? Será que consideraram inúteis todos os seus esforços, ante a magnitude do gelo?

Saímos do *San Telmo*, mas antes dei uma olhada nas roupas do último sobrevivente. Em sua manga se exibiam os galões de capitão.

Tinha sido o último a sucumbir. A carta que segurava em suas mãos, embora apagada, era assinada por Lucía Hernández, sua irmã. Ele a tinha relido à luz das brasas do último dos cadáveres de seus companheiros.

Retornamos no helicóptero ao nosso cargueiro. Não falamos muito entre nós do que havíamos visto, nem na volta nem depois. Uma vez transmitida por rádio a informação ao Chile, preparou-se uma viagem na qual autênticos historiadores, e não marinheiros embasbacados por lendas, estudariam em profundidade os destroços do *San Telmo*.

Em 7 de março de 1969 inaugurou-se a base meteorológica Eduardo Frei Montalva, hoje base aérea. Depois desse evento, Marcelo e eu recolhemos nossas coisas e voltamos aos nossos lares. Da coberta do cargueiro, olhei pela última vez o continente gelado e me despedi dos heróis que perderam suas vidas na exploração. Marcelo e eu voltamos ao Chile, com nossos corações um pouco mais frios do que quando chegamos.

Transportado às frias superfícies antárticas durante a narrativa, David quase havia esquecido onde se encontrava. A luz da fogueira refletia nos rostos dos meninos, encantados com a história. Ángela iniciou um aplauso solitário ao qual todos se uniram, criando um estrondo no bosque, algo com que certamente os animais não estavam acostumados. Esteban, com um enorme sorriso, se inclinou, solene.

Com o traseiro apoiado em um tronco de árvore, David teve dentro de si uma sensação muito semelhante à que Sherlock Holmes devia experimentar quando descobria a solução de um enigma. O calor lhe subiu das entranhas até os pulmões e uma onda de força e poder, comparável ao efeito de uma droga, percorreu-lhe o corpo, pelas veias e artérias, para terminar com um calafrio em sua nuca. A certeza alojada agora para sempre em sua cerviz gritava que Esteban era o autor que ele buscava. Um marinheiro! Tal como Paul Auster antes de ser escritor. Por que não havia percebido antes? Esteban sempre estivera diante dele, desde sua chegada à aldeia. Entre todos os candidatos conhecidos, era sem dúvida o mais provável. Não tinha seis dedos na mão direita, mas essa pista já havia sido descartada. Não posso mais confiar em provas nem experimentos, pensou, devo me limitar aos meus instintos. E estes lhe diziam que Esteban era Thomas Maud.

Durante a narrativa, sentira-se tomado pela mesma emoção de quando tinha lido *A hélice*. Esteban tinha uma habilidade especial para tornar críveis as coisas. David não era nenhuma criança, não havia acreditado na história do barco encalhado no gelo, embora tivesse gostado muito dela. O mais provável era que, enquanto montavam a base antártica, Esteban tivesse ouvido falar da história do sexto continente e das primeiras expedições até lá, e sua imaginação deve ter se excitado a ponto de condimentar a descoberta do *San Telmo* e seus tripulantes.

Já na Era Humeneja, quando ele havia contado a outra aventura, David se dera conta de que Esteban era um animal de histórias, mas naquele momento não estabeleceu a relação. Ainda estava obsedado com o sexto dedo, mas agora enxergava mais claro. Percorrendo meio mundo de navio, com tempo para pensar, países e novas culturas para conhecer, Esteban devia ter muitas oportunidades de inventar histórias, sobretudo se as baseasse nos pilares de verdade que suas experiências pessoais lhe outorgavam.

Talvez a história do templo do silêncio fosse verdade até o momento no bar com as jovens asiáticas. Era possível que Esteban tivesse visto um monge no bar e tivesse se perguntado o que ele fazia ali. Em todas as reuniões de David com escritores, uma frase muito repetida era que as histórias existiam, e a única coisa que diferenciava um ficcionista de uma pessoa comum era a habilidade para descobri-las. Talvez Esteban, embora ainda não fosse escritor naquele momento, tivesse visto o monge, e sua imaginação houvesse disparado; e no dia seguinte, no barco, ele imaginara a história. A mesma coisa que havia ocorrido com a narrativa desta noite.

David se perguntava quando e como teria ocorrido a Esteban *A hélice*, qual seria o germe de uma das sagas fantásticas mais famosas de todos os tempos. Umberto Eco escreveu *O nome da rosa* após se imaginar envenenando um monge, Stephen King descobriu a história de *Carrie, a estranha* diante de uma máquina expedidora de absorventes em um vestiário de colégio, Ken Follett encontrou a semente de

Os pilares da terra diante da catedral de Peterborough, William Peter Blatty leu o relatório sobre um exorcismo real e se baseou nele para escrever *O exorcista*, Mary Shelley imaginou *Frankenstein* em uma reunião em que se narravam histórias de terror e da qual também participavam seu marido, Percy Shelley, John Keats e lord Byron. Como *A hélice* teria ocorrido a Thomas Maud? Lendo *Cosmos*? Vendo alguma história em um jornal perdido de algum país distante? David prometeu a si mesmo que perguntaria a ele, após desmascará-lo.

Torcia para que Esteban fosse Thomas Maud, porque não lhe restavam forças para suportar outro fracasso. Não queria mais subir em outras árvores.

Os meninos votaram por passar a noite no bosque e assim inaugurar o forte como se deve, mas nenhum dos progenitores consentiu. Ángela lhes disse que o forte estaria ali amanhã e no dia seguinte e que não havia nenhuma pressa. As crianças opuseram a resistência dos que sabem ter perdido a batalha, mais para constar do que por outro motivo. Enquanto todos recolhiam seus pertences e apagavam a fogueira, Esteban se aproximou de Tomás com um pacote.

— Feliz aniversário, Tomás.

— Muito obrigado! — exclamou o garoto, que já considerava completo seu acervo de presentes. Ia abri-lo, quando a mão de Esteban lhe pediu que esperasse um pouco.

— Foi escolhido por Alicia. Era algo dela, e ela quis passar para você.

Tomás abriu o pacote com um cuidado impróprio a uma criança, o que denotava a importância de o presente ter vindo de Alicia. Em suas mãos surgiu uma velha edição de *A história sem fim*, de Michael Ende. A lombada era dividida em duas cores, laranja e cinza, e a letra dos capítulos se alternava em vermelho e verde. Os cantos da capa estavam gastos pelo uso e pelos anos.

— Era um livro de que Alicia gostava muito. E ela gostaria que você o lesse.

— Vou ler! Vou ler, adorei.

— Ela lhe escreveu uma dedicatória — acrescentou Esteban.

Tomás abriu o volume e leu a letra miúda de Alicia em voz alta:

"As pernas nos ajudam a caminhar, e os livros a desenvolver nossa mente. Encontrar seu próprio passo é tão importante quanto descobrir os livros que você carrega dentro de si. Feliz aniversário, Tomás. Um beijo, Alicia."

— Ela escreveu quando ainda podia, alguns meses atrás.

Tomás se adiantou e abraçou Esteban.

— Eu queria que ela estivesse aqui — disse.

— Ela também gostaria de estar. Por que não vai visitá-la amanhã, e agradecer? — interveio Ángela.

Tomás assentiu, ainda abraçado a Esteban.

Enquanto colocavam as coisas no carro, David atentou para Esteban. Este já não lhe parecia um caipira com uma caminhonete velha e enferrujada. Começava a vê-lo como o escritor que sempre havia povoado sua fantasia: alguém que não desprezava as opiniões dos outros sobre seus escritos, mas que não precisava delas.

17. Xeque-mate

Requena sentia coceira nos olhos por ficar tanto tempo diante da tela. Era um computador velho, com um monitor de tubo de baixíssima taxa de atualização, e ele notava as pulsações da imagem de forma contínua, como um filme com menos fotogramas por segundo no qual as ações se vissem fragmentadas. Parecia tirado dos tempos do Spectrum. Pestanejou algumas vezes enquanto terminava de configurar o ambiente de rede para que fosse possível ver todos os equipamentos desse projeto.

Requena, como todo mundo o chamava desde o colégio, trabalhava na ArtaNet, uma empresa dedicada à configuração informática de estações de trabalho. Instalavam os computadores, colocavam-nos em rede, faziam a conexão à internet e asseguravam posterior suporte àquelas empresas que não sabiam configurá-los elas mesmas. Isso implicava que eles deviam deixar tudo pronto para que os funcionários que não sabiam nada além do Excel e do Word pudessem trabalhar sem pensar nos sistemas que os suportavam.

"Nem todo mundo sabe como funciona um computador. Se você só usa o Excel para fazer a contabilidade do seu chefe, não tem por que saber colocar seu computador em rede, nem conhecer a diferença entre uma configuração em grupo de trabalho ou em domínio, ou distinguir se sua conexão à internet é por um roteador ADSL ou um *proxy*. Muita gente sabe dirigir um carro, mas quantos entendem de motores? Ou será que, para dirigir, é necessário saber que o diesel explode por compressão e temperatura, sem necessidade de vela? O mesmo acontece com os computadores. Os trabalhadores devem se ocupar com seu trabalho e a ArtaNet se ocupa para que eles possam realizá-lo nas melhores condições. Somos mecânicos de computador. Você cuida de seu trabalho, a ArtaNet, de todo o resto."

Esse era o discurso de Miguel, o chefe de Requena e proprietário da ArtaNet, para captar novos clientes.

Na empresa trabalhavam em média seis pessoas em tempo parcial, as quais Miguel explorava tanto quanto a lei lhe permitia. Com contratos de experiência e por tarefa, que iam se alternando entre duas empresas, mantinha-os a seu serviço pelo tempo que lhe era necessário, renovando-os ou não por alguns meses, segundo as necessidades da ArtaNet naquele momento. Requena havia sido muitas vezes demitido à tarde e readmitido na manhã seguinte com um novo contrato de experiência, em outra empresa, embora seu chefe nunca mudasse. Assim trabalhavam os seis, de contrato em contrato, sem saber se no final do mês teriam um salário para pagar o aluguel.

E sempre o mesmo trabalho. Realizar as mesmas tarefas, já perfeitamente delimitadas em um documento que Miguel lhe deu no primeiro dia. Requena sabia o que fazer e era meticuloso ao fazê-lo; não sem motivo, era o favorito do chefe.

Tinha estudado engenharia da computação e, ao sair da faculdade, esperava encontrar emprego programando computadores. Já durante os estudos se preocupara em aprender diferentes linguagens de programação fora das práticas diárias das aulas: Visual Basic, Java, Cobol... Cobol! Devia ser dos poucos na Espanha a dominar uma linguagem tão antiga, mas isso não lhe valera grande coisa. Sempre acreditara que teria um trabalho de escritório.

Não pedia muito: um trabalho no qual pudesse desenvolver projetos com as linguagens que havia aprendido e os poucos conhecimentos adquiridos na faculdade. Não pedia um salário alto, nem carro da empresa; somente um lugar onde se sentisse medianamente feliz.

E podia se considerar sortudo: muitos dos colegas com quem havia estudado não tinham sequer uma merda de trabalho como o dele para entrar no sistema laboral. Continuavam vivendo com os pais e procurando ofertas nos portais on-line de emprego.

Então, em vez de ver código-fonte em sua enorme tela, instalava um Windows XP. Não podia instalar nada mais avançado, ou o computador ficaria lento, e os contadores diriam, ao abrir algum documento: "Esses técnicos de merda foderam de novo com nossos computadores!". Sem saber que trabalhavam com máquinas já antiquadas, nas quais nem sequer tinham se preocupado em aumentar a RAM.

E, para piorar, trabalhava quase sempre à noite. Instalar um sistema operacional com o empregado diante de si implicava pagar ao técnico em informática e ao funcionário, que se limitava a olhá-lo, de braços cruzados, ou a tagarelar com os colegas. Para o empresário, saía muito mais barato que o técnico atuasse uma vez terminada a jornada de trabalho, para que tudo estivesse resolvido no dia seguinte. Os fins de semana também eram propícios. Durante o dia, a ArtaNet usava seus funcionários em tarefas de manutenção. Quando uma empresa chamava por causa da queda de algum computador, algum deles ia lá com um kit de sobrevivência em uma mochila: sistemas operacionais, drivers, discos de boot. Se o computador precisasse de algum hardware específico, Miguel tinha contatos em uma loja que vendia a preço de liquidação ao qual ele somava sua porcentagem.

Requena terminou de configurar a rede do último computador e verificou se todos estavam mutuamente conectados. Uma vez terminados os testes, desligou e saiu, despedindo-se do vigia, a quem devia mostrar o conteúdo de sua mochila. Aparentemente, confiavam em deixá-lo mexer em seus equipamentos, mas não tinham certeza de que ele não fosse furtar material de escritório. Era como ir a uma recepção no palácio de Buckingham e, na saída, a segurança conferir se você não havia roubado os canapés.

A única vantagem de ficar até tão tarde era evitar o trânsito da volta. Com o *Nevermind* do Nirvana tocando alto no rádio, parecia que a cidade era sua. Os semáforos eram decorativas luzes de Natal, quase não havia carros para indicar que parassem ou arrancassem. De noite, era fácil se sentir sozinho em uma cidade.

Perguntou a si mesmo se, quando chegasse em casa, alguma coisa continuaria no lugar. Nas abundantes pausas de instalação do Windows, sua mente voltara várias vezes a Fran. Dois anos sem vê-lo. Sabe-se lá o que teria feito! Muitas noites havia pensado nele, mas não como alguém que fazia parte de sua vida, e sim como um de muitos amigos que a gente não revê ao longo dos anos. Às vezes sem motivo, por desleixo mútuo, às vezes por motivos bem concretos.

O tempo dilui a importância dos fatos, e aquilo que na hora parecia importante se tornava, passados os anos, uma bobagem. Bastava lembrar seus exames de seleção para a faculdade, que na época lhe pareciam um mundo e, agora, somente uma etapa a mais, entre outras. Fran não os fez com ele. Deixou três matérias para setembro e acabou não cursando o terceiro ano do ensino médio. Não que fosse um bom aluno que tivesse tido um ano ruim; na realidade, sempre passava raspando nas provas de recuperação.

Requena sempre havia pensado que eles fariam juntos a seleção universitária e imaginava a possibilidade de estudarem para a mesma profissão. Para Fran, pouco importava uma ou outra, e ele havia manifestado interesse em cursar a mesma coisa que Requena. Quando a pessoa não sabe o que quer, deixa-se levar pela corrente, e os dois haviam sido amigos desde o primeiro dia de colégio. O que quer que estudasse, Fran não se interessaria muito; assim, pelo menos, teria alguém com quem compartilhar os intervalos na cafeteria.

Os dezoito anos são uma bela idade para pensar no futuro. Parece que tudo vai dar certo para você e para todos os seus amigos, mas com o passar do tempo fica claro que nada é como você havia pensado: sua namorada não era tão fiel quanto você acreditava, os empregos bem remunerados são ocupados sempre pelas mesmas pessoas, e da patota que se reunia para tomar umas e outras na cafeteria somente alguns poucos continuam mantendo contato. O tempo passa e ensina que o melhor momento não está para chegar: está acontecendo agora mesmo, e você o está perdendo pensando em outra coisa.

Em muitas noites, no começo, ao voltar para o apartamento, ele esperava que Fran estivesse lá. Depois que entrara na universidade, não o tinha visto tanto quanto nos tempos de colégio, mas os dois mantiveram o contato, encontrando-se de vez em quando, embora as coisas já tivessem mudado: ele havia feito uma nova turma na faculdade e Fran continuava com alguns dos colegas de escola. Enquanto Requena procurava ser aprovado, Fran começou a levar um pouco além seu apego ao haxixe. E depois um pouco mais. E em seguida mais um pouco. Requena se lembrava com clareza da noite em que o vira tirar da jaqueta jeans um pacotinho e preparar umas fileiras de cocaína em cima da mesa. Nessa época, era normal ver as pessoas cheirando em uma festa, e a coca estava na ordem do dia. Pensou que Fran fazia isso só de vez em quando, que um dia é um dia. Estava ocupado demais em conseguir aprovação nos exames — demorou cinco anos para terminar, em vez dos três estabelecidos — para ainda por cima ter que se preocupar com Fran.

Quando, por fim, seu projeto de final de curso conseguiu aprovação, Requena foi morar sozinho, e dois meses depois Fran já estava com ele. A ideia pareceu boa aos dois. Haviam sido amigos durante anos, e demoraram muito a perceber que a amizade, tal como uma planta, vai secando se você para de regá-la. Continuavam amigos, mas já não era a mesma coisa. Fran tinha seus rolos, como ele os chamava, e sempre andava para lá e para cá sem explicar muito aonde ia ou o que fazia. Continuavam conversando, mas estava claro que as conversas sobre assuntos corriqueiros, nas quais deslizavam de um tema a outro sem saber aonde iriam parar, haviam ficado para trás.

Tiveram bons momentos de convívio. Mas estes foram se espaçando cada vez mais, até que só os uniam as lembranças de colégio e as conversas sobre o que deviam comprar no supermercado. Após ausências que se alongavam por vários dias, Fran voltava como se nada tivesse acontecido. Não é possível ajudar quem não quer ajuda, e ele a rejeitava em cheio. Um dia, Requena chegou em casa e Fran não estava. Nem a TV. Nem o computador. Nem o equipamento de som. Nem sequer um bilhete. Tentou encontrá-lo por meio dos pais dele e de amigos comuns, mas ninguém sabia de nada. Com o tempo, trocou a fechadura e não pensava nele durante o dia, embora se lembrasse dele quase todas as noites.

E agora Fran voltara. E ele o tinha deixado entrar. Caralho. Fran não era um mendigo do metrô que fosse possível ignorar, era um amigo que fitava você nos olhos e lhe pedia ajuda. E Requena se sentia na obrigação de dá-la, mesmo que fosse para não se sentir mal consigo mesmo.

Ao entrar em casa, viu que não faltava nada. Era quase uma e meia da madrugada, de modo que não esperava encontrá-lo acordado. Fran havia adormecido no sofá-cama com um livro nas mãos. Na cozinha, Requena encontrou um prato coberto com outro, em cima de um guardanapo à maneira de toalha de mesa. Ao lado, um bilhete: "Esperei você para jantar, mas ficou tarde e fui dormir. Fran".

Destampou o prato e encontrou uma tortilha de batatas com um pouco de salada. Sorriu. Mais de uma vez, durante a convivência dos dois, havia elogiado a tortilha de batatas do amigo. Dizia que valia a pena aguentá-lo só por causa dela.

Ficou feliz que Fran tivesse se lembrado desse detalhe.

Esteban não estava em casa. Paloma, a enfermeira que cuidava de Alicia, informou a David que ele tinha ido à Era Humeneja, para ajudar Jon a consertar uma caldeira.

Encontrou-o no porão da taberna, deitado embaixo do enorme depósito com a cara manchada de graxa e a caixa de ferramentas à mão. Ao seu lado, Jon, de cócoras, observava o que ele fazia.

— Olá, David — disse Jon.

— Bom dia.

— Você entende de caldeiras?

— Não, sinto muito.

— Que pena — disse Jon. — Essa aqui não quer funcionar.

— Já vai ser resolvido — disse Esteban. — Olha! Acho que é isso. — Pegou uma chave e afrouxou um parafuso, olhando o painel inferior. — Não, não é isso.

— Lamento que minha irmã tenha expulsado você da casa dela — comentou Jon, de chofre.

— Puxa. Ela lhe contou.

— A mim, não, mas você sabe como é essa aldeia. A notícia acabou chegando a mim.

— Não diga.

— Desculpe Edna, ela é um pouco maníaca e muito, muito desconfiada. Eu poderia tentar convencê-la a deixar você voltar para lá.

— Não, não é preciso, eu tenho onde ficar.

David se deu conta de que gostava de estar na casa de Ángela. A simples ideia de voltar à pousada sem Silvia o desagradava. As noites que havia passado sem ela tinham sido muito longas, sem ninguém com quem compartilhar os silêncios. Na casa de Ángela ele tinha companhia, e Tomás, sempre brincando de um lado para outro, era um motivo de distração constante. Parecia-lhe um sobrinho, e Ángela... ele não sabia o que Ángela lhe parecia. Mas sabia que estava mais à vontade na casa dela do que sozinho na de uma maníaca histérica como Edna.

— Ah, se você tem um lugar, ótimo. Assim não me preocupo.

— Mas obrigado, de qualquer modo.

— Aliás, tenho uma cópia da notícia do jornal em que... bom, você sabe. Caso queira guardar uma lembrança.

— Não, por enquanto acho que não vai ser necessário. Talvez, bom... Nunca.

— Jon, vá ver se já está saindo água quente — disse Esteban de sob o depósito.

— Vou lá em cima e aviso você.

Jon subiu correndo a escada e gritou a Esteban. Fizeram o teste. Não funcionou.

— David, ande, me passe essa chave de fenda.

David passou.

— Pode segurar isto aqui para mim?

David se inclinou e viu a peça a que ele se referia. Não achou muita graça em se deitar no chão sujo do porão de Jon.

— Sim, claro.

Passou a hora e meia seguinte estirado no piso, apertando porcas, prendendo canos, desmontando resistências. Perdeu a conta do número de vezes em que Esteban gritou, ao lado de seu ouvido, para que Jon fizesse um teste. Todos negativos. Por fim, após soldar uma peça, Esteban voltou a pedir que Jon experimentasse e este gritou lá de cima que a coisa estava funcionando. Os dois saíram dali de baixo. Esteban estava com a cara toda manchada de graxa e poeira, exceto os dentes que seu sorriso mostrava.

— Eu sabia que era isso — concluiu Esteban.

Subiram à taberna e Jon serviu três cervejas em canecas geladas. Beberam um gole comprido.

— Quanto mais duro você trabalha, mais gostosa é a cerveja depois — sentenciou Jon.

David sentiu que era verdade. Tinha bebido muitas cervejas ao longo da vida em muitos lugares: a Guinness Stout irlandesa, a

Rolling Rock americana, a Pilsen Urquell checa, a Foster australiana, a Chimay branca belga...

— Uma partida, David? Ou você tem outra coisa para fazer?

... a Negra Modelo mexicana, a Cusqueña peruana, a Clausthaler alemã, a Fin de Monde canadense ou a Asahi japonesa. Muitos países, muitas cervejas, mas nenhuma lhe pareceu tão boa quanto aquela lhe parecia.

— Como?

Esteban apontou uma mesa com um tabuleiro de xadrez e as peças guardadas em uma caixinha de madeira.

— Não sei jogar muito bem.

— Mas já jogou um pouco, não?

— Sim, quando era pequeno, com meu irmão, e algumas vezes no colégio, quando nos tiravam o baralho.

— Então, não terá problema. Sente-se. Pretas ou brancas?

O instinto competitivo de David o levou a escolher as brancas. Esteban tirou as peças e as dispôs sobre o tabuleiro.

— Repito que não sou muito bom nisso, Esteban.

— Não se preocupe, David. Aqui, jogamos só para nos divertir.

David deu de ombros e moveu o peão de rei. A partida começava. Esteban lançou mão do cavalo de rainha.

— Não sabia que você consertava caldeiras — disse David.

— Até hoje, eu também não.

Peão de bispo, para estabelecer uma boa defesa.

— Como assim?

— Nunca havia consertado uma.

Peão de rei preto, diante do peão de rei de David.

— Nunca? Então, como soube consertar essa?

— Quando algo deixa de funcionar, dou uma olhada, para saber se à primeira vista há alguma peça quebrada.

Bispo de rei diante do cavalo dele. David começava a estabelecer posições no centro do tabuleiro.

— E consegue descobrir à primeira vista?

— Depende, às vezes não. Então começo a medir a tensão com um polímetro ao longo do circuito. Se por um lado do elemento houver e por outro não, ali está o problema.

Rainha em diagonal até o final. Xeque ao rei.

— Xeque.

— E então, o que você faz?

David adiantou o peão, ameaçando a rainha. Esteban atrasou-a uma casa na diagonal branca.

— Vou à loja com a peça quebrada e digo: me traga uma destas. Depois a instalo e experimento para ver se funciona.

— Fácil assim?

Adiantou outro peão, ameaçando a rainha. Esteban o comeu com seu peão de rei. David comeu este com um dos seus, que por sua vez foi comido pela rainha. Esteban havia destroçado a defesa do adversário, comendo um peão a mais do que ele. David desejou não ter ameaçado a rainha adiantando aquele peão.

— Garoto, se funcionar é porque está certo. Se não funcionar, então continuo tentando.

Era hora de usar as peças pesadas. David avançou sua rainha branca diante do outro rei, caso quisesse comer o peão e dar-lhe xeque.

— Difícil acreditar que isso funcione sempre, Esteban. Você fez algum curso?

Esteban adiantou seu cavalo, ameaçando a rainha branca.

— Eu utilizo o senso comum, David. Às vezes é suficiente. Quando a avaria é muito séria, por exemplo o tubo catódico de um televisor, levo o aparelho a um profissional. Mesmo assim, sou capaz de consertar oitenta por cento das coisas.

David situou a rainha diante do cavalo dele, fora do alcance da rainha preta, incapacitado para o movimento em L.

— Já eu sou dos que deixam o trabalho para os profissionais. Onde não sei o que vou encontrar, não meto a mão — disse David.

Esteban comeu o peão de bispo com seu cavalo. David sorriu e comeu o cavalo com a rainha. Esteban podia estar no ataque, mas agora a rainha era sua única peça adiantada. A alegria de David durou até que Esteban comeu o peão adjacente à rainha, dando-lhe xeque de novo.

— Xeque.

David interpôs o bispo de diagonal preta. Se Esteban quisesse comê-lo, perderia a rainha. Esteban moveu-a na diagonal, comendo a torre de David. Estava demonstrando quão demolidora pode ser uma rainha quando você lhe deixa espaço para agir. A situação estava ficando difícil. David encarava essa partida não como um simples jogo, mas como uma disputa entre o escritor que desejava manter em segredo sua identidade e o editor que desejava descobri-la. Algo lhe dizia que, se o derrotasse, ganharia o respeito dele. Queria demonstrar a Esteban que era mais do que um simples peão naquele jogo. A Editora Khoan não tinha mandado um simples auxiliar de escritório, mas um futuro diretor editorial, um bispo ágil e versátil.

— Turgueniev, um romancista russo, dizia que o xadrez é uma necessidade tão imperiosa quanto a literatura — citou David, movendo em diagonal o rei e protegendo seu cavalo.

Esteban recuou a rainha, comendo outro peão e dando xeque ao rei e ao cavalo.

— Xeque.

Esteban já lhe comera cinco peões usando somente a rainha. David levou o rei à retaguarda, protegendo o bispo e o cavalo, que permanecia em sua posição, sem ter se movido ainda em toda a partida. E dizia-se que o cavalo era mais útil nas aberturas!

Nesse momento Esteban decidiu que sua rainha já tinha feito bastante dano e não era a única peça do tabuleiro. Adiantou o peão de rainha uma casa para desenvolver o bispo.

David adiantou em diagonal sua rainha, dando xeque pela primeira vez ao rei preto.

— Xeque — disse, fitando Esteban nos olhos.

Esteban resmungou e moveu seu rei diagonalmente, situando-o uma casa atrás do peão de rainha.

Esconda-se, isto mesmo, porque agora eu vou atrás de você, pensou David.

Desenvolveu seu bispo de rainha, dando um novo xeque.

— Também dizem que às vezes, no xadrez, jogam mais de quatro cavalos — observou David. Jon, que não tirava os olhos do tabuleiro, riu baixinho.

Esteban recuou seu rei, colocando-o ao lado do bispo. David lançou seu bispo suicida para comer o de Esteban. Este rapidamente o comeu com seu rei. Assim que soltou a peça, emitiu com a boca fechada um som gutural. Deu uma rápida espiada nos olhos de David, para saber se este havia percebido. David não cruzou o olhar com o dele, mas o viu fitá-lo. Esteban havia cometido um erro, e isso ia lhe custar a partida.

Com o dedo indicador, David empurrou sua rainha até o final do tabuleiro.

Xeque-mate.

— Isso é que é se lançar ao ataque, David — comentou Jon. — Como um cirurgião: três cortes, e você o matou.

— Merda. Eu devia ter comido o bispo com a torre — queixou-se Esteban. — É o que me acontece por ser ansioso, por querer me livrar rapidamente dos problemas para continuar atacando.

David se sentia bem. Havia saído da embrulhada em que o outro o metera com sua rainha no ataque. Havia protegido o bispo preto, que depois lhe proporcionara o triunfo. Esteban o acossara com uma só peça, mas David havia lhe demonstrado que, com duas, era capaz de ganhar a partida. Mas não se emocionava muito. Havia sido uma partida atípica, muitas das peças não tinham se movido. Nenhuma das quatro torres, exceto no penúltimo lance, haviam influenciado o jogo.

Sabia que não era um bom jogador. Seus colegas costumavam lhe dar surras memoráveis. Mas Esteban se mostrara muito pior do que ele. Dedicara-se a mover a rainha pelo tabuleiro como um principiante, sem ter uma só peça que o apoiasse; e, embora tivesse comido muitas peças soltas de David aproveitando a situação dos peões, sua vantagem não havia durado muito. Como ele havia deixado o centro do tabuleiro desocupado, David só precisou começar a mover as peças para colocá-lo num aperto. Esteban havia jogado como uma criança de dez anos!

O editor pensava que alguém que jogasse tanto como Esteban seria melhor estrategista. Havia levado essa partida muito a sério, disposto a superar um literato de estatura mundial. Literatura, uma atividade puramente intelectual, a qual se supunha que era exercida por pessoas inteligentes. E Esteban tinha perdido em trinta e uma jogadas, em uma estratégia que qualquer jogador medianamente treinado adotaria. David se sentia meio confuso. Tinha ido caçar leões e havia topado com um gatinho.

— Eu deveria ter acompanhado minha rainha com alguma peça de apoio?

E ainda perguntava isso! Afinal, o que estava lhe acontecendo? Era de se imaginar que um escritor de fama mundial não devesse perder contra um editor que não tocava em uma peça havia mais de dezesseis anos!

— Suponho que sim. Mas quem sabe quando vai perder uma partida? — disse David. Embora pensasse para si: "Quando você adiantou o peão de rainha para deixar o bispo sair e me deu a iniciativa. Ali, você quebrou o ritmo e me deixou atacar, em vez de defender". — Achei que você ia ganhar de mim, Esteban.

— Durante um bom tempo, eu também achei.

— Não, eu me refiro a que você parece jogar muito.

— E eu jogo muito.

David hesitou antes de responder, e Esteban leu sua mente.

— Jogar muito não quer dizer jogar bem.

— Sim, claro. Mas quem gosta de jogar é porque costuma ganhar.

— Bom, não há motivo. Eu me divirto com o jogo pensando no lance seguinte, e perder não faz com que me divirta menos. E já joguei o suficiente para saber que não sou bom, mas também para compreender, ao menos em parte, a grandeza desse jogo. Entendo que existam pessoas que possam dedicar a vida a ele. Ganhar só é divertido quando você também perde de vez em quando. Do contrário, é somente rotina.

Era um conceito estranho, David sempre ouvira que os ganhadores esquecem a estrada, que só querem correr. Nunca havia parado para pensar que os perdedores podiam querer o mesmo...

— Bem, me convide para beber alguma coisa, David. São as regras. Quem ganha paga.

— Não é verdade! — gritou Jon. — Paga quem perde!

— E o que você tem a ver com isso?! — gritou por sua vez Esteban. — Ele não sabia!

À tardinha, Esteban e David foram pescar num riacho que serpenteava ao redor de Bredagós. Depois do almoço Esteban havia feito companhia à sua mulher, na calma tenebrosa do quarto dela. Paloma saiu para resolver uns assuntos e voltou no meio da tarde para substituir um Esteban triste e pesaroso, que apoiava o cotovelo no colchão e falava suave e carinhosamente com Alicia, sem saber ao certo se ela podia ouvi-lo.

David, enquanto isso, tinha almoçado na Era Humeneja com Jon e tentado lhe subtrair alguma pista, mas sem resultado.

Esteban levava o caniço e uma cesta de vime na qual estavam os anzóis, a linha, as chumbadas e a carretilha. A área onde decidiram situar sua tarde de pesca era conhecida como Clot der Os, buraco do urso, por ser um lugar resguardado, com acesso a água corrente e convenientemente afastado do homem, com recantos que podiam ser escolhidos para a hibernação dos cada vez mais escassos ursos pirenaicos.

— Mas eles vêm aqui? Será que vamos ter uma surpresa...? — perguntou David, amedrontado, a Esteban.

— Não, imagine. No início do século passado eles eram habitantes corriqueiros destes bosques, mas, com o passar do tempo, foram desaparecendo até só restarem pouco mais de vinte nesta parte dos Pireneus, e isso calculando por cima. O local tem esse nome porque antigamente eles de fato o habitavam, mas agora não há risco de toparmos com um. Há uma tentativa de reintroduzi-los com um programa de repovoamento.

— Ou seja, hoje, pelo menos, estamos a salvo.

— Hoje, sim. Esperemos que, com o passar dos anos, apareçam mais; o vale de Arán é uma zona muito adequada para habitat deles. Basta dizer que os que são liberados nos bosques franceses vêm até aqui...

— Ursos turistas.

Durante o trajeto até o riacho, Esteban foi comentando com David a fauna dos bosques adjacentes a Bredagós. Para alguém que havia passado a maior parte da vida em uma cidade onde só via animais de estimação, a enumeração de corças, javalis, tetrazes, texugos, martas, arminhos e toupeiras parecia a lista das espécies de um zoológico sem jaulas.

David tentou imitar o arremesso de caniço de Esteban, mas seus resultados ficaram muito longe do esperado. O movimento que

Esteban havia aperfeiçoado durante anos — pegar o caniço com a base da carretilha entre o anular e o médio, deixando o indicador livre para segurar a linha, balançá-lo para trás com o anzol iscado e lançá-lo para frente soltando a linha, para deixá-la correr e assim fazer o anzol cair no ponto desejado — não era tão fácil quanto parecia. O movimento fluido de Esteban se tornava fragmentado e mecânico em David, enquanto este recitava as fases. Na maioria das vezes, ele se complicava no arremesso, não executando a soltura da linha ou fazendo isso cedo demais, o que provocava um amontoado de linha aos seus pés que era preciso enrolar de novo na carretilha.

— Quando criança, eu sempre escutava histórias de pescadores que cravavam o anzol num olho — disse David, brincando.

— É fácil.

— Arrancar um olho?

— Não, arremessar o anzol. Basta praticar um pouco. Quando você já souber fazer isso com desenvoltura, eu lhe ensino a arremessá-lo no fundo do rio, onde estão os peixes maiores.

— Como você sabe qual é a parte mais funda?

— Bom, isso se sabe — respondeu Esteban, sem conseguir dar uma resposta melhor. — Pela cor da água, pela posição dos refluxos na corrente. Os bons pescadores sabem como é o leito do rio observando como a corrente flui. Pense que a água é uma massa uniforme, e o modo como varia na superfície depende quase exclusivamente do que se encontra embaixo. Eu não chego a tanto, claro. Por enquanto, me conformo em saber qual é a parte mais funda do rio.

David olhava atentamente a corrente, mas a via toda igual: uma massa de água que deslizava rio abaixo, que só mudava quando se chocava com rochas ou com ramos.

— Bom, se você está dizendo...

A meta de Esteban era pescar trutas para o jantar. Antes de alcançar seu propósito, pescaram algumas bogas, originariamente trazidas como iscas vivas para as trutas, mas que haviam se tornado intrusas na fauna piscícola aranesa. Depois de várias tentativas de que o anzol caísse dentro do rio, David conseguiu arremessá-lo em um lugar do gosto de Esteban.

Agora, só restava esperar, algo a que as pessoas da aldeia estavam muito acostumadas e que nas cidades era considerado como um símbolo de ineficácia. Esteban puxou do bolso uma navalha e, lentamente, se dedicou a talhar um pedaço de madeira. David, por sua vez, observava a ponta do caniço, esperando algum movimento. Olhou Esteban, que talhava com tranquilidade, deixando um montinho de lascas aos seus pés.

— Um bom lugar para viver — disse David em voz alta, sem um receptor determinado.

— Sim — respondeu Esteban.

— Parece que a tranquilidade daqui é contagiosa. Todos estão relaxados, encaram as coisas com calma.

— Há pouca pressa em Bredagós.

— Você não gostaria de viver em outro lugar?

Esteban pareceu meditar um momento antes de responder.

— Minha mulher está aqui. Minha casa está aqui. E meu ambiente está aqui.

— Sim, mas você poderia ter isso mesmo em outro ambiente. Bredagós é uma aldeia muito agradável, mas é cabível pensar que não deve ser o único lugar bonito em um mundo tão grande. Algum dos que você descreve em suas histórias, por exemplo.

— Não me imagino vivendo em outro lugar. Aqui, estou confortável. Passei os melhores momentos da minha vida nesta aldeia. Aqui conheci minha mulher, aqui fiz meus melhores amigos. O melhor de mim está nestas paragens.

— Sim.

Produziu-se um silêncio durante o qual Esteban seguiu dando forma à sua escultura de madeira e David continuou observando o caniço. A corrente levava consigo os minutos, marcados somente pelo aumento da pilha de lascas de madeira aos pés de Esteban. David se lançou de novo ao contra-ataque. Não teria oportunidade melhor.

— Sabe o que eu gosto de fazer nos momentos de tranquilidade, Esteban?

Esteban não respondeu. Limitou-se a olhá-lo, esperando uma resposta.

— Gosto de ler. Isso me relaxa.
— Um bom hábito.
— Sim.

David ia executar um ataque que não buscava desmascarar o inimigo, mas somente encontrar certos indícios de nervosismo. Sentia-se Hamlet durante a apresentação dos cômicos ambulantes, a qual devia provocar a agitação do rei Claudio. Mas ele não tinha um Horácio para contrastar suas opiniões.

— E sabe qual o livro que me impactou ultimamente? ... *A hélice*.

"Só preciso de um gesto, uma surpresa no olhar, uma dilatação das pupilas, para saber se você é meu homem, Esteban. Vou caçá-lo do mesmo modo como fiz na partida de xadrez."

— Gosta desse livro?

Nada. Mantinha-se imperturbável diante da bomba que David havia deixado cair.

— É um grande livro. Muito bom. E não sou o único a ter essa opinião. As pessoas o leem em centenas de cidades de todo o mundo: em vagões de metrô, em bancos de parques, em ônibus... as bibliotecas estão cheias de exemplares porque todos o pedem. São centenas de edições e venderam-se milhões de exemplares.

— Puxa, muitas vendas.

— Foi escrito por um tal de Thomas Maud. Eu adoro reler trechos quando estou sozinho, isso me ajuda a ver as coisas sob uma perspectiva diferente.

— Se é tão bom, talvez eu devesse lê-lo — replicou Esteban.

— Leia, sim — disse David.

Ou esse homem não era Thomas Maud, ou tinha nervos de aço, pensou o editor. Não tinha se movido um milímetro desde que *A hélice* fora mencionado, nem sequer para mudar de posição. Iria apertá-lo um pouco mais para ter certeza.

— Além disso, o autor tem uma história interessante. Ninguém sabe quem é ele. Decidiu escrever sob pseudônimo para que as pessoas não o descubram nem o assediem. Não dá entrevistas, não vai receber os prêmios que lhe outorgaram.

— Caramba — foi o único comentário de Esteban.

— Acho essa opção muito sensata. Provavelmente ele não quer chamar atenção sobre si, para evitar os curiosos como os de Tolkien ou atentados como o de Verne...

— O que aconteceu a Verne? — perguntou Esteban, interrompendo pela primeira vez.

— Um desequilibrado lhe deu um tiro no joelho para chamar a atenção sobre a ausência dele na Academia Francesa.

— Que coisa, o mundo está cheio de malucos.

— Exato! Por isso, entendo e respeito Thomas Maud. O fato de alguém ser competente no exercício de sua profissão não justifica que lhe tirem a privacidade. Principalmente no caso de um escritor, que muitas vezes precisa dessa privacidade para observar as pessoas sem agir de maneira falsa ou premeditada. Apoio totalmente a decisão dele, e, se estivesse ao meu alcance, iria ajudá-lo tanto quanto possível.

— Eu também o ajudaria — respondeu Esteban. — As pessoas têm que poder viver como quiserem, e, se esse homem não quer revelar sua identidade, está em seu direito.

David se sentia desfalecer. Tinha tentado essa técnica várias vezes na aldeia, e, embora fosse verdade que ela nunca funcionara, desta vez ele esperava que desse resultado. O que havia começado como um jogo de gato e rato se transformara no de dois gatos perseguindo um ao outro. Decidiu apostar tudo em uma última cartada. Iria usar algo totalmente novo, algo que só convém usar quando todos os ardis, armadilhas, enganos, tretas e emboscadas falharam: a sinceridade.

— Quero ser sincero com você, Esteban. Eu não sou de Valladolid, como lhe disse no início. Trabalho na Editora Khoan, com sede em Madri. Sou editor. Meu trabalho consiste em supervisionar os livros de escritores e ajudá-los em tudo de que precisarem. Passo muitos dias viajando, e isso faz com que Silvia se ressinta da nossa relação, porque não nos vemos tanto como gostaríamos.

"Na editora onde trabalho temos um escritor que se destaca dos demais, o autor de *A hélice*, de que lhe falei. O que se faz chamar Thomas Maud. O que vou lhe contar em seguida é punível judicialmente, sobretudo no meu caso, porque assinei um contrato de confidencialidade com o presidente da editora em pessoa. Não lhe digo isso para impressionar, mas para tentar mostrar meu grau de sinceridade. Eu não trouxe minha mulher para passarmos férias na aldeia, mas sim a enganei para que ela viesse comigo na missão da qual meu chefe me encarregou: devo encontrar Thomas Maud. Anos atrás, chegou às mãos de Kohan um manuscrito de umas seiscentas páginas com o nome de *A hélice* assinado com o pseudônimo de Thomas Maud, mas sem nenhum dado pessoal. Junto com esse manuscrito, vinha uma carta com um número de conta bancária na qual deveria ser depositado o dinheiro, em caso de publicação.

"Esse livro foi o primeiro de uma saga que bateu recordes de vendas no mundo inteiro. Mas ninguém, inclusive o próprio Khoan, sabe quem é o autor. Por meio de algumas pesquisas, descobrimos que ele morava nesta aldeia e que havia mandado daqui todos os volumes. Minha tarefa é encontrar Thomas Maud, tentar entender por que ele parou de escrever e convencê-lo a terminar a saga. Tenho carta branca para negociar: se ele quiser continuar mantendo o anonimato, manterá. Não vou fazer nada que Thomas Maud não queira. Se ele quiser que eu pule num pé só, vou pular.

"E sabe por quê? Porque meu único desejo é cumprir a missão de que me encarregaram e voltar a Madri para pedir a Silvia que me aceite de volta. E agora eu lhe pergunto: você enviou o livro *A hélice* à editora Khoan, assinado pelo pseudônimo de Thomas Maud? Peço que pense bem antes de responder, porque de sua resposta depende meu futuro pessoal e profissional."

Esteban havia parado de talhar a figura de madeira fazia algum tempo, para escutá-lo melhor. Passou a mão pela barba grisalha, subiu os óculos com o dedo anular e afastou a franja de seu campo de visão.

— Lamento, David, mas não fui eu.

Os ombros de David, tensos até esse momento, se deixaram cair num claro gesto de abatimento, semelhante ao de um aluno que, reprovado na prova final de uma disciplina, sente um abismo se abrir aos seus pés. Não havia mais saída. A derrota já não era uma possibilidade crescente, mas uma certeza.

— Lamento — repetiu Esteban. — Gostaria de poder ajudá-lo.

— Não é culpa sua, você não pode fazer nada. Nem sequer tem seis dedos!

Nesse momento, o caniço de pesca, imóvel até então, começou a cambalear. Os dois o viram sair disparado pelos ares. A treinada mão de Esteban o agarrou antes que ele se perdesse nas águas do rio.

— Segure, David!

David pegou o caniço e seguiu as instruções de Esteban. Soltou linha quando a sentia puxar e depois a enrolou na carretilha. Passaram-se alguns minutos, até que um estranho peixe acabou se debatendo aos seus pés na margem do rio.

— Veja só, um cabeça-de-touro!

— Um o quê?

— Um bagre cabeça-de-touro! É uma espécie dos rios do norte da cordilheira, muito estranho encontrá-lo aqui.

Era um peixe de olhos saltados, pintalgado de preto e marrom, com barbatanas transparentes.

— Agora, pegue-o pela base da cabeça e tire o anzol com cuidado.

David segurou o bagre com o antebraço, para que ele não se movesse. Contudo, a ânsia de sobrevivência do peixe se mostrou mais forte do que o abraço de David. Ele coleou e moveu a cabeça na direção do rio, e isso fez o anzol se cravar no dedo médio do editor.

— Merda! Me tire isto, Esteban!

— Um momento. Não se mova, ou vai cravá-lo ainda mais. Vou pegar um alicate, espere.

David aguentou o peixe que lhe dava golpes na mão, enquanto Esteban remexia na cesta de vime. Será que o cabeça-de-touro mordia?

Esteban cortou o anzol e meteu o peixe na cesta.

— Venha, vamos para casa e eu tiro. Lá eu tenho material de primeiros socorros.

O curativo no dedo de David o impedia de cozinhar, de modo que a tarefa recaiu sobre Ángela, que não se sentia muito animada. Esfregava o peixe com um descamador e seu avental estava cheio de lantejoulas prateadas.

— David, o cabeça-de-touro é todo espinhas e escamas. E a carne não é muito saborosa.

— Tanto faz que não seja saboroso. A captura desse peixe quase me fez perder um dedo. Vou comê-lo, tenha o gosto que tiver.

Esteban tivera que acabar de lhe atravessar o dedo com o anzol para cortar com o alicate o freio que o impedia de sair. Uma vez seccionado ele, pôde puxar o anzol de volta e tirá-lo por onde havia entrado. Desde seus ferimentos de criança ao andar de bicicleta, David quase havia esquecido como arde o álcool que não se ingere. Apertou os dentes e manteve silêncio, mas as lágrimas que lhe nublavam a vista o impediram de se manter estoico.

Ángela e Tomás comeram empadão de carne. David mastigou lentamente o cabeça-de-touro com batatas e cebola, tirando a cada momento pequenas espinhas da boca.

— David, você não é obrigado a comê-lo.

— Claro que sim.

E continuou mastigando até acabar, pouco mais de trinta minutos depois de Ángela e seu filho, que já estavam assistindo a um velho filme na TV. David se sentou em uma poltrona e se dedicou a olhar pela janela.

Pensava em Silvia. Na enorme partida de xadrez em que consistia a perseguição a Thomas Maud, havia sacrificado sua peça mais valiosa, sua rainha, no encalço de um rei que acabara não o sendo. Agora se sentia desprotegido, à mercê dos elementos. Era só questão de tempo até lhe darem o xeque-mate.

— Está muito pensativo, David.

— Um pouco, é verdade.

— Dia ruim?

— Você já teve algum dia em que nada do que faz dá certo, absolutamente nada?

— Claro.

— Então, sabe como é minha vida.

Pelo menos desde que cheguei a essa aldeia, pensou David.

18. O que sonhamos ser

Fran, ainda adormecido, sentiu naquela manhã como se alguém muito pesado tivesse se sentado em seu peito impedindo-o de respirar, deixando-lhe somente o ar necessário para não perder os sentidos. Abria a boca para tentar aspirar mais oxigênio, mas a imensa figura imaginária que o usava como tamborete não parecia ter os mesmos planos. Fitava-o nos olhos e sorria, e ambos sabiam o que era preciso fazer para que ela fosse embora.

Procurou não pensar naquilo, tentou beber álcool, mas já nos primeiros goles sentiu que dessa vez não iria funcionar, que só pioraria a situação. Verificou na farmácia doméstica de Requena se havia algum medicamento que pudesse aliviar sua ansiedade, mas não encontrou nada que servisse; só mesmo uma embalagem de aspirinas e uma pomada anti-inflamatória. Tomou dois comprimidos com um pouco de água.

Não sentia a dependência física da droga, mas a psicológica dos que se picam durante anos e param de chofre. O corpo se acostuma a subir e descer, subir e descer, e agora a metadona o obrigava a caminhar na horizontal. Era impossível pensar em outra coisa que não fosse um pico para aguentar o estirão até a metadona da tarde. Fran sentiu um vazio que o golpeava vindo de dentro, que gritava pedindo mais. A angústia ressoava em sua cabeça e retumbava nas paredes do crânio.

E então um grito claramente audível saiu dessa angústia.

Ninguém vai saber.

Quem iria averiguar? O pessoal da metadona não fazia exames de laboratório. Requena também não. Fran se sentia culpado por interromper o bom momento, mas amanhã poderia começar de novo.

Pegou uma roupa do amigo, saiu do apartamento e fechou com a chave.

Sentiu-se culpado durante todo o trajeto até Las Barranquillas. Pelo que ia fazer, por trair a confiança de Requena, ainda que este nunca viesse a saber, mas tinha de fazê-lo se quisesse continuar no percurso.

Todos somos dependentes, repetia para si mesmo. Há mulheres viciadas em compras que, antes das faturas de aquisições anteriores, preferem ver os catálogos que chegam à sua caixa de correspondência. Há viciados em exercícios que passam seis horas diárias levantando pesos, examinando as veias dos bíceps e tomando esteroides para aumentar a massa muscular. Milhares de pessoas não conseguem engrenar pela manhã sem uma dose de cafeína que precisam ir renovando ao longo do dia. Muitos guardam uma garrafinha na gaveta do escritório e dão um trago antes de sair para as reuniões. Existem centenas de milhões de jovens viciados em refrigerantes capazes de desentupir um encanamento. Produzem-se milhares de mortes por ano em consequência da incapacidade de abandonar o tabaco, uma droga regulada pelo governo e estudada para ser cada vez mais viciante com a ajuda de compostos químicos.

Quem disser que não tem nenhum tipo de dependência só engana a si mesmo.

Passou diante da van de troca de seringas e viu Raúl na porta falando com um sujeito bem vestido que saíra de um Toyota Celica; um daqueles rapazes ricos que, embora tenham dinheiro de sobra para comprar seringas na farmácia, preferem trocá-las em Las Barranquillas por temerem os comentários do bairro onde vivem. Raúl levantou a vista e o viu atravessar os trilhos do trem. Fran evitou o cruzamento de olhares e continuou avançando, de cabeça baixa, com as mãos nos bolsos e os ombros encurvados.

Entrou na penumbra do barraco e se viu de novo com o mesmo garoto cigano, sentado na mesma cadeira de camping assistindo ao mesmo programa de fofocas no enorme televisor. O garoto o examinou novamente de alto a baixo e lhe perguntou o que queria.

— Vim ver Tote.

Como única resposta, o garoto se levantou e entrou no quarto ao lado. Após alguns segundos, saiu acompanhado de um cigano de mais de um metro e oitenta e cinco, de amplo dorso coberto por uma jaqueta jeans.

— Veio falar com Tote?
— Sim — assentiu Fran.
— Tote não está mais aqui.
— Não? O que aconteceu?
— Nada. Mas ele foi embora.
— Como assim?
— Simplesmente, não queremos fanfarrões por aqui. Tote vinha há muito tempo brincando com fogo e acabou se queimando. A partir de agora, eu cumpro a função dele. Quer bomba?

Fran se sentiu tentado a pedir, mas algo lhe dizia que aquele homem não era confiável, e ter um avião de confiança é uma das primeiras normas nesse mundo. Tote não era o mais honrado do país, mas nunca lhe repassara heroína malhada. Tinha boa reputação e um bom grupo de clientes. Desse homem que agora o olhava por cima do ombro não sabia nada, e não queria se arriscar sem antes coletar alguma informação.

— Não — respondeu. — Vim dar um recado a ele.
— Certo.

O homem entrou de volta sem se despedir. O garoto cigano se sentou em sua cadeira e continuou assistindo ao programa de fofocas, alheio ao que se desenrolava ao seu redor.

Fran saiu para a claridade do dia sem o que havia vindo buscar. Não sabia o porquê de tanta dúvida. Se seria só esta vez, bem podia ter se arriscado a comprar o material sem tantos cuidados. Mas não: havia duvidado por uma razão. Ele se deu conta de que não tinha comprado desse novo avião porque seu instinto lhe dizia que não ia ser somente esta vez. Embora pensasse que ia tomar só um pico, havia reagido como se buscasse um novo avião que o abastecesse todos os dias. Sabia que não ia ser uma vez isolada, que seria como no começo: primeiro um só, uma ocasião especial, em seguida algum de vez em quando, em uma recaída, e depois três vezes por semana. E, quando se desse conta, estaria se picando três vezes por dia, fisgado como um peixe por um anzol que ele mesmo se havia cravado.

Perto do limite de Las Barranquillas encontrou Pedro, o Surrado, o pior boxeador de Vallecas. Estava procurando cavalo para uma dose e mostrou ao seu antigo conhecido um amplo sorriso de dentes cariados e enegrecidos.

— Fran, cara, que alegria ver você.

O correto seria responder "Eu também fico contente", mas ele se limitou a:

— Como vai, Pedro?

— Bem, bem, as coisas não andam mal. Escute, você não teria algum pó aí, não?

— Quem me dera, colega. Venha cá, tem notícias de Tote?

— Caralho, é claro. Não soube?

— Acho que não.

— Por onde você andou? Aqui é que não foi.

— Tive uns assuntos fora de Madri — mentiu Fran. — Acabo de voltar e encontrei um cigano enorme no barraco dele.

— Tote foi aposentado.

— Cacete! O que houve?

— Parece que ele tinha tratos com outros fornecedores para conseguir droga por um preço mais baixo e queria se estabelecer por conta própria.

— E disse isso ao pessoal daqui?

— Não! Essas coisas não convém espalhar! Tote se mandou sem dizer uma palavra e no dia seguinte estava em outro lugar. Disse para todo mundo que comprava com ele que ia vender mais barato. E ontem apareceu morto em uma vala da Nacional v. Deu até no noticiário. Eu não vi, mas soube por Kemu, que tem televisão.

— Caralho.

— Bom, vou indo, tenho que arranjar grana.

— A gente se vê, Pedro.

— Até mais, camarada.

Assim que haviam liquidado Tote. Caralho, que sacanagem. Isso explicava por que a maioria na favela era de ciganos. Não podiam confiar nos gadjos. Se você é um avião em Las Barranquillas, ganha uma boa nota, mas sabendo que apenas raspou a superfície de dinheiro que esse negócio movimenta. Passa a vida entre barris com milhões pertencentes a outra pessoa, e é normal que, um belo dia, queira ser essa outra pessoa.

E esses que ficam com o dinheiro são os que não aparecem, os que estão num barraco blindado no centro do bairro. Os que falam com os policiais quando estes vêm fazer uma blitz e saem sorridentes junto deles depois de negociar, sabendo que, embora tenham perdido algum dinheiro no suborno, são apenas migalhas em comparação com a fortuna que deixam de ganhar em um dia sem trabalho. São os que controlam o mercado da droga, os que com um simples gesto conseguem que o cadáver de um Tote qualquer amanheça num acostamento da autoestrada.

A ambição também pode ser uma droga. Mas esse era um trabalho no qual, quando era demitido, você não saía com seus objetos pessoais em uma caixa; saía você mesmo num caixão.

E tudo pelo dinheiro. Pela porra do dinheiro.

Fran lamentou por Tote. Era um filho da puta, como todos, mas não vendia açúcar de confeiteiro. Parecia-lhe estranho que pudesse sentir algo por uma pessoa assim, sobretudo nesse mundo anestesiado. Se Tote trabalhasse em uma empresa, seria considerado um executivo agressivo, com iniciativa. O mais provável era que o presidente tivesse feito dele seu braço direito e lhe houvesse pedido ajuda para tornar mais rentáveis os projetos. Tote teria um Mercedes, um chalé e uma loura peituda que passaria os dias nas espreguiçadeiras de um clube e as noites deitada na cama dele.

Em qualquer cenário, seria igualmente um filho da puta.

Saiu de Las Barranquillas distraído e, quando se deu conta, havia cruzado seu olhar com o de Raúl, que continuava na van. Este lhe acenou para que se aproximasse.

— Como vão as coisas, Fran?

— Não me piquei, se é isso que você está perguntando.

— Não lhe perguntei isso.

— Mas pensou.

— Estamos aqui para ajudar vocês na medida do possível, e não para julgar ninguém.

— Isso é tarefa de Deus?

— Que Deus, que nada! Aqui muita gente já se encarrega de julgar.

Fran sorriu.

— Mas, enfim, como você está? — perguntou Raúl.

— Bem. Estou na casa de meu antigo companheiro de apartamento. Ele não se droga.

— Isso é ótimo. Sair de seu entorno. Como está com a metadona?

— Bem, bem. Mas morro de vontade de tomar um pico. Foi para isso que vim, mas mataram meu avião.

— Tote?

— Caralho, você já sabe?

— Isso aqui é como um confessionário. Muitos vêm e nos contam coisas. Além disso, saiu no noticiário.

Terminada a conversa, quando Fran já se afastava, Raúl o chamou de dentro da van.

— Fran! Quando você estiver limpo, a gente convida você para uma cerveja!

Fran soltou uma gargalhada.

— Não! Quando estiver limpo, para a cerveja convido eu!

Voltou de ônibus para a casa de Requena, sem concretizar o projeto para o qual havia saído. A angústia daquela manhã tinha desaparecido entre o trajeto e as notícias sobre Tote, mas Fran sabia que, mais cedo ou mais tarde, ela reapareceria, que o que sentira de manhã ao despertar retornaria de vez em quando. Não havia metadona que pudesse evitá-lo. Ele o enfrentaria na próxima vez, de preferência com um pouco mais de força de vontade do que a demonstrada hoje.

Teve que pagar a passagem do ônibus. Os tempos em que podia escapulir haviam passado. Espantou-se com o quanto o preço tinha aumentado desde então.

Tinha que pensar em algo para se ocupar. O dia inteiro sem fazer nada na casa de Requena não podia resultar em nada bom, e o tempo que ele levava recolhendo papelão não era suficiente. Precisava de algum tipo de atividade que preenchesse suas horas diurnas e o impedisse de pensar nos problemas do futuro: no que iria fazer e como iria ganhar a vida.

O sacolejar do ônibus o incomodava. Os outros passageiros se chocavam contra ele a cada mudança de marcha. Olhou para os lados, em busca de algum assento livre, mas todos estavam ocupados. Teria que suportar o desconforto do transporte até sua parada.

O livro quase não lhe chamou a atenção. Vira-o tantas vezes nos últimos dias que demorou um pouco a se dar conta de que não era o seu exemplar. Diante de seu rosto, a escassos vinte centímetros, alguém lia o primeiro volume de *A hélice*. Ele não podia ver quem era. O rosto da pessoa estava escondido pela capa. Fran ficou na ponta dos pés para tentar vê-lo por cima.

Nesse momento, foi tudo muito rápido. Na frente do ônibus, uma moto mudou de faixa e o motorista deu uma forte freada para evitar a batida. Todos os que não estavam sentados se desequilibraram e, quando o primeiro caiu sobre o do lado, desencadeou-se o dominó humano que acabou dando com o livro *A hélice* bem no rosto de Fran, caído no chão com alguns desconhecidos em cima dele.

Ouviram-se numerosos palavrões, mas Fran não podia aderir ao coro. O peso sobre seu peito o impedia de respirar, e mais ainda de gritar para que saíssem de cima dele. Era a segunda vez nessa manhã que ele não podia respirar. Após alguns segundos de pressão que lhe pareceram eternos, as pessoas foram se levantando, deixando finalmente que algum ar entrasse em seus pulmões. Com os olhos fechados, ele se concentrava em respirar quando lhe falaram.

— Você está bem?

— Não — respondeu, após alguns momentos.

— Alguma dor?

— No tornozelo. Alguém me pisou.

— Desculpe. Acho que fui eu.

Fran abriu os olhos. Uma jovem de uns vinte e dois anos o fitava, ao mesmo tempo em que apalpava um esparadrapo em uma das faces.

— Por que você tem tanta certeza?

— Meu pé está doendo, pisei de mau jeito.

— Que ótimo.

As portas do ônibus se abriram e muitos dos que haviam caído desceram para se restabelecer de suas pancadas e manchas-roxas, sempre acompanhados de uma série de queixas e insultos contra a empresa municipal de transportes em geral e os motoristas de ônibus em particular. Fran e a moça se sentaram no banco da marquise.

— Melhorou? — disse ela.

— Sim. Houve um momento em que, com tanta gente em cima, eu não conseguia respirar e fiquei um pouco agoniado.

Fran apalpou o tornozelo. Estava meio inchado, mas não parecia nada grave.

— Deixa eu ver.

— Você é médica?

— Não. Minha mãe é enfermeira — disse a jovem, como se isso encerrasse a questão.

— Pena que ela não esteja aqui.

A moça examinou o tornozelo dele e, após uma breve análise, descartou uma possível lesão.

— Em dois dias, vai estar novo em folha.

Apalpou de novo o curativo do rosto, certificando-se de que não tivesse saído do lugar. Ato contínuo, examinou o livro que vinha lendo e viu com desagrado a capa dobrada e umas folhas rasgadas. Fran constatou que era *A hélice*.

— Caramba — disse ele.

— O que foi?

— Era você, a pessoa do livro! Eu o vi bem diante de mim, no ônibus, e me perguntava quem o estaria lendo. Se você olhar bem, vai encontrar na capa a marca do meu nariz.

— Já leu? — inquiriu ela.

— Há pouco tempo, aliás. Gostei muito.

— Também estou gostando. Não que seja muito fã de ficção científica, mas... não sei, senti algo especial.

— Sei como é. Comigo aconteceu o mesmo.

Fran atentou detidamente para a garota. Não era um compêndio de beleza. Uma garota normal. A pele, antes arroxeada pelos golpes durante o atropelamento sofrido, havia ficado amarelenta, dando-lhe uma cor suja. Ele atentou um pouco mais. No centro do amarelo se destacava um olho castanho-claro, quase cor de mel. A boca era pequena e ela mordiscava continuamente os lábios enquanto falava. Era um rosto agradável e, sem os esparadrapos, ela devia ser bonita.

— Gostaria de tomar um café? — convidou Fran.

Ela ficou olhando para ele um momento, entre constrangida e espantada.

— Não posso. Tenho que ir.

— Que pena.

A garota se levantou do banco e deu uns passos, afastando-se. Mas parou e se voltou.

— Se você quiser, um outro dia...

— Eu adoraria — disse Fran, com um sorriso. — Aliás, meu nome é Fran.

— E o meu, Marta — disse ela. — Encantada.

Encantada! Mais alguém tinha ouvido isso? Ela estava encantada!

— Como nos contos.

— Nos contos?

— Claro. Como as princesas encantadas.

Marta riu da brincadeira. Gostou de que ele a chamasse de princesa.

Fran estava a poucas paradas da casa de Requena. Depois que Marta foi embora, esperou um pouco para firmar o tornozelo e começou a caminhar com passos curtos. Não tinha pressa. Passou em frente a uma pequena livraria que ficava na esquina e também vendia material escolar. Apalpou o bolso para conferir o dinheiro, o que iria usar para comprar heroína. Entrou e pediu o segundo volume de *A hélice*. Assim, teria algo para conversar com ela quando marcassem aquele café.

À meia-noite e quinze, Requena, de pé, com o joelho apoiado na cadeira giratória, xingava baixinho enquanto configurava os protocolos de rede. Os vinte e cinco computadores daquele escritório deviam ter conexão entre eles, com um servidor externo e acesso à internet. Requena corria de mesa em mesa, selecionando as opções e deixando que os programas carregassem enquanto ia para a próxima. Como um pai que não dá conta de atender ao mesmo tempo às necessidades de um monte de filhos.

De repente, todas as telas se apagaram.

As luzes do escritório também tinham se apagado. Ele foi ao servidor. Era o único que se mantinha, conectado a uma UPS, isto é, uma fonte de alimentação ininterrupta, que lhe fornecia eletricidade durante quarenta e cinco minutos em caso de corte de energia.

Tempo suficiente para salvar todas as mudanças e fazer uma cópia de segurança.

Pegou o telefone e ligou para seu chefe, Miguel. O proprietário da ArtaNet estava escovando os dentes e pediu uns segundos para enxaguar a boca.

— Sim?

— Miguel, houve um apagão. O que eu faço? Vou embora?

— Não, esses equipamentos têm que estar configurados às nove da manhã. Fique aí, para ver se a luz volta.

— E se não voltar? Fico aqui até as nove da manhã e eu mesmo explico a eles? Caralho, Miguel! Vou dormir quando?

— O servidor está funcionando?

— Sim, está conectado a uma UPS.

— E os equipamentos, não?

— Não, eles são muito avarentos. Escolheram um modelo que mal pode suportar um equipamento.

— Quanto resta de energia?

— Quarenta e cinco minutos.

— Ah, bom! Isso é suficiente. Isto aqui é Madri, Requena. Aqui os apagões não demoram muito. Fique até a luz voltar e termine.

— Miguel, já passa da meia-noite. Comecei a trabalhar às dez da manhã. Não quero ficar no escuro, esperando que a luz volte.

— E o que faremos? Você vai embora agora, a luz volta em dez minutos e amanhã as estações de trabalho não estão configuradas. E o que eu digo ao cliente? Que meu funcionário estava com sono? Isso não é profissional!

— Muitas coisas aqui não são profissionais, Miguel.

— Escute, fique pelo menos até que o servidor apague. Se ele apagar, seria preciso ligá-lo de novo, e não temos a senha.

— Não lhe deram?

— Imagine! Nem por brincadeira. Temos as das estações de trabalho. Faça isso, pode ser? Você espera meia hora. Se o servidor desligar por falta de eletricidade, já não será culpa nossa. Eles que escolhessem uma UPS mais potente.

— Fico até uma da madrugada, Miguel. Nem um minuto a mais.

— É só o que lhe peço. Até uma hora. Bom, amanhã nos falamos.

— Sim. Até logo.

Requena continuou resmungando baixinho, agora no escuro. Faltando dez para uma, cansado do chefe, do trabalho e dos computadores, trancou a porta, deixou a chave com o segurança e foi para casa.

Foi dificílimo estacionar. A essa hora, todas as vagas já estavam ocupadas, e ele só encontrou um vãozinho onde pudesse enfiar seu Ford Fiesta à base de muitas manobras. Fez uma caminhada até sua casa. Na rua, havia grupos de amigos e casais que voltavam do cinema, de um drinque ou de uma transa num parque. Sortudos safados.

Ao entrar, encontrou Fran assistindo a um filme. Estava embrulhado em uma manta e com cara de sono.

— Já não é hora de você ir para a cama? — perguntou Requena.

— Na verdade, estou em minha cama.

Fran se levantou e acompanhou Requena à cozinha. Ali, seu companheiro tirou os sapatos com os calcanhares e abriu a geladeira. Pegou um pacote de salsichas e colocou óleo em uma frigideira.

— Alguma vez você sai cedo do trabalho?

— Hoje saí cedo porque houve um apagão. Do contrário, estaria diante de um computador.

— Tremenda exploração.

— Nem me fale...

Fran pegou uma embalagem de purê de batatas e foi buscar uma caçarola para aquecê-lo no fogo.

— Não, é melhor em uma tigela no micro-ondas. Menos coisas para lavar depois.

Fran fez o que ele disse.

— Que dia de merda! Tive que estacionar quase em outro bairro. Todo mundo compra uma vaga de garagem por medo de lhe roubarem o carro. Eu não preciso. O meu está tão velho que ninguém quer levar.

— Continua com o Ford Fiesta?

Requena assentiu.

— Quantos quilômetros?

— Duzentos e quarenta mil.

Fran assoviou.

— Não foi seu tio que lhe vendeu, quando você estava no ensino médio?

— Sim. E o carro já era velho naquela época.

As salsichas iam fritando no óleo, enquanto Fran as virava com um garfo. Requena estava sentado num dos banquinhos, com os cotovelos apoiados nos joelhos e as palmas segurando o rosto.

— Estou de saco cheio! — exclamou. — Eu gostava de computadores, mas ultimamente os detesto. Tenho vontade de mandar tudo à merda: meu chefe, meu trabalho, o carro e minha vida. Isto não é viver! Tenho um emprego de que não gosto para manter um apartamento anão e mal mobiliado, e um carro que passa mais tempo na oficina do que comigo. Sempre me alimento fora de hora e às pressas. Cafés pela manhã, saladas ao meio-dia e salsichas com purê no jantar. Peso onze quilos a mais do que quando terminei o ensino médio. E dizem que a Espanha é o país com melhor qualidade de vida do mundo. Pode ser para outros! Todos esses anúncios de pratos típicos de verão, em uma casa às margens do Mediterrâneo. Chega de conversa! Quem vive assim?

— Nós não, claro.

— Ninguém. Esta não é a vida que eu planejei. Fiz um curso universitário de três anos, e a aprovação me custou sangue, suor e lágrimas. Pensei que, sendo engenheiro, teria mais facilidade de arrumar emprego, mas não. Eles procuram gente de pouco nível, para ensinar a essas pessoas três coisinhas e transformá-las em operadores de console, que é o necessário agora, quando tudo está informatizado. Então, ou você pega o bonde ou se manda, porque atrás vêm duzentos candidatos dispostos a aceitar qualquer trabalho. Isso é o que mais me chateia. Que, ainda por cima, achem que eu deveria ser grato pelo que tenho!

— As coisas estão difíceis.

— Claro que sim! E depois temos esta cidade. Madri. Capital da Europa, dizem. Sem dúvida, visitá-la como turista é muito bonito. Temos o Prado, a Puerta de Alcalá e mais bares na praça Antón Martín do que em toda a Noruega, como dizia o compositor Joaquín Sabina. Mas, às nove da manhã, todo mundo tem que estar no trabalho, e é preciso mobilizar quatro milhões de pessoas em duas horas. Engarrafamentos o tempo todo. Exceto à uma da madrugada, evidentemente. A essa hora só existem engarrafamentos na Casa de Campo. Claro, assim não há Deus que consiga um táxi.

Requena se calou por alguns momentos. Fran não disse nada. Preferiu que seu amigo acabasse de desabafar.

— Que merda, Fran. Acordo todos os dias e fico sentado na cama procurando uma razão para me levantar. E cada dia me custa mais. Vou ao trabalho unicamente pelo dinheiro. Essa história de que o trabalho enobrece é só para quem gosta do que faz. E eu não me incluo nisso. Não gosto nem sequer da minha vida. Sério, nunca pensei que seria assim. Tenho vinte e nove anos e já estou amargurado. Para ser um ancião, só me falta me sentar num banco ao sol e dar comida aos pombos.

— Nunca somos o que sonhamos ser — respondeu Fran. — Ou você acha que eu pensava que iria ser um toxicômano?

— Ex-toxicômano — corrigiu o amigo.

— Não, ainda estou em processo.

— Mas já está livre de drogas, não?

— Nada, ainda me resta pelo menos um ano. E isso, se eu não tiver uma recaída.

— Acha possível? Ter uma recaída, quero dizer.

Fran esperou uns momentos antes de continuar, pensando se seria inteligente contar a ele a aventura daquela manhã.

— Hoje estive perto disso, Reque.

— Como assim?

— Hoje, quando me levantei, você já tinha saído para o trabalho. Eu não conseguia respirar. O ar me faltava. Então fui à favela para comprar uma dose.

— Você tomou uma dose?!

Requena tinha se levantado e o encarava.

— Não, me deixe explicar. Por isso falei que estive perto. Meu avião morreu em um acerto de contas. Deu no noticiário. Não viu? Um cadáver no acostamento da Nacional v.

— Quase não vejo televisão, Fran.

— O fato é que ele morreu e eu fiquei pensando que, mais cedo ou mais tarde, todos acabamos assim. Não me refiro à morte, sei que todos nós vamos morrer, mas não vemos muitos *junkies* de sessenta anos. Ou você se livra da dependência, ou já sabe o que acontece.

— Mas você continua tendo síndrome de abstinência?

— Não, isso não. O que eu tenho é uma vontade quase incontrolável de me picar, mas síndrome de abstinência, não. Nos primeiros dias eu precisava me embebedar para superar a fissura. Agora, com poucos copos o tremor nas mãos já vai embora. A metadona é como os biscoitos integrais quando você está de dieta. Tiram a fome, mas a vontade de comer continua.

— Não existe nada melhor, não?

— Se você souber de alguma coisa, me avise, que eu me candidato. Quando criança, eu também não imaginava que seria assim, Requena. Nada nos sai como pensamos.

— Sei muito bem.

— O que você queria ser, quando criança?

— Não sei. Não era uma profissão em especial. Sempre me imaginava com um trabalho de que eu gostasse, com mulher e filhos. É meio típico, mas suponho que deve haver algum motivo.

— Pois é, quando se pergunta a um menino o que ele quer ser quando crescer, a resposta é sempre: jogador de futebol, astronauta, bombeiro. Mas nunca dizemos que queremos ser felizes. Porque associamos um trabalho à felicidade, e isso não é assim. De jeito nenhum. Às vezes, são coisas até incompatíveis.

— Eu preferiria trabalhar menos e ter mais tempo para mim. Para passear, ler, correr, para o que quer que fosse. Do jeito que está, nem dá vontade de trepar, caralho!

Fran esboçou um sorriso amargo, revivendo a cena de Sara com ele no sofá. E depois a garota do ônibus. Seu sorriso se suavizou.

— Está rindo de quê, pirralho?

— Nada. É que hoje conheci uma garota.

— Nosso Fran em ação!

— Sabe o que estou pensando?

— Diga.

— Só agora essa ideia me ocorreu. É estranho. Mas, se eu não fosse um toxicômano, não teria ido à favela para comprar droga. Se meu avião não tivesse morrido, eu não teria voltado tão depressa de ônibus, e então não teria conhecido Marta.

— E daí?

— Daí, nada. Mas fico pensando. Talvez a gente precise passar por coisas ruins para que no final aconteça algo bom. É possível que o caminho para isso acontecer inclua atravessar algumas desgraças.

— Estranho destino — observou Requena.

— Um pouco, é verdade. Mas, no seu caso, talvez tenha sido bom ficar tão emputecido com o trabalho, para chegar a essa conclusão. Muitos que não passam por isso não são felizes com o que têm. Passar uma época fodida ensina a gente a apreciar mais as coisas. Eu agora acho ótimo assistir à TV, tomar um banho ou conversar de madrugada com um amigo na cozinha. Nunca pensei que essas coisas pudessem ser importantes para mim. Mas agora são. E você, quando encontrar um novo emprego, vai gostar dele.

— É o que espero.

— Certamente vai acontecer.

Os dois sorriram. Abraçaram-se.

— Escute, Fran.

— Sim?

— A garota é bonita?

— Será que você não me escutou? O importante não é isso.

— Tudo bem.

Os dois olharam as salsichas, que estavam fritas havia algum tempo. Fran tirou a tigela de leite quente do micro-ondas para o purê de batatas.

— É bonita ou não? — perguntou Requena.

— Claro que é!

— Que malandro! Eu sabia.

19. Não me responde mais

O som do telefone ressoou como uma sirene de ambulância. David se levantou de um salto e, ainda sem saber onde estava, procurou o aparelho de onde saía aquele barulho estrépito.

Ao atender, se deu conta de que estava na casa de Ángela, dormindo no sofá, e que o fone que segurava não era o seu, e portanto a ligação não seria para ele. Mas, já que tinha cometido o equívoco, decidiu que o mínimo a fazer seria anotar o recado.

— Alô?
— A senhora Ángela Aldea, por favor?
— Não está em casa.

David tentou suavizar a voz rouca de recém-acordado, mas lhe parecia impossível que do outro lado da linha não se dessem conta. Se isso aconteceu, porém, a pessoa foi suficientemente educada para não fazer comentários.

— Aqui é do colégio de Tomás. Houve um pequeno incidente e queríamos que alguém viesse buscá-lo. Gostaríamos de levá-lo, mas estamos em horário de trabalho e não podemos mandar ninguém.
— O que houve? Nada grave, espero.
— Não, Tomás está bem. Teve uma briga com outro menino e, nesses casos, preferimos que eles vão para casa a fim de esfriar os ânimos. E evitar outros conflitos.
— Claro! Chego aí em poucos minutos.
— Quem é o senhor?
— Bom... eu sou... David, tio de Tomás. Vou buscá-lo, não se preocupe.

Não era tio de Tomás, mas isso não era o mais grave. O mais grave era que não sabia como ir buscá-lo. Silvia havia levado o carro e, se

Ángela tivesse saído no Honda Civic, ele não teria como ir. Talvez pudesse pedir emprestado o Renault 12 de Esteban.

Não foi preciso. As chaves do Honda estavam na entrada. Onde quer que estivesse, Ángela devia ter ido a pé.

Pegou Tomás na sala do orientador. Ele, que realmente acreditava que David era tio do menino, explicou-lhe a situação. Tomás havia brigado no pátio com outro aluno, bem maior do que ele, e ambos se negavam a dizer por quê. Tomás estava bem, só tinha uns arranhões por ter rolado no piso de cimento, mas o outro menino tinha um corte no lábio e precisara ser atendido na enfermaria. Não consideraram a briga um caso grave, sobretudo tendo partido de Tomás, que nunca dera problemas, mas a regra era que os envolvidos ficassem suspensos pelo restante do dia.

David levou Tomás, que ainda não havia aberto a boca.

No carro, a caminho da casa de Ángela, David não sabia como agir. Não tendo nenhum parentesco com o menino, não se sentia autorizado a lhe fazer sermões. Por outro lado, também não era um desconhecido, e já começara a ter certa intimidade com essa família, embora em consequência de circunstâncias peculiares. Decidiu falar com ele, mas sem dar uma bronca.

— O professor me disse que o outro garoto era maior do que você.

— É um imbecil — respondeu Tomás.

— Bom, mesmo assim é preciso ter coragem para se atracar com alguém desse tamanho.

— No início eu não queria brigar, mas ele insistiu. E uma coisa dentro de mim começou a tremer. Não pensei duas vezes. Me joguei em cima e ele caiu no chão. Acho que não estava esperando.

— Foi um ataque de fúria. Ele deve ter se machucado muito.

— É um escroto.

— Tomás, não fale assim! — repreendeu o editor.

— Tudo bem, não vou falar. Mas ele é.

O menino ficou olhando a paisagem pela janela, sem acrescentar nada. Exibia o ricto grave dos adultos com preocupações.

— Tomás, você não tem que me contar nada. Mas, às vezes, ajuda falar com alguém, quando estamos preocupados.

— De que adianta?

— Não me pergunte por quê, mas os problemas parecem menores quando a gente os conta a alguém. Por isso é que as pessoas procuram um psicanalista.

— Procuram um o quê?

— Bom, uma pessoa que escuta seus problemas e tenta ajudar você.

— Não tenho nenhum problema. O que aconteceu foi que Marcos começou a dizer que eu não tinha pai. Pedi que me deixasse em paz, mas ele continuou e continuou. E eu me aborreci tanto que me joguei em cima dele sem pensar e lhe dei um soco na boca.

David não sabia se Tomás tinha conhecimento do que acontecera com o pai. Talvez a mãe tivesse contado a ele outra história. Talvez tivesse dito que o pai havia morrido ou algo assim. Talvez David tivesse assistido a seriados demais.

— Não é bom se meter com os pais dos outros. Não vou lhe dizer que seu colega não merecia, porque é quase certo que mereceu mesmo. Mas você não devia ter batido nele. Além disso, você tem pai, sim, todos nós temos um, mas nem sempre ele pode estar conosco.

— Pois é, minha mãe já me contou. Disse que ela e meu pai não eram um casal, que se gostaram o suficiente para ter a mim, mas que com o tempo deixaram de se gostar. E me disse também que, com o tempo, talvez eu tenha outro pai, alguém que goste muito de nós dois.

Puxa, Ángela encontrara uma forma bonita de dizer que o antigo namorado a tinha engravidado, pensou David. Além disso, não contava lorotas que fosse preciso retificar no futuro. Ele se sentia pouco à vontade nessa conversa com Tomás, mas menos do que havia pensado no princípio. Pelo menos o menino não perguntou quem era ele para lhe dar algum conselho, que era o que David temia.

Já ia responder quando o carro começou a perder velocidade. Pisou no acelerador várias vezes mas não se produziu nenhuma aceleração nem o motor aumentou as rotações. Com o último momento de inércia, David levou o veículo ao acostamento, parou e ligou o pisca-alerta.

Desceu e abriu o capô. Tomás se plantou junto dele, com os antebraços apoiados na lateral do veículo.

— Cuidado, Tomás, que está muito quente.

Tomás não se retirou. Olhando-o fixamente, perguntou:

— David, você vai ser meu pai?

David ergueu a cabeça e por poucos centímetros não bateu o cocuruto no capô. Era uma pergunta direta, que exigia uma resposta.

— O que faz você pensar isso, Tomás?

— Minha mãe gosta de você.

— Como assim, sua mãe gosta de mim? De onde você tirou essa ideia?

— Eu perguntei.

— E ela disse que gosta de mim?

— Não. Mas ficou toda vermelha, como diz que eu fico quando conto mentiras. Eu não sabia que os adultos também ficam assim.

Isso era próprio de uma criança, disse David a si mesmo. Pensar que, quando você se torna adulto, as coisas mudam para melhor.

— Tomás, eu não vou ser seu novo pai. Mesmo que quisesse, já sou casado — e mostrou a aliança. — Viu isto? Recebi de minha mulher no dia em que nos casamos, e significa que estaremos juntos para sempre.

— Mas agora vocês não estão juntos — respondeu Tomás. — Você vai ter que procurar uma nova mulher.

Referia-se ao fato de não estarem juntos naquele momento, ou falava da ruptura sentimental que eles tinham sofrido havia pouco? Talvez Ángela tivesse contado ao filho que ele e Silvia tinham brigado. Que droga. Por que era sempre tão difícil falar de certos temas com uma criança?

— Bom, é verdade que minha mulher não está comigo agora, mas é só até eu voltar para casa. Lá nos encontraremos de novo.

— Então você vai embora?

— Sim. Não posso ficar aqui pra sempre.

— E o que acontece com minha mãe?

— Tomás, não creio que sua mãe goste de mim. Ela é uma mulher fantástica e tenho certeza de que, se não escolheu um novo pai até agora, é porque não encontrou nenhum suficientemente bom para você. Você é um menino muito especial, Tomás. Não lhe serve qualquer um.

Tomás sorriu, lisonjeado pelas palavras de David.

— Além disso, mesmo não tendo pai, você não deveria se preocupar. Sabe por quê? Porque você tem uma mãe que o ama com loucura, e isso é mais do que muitíssimas crianças têm no mundo. Ela lhe construiu um forte, não?

— Sim!

— Pois então não se preocupe, nós os adultos é que temos que nos preocupar. Ande, vá para dentro do carro, não vá se queimar. Isto aqui está cada vez mais quente.

Resolvida sua dúvida, Tomás pareceu satisfeito. David pensou em Ángela. Sentia-se lisonjeado por ainda poder agradar a uma mulher assim. Ela era muito bonita. Claro, não era por falta de atrativos que não tinha marido. Isso era indiscutível.

Olhou o motor. Não estava apenas quente. Uma camada de sujeira de meio dedo de espessura, mescla de poeira e graxa, cobria todos os componentes. Tentou observar cada elemento em separado, como Esteban lhe explicara na Era Humeneja. Mas aquilo não era uma caldeira, nem ele era Esteban. Segundo seus conhecimentos de mecânica, os carros se movimentavam por magia. Sabia que eles funcionavam à base de queimar gasolina, mas como essa gasolina se queimava e como fazia com que as rodas se movessem, quando ele pisava no acelerador, isso era um mistério. David só via cabos, tubos e caixas com líquidos. A única coisa que sabia fazer era olhar o nível de água do limpador de para-brisas, e o conferiu. Estava bom. Encontravam-se no acostamento da estrada, mas a limpeza do para-brisas estava garantida.

Um momento! Algo se movia no motor. Um eixo perdido ali embaixo. Acompanhou-o com o olhar e localizou as rodas, que se moviam de um lado para outro. Tirou a cabeça de sob o capô e viu Tomás ao volante, girando-o para todos os lados enquanto fazia ruídos com a boca.

— Tomás, que susto você me deu!

— Desculpe. Posso continuar brincando?

— Sim. — Que ao menos um dos dois se divirta, pensou.

Tinham perdido velocidade até parar, de modo que devia ser algo de... sabe-se lá o quê. Um reflexo prateado se destacou no meio do motor. David atentou para ele. Havia uma peça que se movia para frente e para trás, e um cabo metálico jazia estendido ao lado.

— Tomás, o que você está fazendo?

— Nada!

— Não vou repreender você, Tomás. — Afastou-se novamente do capô e se plantou ao lado do menino. — Faça o que estava fazendo.

Tomás repetiu sua ação de momentos antes. Girou o volante do mesmo modo e se concentrou em fazer os mesmos ruídos, ainda que agora estes lhe saíssem um tanto forçados. David olhou para os pés dele. Com a ponta do pé direito, Tomás pisava no acelerador a intervalos.

— Continue assim por um momento — disse o editor. — Vou ver uma coisa.

Então, aquela peça era do acelerador. Antes de parar, David tinha apertado o pedal para obter mais velocidade, mas não acontecera nada. Agora, o passador dessa peça estava vazio e as duas extremidades de um cabo metálico pendiam dos lados. Quando foi pegar uma das extremidades, a peça lhe fisgou um dedo.

— Ai! Pare, Tomás!

— Desculpe!

Na realidade, era culpa de David. Ele não havia mandado que parasse.

— Tudo bem!

O editor atou as duas extremidades do cabo metálico, machucando os dedos. Foi colocá-lo sobre o passador, mas estava tão tenso que não conseguia encaixá-lo. Teve que desatá-los, colocar uma extremidade primeiro sobre o passador e voltar a atá-los. Ao terminar, tinha marcas vermelhas nos dedos. Fechou o capô e se sentou com Tomás.

— Vamos nos agachar — disse ao menino.

— Vai explodir?

— Pelo amor de Deus! Eu nem tinha pensado nisso! Vamos, agache-se e não faça perguntas.

O motor arrancou. David engrenou a primeira e acelerou com suavidade.

E o carro partiu. Deu alguns solavancos e David engrenou a segunda.

— Você o consertou! Fantástico!

Tinha consertado o motor. Não queria fazer grande alarde junto de Tomás, mas se sentia o rei do mundo. Não acreditava que tivesse conseguido fazer o carro funcionar. Era a primeira coisa que dava certo para ele naquela aldeia.

— Eu não sabia que você sabia consertar motores.

— Eu também não — respondeu David.

— Vamos para casa?

— Não, para a oficina. Sei lá se ele ainda não vai explodir...

Tinha funcionado na primeira vez, mas não convinha tentar a sorte.

À noite, Ángela, Tomás e David jantaram tranquilamente na sala. A pedido de Tomás, não contaram a Ángela a história completa daquela manhã. Só relataram que Tomás havia brigado com outro garoto após uma disputa por uma bola em uma partida de basquete. Ángela pareceu se dar por satisfeita.

David, após a revelação de Tomás, não podia deixar de espiar Ángela de esguelha, para ver se ela o olhava também. Só umas poucas vezes seus olhares se cruzaram, e Ángela torceu a cara perguntando-se o que acontecia a David para observá-la tanto. Ele, ufano, sentava-se muito ereto e erguia o peito, enquanto Tomás relatava a avaria do carro, usando os talheres com precisão, para mostrar que era forte, mas delicado. Após perceber que ninguém parecia se importar, sentiu-se um tanto ridículo.

Depois do jantar algo tardio, Tomás foi para o quarto a fim de terminar os deveres e se deitar, como cabia aos meninos bem-educados, segundo Ángela.

Já sozinhos os dois, com uma taça na mão, dedicaram-se a assistir a um concurso na TV. Quando considerou que Tomás já estava dormindo, Ángela se voltou para David:

— Bom, pode me contar agora?

— Contar o quê?

— O que aconteceu com Tomás no colégio. Estou agradecida porque você o buscou, mas mesmo assim deve me contar tudo.

— Já contamos no jantar. Ele brigou com um menino por causa de uma bola. Ao que parece, o garoto vinha cometendo faltas em cima dele durante toda a partida.

— Sei — riu Ángela. — Não acredito. David, Tomás é meu filho, eu o criei desde que saiu do meio das minhas pernas. Acha que não percebo de longe quando ele mente? E você também não mente muito bem, diga-se de passagem.

David se sentiu um tanto ofendido pelo comentário, mas tudo o que acontecera desde que ele havia chegado a Bredagós confirmava a opinião de Ángela.

— Está certo. Tomás brigou com outro garoto porque este o ridicularizou, dizendo que ele não tinha pai.

Ángela se levantou do sofá e começou a caminhar nervosa entre as cortinas e a porta de entrada.

— Merda — resmungou. — Eu sabia que, mais cedo ou mais tarde, isso iria acontecer. Esses meninos podem ser muito patifes no colégio. Há sempre um imbecil maldoso que se diverte rindo dos outros.

— Esse não vai rir muito — disse David. — Tomás machucou o lábio dele.

— Sério? Não vou apoiá-lo, mas foi bem merecido. Seja como for, são coisas que acontecem no processo de crescimento. Já expliquei a Tomás o que houve com o pai dele, e ele pareceu compreender.

— Oh! Compreendeu, sim. E me explicou hoje de manhã.

— Pois é, mas, se brigou com um garoto porque ele falou disso, é porque deve sentir que não ter pai não é bom. Claro, todos os seus amigos têm. E não é que seu pai e eu estejamos separados, é que não tive mais notícias dele desde que foi embora da aldeia. Talvez Tomás se sinta culpado.

— Não creio.

— Ou pense que a culpa é minha — disse Ángela, sem dar importância ao comentário de David. — Seja como for, as duas coisas são ruins. Não é culpa de ninguém. Aconteceu e pronto. Durante um período, tentei encontrar um pai, mas nenhum estava à altura. Nem para mim nem para Tomás. E, com o tempo, fui deixando isso para lá. Tive alguns casos, mas nada sério, e sempre às escondidas de Tomás, claro. Vou precisar ter uma conversa com ele. Você não tem filhos, não é, David?

— Não — respondeu o editor.
— Por quê?
— Não há um motivo em especial. Silvia e eu sempre esperamos a hora certa, mas meu trabalho não me deixa muito tempo livre, e não queremos ter um filho cujo pai esteja sempre fora. Se eu conseguir uma promoção e evitar fazer tantas viagens, então poderemos ter um.
— Você não é da área de informática, certo?
— Não, não sou.
— Ela o abandonou? — perguntou Ángela.
— Quem? Silvia?
— Não, alguma das outras mulheres que você deve ter por aí. Ora, claro que estou falando de Silvia!
— Bom... é difícil dizer... Foi uma coisa...
— Ela se aborreceu e foi embora.
— Ehhh... sim. Não vou negar. Como é que você sabe?
— Foi tudo muito precipitado. Nós, mulheres, não somos assim. Pensamos mais sobre as coisas. Se ela saiu com tanta pressa, foi porque se aborreceu muito e foi embora por alguma razão.
— Sim. Me deixou aqui.
— Por quê?
Ángela não sabia até onde poderia perguntar antes de David cortar: "Escute, não é da sua conta". Ela lhe fizera confidências, e era admissível que ele respondesse às perguntas de sua anfitriã.
— Eu a enganei.
— Enganou?!
— Não esse tipo de engano, eu não fui infiel. Trouxe Silvia para cá dizendo que vínhamos de férias, mas na verdade eu vinha por um assunto de trabalho. Tinha que encontrar alguém. Foi essa a razão do episódio do jornal e dos interrogatórios às pessoas da aldeia.
— E encontrou a pessoa?
— Não. Isso é o pior. Coloquei em perigo meu casamento e não consegui nada. Achei que tinha uma boa pista, mas pelo jeito não era assim. O plano era ficar aqui alguns dias, localizar essa pessoa e desfrutar do resto do tempo com Silvia. Mas nem sempre as coisas saem como foram planejadas. Na realidade, quase nunca. Começo a pensar que essa pessoa não existe.

Era uma possibilidade que David estava começando a considerar. Que ninguém tivesse escrito *A hélice*. Que o livro existisse simplesmente porque devia existir, para encher de esperança a vida de milhares de pessoas. Talvez essas coisas acontecessem, mas nós não ficássemos sabendo. Talvez tudo fizesse parte de um plano em que ele era o elemento discordante.

— Se não existe, por que você não vai embora?

— É o que vou fazer.

Ángela se remexeu no assento.

— David, eu não falei isso para expulsá-lo. Foi apenas uma pergunta.

— Claro, eu sei. Mas minha experiência nesta aldeia é estranha. É como se eu não soubesse quem sou e, aqui, estivesse me encontrando. Aqui me dei conta de muitas coisas sobre minha vida. Faço coisas das quais não me imaginava capaz.

— Como o quê?

— Bom, para começar, hoje consertei seu carro.

David acompanhou Ángela até a escada. Um degrau acima de David, Ángela se voltou para ele.

— Obrigada por ir buscar Tomás e conversar com o orientador.

— Não foi nada.

— E por consertar o carro. Você me poupou de um reboque. Não tenho serviço de assistência na estrada.

— Fiquei contente por ser útil.

Ángela se inclinou sobre ele e o beijou na face. Permaneceu um segundo mais do que o necessário. David girou o pescoço para aproximar os lábios dos dela. Um instante depois, os dois se beijavam ao pé da escada. David sentiu a língua de Ángela acariciar a sua e um calafrio lhe percorreu as costas.

Ela se afastou e levou as mãos à cabeça, desarrumando o cabelo.

— Merda, não. Merda.

— Perdão, Ángela, foi culpa minha — desculpou-se David.

— Não, essas coisas nunca são culpa de uma só pessoa. Se aconteceu, foi porque nós dois queríamos. Mas não pode ser. Você é um bom homem, mas é casado. E, ainda por cima, é dos poucos que amam a mulher! Eu posso não ter encontrado um pai para Tomás, mas um homem casado não é a opção mais sensata.

— Eu estava meio deprimido por não ter encontrado essa pessoa, Ángela. E me deixei levar demais. Lamento.

— Isto não deve se repetir, concorda?

— Totalmente. E volto a lhe pedir desculpas.

— Vamos dormir. Deus do céu, espero que Tomás não tenha acordado.

Tomás não tinha acordado. David nem tentou dormir. Sentou-se um instante para pensar no que havia acontecido e decidiu que era hora de pedir ajuda externa. A estranha filosofia de Esteban era do que ele necessitava naquele momento.

No caminho, continuou pensando. Não conseguia acreditar no ocorrido naquela noite. Seu casamento já vinha bastante mal para que ele agora fosse infiel à esposa. Seria o golpe de misericórdia. Não sabia se beijar outra mulher podia ser considerado infidelidade. Era possível ser só um pouco infiel? Não acreditava, era como estar um pouco morto. Sem dúvida, se Silvia soubesse, podia considerar encerrado seu casamento. Ela não teria dúvidas sobre seu grau de infidelidade. Iria deixá-lo no olho da rua, sem remorsos. E com razão. David não acreditava que Ángela fosse entrar em contato com Silvia para contar o acontecido, mas, embora isso lhe desse uma certa tranquilidade, não o poupava da sensação de culpa que experimentava enquanto percorria as ruas empedradas.

Chegou à casa de Esteban pelo jardim traseiro. Eram quase onze e meia da noite. Dada a situação, preferia não usar a aldraba e estava decidido a ir embora se não visse nenhuma luz. Mas não precisou nem bater na vidraça: a porta dos fundos estava aberta.

Entrou pé ante pé na sala. Sentia-se como um intruso e desejava ver Esteban o mais depressa possível para regularizar sua estada naquela casa, ilegal naquele momento. Chamou Esteban em voz baixa, mas ninguém respondeu. Um som saía do quarto de Alicia, no fundo do corredor. Com uma estranha sensação na boca do estômago, espiou pela fresta da porta.

Ali se encontravam Esteban, Yeray e um médico que, embora não estivesse de jaleco branco, tinha um estetoscópio pendurado ao pescoço. O doutor se voltou para Esteban e pousou a mão no ombro dele.

— A respiração está cada vez mais difícil, Esteban. É só uma questão de horas para ocorrer uma complicação respiratória suficientemente grave para que a ajuda mecânica não possa resolvê-la.

Esteban, como única resposta, olhou para Yeray, sentado na cama com a mão de Alicia entre as dele.

— O final está próximo. Você deve ir se preparando.

— Sim. Obrigado por tudo, doutor.

— Voltarei na primeira hora para verificar a situação dela. Mas já não está em minhas mãos. Na realidade, já não está nas mãos de ninguém, nem mesmo nas de Alicia. Até amanhã.

— Vou acompanhar você — disse Esteban.

Quando este avançou uns passos, topou com David na porta. O editor, envergonhado demais para ir embora ou dar uma explicação para sua presença, livrou Esteban da responsabilidade de anfitrião e se ofereceu para acompanhar o doutor até a saída. Após fechar a porta de entrada, foi até o quarto para ele mesmo se despedir e não perturbar a intimidade do dono da casa.

Já ia entrando no quarto quando viu algo que já tinha visto, mas que ainda não havia chegado a compreender: Yeray se comunicava com Alicia por meio de algum tipo de conexão que escapava às pessoas comuns.

Esteban começou a falar com Alicia por intermédio de Yeray, que traduzia as palavras da moribunda. David percorreu o corredor na ponta dos pés, de volta à sala. Não se sentia autorizado a assistir às últimas palavras que Esteban e sua mulher iam trocar nesta vida.

Não soube quanto tempo se passou. Saiu para o jardim e se dedicou a passear de um lado a outro, como um bicho enjaulado. Olhava as hortaliças plantadas por Esteban. Estavam grandes.

Os dois disseram tudo o que tinham a se dizer. Falaram durante alguns minutos, os mais doces e amargos de suas vidas. Esteban procurava memorizar cada palavra que Yeray lhe traduzia, e Alicia estava imbuída daquela tranquilidade especial dos que transpuseram as portas de um novo mundo e já não temem o desconhecido. As lágrimas correram pelos rostos dos homens, enquanto o dela se mantinha impassível, tanto quanto nas semanas anteriores.

E então, no meio de uma frase, Yeray se dirigiu a Esteban e, com os olhos marejados, disse:

— Ela não me responde mais.

Agora só lhes restava aguardar que a crise respiratória viesse e levasse um corpo cuja alma já o tinha abandonado, dirigindo-se a um lugar desconhecido.

Após a tensa espera, Esteban saiu para o jardim. Ali David continuava andando para lá e para cá, sem saber o que fazer. Dirigiu-se a ele:

— Ela...? — e não conseguiu concluir.

— Não, mas é só uma questão de tempo.

— Esteban, acho que vou embora. Compreendo que num momento como este você queira estar sozinho. Queria somente me despedir. Entrei em sua casa como um intruso, mas não queria sair da mesma maneira.

Esteban mostrava um sorriso amargo.

— Não vá ainda, David. Tome um trago comigo.

— Sério, Esteban, se você preferir ficar sozinho...

— Não, David.

Pegaram copos com gelo e uma garrafa de uísque e se sentaram nos degraus do jardim. O vento era frio, mas dentro da casa o ambiente estava saturado. Yeray continuava no quarto com Alicia.

Durante um bom tempo, não falaram. Limitaram-se a beber em silêncio, em pequenos goles, conscientes de sua companhia mútua. Esteban dirigia a vista para o bosque, olhando milhares de quilômetros mais longe. De repente, como se ele voltasse daquele lugar no qual pensava, palavras esgarçadas saíram de sua garganta:

— Muitos dizem que a gente não sabe o quanto é feliz com o que tem até que se perde, mas não é verdade. Eu sempre soube o quanto era feliz com Alicia. Sempre. E durante muitos anos só pude desejar que nada nos acontecesse. Tive sorte por muito tempo. Sabia que certas coisas não duram eternamente, e a felicidade é uma das mais frágeis.

— Lamento muito, Esteban. Sinceramente. Sei que não conheci Alicia pessoalmente, mas muitas pessoas me contaram o quanto ela era especial.

Esteban lhe falou dos anos que haviam passado juntos, dos muitos bons momentos e dos poucos maus, até a chegada da esclerose.

— Uma noite, cinco anos atrás, ela me pediu que apalpasse sua perna. Uns espasmos lhe sacudiam os músculos. No início pensamos que era uma microrruptura.

"Esse foi o primeiro sintoma. Ela nem se preocupou muito. Somente quando a debilidade do membro foi se estendendo, o clínico geral a mandou a um neurologista, que considerou a esclerose como uma entre muitas possibilidades. Fizeram um eletromiograma para medir os sinais entre os nervos e os músculos. E os resultados não foram muito animadores. Para corroborar o diagnóstico, ela foi submetida a todo tipo de exame: ressonâncias magnéticas da medula espinhal e do cérebro, punções lombares, biópsias musculares, análises genéticas e do sangue. A essa altura, já sabiam que se tratava de alguma forma de distrofia muscular. Podia ser uma miastenia grave ou uma atrofia muscular espinhal. Após estudar todas as possibilidades, o sexto neurologista que consultamos diagnosticou a temida ELA.

"A esclerose lateral amiotrófica é uma enfermidade que se manifesta de forma espontânea. Não depende do seu tipo de alimentação ou de se você faz exercício regularmente. Tampouco tem uma origem genética demonstrada. Aparece por volta dos cinquenta anos e dá uma margem de cinco anos de vida. Não havia nada que se pudesse fazer, além de providenciar os cuidados de uma enfermeira, de tal modo que ela pudesse ter uma vida digna até o final. Nesses casos não há medicamentos milagrosos que detenham o avanço da degeneração muscular; o neurologista receitou apenas Riluzol para aumentar minimamente a sobrevivência.

"Havia, isto sim, uma infinidade de inventos para suprir a carência de força muscular de Alicia, desde andadores até próteses de tornozelo e pé ou um elevador palatino para ajudá-la a falar. Mas Alicia jamais gostou deles. Sempre foi uma mulher orgulhosa. Dizia ter mais aparelhos do que o inspetor Bugiganga. Como vê, até nessas circunstâncias ela conseguia manter o senso de humor. Para não me entristecer, não desabava, e eu aguentava por ela. Suponho que, assim, perdemos muito tempo sendo educados. É que a antecipação da tristeza é pior do que a própria tristeza.

"Acrescentamos a doença à nossa vida diária, como se fosse algo normal. Ela, porém, aos poucos foi perdendo mobilidade. Primeiro teve que permanecer sentada, depois prostrada na cama, até que perdeu a fala por não ter força nos músculos da garganta. Então descobrimos que Yeray, este sim, podia continuar conversando com ela.

"Que garoto maravilhoso! Na aldeia todos têm apreço por ele, mas Alicia era uma das poucas pessoas que o tratavam como a uma pessoa normal, e não como a um jovem retardado. Encarregava-o de tarefas de responsabilidade e Yeray as fazia bem. Creio que por isso ficaram tão amigos. Suponho que a comunicação é algo tão simples que a própria inteligência pode se entorpecer. De algum modo Yeray encontrou a forma de se comunicar com ela, e eu não posso deixar de sentir inveja de quem escutou, dentro de sua mente, as últimas palavras de Alicia.

"Sabe quais foram essas palavras, David? 'Não tenha pressa de me ver novamente; não sou das que se cansam de esperar'."

Esteban caiu no choro e David teve que se esforçar para não se unir a ele, para não deixar que a dor alheia o inundasse, para poder ser o triste consolo de um homem triste. Sentia dentro de si a desgraça de Alicia como algo seu. E compreendeu que a grandeza de uma pessoa não pode ser medida pelos sucessos dela na vida, mas pelo amor que seus semelhantes lhe dedicam.

E fez o que qualquer um devia fazer em um caso desses. Bebeu com Esteban e compartilhou de sua desdita. Antes da morte de Alicia, mais lágrimas se derramariam em Bredagós do que as que caberiam na garrafa vazia que repousava nos degraus do jardim.

20. Uma razão para se levantar

Fran havia tocado a campainha e estava esperando. Uma eternidade depois, ouviram-se passos apressados e a porta se abriu. Marta sorriu para ele e o fez entrar. Lá dentro, pediu dez minutos para acabar de secar o cabelo e o deixou na sala, junto a duas mulheres que ela apresentou como sua mãe, Cristina, e sua tia, Elsa.

— Encantado — cumprimentou-as Fran, após dar dois beijos em cada uma.

Sempre chamava sua atenção essa formalidade. Dizer "encantado" no início de uma reunião, quando você não conhece a pessoa.

— Marta comentou que vocês se conheceram de maneira um tanto peculiar — disse Cristina.

— Um pouco, sim — admitiu Fran. — Pode-se dizer que ela caiu do céu.

Após o primeiro minuto de conversa, Fran notou que Elsa, a tia de Marta, não tirava o olho de cima dele. Percorria os traços de seu rosto como se buscasse algo, o que o deixava ainda mais nervoso. Porque Fran também achava que o rosto dela não lhe era estranho. Torceu para que Marta descesse logo.

— Em que você trabalha, Fran? Ai, que pergunta formal a minha! É o que nossos pais perguntavam para os nossos namoradinhos. Eu só quis saber um pouco sobre você, Fran, não vamos interrogar você.

— Sim, Marta pode sair com quem quiser — acrescentou Elsa.

Fran se safou com uma desculpa preparada. Os usuários aprendiam a mentir bastante bem, não por talento natural, mas pela prática.

— Bom, acabo de terminar o contrato com a empresa em que trabalhava e estou, digamos... explorando possibilidades.

— Ou seja, desempregado — alfinetou a tia.

— Esse é o termo técnico, sim.

— Não seja tão inquisitorial, minha irmã. Se o rapaz procura emprego, pois bem, ele procura emprego. Estar desempregado não é algo para se envergonhar. Vergonha é não querer trabalhar. Mas procurar trabalho é só questão de tempo.

— Sem dúvida — disse Fran.

Onde está Marta?, se perguntava.

Como se ouvisse suas súplicas silenciosas, Marta desceu a escada e anunciou que estava pronta. Já não tinha o esparadrapo no rosto e, embora ainda houvesse crostas, ela havia disfarçado com maquiagem a pele amarelada ao redor. Vestia uns jeans apertados, uma blusa que deixava o umbigo de fora e uma jaqueta. As bordas dos jeans estavam meio desfiadas e se abriam como uma flor; era um detalhe puramente erótico. Fran esperou que a mãe e a tia não tivessem percebido como seu olhar se detivera na cintura de Marta. Não seria uma boa primeira impressão.

— Bem, vamos — disse Marta.

Deu um beijo no rosto de cada uma. Fran não sabia se devia se despedir da mesma maneira, mas, quando Marta o puxou pelo braço, só teve tempo de acenar.

— Não parece mau rapaz. Estava meio nervoso — comentou Cristina, depois que os dois saíram. — Deus do céu, isso me lembra quando nossos namorados vinham à casa do papai. Ele, sim, é que fazia interrogatórios!

— Não sei. Esse garoto me lembra alguém, mas não sei quem... — disse Elsa, coçando atrás da orelha.

Foram ao cinema no carro de Marta. Fran havia tomado sua dose de metadona à tarde e se sentia tranquilo. Antes de entrar na sala de projeção, beberam uma cerveja num bar próximo. Em meio aos ruídos dos clientes ao fundo, conversaram e foram se conhecendo. Fran manteve a mentira sobre o trabalho e disse a ela que havia sido técnico de computação. A franqueza era uma boa qualidade, mas Fran não estava disposto a contar seu passado logo de cara. Se a relação continuasse e a garota valesse a pena, teria que fazer isso, mas sempre havia tempo. Comentaram o livro *A hélice*; ela ainda estava lendo o primeiro volume, enquanto ele já enveredava pelo segundo. Fazia anos que não passava tanto tempo com uma garota sem querer nada em troca. Nem sequer pensava em sexo naquela hora, como quando havia recuperado o apetite sexual e queria mostrar para si mesmo que a heroína não o tinha transformado num vegetal. Agora, com Marta rindo de suas piadas bobas com um cotovelo apoiado no balcão, o sorriso dela e os gestos graciosos que fazia quando levava o copo aos lábios eram suficientes.

Era um cinema ao sul de Madri que Fran não conhecia, mas que Marta parecia assídua, pela desenvoltura com que se movimentava pelos corredores até a sala de projeção. Assim que entraram e se sentaram em uma das fileiras centrais, Marta tirou dois pirulitos do estreito bolsinho de sua jaqueta e deu um a ele.

— Não consegui resistir. Sou muito gulosa.

Quando o filme começou, os dois se ajeitaram em seus assentos e, em um movimento, seus dedos se roçaram. Marta afastou a mão, mais pelo impulso do que por timidez.

— Que bom estar aqui com você — disse Fran.

Marta o olhou de esguelha e voltou à tela.

— Por enquanto, estou gostando também, Fran.

Passados alguns minutos, os dedos voltaram a se tocar, mas desta vez Fran entrelaçou os seus aos dela. Marta olhou para ele e sorriu.

— Está gostando do filme? — perguntou Fran.

— Não estou acompanhando nada — respondeu ela.

Marta se aproximou tanto para dizer isso que suas bocas quase se tocaram. O convite era claro, e Fran só precisou percorrer alguns centímetros para chegar aos lábios de Marta.

Sim, sem dúvida essa era uma das coisas de que Fran sentira falta nesses anos. Os beijos ternos em um cinema.

Às dez e quinze da noite, Requena ainda estava diante de um computador. Sua jornada havia começado às oito e meia. A eletricidade não se restabelecera até de manhã e o servidor que conectava todos os equipamentos do escritório se desligara na noite anterior, após os quarenta e cinco minutos de rigor.

Tivera que passar o dia inteiro sob o escrutínio dos funcionários da empresa, que o olhavam de esguelha e se queixavam que assim não dava para trabalhar. Se perguntavam quando teriam conexão com a internet para passar o tempo até que estivessem prontas as instalações de todos os seus programas. Enquanto isso, Requena ia de uma estação a outra preparando todo o necessário, entre cochichos que cessavam quando ele chegava e recomeçavam quando ele se afastava.

Por volta de uma da tarde, os primeiros funcionários puderam começar a trabalhar em seus programas contábeis, e pouco menos da metade já estava sendo produtiva às três. Às seis e meia, todos tinham ido embora para suas casas, mas ele continuava trabalhando. Pelo menos agora não tinha que aguentar os comentários dos que renegavam a informática, mas se valiam dela para fazer suas contas.

Às dez e quinze, terminou de configurar o último computador. No dia seguinte, todos já poderiam trabalhar normalmente, e ele seria apenas uma lembrança nessa empresa.

Isso não o incomodava. Haveria outros escritórios aos quais prestar serviço e outros funcionários que se queixariam de seu trabalho. Para Miguel, seu chefe, Requena não importava. Se cumprisse os prazos e ele pudesse cobrar da empresa sem problemas, tudo estaria bem.

Mas esse era o problema. Tudo parecia correto para Miguel se no final do mês houvesse lucro. Ele achava correto não pagar horas extras, estabelecer jornadas de dezesseis horas diárias ou fazer contratos de experiência para pagar sessenta por cento do que deveria ser a remuneração de um trabalhador fixo. Tudo era correto para ganhar dinheiro. E Miguel o ganhava. Às custas deles.

A informática tinha muitas especialidades. Como na cirurgia, havia todo tipo de profissional, desde professores de Autocad até designers de páginas web ou administradores de redes tão complexas que prestavam serviço em vários países do mundo. Requena, que queria programar, vira-se obrigado às tarefas mais baixas da informática. E por quê? Pelo dinheiro. Tinha um aluguel para pagar, por um apartamento com tanta umidade que precisava colocar tigelas com sal em vários cantos da sala.

Saiu do escritório e se despediu do segurança, que revistou sua mochila pela última vez.

A fatura do estacionamento chegava a 11,7 euros. Ele pediu o recibo para a empresa, mas sabia que Miguel não era muito amigo de reembolsar esse tipo de despesa e escapulia sempre que possível. Tirou seu Ford Fiesta, com os duzentos e quarenta mil quilômetros nas costas, e tomou o rumo de casa. Talvez pedisse comida chinesa no restaurante da esquina, ou talvez Fran tivesse preparado alguma coisinha. Não, Fran tinha saído com a tal garota. Ele, trabalhador com casa e carro, nesses dois anos não tivera oportunidade de arrumar uma namorada, e Fran, recém-saído do mundo das drogas, havia demorado poucos dias para sair com uma menina. Puta merda. É que Fran sempre tivera muita lábia. Requena ainda se lembrava da vez em que ele conseguiu aquela loura na discoteca, e fizeram um corredor de aplausos para ele na saída.

Tinha que fazer algo para mudar as coisas. Estava com vinte e nove anos e devia analisar certos aspectos de sua vida. Se continuasse assim, acabaria sozinho no mundo. Precisava de tempo para pensar, para ler, para passear com uma garota, dar uma trepadinha no carro, ir ao cinema, como Fran nesta noite.

Não podia nadar contra a corrente de uma sociedade que exigia um trabalho e uma casa, mas podia fazer um esforço: nadar até a margem e adentrar pelas proximidades do rio, para ver o que ofereciam.

Enquanto pensava no futuro distante, um taxista o trouxe de volta para o presente mais imediato, quando o fechou em diagonal e entrou na faixa de ônibus. Requena teve que dar uma guinada e mudar de faixa, o que rendeu, além de assovios e xingamentos dos outros motoristas, uma batida na parede de concreto do túnel onde estava entrando. Após a pancada, ligou o pisca-alerta e saiu para ver os estragos.

Nenhum carro parou para ajudá-lo, desnecessário dizer.

A lateral estava riscada por inteiro, e na pintura azul-marinho se destacavam arranhões metálicos de ponta a ponta. A porta do passageiro e o para-lama estavam amassados. Na parede de concreto via-se a marca deixada pela batida.

— Taxista filho da puta...

Seu seguro era contra terceiros e não cobria aquele conserto. O táxi que havia provocado a batida já devia estar no centro, cobrando a corrida ao passageiro como se nada tivesse acontecido. Para completar sua noite, apareceram dois policiais que pararam a viatura atrás dele.

Pediram que contasse o que acontecera e Requena explicou em detalhes o ocorrido.

— Poderia dar uma descrição do táxi? — perguntou um dos policiais.

— Era branco, com uma listra vermelha, e dirigido por um filho da puta.

— Isso não nos dá muitas pistas — reclamou o guarda.

Anotaram os dados do seu carro e de seu seguro e disseram que havia a possibilidade de ele ter que pagar os estragos na parede à prefeitura, se não fosse confirmado que a culpa não era sua.

Requena se resignou e entrou no carro para voltar para casa. Por mais embaixo que acreditasse estar, era sempre capaz de cavar um pouco mais fundo.

O despertador tocou, como todos os dias, às quinze para as oito da manhã. Requena o silenciou com um tapa e depois ficou olhando os dois pontos que piscavam até as sete e cinquenta. Afastou a coberta com um safanão e se sentou na cama, fitando a parede. O que mais queria nesse momento era voltar ao calor dos lençóis. Tinha pela frente quinze horas ou mais de trabalho até voltar para casa, comer alguma coisa no banquinho da cozinha e voltar aos lençóis já frios.

Tentou encontrar alguma razão para ir trabalhar, além do dinheiro, mas não encontrou nenhuma. Tentou buscar alguma para não ir e também não achou.

Não tinha uma razão convincente para levantar da cama, tomar banho, se vestir e dirigir em direção ao escritório central, de onde Miguel o mandaria a alguma empresa para instalar estações de trabalho. Não queria ir. E isso não era uma manha de criança que quer se livrar da prova de matemática, ou preguiça de um adolescente para se levantar depois de virar a noite. Era o puro e simples desejo de não voltar a entrar na ArtaNet, sob nenhuma hipótese, para continuar sendo explorado. Qual era o pior que podia acontecer? Que o demitissem? Bom, sem dúvida havia coisas piores.

Inclusive, ele podia resistir por alguns meses até encontrar algo de seu gosto. Devia existir alguma coisa, em algum lugar. Algum emprego que não o fizesse sentir esse desânimo pela manhã. Não pedia para se levantar animado desejando ir trabalhar, mas também não queria se levantar sem *nenhuma* vontade de ir. Não morava com os pais para ter que dar explicações, nem tinha mulher que pudesse jogar algo na sua cara. Além disso, por seu contrato de experiência (renovado por Miguel a cada três meses), nem sequer devia ao chefe uma desculpa. Podia ir embora quando quisesse, e enfrentaria como homem as consequências de sua decisão.

Era a hora de se tornar o protagonista de sua própria história e decidir por si mesmo o caminho a escolher.

Sentiu a tranquilidade de ter tomado uma decisão e a euforia de se ver livre pela primeira vez.

Ainda de pijama, foi até a cozinha e decidiu fazer um café da manhã rural: ovos mexidos, um pouco de bacon, duas torradas com geleia e uma grande xícara de café. E tomá-lo sem pressa. Não tinha programado aonde ir, por isso tampouco importava chegar tarde.

A geladeira o devolveu à crua realidade. Não havia ovos nem bacon, e a única geleia era daquela merda de abricó de que Fran gostava tanto. Ele era o encarregado de fazer as compras. O que teria acontecido?

A porta se abriu nesse momento e o próprio apareceu.

— Fran, achei que você estava dormindo. Está vindo de onde?

— Do paraíso, querido Reque. Do paraíso.

— Não dormiu aqui?

— Não, passei a noite com Marta.

— Bom, bom, bom! Conte, conte. É como mostrar pão a um esfomeado, mas conte.

— Não há nada para contar. Não fui pra a cama com ela, se é o que você espera que eu diga. Passamos a noite conversando. Deus do céu, acho que, tirando você, nunca conversei tanto tempo com ninguém. Sinto até dor na língua!

— De falar?

— Entre outras coisas.

Requena viu Fran sorrir ao lembrar a noite que havia passado e voltou a sentir inveja. Ele se lembrava como, no início de uma relação, só pensar na outra pessoa já lhe arrancava um sorriso.

— Você se esqueceu de fazer compras ontem.

O sorriso desapareceu de repente.

— Merda, com a história do encontro eu me esqueci mesmo. Faça uma lista, e eu vou antes de me deitar.

— Tive uma ideia melhor. Espere que eu me vista, e vamos nós dois tomar o café da manhã por aí. Assim, você me conta como foi.

— E seu trabalho? — perguntou Fran, assombrado.

— Não vamos falar mais do meu trabalho. Isso acabou. Meu trabalho é passado.

— O que aconteceu?

— Não é o que aconteceu, mas o que vai acontecer a partir de agora. As coisas vão começar a mudar.

A casa de Esteban e Alicia se transformara em lugar de peregrinação para os habitantes de Bredagós. Todos, em maior ou menor medida, queriam mostrar respeito ao casal que tanto havia feito por eles. Foram visitando Alicia por turnos em suas últimas horas e consolando Esteban. Sabiam que em pouco tempo estariam comparecendo ao enterro de uma amiga. David não soube de verdade até esse momento o amor que toda a aldeia professava àquela mulher. Tinha ouvido falar das qualidades de Alicia e a imaginava uma pessoa ativa e enérgica, mas ainda assim ficou impressionado com todas as virtudes que as pessoas citavam ao sair da casa, a maioria com lágrimas nos olhos.

E pouco a pouco, captando no ar retalhos de conversas e frases soltas, pôde fazer uma ideia do que a aldeia de Bredagós perdia com esse falecimento. Não uma pessoa, mas um exemplo de vida. E, após sua longa enfermidade, também de morte.

Tomás estava no colégio, e Ángela e David tomavam conta da casa, ajudando no que fosse possível e recebendo as visitas. Esteban, com eterna paciência, escutava o tempo todo frases de alento: Alicia havia sido uma mulher extraordinária, essas coisas sempre acontecem aos melhores...

David tentou se imaginar naquela situação e concluiu que não teria ânimo para atender tanta gente. Iria se fechar e buscar a solidão para chorar suas dores. A firmeza de Esteban contrastava com a fragilidade que ele havia mostrado a David na noite anterior. A firmeza de alguém que perde a pessoa que mais ama no mundo e aceita isso, sem procurar culpados em Deus, nos homens ou na fatalidade. Esteban parecia assumir que às vezes as pessoas simplesmente morriam.

À noite, quando todos tinham ido embora e a casa havia recuperado seu silêncio habitual, Ángela, David e Esteban se sentaram no sofá. Ela tomava um chá, e os dois homens, um uísque, que parecia ter se tornado a bebida oficial dos momentos tristes.

Permaneceram durante muito tempo em silêncio. Tudo o que haviam precisado dizer estava dito, e já não restavam palavras para expressar mais dor. A resignação flutuava no ambiente enquanto eles bebiam.

Esteban, com os olhos turvados pela terceira dose, enveredou a falar em um monólogo lento e entrecortado.

— Ninguém pode decidir quando morre. Então precisamos compensar isso pelo modo como vivemos. Não encontramos uma razão para morrer e passamos a vida toda buscando uma para viver. Mas, se sua razão de viver morre, o que você faz? Morre também.

— Você vai ter que aprender a viver sem ela, Esteban.

— Não chame isso de viver, Ángela. Chame de sobreviver. A vida não consiste em continuar respirando, mas em ter uma razão para se levantar de manhã.

— Esteban, não pense nisso — interveio David. — Quando o despertador tocar, desligue-o, levante-se e espere para desligá-lo no dia seguinte. Às vezes a inércia é a única força que pode nos ajudar a seguir adiante.

— Eu não tenho despertador, David — respondeu Esteban.

— E como acordava?

— Até agora, sempre tive uma razão para acordar.

Antes de ir para a casa de Ángela, David visitou o quarto de Alicia, pensando que ela talvez não aguentasse além daquela noite. Paloma e o doutor haviam passado o dia todo com ela.

Alicia estava consumida e suas feições, vincadas pelas rugas da enfermidade. O médico trocou a bolsa de soro e ajustou o bocal. David ficou olhando o antebraço delgado como o de uma criança e os dedos finos como agulhas. Demorou um pouquinho para se dar conta. E, quando o fez, sua mente, tão apática nesses últimos dias quanto à missão que o trouxera àquela aldeia, voltou a se acionar.

Alicia tinha seis dedos na mão direita.

Depois do café da manhã, Fran e Requena se dedicaram à busca de trabalho. Compraram na banca de jornal todas as publicações que tivessem uma seção dedicada a ofertas de emprego. Requena, antes de começar a trabalhar na ArtaNet, havia passado cinco meses de entrevista em entrevista, de modo que não era iniciante no assunto. Sempre vestindo o mesmo terno, um azul-marinho cujo gancho causava esfoladuras se ele tivesse que caminhar muito do metrô até o lugar da entrevista, percorreu uma infinidade de escritórios, apertou uma infinidade de mãos e suportou uma infinidade de olhares perscrutadores. Assim aprendeu o que sabia sobre a linguagem dos entrevistadores e os comportamentos adequados. Um bom entrevistador devia deixar o entrevistado falar, pois precisava obter informações. Um bom entrevistado devia escutar e fazer comentários concisos e certeiros, para demonstrar que estava atento e era inteligente. Embora o entrevistador desejasse perguntar se o entrevistado faria horas extras grátis, e o entrevistado, se eles ofereciam plano de saúde.

Também convinha interpretar o pequeno texto do anúncio de emprego para decidir se a viagem valia a pena ou era um esforço inútil. Após uma breve análise, os dois descartaram mais de oitenta por cento das ofertas que haviam circulado com caneta verde. Pediam mestrados, certificados ou experiência que Requena não tinha.

Próximo ao meio-dia, Miguel ligou para saber o que havia acontecido e por que ele não estava trabalhando. Requena explicou a situação, muito tranquilo, e lembrou que, pelo seu contrato de experiência, não tinha que dar aviso prévio nem prazo algum. O proprietário da ArtaNet gritou e o acusou de pouco profissionalismo e ingratidão. Requena, impassível, não rebateu nem aceitou nenhum argumento: sua decisão estava tomada e era irrevogável. Desligou o telefone e sorriu.

Após descartar uma por uma todas as ofertas dos impressos, passaram a tarde e boa parte da noite de site em site e de link em link, navegando por páginas de empresas e quadros de anúncios on-line em busca de um trabalho que satisfizesse Requena. Às duas e meia da madrugada, após beliscarem alguma coisa diante do monitor, estavam desanimados, e as opções eram reduzidas. Ele já nem procurava um trabalho em informática. Começava a pensar se não conviria uma outra área, algo simples, atraente e bem remunerado. Era dificílimo conseguir um emprego assim, mas tampouco estava interessado nos mais óbvios. Queria algo que significasse uma nova perspectiva em sua vida.

Passou por ajudantes de decoração, funcionários de gráfica, padeiros, motoristas de executivos e operadores de uma máquina de polir e pintar vigas. Havia trabalhos verdadeiramente excêntricos: telefonistas de linhas eróticas (fariam teste) e entregadores de produtos perigosos.

De repente, um chamou sua atenção. Não tinha a ver com informática e coincidia com um de seus hobbies. Era algo a que ele jamais se teria proposto cinco anos antes, mas sua situação profissional e pessoal tinha mudado completamente. Virou-se para Fran:

— O que você acha?

Fran, durante a busca, havia alternado momentos diante do monitor e cochilos no sofá.

— Tem certeza?

— Não sei, estou pensando.

— Seria uma grande mudança.

— Essa mudança pode ser uma oportunidade de melhorar as coisas.

— Além disso, é fora de Madri, você teria que deixar esse apartamento.

— Bom, deve haver algum lá.

— Você iria se entediar em um trabalho assim.

— Não sei. É estranho, mas eu me vejo lá. Um ritmo tranquilo, sem correrias, sem queixas, sem problemas.

— Sem emoção.

— Mas eu não pretendo mais procurar emoção no trabalho. A partir de agora, vou fazer minha vida mais emocionante.
— Não consigo visualizar — obstinou-se Fran.
— Esse é um sinal de que estou indo na direção correta.
— Seja como for, você não vai decidir nessa noite. O anúncio está aí há quatro anos. Não há pressa nenhuma.
— Claro. Há tempo para consultar o travesseiro.
— Pois então, reflita bem.
— Fran...
— Sim?
— Você iria comigo?
— Meu Deus, Reque, eu precisaria pensar.
— Nada prende você aqui.
— A metadona.
— Ih, pois é. Certo. Mas talvez tenha algo parecido lá.

Não era apenas a metadona. Era a pessoa em quem ele estivera pensando o dia todo: Marta. Tinham saído somente um dia, mas a sensação ainda perdurava, e lembrar dela o alegrava na hora.

— Está pensando em Marta, não é? — perguntou o amigo.
— Sim.
— E se ela também está pensando em você?
— Você fez algum curso para ler mentes?
— Pense em um número de um a vinte.
— Pronto.
— Seis.
— Caralho!

21. Ao editor

O telefone tocou duas vezes antes de Ángela atender. David olhou o relógio. Cinco e quarenta e dois da manhã. Os trinados dos passarinhos se ouviam débeis através das vidraças, e o sol, ainda atrás das montanhas, não iluminava com seus raios as copas das árvores. Na claridade do dia que ainda não havia nascido, Ángela falou ao aparelho durante menos de um minuto. Quando desligou, seu rosto exibia a serenidade do inevitável.

— Alicia faleceu há uma hora. O velório começa às dez na ermida de santo Tomás.

David não disse nada. Não havia nada a dizer, nada que pudesse fazê-la se sentir melhor. Limitou-se a olhar para ela em silêncio e assentir.

— Vou tomar um banho — disse Ángela. Saiu da sala e deixou David sentado no sofá.

David dormiu pouco e mal naquela noite. Desde a descoberta do dia anterior, não tinha deixado de pensar em Alicia e na possibilidade de ela ser Thomas Maud. Deitado no sofá-cama, dando voltas física e mentalmente, sentiu que essa possibilidade se transformava em certeza. E o desânimo por ter chegado tão tarde a essa conclusão oprimia o coração do editor. Sentia-se como o guarda-costas que se planta diante do protegido quando este já foi alvejado pela bala. Como o jogador de futebol que chuta o ar quando a bola já passou. Todas as pistas estavam à sua frente, e ele não soube interpretá-las. Talvez tivesse sido melhor que Khoan enviasse um detetive especializado em vez de um editor laureado injustamente por um escritor agradecido.

Não somente era preciso encontrar as pistas. Isso era apenas obter todas as peças do quebra-cabeça; ainda faltava saber encaixá-las. Quatro anos atrás, Alicia havia descoberto que sofria de esclerose lateral amiotrófica. Com essa enfermidade, tornava-se impossível continuar a saga: no final ela não podia segurar uma esferográfica, nem manejar um teclado nem ditar o texto para que alguém o transcrevesse. Como Esteban havia dito, a partir de certo momento não era mais possível se comunicar oralmente ou por escrito com sua mulher. Somente Yeray, aquele estranho garoto a quem Alicia tinha tanto apreço, fora capaz de se relacionar com ela para além do simples entendimento humano.

David tinha se enganado ao supor que Thomas Maud era um homem. Por causa do gênero do pseudônimo escolhido, o editor (e Khoan também, a julgar pela conversa entre os dois em Madri) tinha dado isso por certo. Uma armadilha tão simples que todas as mentes brilhantes haviam caído nela. E David, embora tivesse lido Arthur Conan Doyle, Edgar Allan Poe, Agatha Christie, não se lembrou de um preceito elementar que havia lido muitas vezes, com termos diferentes, na boca de Sherlock Holmes, de Auguste Dupin, de Hercule Poirot: determinemos primeiro se o sujeito que buscamos é homem ou mulher.

Levantou-se do sofá e saiu da casa para dar uma volta. A rigorosa temperatura do alvorecer obrigou-o a levantar as lapelas do paletó. As ruas estavam vazias e seus passos ressoavam nas paredes, fazendo-o parecer o único habitante desperto de Bredagós.

Mas não era assim. De casa em casa foram tocando os telefones e acendendo-se as luzes. A notícia do esperado falecimento de Alicia coincidira com o nascer do sol, com a campainha dos despertadores.

Desta vez, o amanhecer não trazia uma nova esperança. Amanhã seria outro dia, mas Esteban continuaria sendo viúvo, e Thomas Maud continuaria morto.

A caminhada de David o levou ao bosque. Em sua cabeça, dezenas de ideias se agitavam disputando sua atenção: a morte de Alicia, a solidão de Esteban, a fúria de Khoan, a tristeza de Silvia, a honestidade de Ángela... e seu próprio futuro. Já não haveria aumento de salário e de categoria de trabalho para ele, nem recuo para o beijo com Ángela, nem companheira para Esteban. Mas, sobretudo, David pensava no fato de que a saga permaneceria inconclusa, e isso era uma enorme perda para o mundo literário. Uma sensação de abatimento o percorria por dentro, como quando se sabe que já não há nada a fazer, que tudo está perdido. Com a morte não se pode negociar. Ela é a democracia em estado puro: chega igual para ricos e pobres, para pessoas de mérito ou de nula qualidade humana, para os que têm grandes empreendimentos a realizar e para os que jamais fizeram nada além de lutar pela mera sobrevivência.

Para todos e cada um. Sem escapatória possível.

Caminhando entre as árvores, começou a escutar um som longínquo. Eram golpes rítmicos secundados por sonoras rajadas de vento às quais se seguia uma queda amortecida. Tropeçando nas raízes das faias e escorregando nas ladeiras cobertas de grama e orvalho, David foi acompanhando o som até chegar a uma área onde já estivera uma vez com Silvia e outra sozinho.

O arvoredo dos ataúdes.

Ao longe, Esteban cortava uma árvore a golpes de machado. A cada talho, lascas saíam disparadas, saltando pelos ares e criando um círculo ao redor dele.

Estava abatendo a árvore de Alicia.

David levantou a vista e os dois se olharam. Esteban, mesmo com o frio matinal, tinha a fronte perolada de suor e duas marcas circulares nas cavas da camisa. Após alguns segundos, retomou a tarefa, e os golpes de machado voltaram a ressoar através do bosque.

Esteban não pediu ajuda a David. E ele não a ofereceu. Era algo que o outro devia fazer sozinho.

Após meia hora de esforço árduo, a árvore desabou no solo. Esteban cortou os ramos e, por fim, deixou cair o machado e estirou o dorso com um rangido.

Levantou o tronco por uma extremidade e tentou apoiá-lo em um carrinho de mão, mas era evidente que não poderia arcar sozinho com aquele peso. David se aproximou e se dispôs a ajudá-lo. Esteban olhou as lascas ao seu redor e se dirigiu a ele. Sua voz refletia uma paz que parecia inundar o bosque.

— Passei a noite falando com ela, segurando sua mão. Disse tudo o que precisava dizer e desfrutei os últimos momentos que Deus ia nos conceder juntos neste mundo. Às cinco da manhã, o médico mediu o pulso e disse que ela estava morta havia uma hora. O calor de suas mãos era o calor que as minhas haviam transmitido. Não percebi o momento em que ela parou de respirar, então estou convencido de que ela não sofreu mais do que já tinha sofrido.

David, como acontecera antes com Ángela, não soube o que dizer. Imaginou que qualquer coisa seria inadequada, de modo que se manteve em silêncio.

— Alicia amava esta árvore. Dizia que era como ela, dura e cheia de nós. Gostava de acariciar o córtex.

Esteban passou a mão pelo tronco da faia enquanto falava. David pôde ver que algumas das bolhas produzidas pelo machado haviam estourado, manchando as mãos dele e o córtex com traços de sangue.

— Pode me ajudar a levá-lo para a casa de Ángela, David?
— Claro.

David entendeu que, sendo Ángela a carpinteira da aldeia, devia ser ela a confeccionar os ataúdes. Inclusive os dos amigos.

Ergueram o tronco e o apoiaram no carrinho. David teve a impressão de que aquilo pesava uma tonelada, mas não estava disposto a deixar nenhuma queixa sair de sua boca. Com os músculos tensos, e bufando pelo esforço de manter o tronco estável, saíram do arvoredo.

Haviam percorrido uns cem metros quando Esteban reduziu o passo e se deteve. David perguntou o motivo, mas como única resposta Esteban apontou algo com o dedo.

A uns cinquenta metros, uma ursa e três ursinhos passavam tranquilamente entre as árvores. O sol já nascera e marcava as silhuetas deles no horizonte. Dirigiam-se ao Clot der Os, o buraco do urso.

— Os ursos estão voltando ao vale de Arán — disse Esteban.

Os quatro animais desapareceram entre as árvores. Nem David nem Esteban pronunciaram uma só palavra até chegarem à casa de Ángela.

Requena e Fran voltaram do metaônibus da Casa del Reloj em Legazpi dando um passeio. Requena tinha pensado que seria uma visita desagradável, como uma consulta após a espera em uma sala cheia de drogados de olhar perdido. Mas se enganou. Era uma pequena van com uma janelinha do lado, semelhante ao guichê de uma secretaria de faculdade. Você chegava, dizia seu nome, e eles davam um copinho com a metadona diluída em Tang e pronto. Não havia filas nem exames de sangue para conferir se você continuava consumindo ou não. A conversa tampouco se prolongava. Era algo rápido e asséptico, sem complicações.

Na ida, Requena não havia notado sintomas de ansiedade em Fran, mas na volta com certeza o achava mais tranquilo. Fran se movia com passos amplos e elásticos, como se caminhasse sobre um colchão de ar.

— Hoje você teve vontade de se picar? — perguntou Requena.

Fran continuou andando e sorriu para o amigo como para uma criança que, por inexperiência, faz uma pergunta de resposta óbvia.

— Eu sempre tenho vontade, Reque.

— Sempre?

— Sim.

— E como aguenta?

Com o polegar, Fran apontou para trás, para o local de onde haviam vindo.

— Com a metadona.

— E isso tira a vontade?

— Não, tira a ansiedade, a síndrome de abstinência.

— Você não me parece mal.

— O pior são as madrugadas. Eu continuo acordando por volta das cinco horas da manhã. Mas quase não tenho mais necessidade de beber. Me disseram que a primeira fase seria a mais dura, mas também a mais curta, e ela praticamente já passou. Agora vem a fase que você estaciona e tem que procurar voltar à sua vida normal na medida do possível. Não digo que eu vá começar uma profissão agora, mas sem dúvida vou fazer algo que me mantenha ocupado.

— E o que vai ser?

— Não tenho ideia, mas alguma coisa eu vou fazer. É quando voltam à rotina que muitos recaem.

— Mas, se já não têm síndrome de abstinência, por quê?

— Você relaxa. Já fez o mais difícil e acha que o resto é moleza. E um dia, entediado, você está dando uma volta e, quando percebe, está na favela outra vez. Encontra velhos conhecidos e toma um pico para lembrar os velhos tempos. Nisso, já caiu de novo, porque esse pico parece a glória e você só pensa em tomar outro e depois outro. E retorna ao princípio.

— Mas, com você, isso nunca aconteceu.

— Eu nunca tinha tentado parar.

— Então, como sabe? — perguntou Requena.

— Porque vi acontecer mil vezes. Quando dizem que um viciado se livrou, há sempre quem diga: "vai voltar". E normalmente está com a razão. Depois de algumas semanas, você vê de novo aquele sujeito, com uns quilos a mais e uma cara melhor. Mas ele vai se drogar tanto quanto você. Não é fácil largar. Todos queremos e muito poucos conseguem.

Continuaram passeando em silêncio. Fran, aéreo, tinha o olhar perdido em algum lugar. Requena espiava de esguelha o amigo, perguntando-se em que ele estaria pensando.

— Ninguém gosta de se drogar. No início, sim, no início tudo é farra e diversão, você toma um pico de vez em quando e se sente como Deus. Mas, quando já não domina a droga, você sabe que está fodido. Sabe, é uma sacanagem, mas você não consegue fazer outra coisa a não ser continuar se drogando.

"Depois de um tempo, você se odeia por ter caído e por não ser capaz de sair. E todo mundo o encara com nojo e por cima do ombro. E o pior é que você mesmo acha que merece isso. Tudo é uma merda: a merda em que você vive, a merda que você consome e a merda que os outros jogam em cima de você. Mas caralho! Pode ser que todos nós sejamos uns merdas e que eles tenham razão e que não prestemos nem para ir tomar no cu, mas também somos pessoas. E ser insultado sempre dói.

"Conheci muita gente que estaria melhor morta, eu acho, e também que deixou muitos amigos para trás. Um dos meus colegas de apartamento dizia que, com a droga no meio, não existiam amigos, e em geral tinha razão. Mas também existem pessoas que você sabe que em outras circunstâncias... bom, não importa. Quando você quer tentar sair, tem que ser egoísta, Reque, porque as pessoas que você quer levar junto são um peso. Puxam você de volta para esse mundo.

"E quando você está dormindo em uma cama e pensa que tem companheiros na rua passando frio, fazendo qualquer coisa para conseguir um pico, de novo você se sente uma merda. E sofre. Sofre por você quando sai, pelos que ainda não saíram e pelos que vão entrar e não poderão sair. E a essa altura só pensa uma coisa: que a vida é uma merda e que seria melhor tomar um pico e se esquecer de tudo."

— Porra, cara, você me deixou arrasado — disse Requena após alguns segundos.

Fran sorriu e deu um soquinho carinhoso no ombro dele.

— Desculpe, eu não estava falando de você. Estava pensando em voz alta. Afinal, é a vocês, os amigos, que cabe aguentar essas coisas.

— Tranquilo, sem problema. Os amigos servem para isso.

— É que eu nunca falo de certos assuntos e, quando eles surgem, falo sem parar. Mas já me sinto melhor. Vamos, me convide para alguma coisa, para ver se eu tiro esse sabor amargo da boca.

Tomaram um sorvete num terraço que havia ao lado da casa de Requena, o qual, durante os anos em que vivia ali, ainda não tinha visitado. Fran já ganhara algum peso desde sua volta, e suas bochechas, antes fundas, agora se mostravam um pouco mais cheias. Não era de estranhar, vendo como ele devorava a casquinha de duas bolas com pedacinhos de chocolate. Requena, por sua vez, tinha decidido prescindir dos cafés solúveis e saboreava um cappuccino com muito creme.

Fran parou de tomar o sorvete só pelo tempo de perguntar:

— E então, já se decidiu?

Desta vez foi Requena quem sorriu.

— Sim. É possível que seja uma loucura e que, dentro de dois meses, eu esteja de volta a Madri, arrependido, mas pelo menos terei arriscado.

— Não acho que seja uma loucura. Um pouco estranho, é verdade. Mas que diabo! De vez em quando é preciso fazer coisas estranhas.

— Passei a vida fazendo o que achava que devia fazer. Estudei, peguei o diploma, trabalhei como nunca e olhe para mim: estou sozinho e desempregado, morando com um amigo que ronca como um hipopótamo.

— Eu não ronco — respondeu Fran, um tanto ofendido.

— Ronca mais do que fala, o que não é pouco. Quero mudar de ares, experimentar como me saio nesse novo trabalho, tentar achar alguém que me queira.

— Nós merecemos isso, Reque. Como é a moça que você gostaria de encontrar?

— Não faço ideia. Só quero que não me chame de Requena.

— Por quê?

— Não gosto.

— Sério? Mas desde sempre nós o chamamos assim!

— Não, desde sempre, não. Um dia, no colégio, Pablo Beotas me chamou assim, eu me aborreci e ele começou a gritar esse nome para todo lado. A partir desse dia, vocês todos passaram a me chamar de Requena. Mas, se eu encontrar essa moça, vou fazer com que ela me chame de Juan. E só ela terá permissão para me chamar assim.

— É um detalhe bonito.

— Não sei se é bonito, mas é o que eu quero. Que alguém me chame de Juan no ouvido, com os braços ao meu redor.

Fran sorriu. E Requena com ele.

— E você? Já se decidiu?

— Em relação a quê?

— A ir comigo. Poderíamos dividir casa lá também. E você estaria mais longe das drogas. Você mesmo diz que, na sua situação, o melhor é se afastar.

— Não me convence, Reque.

— Vamos, Fran!

— Acho que não. Se eu superar isto, vou superar em Madri. Você me conhece, eu sou muito da cidade. Se me tirarem daqui, fico agoniado. Além disso, lá não haveria metaônibus.

— Precisaríamos verificar. Mas não me venha com lorotas, Fran. Você quer ficar por causa da Marta.

— É verdade.

— Vocês saíram poucas vezes. Não é uma relação séria.

— Eu sei, mas gosto de estar com ela.

— Você não contou nada, certo?

— Não.

— E vai contar?

— Logo. Não tenho outro remédio, ao menos se quiser tentar algo a sério. Já estou cansado de enganar e mentir. Com ela, quero começar do zero.

— E se ela o deixar?

Uma sombra pareceu cruzar o rosto de Fran. Mas ele respondeu em seguida:

— Bom, então foda-se. Viu? Outro motivo para contar logo. Se ela me deixar, pelo menos não vou ter tempo de me apegar muito.

— Acha que ela vai fazer isso?

— Não sei. E não ache que não pensei nessa possibilidade. Inclusive entenderia.

— Se as coisas derem errado, você sempre pode ir comigo.

— É como saltar com rede de proteção. Obrigado.

Terminaram o sorvete e o cappuccino. Pediram a conta.

— Foram uns dias estranhos, não é? — disse Requena.

— Sim. Nós dois mudamos de vida.

— Justamente depois de nos reencontrarmos.

— Talvez sejamos como elementos que só reagem estando juntos.

— Talvez. Se você for ficar em Madri, quero dar uma coisa para você.

Requena meteu a mão no bolso e tirou umas chaves.

— Vai me dar seu carro de presente?

— Exato.

— Aquele que tem duzentos e quarenta mil quilômetros rodados?

— Sim.

— O que você bateu naquela noite?

— Esse mesmo.

— Obrigado, cara! Nossa, um carro!

— Bom, já está muito arrebentado. Pode usar até se desmanchar, e depois vende como sucata.

— Você não quer mais? Sério?

— Não. No meu novo trabalho, não imagino quando poderia precisar dele. Melhor que você aproveite. Mas tem que me ajudar em uma coisa.

— Em quê?

— Embalar minha tralha.

Trouxeram a conta. Requena ia pagando, mas Fran se adiantou.

— Não, deixe, eu pago.

— Obrigado, cara.
— Você paga o carro, e eu, o café. É justo.

David ajudou Esteban a levar a faia até a garagem de Ángela, que começou a trabalhar imediatamente. Esteban foi embora para descansar. David, sem saber a que dedicar o tempo e não querendo ficar sozinho na casa de Ángela, foi tomar o café da manhã na Era Humeneja.

Muitos dos aldeões estavam ali, pesarosos após a notícia. Bebiam café em silêncio e olhavam pelas janelas, quase sem dizer nada.

David também estava deprimido, mas por razões muito diferentes. Só tinha conhecido a falecida através de seus livros e personagens, mas sentia uma tristeza igual ou maior que a dos demais. Ia enterrar não somente Alicia, mas também suas esperanças de futuro, as da editora Khoan e, muito provavelmente, as de seu casamento.

A saga *A hélice* ficaria incompleta. A editora Khoan seria processada por vender os direitos de livros que não tinha nem ia ter. David não seria promovido a diretor editorial. Possivelmente precisaria procurar emprego após a quebra da editora. Silvia, se reatasse com ele, iria levar isso em conta durante muito tempo. Ele tentaria conseguir um novo emprego no qual tivesse mais tempo livre e, se isso implicasse menos dinheiro, rebaixaria seu custo de vida. Naquele momento, só desejava duas coisas: primeira, reatar com Silvia, pedir desculpas e abraçá-la durante muito, muito tempo. Segunda, falar com Esteban.

Porque, se Alicia era Thomas Maud, Esteban devia saber. David tomou um gole do seu café e relembrou quando perguntara a Esteban se ele tinha enviado o pacote à editora Khoan, e Esteban respondera que não, claro. Ele não o tinha enviado. Havia sido Alicia. Esteban não mentira, mas sem dúvida ocultara a verdade. Se ele tivesse ido embora de Bredagós naquele dia, nunca saberia o que Esteban ocultava. Queria só contar que havia descoberto o segredo de Alicia. Embora isso não adiantasse mais e o jogo tivesse terminado, David não queria ir embora sem dizer isso; dizer que o compreendia e que não se sentia enganado, que apenas havia chegado tarde demais. Tinha sido enviado por Khoan quando Maud parou de escrever, e, como Maud parou de escrever por causa de uma grave enfermidade que resultara em morte, era totalmente impossível que David chegasse a tempo. Mas afinal tivera êxito. Havia encontrado o escritor.

De repente a porta da taberna se abriu e por ela entrou Yeray procurando alguém. Movia a cabeça em todas as direções. Quando seu olhar encontrou o de David, ele correu para se sentar com o editor. Trazia na mão um enorme pacote marrom acolchoado. Jon, lá do balcão, perguntou se ele queria tomar café da manhã, mas Yeray agiu como se não tivesse escutado e continuou olhando para David. Começou a falar com ele em tom sereno e confiante, quase sem gaguejar.

— Você veio a Bredagós para procurar alguém?

David o encarou, inquisitivo. Era a frase mais longa que ele tinha escutado de Yeray. Sem saber aonde essa nova conversa levaria, respondeu afirmativamente.

— Era Thomas Maud? — continuou Yeray.

Tirou de sob a mesa o pacote marrom acolchoado e o rodeou com os dois braços.

— Sim — respondeu David.

— Então, isto aqui é para você.

E estendeu o pacote. David estava tão assombrado que não o pegou. Então Yeray o depositou sobre a mesa e sorriu, como se concluísse sua missão. Já ia se levantar, quando David o segurou pelo antebraço.

— Espere! — gritou o editor. — De quem é isso?

— Agora é seu. Alicia me disse para te entregar.

— Quando?

— Três anos atrás, ela me deu esse pacote e me mandou entregar, depois que ela morresse, a quem aparecesse perguntando por Thomas Maud. E, quatro dias atrás, me disse que essa pessoa era você. Ela morreu e você já tem o pacote. Fiz tudo certo, não?

— Sim, você fez tudo muito bem.

Yeray sorriu. Era a primeira vez que David o via sorrir. O rapaz se soltou dele e se afastou em direção à porta. Da mesa, David o chamou.

— Sim? — respondeu Yeray.

— Ela realmente falava com você? — quis saber David.

— Claro. Era minha amiga.

E saiu, deixando o envelope com David.

Ele o olhou por um instante, antes de abri-lo. Em cima estava escrito: "Ao editor".

Ao abri-lo, David encontrou um pesado livro com o título *A busca*, encadernado em couro. Estava gasto pelo uso e tinha a lombada meio descosida. Também havia um envelope menor, fechado, e com o mesmo destinatário do maior. O editor o abriu e começou a ler:

Prezado editor,

Se o senhor está lendo essa carta é porque não atendeu ao meu pedido de não investigar a origem da remessa. Não se preocupe: não o culpo.

Agradeço por ter seguido minhas indicações até agora. O mais provável é que, quando o senhor estiver lendo essa carta, eu já não esteja viva, por isso vou tentar dizer por escrito o que já não posso fazer oralmente.

Imagino que, a essa altura, o senhor terá descoberto a identidade de Thomas Maud, mas há outras informações que eu quero esclarecer.

Meu marido Esteban sempre gostou de escrever. Gostava de se sentar diante da máquina e desenvolver as ideias que vinham à mente, simplesmente pelo prazer de fazê-lo, sem buscar nenhuma recompensa. Eu o amaria de igual maneira, mesmo que ele não tivesse escrito uma só palavra na vida, mas escrever fazia parte dele.

Na noite do meu aniversário de cinquenta e um anos, Esteban me deu o presente mais maravilhoso que eu poderia imaginar. Envolto em papel pardo, estava o primeiro volume de uma saga que ele havia intitulado *A busca*. Disse: "Esta é a única cópia que existe. Agora é sua".

Não preciso expressar o que senti ao ler o livro. Mas, em minha posição, me vi em um grande dilema: devia escolher se ficava com o presente do meu marido só para mim ou se o dividiria com o mundo.

Ele escrevia por prazer, assim como por prazer havia lido em toda a sua vida. No momento em que se tornasse um escritor de sucesso, seu hobby se transformaria em uma profissão. Saber que cada uma das frases que havia escrito seria analisada e criticada por milhões de pessoas implicaria para ele uma pressão que tiraria o gosto pelo hobby que havia desenvolvido. Por obrigação, não teria o mesmo prazer, e posso garantir que ele tinha prazer escrevendo. O sucesso leva a muitas mudanças, mudanças que nós não desejávamos. Éramos felizes e não precisávamos de mais nada.

Por isso, decidi não dizer nada a Esteban sobre o que planejava fazer.

Eu considerava egoísta demais guardar o romance só para mim e arriscado demais enviá-lo às claras para uma editora.

Então, tomei uma decisão e mudei o título do romance de Esteban para *A hélice*. Sem que ele soubesse, assinei-o com o pseudônimo de Thomas Maud e o mandei a uma editora de Madri por meio de um serviço de entregas um tanto especial, como sem dúvida o senhor terá comprovado, já que está aqui.

Deve estar se perguntando por que escolhi sua editora. Foi por causa de um livro que Esteban leu e me recomendou: *O tempo dos jasmins*, de José Manuel Elis. Era um romance bonito, lançado quase sem publicidade, e do qual adquirimos um exemplar. Tempos depois, esse romance foi republicado pela editora Aranda e recebeu o reconhecimento que merece. Quando resolvi mandar o manuscrito de *A hélice* a uma editora, a Nautilus me pareceu uma boa opção. E foi. Durante estes anos, até hoje, seguiram as indicações da carta que enviei, e estou imensamente agradecida a vocês por isso.

Mas o sucesso do livro ultrapassou todas as minhas previsões. Eu disse a Esteban que havia herdado algum dinheiro de um ramo da família do meu pai e que, junto com o esforço de nós dois, poderíamos viver com folga. E assim foi, até hoje.

Esteban sempre teve a habilidade de me surpreender e, dois anos depois, conseguiu isso de novo. Na festa dos meus cinquenta e três, me presenteou com o segundo volume. Eu já não podia fazer outra coisa além de repetir o método que empreguei na primeira vez: mesma editora, mesma carta.

E o segundo volume foi outro sucesso.

A cada dois anos, pontual como um relógio, meu marido foi me presenteando os outros volumes. Quando percebi que, em algum momento, eu não ia conseguir enviá-los, encarreguei Yeray, um rapazinho muito especial da aldeia, a quem meu marido também permitia ler seus escritos, de ir enviando à editora o que Esteban escrevesse. Muita gente tende a considerar Yeray incapaz de executar sequer uma tarefa simples, mas estão todos enganados. Seu grande coração é tão evidente quanto seu retardo, mas não duvido nem por um momento de que ele não terá problemas com as instruções que eu dei.

É por isso que meu marido não sabe que ele é Thomas Maud. Sei que não estava autorizada a decidir por outra pessoa, assim como ninguém está. Simplesmente, fiz o que achei mais correto para preservar nossa felicidade. Não sei se foi a melhor decisão. Talvez alguém mais inteligente do que eu tivesse encontrado a maneira de combinar as duas coisas, mas eu não fui capaz. E garanto que passei noites e noites acordada, tentando encontrar outra solução.

Seja como for, isso permitiu que meu marido e eu tivéssemos muitos anos de felicidade, de modo que não posso evitar sentir que tomei a decisão correta. E estou agradecida, mesmo em minha situação, por todos os dias que passamos juntos. Se tenho certeza de alguma coisa, é de que o luxo e a fama não nos fariam mais felizes. Ao longo destes anos, Esteban me demonstrou que a felicidade é algo contagioso; quanto mais feliz ele era, mais felizes fazia com que nós dois fôssemos.

Peço, por favor, que não comunique a Esteban o conteúdo desta carta, pois temo que isso possa alterar a lembrança que ele terá de mim, e isso é algo que acho que ele não poderia perdoar.

Obrigada pelos anos que os senhores nos permitiram desfrutar. Lamento de verdade qualquer inconveniente que minha decisão possa ter causado.

Afetuosamente,

Alicia Ruiseco

O editor reconheceu a letra assim que começou a ler a carta. O grafólogo tinha razão: era a letra de uma pessoa culta, de ideias claras, sensata, altruísta e de grande imaginação.

A letra de Alicia.

David olhou o livro intitulado *A busca*. No canto lia-se o nome do autor: Esteban Paniagua.

Abriu-o na primeira página. Havia uma dedicatória manuscrita. A letra era curvada e irregular:

"Você não é o que me ajuda a viver, Alicia. Você é a vida."

Tinha nas mãos o manuscrito original da saga *A hélice*. Uma edição de um só exemplar. Algo assim poderia valer milhões entre os colecionadores, mas o editor só valorizava a pessoa que o tinha inspirado. Toda a aldeia dissera isso repetidas vezes, mas David precisara passar por muitas dificuldades para perceber até que ponto Alicia era uma mulher extraordinária.

Saiu para caminhar. Precisava ativar seus pensamentos. As palavras de Alicia dançavam na sua cabeça e ele tentava estabelecer um plano de ação. O pedido dela de que não comunicasse seu segredo a Esteban o colocava em uma situação muito comprometedora. Não podia deixar de pensar que ninguém podia negar a Esteban o reconhecimento de seu trabalho, de como seus romances inspiravam milhões de pessoas. Os escritores passam a vida lutando para que seus livros sejam lidos, para que cheguem aos leitores, e o fato de Alicia ter tomado pelo marido a decisão de não poder sentir orgulho por seu trabalho maravilhoso parecia incrivelmente injusto com Esteban. Se contasse tudo, não se sentiria um traidor à memória de Alicia. Era editor e em toda a sua vida vinha trabalhando com escritores. E não podia imaginar sequer um que não quisesse ser reconhecido. Alicia havia guardado o segredo por catorze anos, e havia conseguido que seu marido continuasse escrevendo. Esteban teria continuado, se soubesse do sucesso obtido por sua obra? Faria alguma diferença?

O que era mais importante, o escritor ou a obra? Os escritores morrem, mas suas obras vivem para sempre. Isso é o mais próximo que existe da imortalidade.

Yeray não tinha enviado nenhum manuscrito à editora, o que significava que Esteban não voltara a escrever desde então. A saga estava inconclusa. O plano mestre de Alicia tinha falhado, mas até mesmo do além ela se assegurara de fazer algo mais. Havia colocado a bola em seu campo para que ele a jogasse. Talvez, se falasse com Esteban, ele se animasse a completar a saga. Ele o ajudaria, seria seu editor. Iria proporcionar a calma e a orientação para terminá-la. Iria guiá-lo para que chegasse a um bom livro, como fizera com Leo Baela e tantos outros. Mas não poderia ter certeza até que falasse com ele. Ainda havia uma pequena esperança.

Continuou caminhando com o pacote embaixo do braço, acariciando pela extremidade aberta o canto do livro, o original de *A hélice* que Esteban presenteara a mulher no aniversário dela. Hoje enterrariam Alicia, mas ela não tinha levado o segredo para o túmulo. Seu incrível plano havia previsto inclusive sua morte.

Em uma rua, encostados em uma parede e fumando um cigarro, alguns aldeões comentavam aquela que parecia ser a única notícia do dia. Contavam lembranças de Alicia, episódios vividos com ela. Quase sem se dar conta, David aguçou os ouvidos ao passar perto deles.

— Era muito bonita — disse um deles.

— Lindíssima! — retrucou outro.

— E Esteban foi quem ficou com ela.

— Ela podia ter namorado qualquer um do instituto. Qualquer um! E acabou escolhendo Esteban. Mesmo agora, tantos anos depois, eu ainda não consigo acreditar.

— Nem eu! O sujeito mais tímido da escola! Pois até gaguejava! Você se lembra do rebuliço quando souberam que eles estavam namorando?

— Não se falava de outra coisa!

David, que havia parado no outro lado da rua para escutar, aproximou-se deles. Então se calaram, fazendo-o se sentir um intruso naquela conversa.

— Desculpem por interrompê-los — começou. — Vocês diziam que Esteban e Alicia começaram a namorar no colégio?

Os homens se entreolharam confusos, sem saber muito bem o que responder.

— Sim, isso mesmo — disse o mais atrevido.
— O colégio em Bossòst? — perguntou David.
— Claro.
— Então... — David começou a fazer cálculos. — Continuaram quando Esteban foi trabalhar como marinheiro, ou voltaram depois, ou o que aconteceu?

Todos se entreolharam e começaram a rir. Gargalhadas intermináveis que os faziam se apoiar uns aos outros para não caírem no chão de tanto rir. Um deles, entre espasmos, perguntou:

— Você diz isso por causa das histórias de marinheiro dele?
— Eh..., sim — respondeu David.

Os homens começaram a rir de novo com igual intensidade. De pé junto deles, David esperou que parassem, sentindo-se humilhado por algo que ainda desconhecia.

— Pelo amor de Deus, ele diz isso por causa das crianças, para que as histórias que conta sejam mais críveis! Mas até os bebês sabem que é mentira. Esteban viveu aqui a vida toda, assim como Alicia. Assim como nós! A mãe dele inclusive era a antiga dona da peixaria! Na aula até dizíamos, por implicância, que ele cheirava a besugo. Sério, você acreditava mesmo que Esteban tinha sido marinheiro?

— Sim.

E outra vez os homens caíram na gargalhada. David se afastou em grandes passadas.

— Ei, amigo! Não se aborreça!

Mas David continuou andando. Estava irritado consigo mesmo por supor que as introduções das histórias de Esteban eram certas e que as aventuras dele eram simplesmente exageros sobre episódios que de fato haviam acontecido.

Esteban não tinha sido marinheiro. Então, de onde tirava as ideias para aquelas histórias?

A missa pela alma de Alicia foi celebrada no fim da tarde na ermida de santo Tomás. David caminhou até lá sozinho, relembrando o mesmo trajeto feito com Silvia ao seu lado. Agora ela estava em Madri e ele quase havia completado sua missão. Cada passo sobre o cascalho do caminho, mesmo acompanhado pelos de dezenas de habitantes de Bredagós, lhe parecia mais solitário do que o anterior. Todos ao seu lado caminhavam rompendo o silêncio apenas com palavras soltas. Os trinados dos pássaros nas árvores próximas os seguiram até a ermida.

David se sentou no banco corrido, como na outra vez. Tinham instalado o ataúde aberto no meio da nave. Nele repousavam os restos de Alicia. David olhou ao redor, mas não viu nem Esteban nem Ángela. Não sabia como se sentiria quando encontrasse o recém-descoberto escritor. Após todos os acontecimentos das últimas horas, a verdade era que não estava claro como reagiria. Às vezes você passa tanto tempo imaginando como será algo que, quando acontece, é impossível não se sentir decepcionado porque aquilo não se desenrolou da forma como você havia pensado. O ataúde, que David havia imaginado tosco, como um caixão de madeira coberto de pregos, tinha um acabamento delicado. Ele mal conseguia acreditar que ele vinha da árvore que, naquela mesma manhã, havia transportado com Esteban em um carrinho de mão. Ángela o forrara de cetim, como o último presente que podia dar a Alicia, a mulher que enviara o envelope deixando a marca de seus seis dedos.

Todos se voltaram quando o padre Rivas e Esteban entraram. Ele vestia um terno preto com uns sapatos sem lustro. Atrás dele, David pôde ver que quase toda a aldeia havia comparecido à ermida. Muitos assistiam à cerimônia lá de fora, aguentando estoicos os ventos dos Pirineus. Ángela apareceu com Tomás ao lado da porta. O menino, de mãos dadas com a mãe, mal podia conter as lágrimas.

O padre Rivas tomou a palavra.

— Obrigado a todos por comparecerem. Vamos começar a missa.

Todos baixaram a cabeça em sinal de respeito, enquanto o padre Rivas entoava as leituras e aspergia o caixão com água benta. Ouviam-se apenas alguns moradores enxugando suas lágrimas na tentativa de não interromper. David observava Esteban, que, de pé, olhava fixamente o ataúde com os restos da mulher. Aquele homem tinha escrito a saga *A hélice*, mas não estava consciente da repercussão que seus livros haviam tido em todo o mundo. Naquele momento, era somente um viúvo que se despedia da esposa falecida. Alicia pedira na carta que o editor não contasse nada a ele, mas David não sabia o que fazer. Precisava refletir, dar-se um pouco de tempo para que suas emoções se acalmassem. Esteban deixou cair uma lágrima e secou--a com um lenço. David precisou fazer um esforço real para não se somar a ele.

Terminada a missa, David ia se encaminhar para a saída quando viu Jon, Edna, Ángela e todas as pessoas que ele havia conhecido durante sua estada na aldeia sacarem velas e, após acendê-las no círio que repousava junto à talha de santo Tomás, começarem a depositá-las nas saliências das rochas que formavam a igreja. Tal como haviam feito na missa em homenagem ao santo, agora o faziam em homenagem a Alicia. Poucos minutos depois, o pórtico da igreja resplandecia no crepúsculo aranês. Era a forma que Bredagós tinha para dizer que Alicia podia não estar entre eles, mas que sua luz permanecia.

David se posicionou diante da talha de madeira que parecia velar pela história daquela aldeia dos Pireneus. Fechou os olhos e, em silêncio, orou pela alma de Alicia. Ele, que não rezava desde os tempos de colégio, quando a missa era obrigatória, desempoeirou as palavras de sua mente para honrar a lembrança dela. Ao terminar, levantou a cabeça e seu olhar encontrou o do padre Rivas, que se aproximou dele e pousou a mão em seu ombro.

— Eu pensava que você era ateu, David.

— Não acredito em Deus, acredito em Alicia — disse David. — São duas coisas completamente distintas.

O padre Rivas sorriu. As velas acesas do pórtico iluminavam todas as rugas de seu rosto.

— Não, David. É exatamente a mesma coisa.

Colocaram o ataúde em uma carroça puxada por duas mulas que percorreram o caminho em trote lento e elegante. Todos caminhavam atrás, de modo que os passos dos animais seguidos pelos quase oitocentos pés criavam um murmúrio baixo e contínuo que parecia envolver tudo, como se a própria Bredagós estivesse triste.

O cemitério era pequeno e antigo. As parcelas de terreno ainda eram delimitadas por uma grade metálica e as lápides de granito tinham os nomes talhados com cinzel. Esteban e Ángela permaneceram ao lado da cova, enquanto alguns moradores baixavam o caixão até o fundo com a ajuda de cordas. Atrás deles, como se os protegessem, Yeray e Tomás. O padre Rivas passou à frente e entoou uma breve oração. Aspergiu de novo o ataúde com água benta e fitou Esteban, pedindo permissão para continuar. Esteban enxugou as últimas lágrimas com o lenço de linho e o lançou sobre a superfície de madeira cortada naquela mesma manhã. Olhou para o padre Rivas e assentiu. Com um gesto, o sacerdote indicou que já podiam começar a cobrir de terra o caixão.

A aldeia enterrava Alicia, mas David enterrava mais alguém. Pois sabia que um pedaço de Thomas Maud descansaria para sempre sob aquela terra, a parte que havia morrido com Esteban.

Todos começaram a se afastar. Muitos deixaram flores na base da lápide. David teria que falar com Esteban sobre o segredo de Alicia, mas não hoje. Não com o corpo dela ainda quente sob a terra.

No túmulo de Edgar Allan Poe, em Baltimore, todo 19 de janeiro se depositam três rosas e uma garrafa de conhaque meio cheia. No de Alicia, na tarde de seu sepultamento, havia muitos ramos de flores frescas e, em cima delas, uma flor de lantana já murcha.

22. Cruzamento de caminhos

Ángela sacudiu o ombro de David até ele despertar. Ele olhou para os lados, desconcertado. A manhã estava chegando à metade e o sol entrava com força pelas janelas. Ángela o encarou:

— David, você viu Tomás?
— Como assim?
— Sabe onde Tomás está?
— Ele não está em casa?
— Não. Me levantei e ele não está na cama.

David procurou pensar onde poderia estar o menino, mas não conseguiu nada. Talvez, depois de um café, sua mente se desanuviasse, mas não havia tempo.

— Deve estar abalado. É o primeiro enterro que ele vê.
— Já imaginei, por isso queria falar com ele. Liguei para Esteban, mas ninguém atende — disse Ángela, nervosa.
— Talvez estejam juntos.
— Não sei. Eu vou na casa de uns amigos dele. E você procure em... sei lá, procure, por favor.
— Não se preocupe, vamos encontrá-lo.

Ángela se afastou em passos rápidos e furiosos. David a chamou. Ela se virou. Em tom baixo e pausado, ele repetiu:

— Ángela, não se preocupe. Vamos encontrá-lo.

Ela sorriu e saiu às pressas. David se vestiu. Se encontrasse Tomás, talvez encontrasse também Esteban, e poderia falar com ele tranquilamente. Mas não queria pensar nisso agora, Tomás era prioridade.

Procurou por toda a aldeia. Olhou na praça, na mercearia, nas ruas e na Era Humeneja. Demorou algum tempo para se dar conta de que, quando as crianças querem ficar sozinhas, não vão para uma taberna tomar um café em uma mesa solitária. As crianças pensam de outra maneira. As crianças se sentam no chão se não houver lugar no banco, não ficam de pé como os adultos temerosos de sujar a calça. Tentou pensar como um menino faria isso, e o lugar aonde Tomás teria ido surgiu em sua mente.

Percorreu o bosque em busca da cabana que Ángela havia construído para o filho. Subiu os degraus do tronco e chegou ao estrado. Sentou-se no espaço reduzido, encolhendo as longas pernas. Em um canto estava Tomás, lendo *A história sem fim*.

David se aproximou dele, em silêncio. O menino levantou a cabeça e o fitou nos olhos. Estava triste e havia vestígios de lágrimas no seu rosto.

— Tomás, sua mãe está te procurando o dia inteiro. Você tem que voltar para casa.

— Não quero voltar — respondeu o garoto, em um tom adulto que surpreendeu David. Ele imaginou que era o tipo de tom que aparece quando você se dá conta de que as pessoas ao seu redor também morrem e de que a estabilidade em que você vive é temporária.

— Por quê?

— Não quero que a mamãe me veja chorar.

— Não há problema nenhum em chorar, Tomás. Todo mundo chora.

— Por quê?

— Há muitas razões — respondeu David, embora soubesse perfeitamente que só havia uma: dor. Física ou emocional.

— A mamãe, quando chora, se tranca no quarto pra eu não ver.

— Porque não quer deixar você triste.

— Mas foi por isso que eu saí. Não queria deixar a mamãe triste.

David se sentiu comovido diante de uma razão tão pura para se afastar de casa. Tomás havia preocupado a mãe, e ambos o tinham procurado por toda a aldeia, mas o menino se comportara como um adulto se comportaria com uma criança. David desejou explicar a ele que o comportamento entre pais e filhos não é recíproco, mas se conteve. Isso era algo de que Tomás iria se dar conta gradativamente, à medida que fosse crescendo, e quando tivesse um filho. Em que idade se perdia essa inocência? David não sabia, mas era magnífico pensar que todos havíamos sido assim algum dia, antes que o cinismo e a competitividade nos transformassem nos adultos que éramos agora.

— Mamãe estava preocupada? — perguntou Tomás.

— Sim. Você saiu de casa sem avisar.

— Desculpa.

— Ela não está aborrecida, Tomás. Só preocupada.

O menino assentiu. Olhou rapidamente o livro em suas mãos, aquele que Alicia mandara no seu aniversário. David não pôde deixar de pensar que ela havia previsto inclusive isso.

— Alicia morreu — alfinetou Tomás.

— Sim.

— Por que as pessoas morrem?

— Não existe resposta simples para isso, Tomás.

— Morrer é uma merda.

Nem pediu desculpas pelo palavrão. Esse era um sentimento no qual coincidiam crianças e adultos. Impossível expressá-lo de maneira mais sincera.

— Sim, Tomás. É uma merda.

— Me lembro dela na cama. Muito magra, com a pele do rosto murcha. Não parecia ela.

— Era a doença.

— Antes, ela era muito bonita. Todo mundo achava.

David não soube o que dizer, mas desta vez não podia escapar. A um adulto você pode não dizer nada e deixá-lo tirar suas próprias conclusões; uma criança ficaria muito desprotegida com essa atitude. Tinha que procurar algo que fizesse Tomás se sentir melhor.

— Você tem medo de se lembrar dela doente?

— Sim — afirmou Tomás.

— Não vai ser assim. Quando alguém morre, você costuma pensar nessa pessoa como ela estava em seus últimos momentos, mas, com o tempo, quando a tristeza dá espaço à lembrança de tudo o que você viveu com ela, só restam as coisas boas.

— Não entendo.

— Já brigou com um amigo alguma vez?

— Claro.

— E, quando pensa nesse amigo, você não pensa nas vezes em que brigou, mas sim nos momentos em que passaram juntos felizes, certo?
— Sim.
— Pois então. Com Alicia, vai ser parecido.

David se lembrou dos funerais a que havia assistido e as lembranças que guardava daquelas pessoas. Lembrou da avó, que, quando estava bem, contava como cozinhavam na aldeia quando ela era pequena. Lembrou de seu tio Marcelo quando ele o convidou para tomar uma cerveja num bar, escondido de seu pai. Lembrou de uma ex-namorada que morrera num acidente de carro, as noites que passara com ela e como ela franzia o nariz quando sorria. Nas suas lembranças já não havia asilos, nem câncer, nem vidros quebrados.

— A Alicia me ensinou a ler.
— É mesmo?
— Eu era o único que sabia ler logo no primeiro dia de aula. Isso me fez me sentir especial.
— Alicia sabia o quanto certas pessoas eram especiais — disse David, pensando no que ela havia feito com os escritos de Esteban.

Os dois desceram da cabana e tomaram o caminho de casa. Tomás parecia se sentir melhor, e David estava contente por ter conseguido contribuir com isso.

Quando chegaram às ruas empedradas, ele se lembrou de Esteban.
— Tomás, você viu Esteban depois do funeral?
— Não.
— É mesmo?
— Talvez ele queira ficar sozinho, como eu.
— Se for por isso, ninguém sabe onde ele está. Andaram procurando por ele também.
— Eu sei para onde Esteban vai quando quer ficar sozinho.

David se deteve.
— Onde é?
— Ele me mostrou uma vez. Ele fala que quando quer pensar vai pra lá.
— Para onde ele vai, Tomás?

O menino pareceu refletir um momento.
— Para o porão.

— O porão? — repetiu o editor.
— Sim. O porão da casa dele.
— Não vi nenhum porão lá.
— A entrada fica atrás da horta. Tem uma porta de madeira.

David se lembrava da horta nos fundos da casa de Esteban, mas nenhuma porta.

— Devíamos dizer a ele que não há problema em chorar, que os outros não ficam tristes por isso — disse Tomás.

— Sim, precisamos dizer. Vá para casa, Tomás. Sua mãe está te esperando.

Teve que procurar um bom tempo atrás das plantas da horta até encontrar o alçapão oculto nos painéis de madeira que cobriam a base da casa. As dobradiças estavam cheias de ferrugem. David segurou os dois pequenos puxadores e as bandas do alçapão se abriram com um rangido. Olhou para dentro, e os raios do sol que começava a se pôr só conseguiam iluminar os primeiros degraus da íngreme escada que descia até a escuridão.

Com o temor de quem penetra no desconhecido, colocou um pé no primeiro degrau e começou a descida. Uns dez degraus abaixo, uma luzinha iluminava o aposento.

Este era tão amplo quanto tétrico à primeira vista, pensou David. Cerca de sessenta metros quadrados de paredes cobertas por estantes. Os livros alojados nelas deviam ser milhares, calculou o editor. Não era como as bibliotecas antigas, com tomos encadernados em couro e gravados em letras douradas; ali havia livros de todo tamanho e condição: em capa dura, em brochura, de bolso, divididos em fascículos, de editoras já desaparecidas e de outras que haviam mudado sua imagem décadas antes. Olhando as prateleiras, viu que estavam empilhados aleatoriamente centenas e centenas de autores, alguns mundialmente famosos, junto a outros dos quais David jamais ouvira falar nem lera uma palavra.

Era uma biblioteca de Alexandria de tamanho reduzido, regida por um bibliotecário eclético demais. Não tinha nenhum tipo de ordem, e muitos exemplares repousavam horizontalmente sobre as quinas de outros livros na tentativa de aproveitar ao máximo as estantes, arqueando as prateleiras a ponto de quase parti-las ao meio.

No meio do aposento, governando essa maré de livros, uma velha mesa de estilo burocrático cheia de papéis mal empilhados e uma máquina de escrever com uma folha encaixada. Uma Olympia SG 3S/33. Com a carcaça branca, as teclas pretas e o logotipo gravado em uma lateral. David havia procurado aquela máquina por toda a aldeia como prova definitiva e por fim ali estava ela, embora, da maneira como os acontecimentos haviam se desenrolado, ele já não precisasse incriminar ninguém.

Atrás da mesa, quase apoiada à estante do fundo, uma poltrona bergère mil vezes remendada, e ao lado dela uma lâmpada de leitura. Esteban, sentado com um livro nos joelhos, observava-o percorrer a sala.

David se aproximou, em passos vacilantes. A luz do abajur ressaltava a expressão de tristeza e cansaço de Esteban.

— Tomás me disse que você estaria aqui — disse o editor.

— Venho quando quero ficar sozinho. Todos foram muito amáveis comigo, mas eu precisava de umas horas para pensar tranquilamente. Durante toda a tarde, ouvi as pessoas lá em cima, batendo à porta e gritando meu nome ao redor da casa. Quase ninguém sabe deste porão.

David sentiu que não tinha o menor direito de estar ali, mas disse a si mesmo que aquele era seu momento. Tinha passado por muitas dificuldades para chegar a ele.

— Você tem muitos livros aqui — comentou.

— Sim. — Esteban sorriu e deu uma olhada ao redor.

— Deve ter levado muitos anos para reunir todos.

— Paul Valéry, um escritor francês, quando estava no leito de morte olhou todos os livros de sua alcova e exclamou: Tudo isto não vale um bom par de nádegas!

Em outra situação, David teria rido dessa brincadeira, mas, com um funeral tão recente na lembrança, aquilo parecia uma piada de mau gosto.

— Eu não sabia que você gostava de ler. Nunca me disse nada.

— Suponho que ainda não sabemos tudo um do outro, não?

David se agachou ao lado dele e apoiou a mão no braço da poltrona. Era agora ou nunca.

— Esteban, tenho que lhe contar uma coisa.

— Esta era a poltrona onde Alicia se sentava para ler — interrompeu Esteban. — Ainda tem um pouco do cheiro dela. — Suspirou. — Suponho que essas são as coisas das quais vou sentir falta a partir de agora. É o que todo mundo diz: o que mais nos lembra alguém são os pequenos detalhes. Sabe? Eu gosto de escrever. Costumava me sentar nessa mesa e ela lia livros aqui, escutando o som das teclas golpeando o papel. E eu adorava tê-la atrás de mim. Ouvi-la respirar e passar as páginas. Viramos muitas noites assim: eu escrevendo e ela lendo. Existem casais que passam as noites vendo televisão; mas nós fazíamos isso. O riso dela, misturado com o som das teclas, era a felicidade. Acredito que ser feliz seja aproveitar a monotonia. Se, além dos grandes momentos que pode viver junto à sua parceira, você também é feliz sem fazer nada..., enfim. Agora ela já não está mais aqui, não é questão de ficar especulando.

— Esteban, se você preferir ficar sozinho... Vim sem ser convidado e não quero incomodar.

— Não se preocupe, David. Terei muito tempo pelo resto da minha vida.

David decidiu naquele instante não dizer nada a ele. Alicia havia tomado a melhor decisão. Esteban não precisava saber de tudo aquilo para ser feliz. Precisava de sua mulher. E ela já não existia. David não sabia se era justo, nem ético, mas nesse momento, inclinado junto dele, sabia que estava fazendo o correto.

— O que você vai fazer agora?

— Deixar a aldeia. Já é hora de ter algo próprio para contar. Alicia tinha herdado algum dinheiro. Então, se eu não fizer grandes despesas, não terei problemas durante algum tempo. Depois, verei o que faço.

— Não vai ser algo insólito para você?

— Claro! E espero que seja insólito. Mas não quero ficar nesta aldeia como um pobre viúvo. Vou cobrir meus móveis com lençóis e guardar minhas coisas em caixas, para não empoeirarem, e sair pelo mundo para ver o que encontro.

— Os moradores da aldeia vão sentir sua falta.

— E eu a deles, mas meu lar morreu ontem. Quando Alicia estava doente, pensávamos muito nessas coisas. Ou vivo minha vida com ela ou prefiro viver outro tipo de vida. Vou doar todos os meus livros à biblioteca. Não sei se você a viu, mas serão muito úteis.

— Sim, eu vi.

— Assim, se algum dia eu voltar, sempre poderei preencher uma ficha lá e ler como um leitor qualquer. Os livros foram feitos para serem lidos. Do contrário, ficam tristes, não sabia?

— Não, não sabia.

— Viu como ainda não tínhamos nos dito tudo, David?

Caminharam até a escada e saíram para o jardim, atrás da horta. Com o anoitecer, começava a refrescar.

— Está subindo um vento — disse David, observando que Esteban não usava agasalho.

Esteban levantou o rosto para os últimos raios do sol. Seus olhos brilhavam de cansaço.

— Agora, para mim, sempre vai fazer frio — respondeu.

David já sabia tudo. Esteban não tinha escrito o final da saga e ela permaneceria incompleta. À pergunta sobre o que mais importa, se um escritor ou sua obra, somou-se outra que, esta sim, tinha resposta: o que vale mais, uma pessoa ou um livro? Uma pessoa, sempre uma pessoa.

Dois dias depois, Fran e Requena esperavam sentados num banco da estação rodoviária. O ônibus deveria chegar às oito e meia da manhã, mas tinha sido anunciado um atraso de vinte minutos. E os dois amigos, que haviam madrugado para não ir às pressas, se viam com muito tempo livre antes da despedida.

Nos últimos dias, Fran e Requena tinham empacotado e lacrado os pertences em caixas de papelão. Foi durante esse processo que Requena começou a perceber que sua vida iria dar uma guinada para melhor ou para pior, quando precisou pegar um a um todas as coisas que havia acumulado ao longo de anos e decidir o que era relevante ou não, o que deveria ser descartado e o que merecia ser conservado.

Encontrou todas as anotações da faculdade, rabiscadas em folhas já amareladas e classificadas em pastas empilhadas embaixo da cama.

Descobriu seus velhos jeans com as pernas rasgadas e suas camisetas de Bon Jovi e Helloween no fundo de uma caixa perdida de roupa de inverno. Passou horas relembrando o tempo em que usava essas coisas e decidindo o que seria necessário em sua nova vida. Deixou sua coleção de quadrinhos da Marvel sob a guarda de Fran, até o dia em que resolvesse pedi-la de volta.

E na tarde anterior, em uma caixa com livros do ensino médio, topou com algo que não via há vários anos.

Também falou com o locador do apartamento e pagou dois meses adiantados, avisando que pagaria os três seguintes por transferência bancária. Disse a Fran que por esses cinco meses estava tudo coberto, de modo que ele podia aproveitar e usar esse tempo para procurar um emprego que permitisse pagar o aluguel no futuro.

Marta, afinal, não abandonou Fran quando ele contou a verdade sobre sua dependência de drogas. Tiveram uma longa conversa em que os dois falaram com sinceridade sobre seus medos e temores. Marta, preocupada com uma possível recaída do namorado, decidiu que faria tudo o que estivesse ao seu alcance para que isso jamais acontecesse. Requena, quando soube, sentiu um grande alívio por constatar que deixava seu amigo em Madri com alguém que o apoiaria quando ele sentisse chegar um momento de perigo.

Aos seus pés Requena mantinha uma pequena bolsa com roupas para cinco dias, o tempo que levaria para se apresentar no emprego e organizar um pouco a questão da nova moradia. Passado esse período, já teria oportunidade de voltar e levar o resto das caixas.

Faltavam alguns minutos para que o ônibus chegasse, e os dois amigos, que haviam conversado quase sem cessar desde o reencontro, passavam um tempinho em silêncio, sem saber o que dizer um ao outro antes da iminente separação.

Fran, nervoso, começou a falar de maneira sincopada e lenta.

— Escute, Reque, eu queria..., bom, você sabe..., agradecer e tudo o mais pelo que você fez por mim ultimamente. Sem você eu estaria na rua, e o mais provável é que tivesse tido uma recaída. Sei que já agradeci, mas na verdade não queria que você fosse embora sem saber que estes últimos dias foram do cacete, sem dever nada aos velhos tempos.

— Eu também gostei muito. Caralho, fazia meses que não ria tanto.

— E além disso você me deu o carro e me deixou no apartamento. Esse é um dinheiro que te devo e que algum dia, quando as coisas se estabilizarem, vou devolver de algum jeito.

Marta apareceu correndo entre as pessoas, se esquivando de malas. As crostas de seus ferimentos começavam a se soltar e o dermatologista havia dito que não ficariam marcas visíveis. Aproximou-se do banco e se sentou entre os dois, ofegante.

— Achei que não chegaria a tempo!

— O ônibus se atrasou vinte minutos. Você só iria vê-lo se afastando — reclamou Fran.

— Bom, pontualidade não é o meu forte.

— Obrigado por vir — disse Requena.

— Eu queria me despedir direito.

Dito isso, debruçou-se sobre Requena e deu um sonoro beijo no seu rosto.

— Espero que dê muito certo, Requena. E que você seja muito feliz.

Requena ruborizou.

— Obrigado, Marta.

O ônibus parou diante do banco. Todos os passageiros foram descendo e recolhendo suas bolsas do bagageiro. Requena meteu a dele lá dentro.

— Reque, eu trouxe uma coisa para a viagem — disse Fran.

Tirou da mochila o exemplar de *A hélice*, com as bordas dobradas pelo uso.

— Eu disse que ia te dar.

— Bom, na verdade eu também trouxe uma coisa. Encontrei numa das caixas onde guardava as anotações da época da escola.

Requena abriu a bagagem de mão, tirou um pequeno caderno e o estendeu a Fran.

— Caramba... Achei que tinha perdido isso.

— Você esqueceu um dia, na aula. Eu peguei e guardei na minha mochila.

— Quando?

— Em uma manhã em que você se mandou depois que discutimos por causa de...

— Tudo bem, tudo bem.

Os dois sabiam que tinham brigado por causa das primeiras experiências de Fran com a coca, mas nenhum queria se lembrar disso naquele momento. O caderno era um dos que Fran usava para anotar as frases e os pensamentos que iam lhe ocorrendo.

— É como recuperar um pedaço do passado — disse.

— Você vale mais do que acha, Fran. Esse caderno é a prova. Muitos de nós sabíamos disso o tempo todo, agora resta você mesmo acreditar.

Os dois se fundiram em um abraço apertado. Fran não pôde evitar que lágrimas brotassem dos olhos.

— Obrigado por tudo, Reque. Não só por estes dias..., caralho, obrigado por tudo.

— Agora chega, cara, senão Marta vai achar que somos um casal de veados.

Marta acariciou o rosto de Requena e na sua mão ficou a marca de uma lágrima ainda por cair.

— Ligue quando chegar — pediu ela.

Requena entrou no ônibus. Quando o veículo arrancou, ele pôde ver Fran e Marta abraçados na plataforma.

Ángela, David e Esteban cobriram os móveis com lençóis e guardaram os pertences da casa nas gavetas das cômodas e dos armários. Quando estes ficaram cheios, recorreram às caixas de papelão. A casa que, dias antes, David tinha visto cheia de detalhes carecia agora de vida. Os livros de viagens e as fotos com Alicia estavam em lugar seguro, e o piso, antes tão vestido com tapetes, agora parecia nu. David conseguiu devolver o primeiro exemplar de *A hélice* a uma das estantes da biblioteca. Era o presente de Esteban a Alicia, e ficar com ele não seria ético.

Esteban deu cópias das chaves a Ángela e Jon. Tomás prometeu se encarregar da horta e mostrar ao dono da casa que suas aulas de horticultura não tinham caído em terreno árido.

A cama reclinável de Alicia foi a única coisa que permaneceu no quarto do térreo. Esteban trancou seu quarto e insistiu em não o proteger da poeira. Durante suas viagens, iria se sentir bem ao pensar que o lugar onde havia compartilhado tantos momentos íntimos com Alicia continuava como sempre, como uma lembrança congelada na memória.

Os três olharam a casa vazia. Era hora de fechar a porta até o retorno de Esteban a Bredagós, não sabiam quando.

— Vou sentir saudade desta casa — disse Esteban.

— Nós também sentiremos saudade de você — respondeu Ángela.

Esteban, como David tinha visto tantas vezes, passou um braço sobre os ombros dela e puxou-a para si, prendendo-a finalmente em um abraço de urso.

— Alicia e eu passamos excelentes momentos aqui.

Esteban se aproximou da mesa e abriu uma das gavetas. Dali tirou um porta-retratos com uma foto em que apareciam Ángela, Alicia, Tomás e ele em um churrasco no jardim. Tomás devia ter uns três anos e sorria com a cara suja de barro da horta.

— Eu me lembro desse dia — disse Ángela.

— Foi um de tantos dias felizes que passamos juntos. Guarde esta foto. E, quando pensar em Alicia, olhe para esta imagem, e não a esqueça nunca.

— Alicia era inesquecível, Esteban. E você também.

A voz de Ángela ficou embargada na última sílaba. Para disfarçar, ela lhe deu um beijo no rosto.

— Vou chamar Tomás e levaremos você à estação.

— Certo — disse Esteban. — Eu espero aqui. Mas não demore, o trem sai em duas horas.

— Não demoro. Até logo.

Ángela saiu, deixando-os sozinhos.

— Minhas últimas horas em Bredagós — disse Esteban baixinho. Disse para si mesmo, mas David escutou claramente. O editor se perguntou se ele ia embora para sempre. Como se respondesse a essa pergunta, Esteban acrescentou: — Pelo menos por uma temporada.

— Eu também vou sentir saudade daqui. Não só da aldeia, mas também de Ángela, de Tomás, de você... e de Alicia — disse David.

Esteban virou o rosto e sorriu.

— Sabe de que Alicia teria gostado?
— De quê?
Esteban, como fizera antes com Ángela, aproximou-se de um aparador e abriu uma gaveta da qual separou vários papéis antes de tirar sete manuscritos encadernados em couro.
— De poder ler ela mesma a última coisa que escrevi. No último ano, eu trouxe a máquina aqui para cima e trabalhei no quarto dela. O som das teclas a relaxava, ela dizia que era como uma música. Mas, quando terminei, a doença já estava muito avançada e eu mesmo tive que ler para ela.
Estendeu os manuscritos a David, que os pesou nas mãos enquanto procurava manter a boca fechada.
— Eu já disse que gosto de escrever, mas aposto que você não pensava que fosse tanto.
Esteban sorriu e lhe deu uma palmada nas costas que quase atirou os manuscritos no chão.
— Posso ler? — perguntou David.
— Claro! Por isso lhe entreguei. Imaginei que, como trabalha em uma editora, você poderia fazer uma avaliação objetiva. Afinal, é um editor, e sua opinião me interessa. Mas escute bem: sem compromissos, sei que vocês recebem muitos originais. Nunca procurei escrever de forma profissional, mas, se isso aí agradar, eu ficaria bastante lisonjeado. E você teve sorte, porque de uns anos para cá eu achava que tinha perdido o primeiro volume, mas, com a limpeza da biblioteca, acabei encontrando em uma das estantes. Do contrário, você perderia o começo! E, se gostar, quem sabe, talvez sua editora... hein?
E Esteban deu uma cotovelada cúmplice em David.
— Vou ler todos com muito prazer — assegurou, mas Esteban ignorava a convicção que essa frase envolvia.
— Você me faria um favor?
— Sem dúvida.
— Faça uma cópia dos dois últimos para Yeray. Ele estava presente quando os li para Alicia, mas ainda assim vive insistindo em que eu lhe dê um exemplar.
— Conte com isso, Esteban. E, depois de ler todos, eu os devolvo a você.

Esteban fez um gesto com a mão, e David não soube distinguir se significava que não havia pressa ou que não valia a pena.

— Venha, vamos fechar a casa. Ángela deve estar chegando.

David se deteve e não pôde evitar fazer uma das perguntas que havia pensado quando ainda acreditava que iria ter uma reunião cara a cara com Thomas Maud.

— Esteban, como você tem as ideias?

Esteban se manteve imóvel e pensou calmamente antes de responder. Quando o fez, fitou David nos olhos e disse, com voz solene:

— Você não vai acreditar, mas às vezes eu as sinto chegar. Noto-as como uma sensação na pele que me diz que elas se aproximam. E, se eu não conseguir captá-las logo, vão embora. É algo estranho, como sentir que se aproxima uma tempestade.

Então, era isso que tinha acontecido, pensou David. Ele não deixara de escrever em nenhum momento, mas Alicia estava doente e Yeray não tinha cópias para mandar à editora.

Os dois saíram e fecharam a porta da casa de Esteban, deixando lá dentro todos os segredos que ela havia contido.

A plataforma da estação de trem de Bagnères-de-Luchon, na França, tinha o mesmo ar clássico e antigo de cem anos antes. A estação estava pintada num amarelo desbotado, e os ornamentos lavrados das colunas sustentavam um alpendre com orla decorada. Haviam percorrido vinte e cinco quilômetros partindo de Bredagós e atravessado a fronteira francesa para chegar até ali, a estação mais próxima da aldeia. O trem chegou, velho e pesado. Tinha a pintura carcomida e as molduras das janelas cheias de ferrugem. Durante um instante, o rangido do metal saturou a atmosfera, de tal forma que o pequeno Tomás cobriu os ouvidos com as mãos. Esteban foi se despedindo um por um de todos os vizinhos que o haviam acompanhado para vê-lo partir. Jon, Yeray, David, o padre Rivas, Emilia, Ángela... Distribuiu abraços e beijos a todos, sabendo que muito tempo se passaria até que ele voltasse a vê-los. Estreitou David nos braços demoradamente, e o editor procurou reter na memória o odor e o toque desse momento.

O escritor ia embora, e, mesmo tendo completado sua missão, ele sentia um pequeno vazio em seu interior.

Esteban entrou no vagão e da janela olhou o pequeno grupo, enquanto o trem começava a avançar pelos trilhos, rangendo de novo. Seus olhos brilhavam, e ele acenou em despedida. Depois, sentou-se e os outros só podiam ver seu perfil se afastando. Ángela e David trocaram um olhar e não disseram nada. Ambos sabiam que as plataformas de estação só ficam tristes quando alguém se vai.

A estação de ônibus de Bredagós mal podia ser chamada assim. Um banco de madeira sob uma marquise envidraçada para proteger do vento. Ao lado, os horários de ônibus exibidos em um poste já estavam desbotados pelas intempéries. David, Ángela e Tomás esperavam sentados, sem saber muito bem o que dizer. O momento da despedida se aproximava.

— Hoje estou perdendo muitos amigos — disse Ángela.

— As amizades às vezes se separam, mas isso não significa que as pessoas deixem de ser amigas, não?

— Suponho que não.

Algo dizia a David que ele guardaria para sempre sua experiência naquela aldeia.

— Em relação ao que aconteceu naquele dia... — Ángela fez um gesto com as mãos, como se ambos soubessem de que estavam falando. — Acho que nós dois estávamos um pouco deprimidos.

— Nós nos deixamos levar pelo momento, sem pensar nas consequências — sentenciou David. — Baixamos a guarda.

— Exato. Porque eu não gostaria que você tivesse problemas com Silvia por causa disso, foi uma tolice...

Tomás via os dois falarem e não fazia ideia sobre o que era a conversa. Imaginou que era aquilo que sua mãe costumava chamar "assunto de adulto".

— Não acho que você deva contar a ela — acrescentou Ángela.

David não havia pensado em fazer isso em nenhum momento, mas ainda assim disse:

— É o melhor. As coisas já estão bastante complicadas.

Ángela esperou um pouco antes de completar:
— Na verdade, é uma pena que você seja casado.
David se sobressaltou com um comentário tão sincero, a afirmação de que as coisas poderiam ter evoluído de outra maneira. Tomou-o como um elogio e não pôde deixar de se perguntar por um instante como teria sido. Afinal, Ángela era uma mulher muito bonita, com uma beleza indômita que atraía de maneira instintiva. Só conseguiu sorrir, sem saber o que dizer, como se voltasse a ter quinze anos.

O ônibus chegou e os passageiros começaram a descer.
— Bom, a hora é essa.
— Adorei conhecer vocês — disse David. — Vou sentir muita saudade.

Ángela o abraçou e lhe deu um beijo inocente no rosto.
— Faça uma boa viagem. E escreva ou telefone de vez em quando.
— Ou venha nos ver — completou Tomás.

David se despediu dos dois, pegou sua mala e a colocou no bagageiro do veículo, levando consigo uma sacola de mão. Tentou subir, mas um rapaz tinha enganchado a mochila ao descer pela porta de entrada.
— A saída é por trás — reclamou David.
— Calma, cara, o ônibus não vai partir sem você, não tenha pressa — retrucou o rapaz.
— Não é questão de pressa, é questão de desembarcar por onde se deve.

O rapaz conseguiu desenganchar a mochila e liberou a entrada.
— Pronto, pode entrar, apressadinho.

David sorriu e começou a subir os degraus. Disse em voz alta:
— Garoto, como você é babaca!
— Imbecil! — retrucou o outro, também em voz alta.

Da marquise, Tomás e sua mãe observavam aquele bate-boca. Tomás olhou para Ángela e perguntou:
— Por que estão se xingando, mamãe?
— Eles são da cidade, filho — respondeu ela, como se isso explicasse tudo.

David procurou dois assentos livres para se instalar comodamente. Pela janela, viu Ángela e Tomás de pé, esperando que o veículo partisse. David pensou que ela tinha razão: o pequeno grupo que haviam constituído tinha se desagregado em uma única manhã, após a morte de Alicia.

O rapaz de andar distraído se aproximou de Ángela, mas nesse momento o ônibus arrancou e suas rodas levantaram a poeira que se acumulava no acostamento da estrada. Ela e Tomás acenaram para se despedir e David fez o mesmo. Enquanto estava se afastando, Ángela o brindou com um daqueles sorrisos que David gostava tanto. O sol da manhã destacava as mechas acobreadas de seu cabelo. Ele imaginou que o homem que a conquistasse seria muito sortudo.

— Com licença — disse o rapaz. — A aldeia fica muito longe?

— Seguindo pela estrada, não tem erro.

— Dá para ir andando?

— Sim. Mas nós estamos de carro, podemos deixá-lo onde você quiser.

— Ah, muito obrigado, aceito — respondeu ele, pegando sua mochila.

Do ônibus, David olhou para as montanhas que tanto admirou nas últimas semanas. Pegou o sexto manuscrito dos que Esteban lhe entregara naquela manhã e passou a mão pela primeira página, reverenciando-a. Ia ser a primeira pessoa a ler o livro que, dentro de alguns meses, ocuparia as prateleiras das livrarias de meio mundo.

Enquanto a paisagem ia se tornando menos conhecida, relembrou tudo o que havia vivido naquela aldeia, e sua lembrança se deteve ao reviver a cena das crianças lhe atirando pedras, quando Edna o expulsou da pousada após a publicação daquela reportagem funesta. Sem conseguir evitar, caiu na gargalhada, fazendo todos os passageiros olharem para ele.

Ángela levava o rapaz no carro, a caminho da aldeia.

— Eu sou Ángela e este é meu filho, Tomás. Não se preocupe, ele não morde.

— Meu nome é Juan Requena, mas todo mundo me chama de Requena.

— Pelo sobrenome? Que coisa formal! Mas eu não sou assim. Você se importa se eu o chamar de Juan?

Requena olhou para ela e contemplou a beleza selvagem daquela mulher.

— De maneira nenhuma — respondeu.

— E o que veio fazer em Bredagós, Juan?

— Estou de mudança para cá.

— Vai morar aqui? Por quê?

— Sou o novo bibliotecário — explicou Juan.

Epílogo

O giro da hélice

OITO MESES DEPOIS

David tinha nas mãos o primeiro exemplar saído da gráfica do novo romance de Leo Baela, *O clavicórdio*. O sol entrava pela enorme janela de seu novo escritório na editora Khoan e aquecia suas costas. Ele acariciou a capa da brochura e passou os dedos pelo título em relevo. Tinha visto as provas digitais da impressão, mas nunca era a mesma coisa que ver o livro pronto. Viu seu nome nos agradecimentos: "Obrigado a David Peralta, meu editor, por segurar minha cabeça enquanto eu vomitava". David sorriu. O livro era dedicado a Inês. Parecia que o telefonema feito por ele do aeroporto de Portela tivera o efeito desejado. É muito curioso como, às vezes, duas pessoas estão separadas somente por um telefonema.

O agente de Leo, com quem David falava regularmente, apresentara o livro na feira de Londres. Nesse momento, Holanda, Hungria, Itália e Brasil já tinham adquirido os direitos. Na Espanha, a primeira tiragem havia sido de vinte e cinco mil exemplares, o que era uma boa aposta por parte da editora. David estava orgulhoso de seu autor.

Sentia falta do trato próximo com escritores desde que havia ascendido ao seu novo cargo de diretor editorial. Agora devia planejar os lançamentos e coordenar a promoção a fim de maximizar o impacto de um título. Mas continuava rodeado de livros o dia inteiro, e tinha mais tempo para passar com Silvia, e eram duas coisas que o apaixonavam. Conseguir que Silvia voltasse com ele tinha sido complicado, mas sua cunhada Helena intercedeu por David e tratou de mostrar à irmã os pontos a favor, minimizando os erros. Não compraram uma casa maior, ao menos por enquanto, nem um segundo carro. Quando Silvia precisava usar o carro, ele ia de metrô para a Serrano. Dizia que odiava o tumulto dos vagões, mas era invadido pela felicidade quando via alguém lendo um livro da editora.

Elsa, a secretária que ele roubara de Khoan depois de ser promovido, trouxe a correspondência. Ela havia mudado o cabelo para um castanho-claro muito mais curto e discreto que emoldurava suas feições. Tinha um aspecto melhor, e sorria mais. E tinha motivos. Iria se casar no próximo sábado com um homem que havia conhecido num curso de culinária. David e Silvia estavam convidados.

— Chegou um cartão-postal do Peru — disse Elsa.
— Do Peru?
— Sim, distrito de Aguas Calientes. Eu não sabia que temos escritores lá...
— Nem eu...

David examinou o cartão. Na realidade, era uma foto sobre uma cartolina na qual haviam colado os selos. Esteban estava sentado em um terreno de um verde intenso, com as construções incas ao fundo. Era um dia radiante, no qual o sol parecia iluminar até o último vislumbre de tristeza. Ele usava uns óculos escuros e sorria para a câmera. Tinha a barba e o cabelo mais compridos do que o habitual. David olhou o verso e leu:

Machu Picchu significa montanha velha. Se você girar a cabeça e semicerrar os olhos, poderá ver uma cara. Um abraço, Esteban.

David não pôde evitar um sorriso. A um continente de distância, Esteban continuava a dar lições. Ou seja: se você quiser ver algo, às vezes precisa girar a cabeça e semicerrar os olhos.

Ao voltar de Bredagós, precisou inventar uma história para Khoan, para manter o segredo de Esteban e Alicia. Disse que, na manhã em que ia embora, quando estava pagando a conta na pousada, informaram que alguém deixara para ele um pacote, que continha os dois últimos volumes da saga, acompanhados do mesmo bilhete que viera junto com os volumes anteriores. A história podia não ser muito crível, mas Khoan tampouco levantou grandes dúvidas. Estava aliviado demais para dizer alguma coisa. O fato de não ter sido possível falar com Thomas Maud era um mal menor, desde que a editora tivesse em mãos a saga completa.

Khoan conseguiu cumprir todos os seus compromissos editoriais. Agora estava em Los Angeles, reunido com um produtor executivo sobre o *casting* prévio do filme *A hélice*, que começaria a ser rodado dentro de poucos meses. David gostaria de compartilhar com seu chefe a informação sobre Thomas Maud, mas, como o próprio Khoan havia comentado, a melhor forma de manter um segredo entre três...

Encaixou o cartão de Esteban na moldura da foto de Silvia. Deixou o livro sobre a mesa e pegou o paletó no cabide. Saiu do escritório.

— Vai sair, David? — perguntou Elsa.

— Volto depois do almoço.

— Quer que eu diga algo para quem telefonar? Que você está em reunião?

— Não precisa, Elsa. Diga simplesmente a verdade: que fui com minha mulher ao ginecologista, para ver a primeira ultrassonografia do nosso filho — respondeu o diretor editorial.

Fran e Marta passaram a tarde percorrendo pontas de estoque em busca de um vestido para o casamento de Elsa. Fran assistira estoicamente ao desfile de mais de vinte modelos pelos corredores cheios de vitrines.

— Acha mesmo que este cai bem?

— Você está linda, meu amor.

— Pois é, mas acho que aumenta muito a minha bunda.

— Sim, também acho.

Fran gostaria de dar o vestido de presente a ela, mas seu modesto salário como repositor em um supermercado de bairro não permitia luxos. Marta, em compensação, começara a trabalhar como funcionária administrativa em uma pequena empresa, em meio expediente, conciliando com seu quinto ano de psicologia. Isso lhe proporcionava uma renda suficiente para satisfazer pequenos caprichos de vez em quando e ajudar Fran com alguma fatura, quando ele estava muito duro. Ela insistia que ele procurasse um emprego melhor e Fran tentava, mas suas perspectivas profissionais não eram muito animadoras. Fosse como fosse, sentia-se contente por estar bastante avançado no tratamento de desintoxicação, com evidente perspectiva de ficar reabilitado. Ele não sabia, mas havia dois dias que tomava somente o Tang.

Em uma das lojas, ficou olhando um terno chique. Marta o viu acariciar o suave tecido das lapelas e o animou a experimentá-lo, mas era muito caro. Marta continuou insistindo, até que ele o vestiu. Passeou pelo corredor e se olhou de perfil nos espelhos. Marta queria dá-lo de presente, mas Fran recusou. Já havia decidido usar um dos velhos ternos de Requena na cerimônia. Despiu-o e o pendurou de volta no cabide.

Depois das compras, pegaram o metrô para voltar. Tinham pensado em fazer um jantar íntimo na casa de Fran e em seguida assistir a um filme. Por aquele dia, já estavam no limite de gastos. Marta carregava seu vestido novo em uma sacola.

Pegaram a linha seis, a circular, e se sentaram.

— Você podia ter me deixado dar o terno de presente.

— Não preciso — defendeu-se Fran.

— Não gostaria de se apresentar diante de toda a minha família com aquele terno?

Fran a encarou como se estivessem sozinhos no vagão.

— Meu plano é que você esteja tão bonita que ninguém preste atenção em mim.

Ela se inclinou sobre ele e, com os lábios lhe tocando a orelha, disse:

— Quando chegarmos em casa, vou fazer um desfile privado para você.

Plantou os lábios nos dele e o beijou, sem se importar com possíveis olhares dos outros passageiros.

No outro lado do vagão, alguém começou a falar em voz alta:

— Senhores, estou pedindo uma ajuda. Sou um pobre usuário de drogas que precisa mendigar para sobreviver. Existem outros que roubam, mas eu estou pedindo que os senhores tenham compaixão de alguém que tem um problema e quer se livrar dele. Muito obrigado.

O mendigo de olhos tristes foi se aproximando de todos os assentos enquanto dizia: "Uma ajuda?". E agradecia, quer dessem, ou não.

Quando ele chegou à sua altura, Fran, que já ficara alerta ao ouvir a voz do outro lado do vagão, fitou-o nos olhos e reconheceu seu antigo amigo Laco. Os dois se observaram sem dizer nada. Fran puxou a carteira e deu três notas de dez euros, que Laco guardou num bolso, sorrindo em seguida.

— Obrigado.

Avançou para o banco seguinte: "Uma ajuda? Obrigado".

Quando saíram do vagão, Marta, que acreditava entender a situação, olhou para o namorado e perguntou:

— Um amigo?

Fran olhou-a e disse:

— Não sei. Você teria que perguntar a ele.

O garoto procurou manter a calma e não parecer culpado antes do tempo. Com um exemplar do livro que o haviam mandado ler no colégio, aproximou-se do balcão. Requena pediu o nome dele e o teclou no computador. Meio segundo depois, arqueou as sobrancelhas.

— Ora, ora. Então Enrique Cantalejo quer levar outro livro da biblioteca? Pois é, mas acho que você já conhece a norma: só dois livros por vez, e você já fez isso.

— Mas eu preciso desse para o colégio! — gritou Enrique. — O professor mandou ler!

— Sim, acho muito bom que você queira lê-lo — retrucou Requena. — Só quero que, antes, me devolva os outros dois.

— Não sei onde estão.

— Já está demorando para procurá-los, não acha?

— E se eu não trouxer, o que acontece? — gritou de novo o menino.

Requena apertou algumas teclas no computador e olhou os resultados na tela.

— Então vou ser obrigado a ligar para sua mãe, na Calle de la Hoz, vinte e sete, e informar a ela que suas multas por atrasos em devoluções já chegam a dois euros e quarenta, para ela descontar da sua mesada.

— Minha mãe nunca está em casa. Ela trabalha.

— Eu sei — replicou Requena. — Ela trabalha nos armazéns Borruel, das nove às seis e quinze. O telefone do escritório é...

— Merda! — disse Enrique. Largou o livro no balcão e saiu resmungando baixinho alguma coisa.

— Seu pai, talvez! — disse Requena. — Onde já se viu?

Nesse momento, Ángela apareceu na porta.

— Oi, amor — disse, se inclinando sobre o balcão e dando um beijo nele. — O que houve?

— Ah! Um menino que queria levar mais livros do que o permitido. Pois saiu de mãos abanando!

— Você é muito rigoroso — comentou ela, com um sorriso.

Requena, logo após chegar a Bredagós, havia informatizado o sistema de fichas com os novos livros doados por Esteban e elaborado uma base de dados com todas as informações sobre os usuários e seus familiares, no caso de eles serem menores de idade.

— Eu os mantenho sob controle — sentenciou Requena.

— Onde está Tomás?

— Lá no cantinho, lendo *Os três mosqueteiros*.

— Foi você quem recomendou? — perguntou Ángela.

— Claro.

— Vejo que ele leva a sério suas indicações. Talvez você acabe sendo uma boa influência. Mas adoro ver como você é durão com os meninos.

— Isso te excita?

— Um pouco, sim.

Dessa vez foi Requena quem se inclinou sobre o balcão para beijá-la, mas Ángela deu um passo para trás, fitando-o com um sorriso felino.

Um garoto se pôs entre os dois com um livro na mão. Era Gonzalo, um leitor precoce de treze anos que já havia devorado boa parte da biblioteca. Requena dizia que um dia ele escreveria um livro e tornaria Bredagós famosa no mundo inteiro, e suplicava que não se esquecesse dele nos agradecimentos: Obrigado a Juan Requena, sem cujas recomendações eu jamais teria chegado até aqui...

— Vou levar este — disse Gonzalo, com voz meio esganiçada.

— Muito bem — respondeu Requena. E, dirigindo-se a Ángela: — Viu? Como não está com livros emprestados, ele pode levar este sem problemas.

Abriu o livro na primeira página e teclou o código do adesivo que havia colocado em todos os volumes.

— Tome, Gonzalo. Boa leitura.

Gonzalo se afastou sem dizer mais nada e Requena tentou voltar ao ponto onde estava com Ángela, mas o grito do menino os interrompeu de novo.

— Ei! Este não é o livro!

— Como assim? — perguntou Requena.

— A sobrecapa e o livro não são os mesmos — protestou Gonzalo.

E entregou o livro a Requena, que deu uma olhada no volume. De fato, a sobrecapa de *O tempo dos jasmins*, de José Manuel Elis, protegia uma primeira edição de *A hélice*, de Thomas Maud.

— É verdade. Está errado.

— Você se enganou ao colocá-la? — perguntou Ángela.

— Não! Eu não forrei os livros, eles estão do jeito que vieram quando os pegamos.

— Que estranho! — comentou Ángela baixinho. — Por que Esteban teria um livro com a sobrecapa de outro? Não parece fazer sentido.

Requena sentiu a solução próxima durante um instante, como se uma tormenta se aproximasse.

E, como veio, foi embora.

Agradecimentos

Este é um livro afortunado, pois teve a oportunidade de viver duas vidas, ao passo que tantos outros mal podem viver somente uma. E, em cada uma delas, encontrou pessoas que merecem meu agradecimento.

SEGUNDA VIDA

Obrigado a Osman Vega, primeiro editor deste livro.
A Antonia Kerrigan, que lhe deu esta segunda vida.
A Silvia Sesé, por todos os conselhos. A Elena Ramírez, por aquele café que servi sem conhecê-la.
A todos os livreiros amigos que passaram tantos anos apoiando o livro. Herminio em Collado Mediano, Javier em Alcalá, José Antonio em Colmenar Viejo.
A Eiichi Kimura, que o levou ao Japão.
A Francis e Lola, por dez anos de apoio.
Aos meus sobrinhos, que sempre me arrancam um sorriso.
A todos aqueles amigos que começaram na primeira vida e continuam na segunda. E naquilo que nos resta.

PRIMEIRA VIDA

Aos meus pais, Luis e María Carmen, aos meus irmãos Isabel, Javier e María Carmen e ao meu cunhado Enrique, que acreditaram que este romance era possível e me deram o tempo e o espaço necessários para escrevê-lo. A Enrique Sala Pajares, cuja gestação fez com que David e Silvia quisessem ser pais.

A Lillo, Raúl e Silvia, que em três meses em Las Barranquillas me mostraram que, por trás de cada seringa, há sempre uma pessoa, e me ensinaram muito mais do que aquilo que eu tinha ido procurar.

Aos companheiros da JSC INGENIUM, que me deram muitos e bons conselhos. José Manuel Losada, leitor compulsivo e editor de campanha, comprou o primeiro exemplar. Sergio Cano, preparado para mover céus e terra, emprestou seu carro a Requena.

A Chemi, porque escrever um romance pode demorar anos, mas encontrar um amigo como ele pode demorar toda uma vida; Bea sabe disso. A Pati, por todas as cantadas que ainda não lhe dei. Parrita lhe dirá. A Ryo, porque o pessoal de informática as leva consigo. Tempo ao tempo.

A Miguel Colomo, que passou dois anos insistindo que eu escrevesse um romance e foi o primeiro a lê-lo. O que me disse depois de ler meu primeiro conto me acompanhou em muitas noites difíceis. Obrigado por me aguentar (tem muito mérito). Obrigado à sua mulher, Pilar, por aguentá-lo (isso também tem mérito).

A todos aqueles que leram as primeiras versões e, além de boas sugestões, me deram ânimo em abundância. Seus comentários me fizeram pensar que a publicação era possível.

A Ramón Pajares. Pelo título. Por encontrar uma editora. Ele me assessorou no meu início e espero que continue fazendo isso no meu final.

A Concha Colomo, médica, que cuida de tudo e de todos.

A Manu Nielsen, que avança pouco a pouco porque sabe que chegará. E nós também. A Piru, que encara de frente o contraste. A Sergio Pérez, pelos muitos anos de frontão que nos restam na pelota basca. A David GP e Ovejero, que já fazem parte deste livro.

A J. Enrique Sánchez, para que afinal tire tudo o que carrega dentro, e que é muito.

A todos os meus amigos (eles sabem quem são). De muitos, escondi que estava escrevendo um romance. A alguns, ainda não contei.

ESTA OBRA FOI COMPOSTA PELA ABREU'S SYSTEM EM ADOBE GARAMOND
E IMPRESSA EM OFSETE PELA GRÁFICA BARTIRA SOBRE PAPEL PÓLEN SOFT DA
SUZANO PAPEL E CELULOSE PARA A EDITORA SCHWARCZ EM FEVEREIRO DE 2018

A marca FSC® é a garantia de que a madeira utilizada na fabricação do papel deste livro provém de florestas que foram gerenciadas de maneira ambientalmente correta, socialmente justa e economicamente viável, além de outras fontes de origem controlada.